二見文庫

英国レディの恋のため息

キャンディス・キャンプ／山田香里＝訳

An Affair Without End

by

Candace Camp

ピートに。

いつものことですが、本書の出版には、多くのかたのご尽力を賜りました。まず、すばらしい代理人のマリア・カルヴァニス——あなたがいなければ、本書が世に出ることはなかったでしょう。そして偉大なる編集者、アビー・ジドル——登場人物やストーリーで困ったときはいつも力になってくれて、かならず解決してくれました。そして夫のピート・ホプカスも、いつも応援してくれました（ときにははっぱをかけられたことも）。そして娘のアナスタシア・ホプカス——とんでもなく忙しくて大変な十代のおつき合いの合間に時間を取り、一緒に頭をひねってプロットを考えてくれたこと、心から感謝します。

英国レディの恋のため息

登 場 人 物 紹 介

ヴィヴィアン・カーライル	マーチェスター公爵家令嬢
オリヴァー・タルボット	ステュークスベリー伯爵 ヴィヴィアンの幼なじみ
カメリア・バスクーム	バスクーム四姉妹の三女 オリヴァーの従妹
リリー・バスクーム	バスクーム四姉妹の四女 オリヴァーの従妹
ネヴィル・カー	カー卿の跡継ぎ。リリーの婚約者
フィッツヒュー(フィッツ)・タルボット	オリヴァーの異母弟
イヴ	フィッツの妻 カメリアとリリーの付き添い婦人
グレゴリー・カーライル	セイヤー侯爵。次期マーチェスター公爵 ヴィヴィアンの兄
マーチェスター公爵	ヴィヴィアンの父
ミスター・ブルックマン	ヴィヴィアン御用達の宝石商
キティ・メインウェアリング	ヴィヴィアンの父の元愛人
ウェズリー・キルボーザン	キティの恋人。詩人
コズモ・グラス	四姉妹の継父
ドーラ・パーキントン	貴族令嬢
ルーファス・ダンウッディ	賭博好きの年配紳士

1

寒くて、湿っぽくて、猥雑《わいざつ》とした街、ロンドン。

けれどもレディ・ヴィヴィアン・カーライルは胸を躍らせていた。

お仕着せ姿の従僕が差し伸べた手を取り、開け放たれた馬車のドアのところでつかのま足を止める。あざやかなグリーンの瞳が期待に輝く。まだ一月なので、たいしてにぎわっているわけでもなく、レディ・ウィルボーン主催のパーティがことさら評判だというわけでもない。しかしそんなことはどうでもよかった。大事なのは、ロンドンに戻ってきたということ。これからまた長い社交シーズンが始まり、舞踏会に出かける日々がつづくのだ。

馬車をおりると、ヴィヴィアンは玄関前の階段を軽やかにのぼって邸《やしき》に入った。従僕に外套を預けるや、スズメを思わせる小柄で潑剌《はつらつ》としたレディ・ウィルボーンがヴィヴィアンに気づき、両腕を広げて目を輝かせ、挨拶しようと一目散にやってきた。

「レディ・ヴィヴィアン！　いらしてくださってうれしゅうございます」

「ロンドンには昨日着いたばかりですの」ヴィヴィアンは言った。「お知らせが遅くなって申し訳ありません」

「とんでもございませんわ」レディ・ウィルボーンは手を振り、さらりと謝罪をかわした。ヴィヴィアンがここに姿を見せたというだけで、今季の社交シーズンが終わるまでレディ・ウィルボーンの主催者としての地位が上がるのだ。「シーズンが始まる前にお戻りになられて、ほんとうにようございました。マーチェスターは離れがたくていらっしゃいますでしょう。あのようにすばらしいお邸ですもの」

ヴィヴィアンはにこりとほほえんだ。身内では〝館《やかた》〟で通っているマーチェスターは、地元でも指折りの由緒ある大邸宅だと思われているが、じつのところは隙間風だらけの石の塊なのだ。冬のあいだ一族の者はたいていいちばん新しい棟に集まり、中世に建てられた初期の巨大な大広間や客間には寄りつきもしない。けれど彼女は古い部分が大好きだった。目にするたびにいつも誇らしさで胸が高鳴る。それでも快適に暮らすことを考えれば、どうしてもロンドンの邸に来てしまうのだけれど。

「公爵さまのお加減はよろしいのでしょうか？」レディ・ウィルボーンがつづけた。「すてきなかたでいらっしゃいますわよね。それにセイヤー卿《きょう》も。このシーズンでは、ぜひともお兄さまのお顔も拝見できればうれしいのですが」

ヴィヴィアンは兄の話題に口もとがゆるみそうになるのをこらえた。第五代セイヤー侯爵であるグレゴリーは、おそらくイングランドでも結婚相手としてもっとも引く手あまたの男性だろう。次期公爵が都合よく独身でいることなど、そうそうあることではないし、しかも性格もよく見た目もなかなかとあれば、それは僥倖《ぎょうこう》というものだ。しかし結婚相手を探す社交界の令嬢とその母親にとって不幸なことに、グレゴリーはロンドンに来ることなどめったにない内気な学問好きであり、お近づきになろうとする令嬢をことごとく避けていた。

「父は元気でやっておりますわ。ありがとうございます」ヴィヴィアンは答えた。「それにセイヤー卿も。ただ、兄はロンドンには出向かないかもしれません。この前会ったときには書斎にこもっておりましたから」

レディ・ウィルボーンは、グレゴリーが本と学問を愛していることを聞かされたほとんどの人間と同じように、眉根を寄せて戸惑った表情を見せたが、こう言うにとどめた。「聡明《そうめい》なかたでいらっしゃいますものね」

彼女はヴィヴィアン越しに部屋に視線をめぐらせ、自分がマーチェスター公爵家の令嬢と親しく話しているのを客が見ているかどうか確かめつつ、これからの社交シーズンについてまくしたてた。ウエストの位置が低いドレスの流行はこのままつづきますかしら？　レディ・ウィンターヘイヴンは昨年すばらしい舞踏会をひらかれましたけれど、今年はそれをしのぐ会になりますでしょうか？　ミセス・パーマーの末のご令嬢が長い金髪を切っておしまいになり、リボンも結べないほどの長さにされたことはお聞きになりまして？

「かわいらしくはあるようですけれど。まるで子どものような……いえ、天使と申しあげたほうがよろしいかしら、わたくしはいつもそういったものを一緒くたにしてしまいますの。とにかく、だいぶ気ままな娘さんのようで。いちばん上のご令嬢のようにうまくいけばと、だれもが思っておりますのよ。結局、お姉さまは伯爵家に嫁がれたのです。イタリア貴族でしたのはしかたがありませんけれど。でもどうやら今回はなかなか手に余るようですわ。ミセス・パーマーは社交界デビューを来季まで遅らせて、少なくとも少年がドレスを着ているように見えるのは避けたいとお考えで」

「そうですか。あら、レディ・ラドリーがいらっしゃるわね」ダンスフロアの端で年配の女性と話している友人を目に留め、ヴィヴィアンは少しほっとして言った。「ちょっと彼女とお話をしてきますね。奥さまもお客さまのお出迎えがございますでしょうし」女主人に愛想笑いを投げ、パーティをほめる言葉をつぶやいて、すんなりと女主人の手から逃れた。

レディ・ウィルボーンのおしゃべりから逃げられてほっとし、ヴィヴィアンは胸を躍らせてレディ・シャーロット・ラドリーの元に向かった。シャーロットは互いに短いスカートを穿《は》いているころからの友人だ。社交界デビューはヴィヴィアンのほうが一年早かったが、それからずっとヴィヴィアンが独身を通しているのとはちがい、シャーロットは二度目のシーズンでラドリー卿と結ばれ、いまでは元気な息子たちに恵まれている。

「シャーロット、会えてうれしいわ。あなたがこんなに早くから顔を出すなんてめずらしいわね」

「ヴィヴィアン！」シャーロットもうれしそうに笑い、両手を差しだした。「実は、ラドリーがロンドンに来なければならない用事があって。ほんの二週間で帰るとはいえ、ひとりで留守番なんてしていられなかったの。ねえ、レディ・ファリングにはもう会った？」

しばらく世間話に花を咲かせたあと、ふたりはその場にいたもうひとりの婦人に断りを言い、ダンスフロアから離れた。

「会えてほんとうにうれしいわ！」シャーロットがヴィヴィアンの両手を握った。

「わたしのほうこそ。ねえ、ほんとうに二週間で帰ってしまうの？」

「残念ながら、ラドリーの用事はそれより長くはかからないと思うの」

「ということは、一族のほかのかたがたは来ていないのね？　カメリアも、リリーも？　ふたりの最初のシーズンをとても楽しみにしているのだけれど」

「もう少ししてから来るはずよ。みんな、まだほとんど来ていないわ。あなたもまだマーチェスターにいるのではと思っていたくらいなの」

「もうこれ以上は耐えられなかったのよ」ヴィヴィアンは正直に言った。「もう五カ月もロンドンとはご無沙汰だったんですもの。社交界にデビューしてから、リトル・シーズンにロンドンにいなかったなんて初めてのことよ」毎秋、本来の社交シーズンとはべつににぎわうリトル・シーズンはだれもが気にかけているわけではないが、ヴィヴィアンは華麗なる本シーズンに負けないくらいリトル・シーズンを楽しんでいた。

「それほど長く〈ハルステッド館〉でおじさまと過ごしていたなんて、信じられないわ。はしかが出てしまったことを考えれば、なおさらに」

「まったくひどい目に遭ったわ。サブリナの看病をしなければならなかったのよ。どれほど楽しかったか、想像できるでしょう?」ヴィヴィアンはおどけて目をくるりとまわした。サブリナは、ヴィヴィアンのおじが最初の妻を亡くしたあとに娶《めと》った若い後妻だ。ヴィヴィアンよりほんの二つ三つ年上なだけの彼女とは、お世辞にも仲よくしているとは言えなかった。「でも、たいへんなときに放ったらかしにして帰ってくるわけにもいかなくて。それに少なくとも、赤い発疹《ほっしん》だらけになったサブリナを見られて楽しかったわ」

「それは、なにを置いても見ておかなくてはね。それにウィローメアではもっと大きな騒ぎがあったのでしょう? そういう機会に、どうしてわたしったら行き合わせないのかしら」

ウィローメアというのは、シャーロットの一族が所有する地方の領地で、ヴィヴィアンのおじの館からはわずか数マイルしか離れていない。かつてヴィヴィアンは夏になるとおじ夫妻のところによく遊びに行っていたため、それでシャーロットとも仲よくなったのだった。増築を重ねて大きく広がった古い邸には、いまではシャーロットの従兄《いとこ》である第九代ステュークスベリー伯爵が暮らしている。そして、アメリカからやってきた彼の従妹《いとこ》たちも。花の名前をつけられたバスクーム四姉妹は、名前どおりのか弱き乙女たちとはとても言えないのだが、先の社交シーズンが終わるころにイングランドにやってきた。率直すぎる物言いと自由奔放なふるまいゆえに、彼女らがロンドンの社交界にデビューするにはまだ時期尚早だと伯爵は考え、準備をととのえさせるためにウィローメアへ送ったのだ。

シャーロットと同じくヴィヴィアンの目にも、バスクーム姉妹は新鮮でかわいらしく映った。たしかに社交界でやっていくには磨きをかける必要はあるけれども、今季のシーズンでヴィヴィアンは彼女らの後押しをすることを喜んで引き受けた。そして、おじの館に滞在しているあいだに、より親しくもなった。

先だっての秋に起こった出来事を思いだし、ヴィヴィアンは思わず笑ってしまった。「バスクーム姉妹の行くところ、かならずなにかが起こるわね。誘拐犯があらわれたり、フランス人の気球乗りが空から落ちてきたり。あなたの従妹たちと数カ月過ごしたあとでは、まさしくマーチェスターなど嘆かわしいほど退屈に思えるわ」

「でも、あなたはいったいどちらをなつかしく思い起こすかしら――カメリアやリリーの冒険か、それともステュークスベリーとのやりとりか？」シャーロットの瞳が輝く。

「ステュークスベリーですって！」ヴィヴィアンは顔をしかめた。「あんないやみったらしい人が、なつかしいものですか！」

父公爵の邸にいるあいだ、ふと気づくと伯爵との丁々発止のやりとりを一度ならずも思いだしていることがあった。そのたび、ああ、ここにステュークスベリーはいないのだと気づいてがっかりしていたのだが……そんなことをシャーロットに明かすつもりはさらさらなかった。

「あら、思うに、突っかかっているのはたいていあなたのほうではないかしら」

ヴィヴィアンは上品とは言いがたい鼻息を漏らした。「彼があんなにえらそうで、自分だけが正しいみたいな顔をしていなければ、わたしだって突っかからなくてすむのよ」

シャーロットはやれやれと頭を振り、笑いのような、ため息のような声を漏らした。「オリヴァーったら、あなたの前ではことさらえらそうですものね」

「ほら、わたしの言いたいことはわかるでしょう?」ヴィヴィアンは肩をすくめた。「わたしたちはとにかくうまが合わないのよ」

「そうね。でもおかしなことに、うまが合わないことをあなたたちはとても楽しんでいるように見えるのだけれど」

ヴィヴィアンがぎょっとして友に目をやると、シャーロットは訳知り顔でこちらを見ていた。「いったいなにを言っているのかしら?」

「あら。でも、わたしの記憶が正しければ、あなたは昔オリヴァーに甘い気持ちを抱いていたって、ほんの数カ月前に話してくれたでしょう」

ヴィヴィアンの頬にみるみる赤みが差した。「それは十四歳のころの話よ! まさか、いまでもわたしがそんな……女生徒みたいに彼にのぼせているなんて思っていないでしょうね」

「いいえ、そういうわけではないわ。あなたは殿方に興味を抱けば、行動に移す人でしょうから」

ヴィヴィアンは考えこむように首をかしげた。「そう、そうね……もし、そういう相手がいれば」

「そして、自分の気持ちにちゃんと気づいていれば」

「なんですって？」ヴィヴィヴァンは驚いて目を瞠《みは》った。「まさか……まだあなたは……」

シャーロットはなにも言わず、おもしろそうにかすかに眉を上げ、ふだんは歯切れのいい友人が言葉に詰まっているのを眺めていた。

「オリヴァーのことはほんとうになんとも思っていないわ」ヴィヴィアンはとうとう口にした。「自分の気持ちははっきりとわかっているつもりよ」

「ええ、そうね」

「たしかに」ヴィヴィアンは包み隠さず言った。「オリヴァーはすてきな人よ。それはまちがいないわ」

「ええ、まったく」友人がまじめな顔で同意する。

「彼の顔や姿形には、文句のつけようもないし」

「ほんとうにね」

「頭もいいわ。ちょっと頭が固くて腹の立つことも多いけれど、乗馬もダンスも上手だし」

「言うまでもないわね」シャーロットの瞳は躍っていたが、口もとは固く結ばれたままだった。

「兄と同じで、結婚を望む令嬢たちに追いかけまわされているわ」

「そうね」

「でも、わたしは結婚したいとは思っていないの。それに、オリヴァーとのあいだにロマンスが芽生えるだなんて、そんなことを考えるほど愚かでもないし」

「それでも、わたしにはどうしても……オリヴァーとぶつかっているときのあなたが……楽しそうに思えてならないの」

ヴィヴィアンの口の端がわずかに上がった。「たしかに、なかなか楽しいときもあるわ」

「彼のことが嫌いでも？」

「嫌いなわけではないわ」ヴィヴィアンはとっさに反論した。

「そうなの？」シャーロットがいたずらっぽいまなざしをヴィヴィアンに向ける。

「ええ、もちろんよ。困ったときにはとても頼りになるし」ヴィヴィアンはそこで言いよどみ、慎重につづけた。「でも、あとでさんざんばかにされるから、とんでもなく不愉快な気分になるのよ」

女友だちはくすりと笑った。「ええ、そうでしょうね」

「でも、わたしと彼だなんて……わたしたちは水と油ほどに相容《あいい》れないのよ」

「それを聞いて残念だわ。だって今回の社交シーズンであなたはリリーとカメリアの後見をするのだから、あなたたちが顔を合わせる機会も多いでしょうに」

「それは問題ないと思うわ」ヴィヴィアンは手をさっと振って気にも留めなかった。「オリヴァーはいつものとおり、ウィローメアから出てくることはほとんどないでしょうから」

「それはどうかしらね」シャーロットがそっけなく言い、ヴィヴィアンの背後に目をやった。

一瞬の間を置いて、低い男性の声が響いた。「レディ・ヴィヴィアン、シャーロット」

ヴィヴィアンの顔がかっとほてり、手は冷たくなった。「ステュークスベリー！」

オリヴァーは決然とした足取りで近づいた。長身の引き締まった体躯《たいく》を黒のひざ丈ズボンと上着に包み、シャツはまばゆいばかりに白く、シャツの前立てにはひかえめなひだ飾りがついていた。白いリネンの襟巻きは簡素な結び方で、中央をオニキスのピンで留めている。流行の最先端というわけでも流行遅れというわけでもない装いは品があり、仕立ても最高級だが、派手さやこれ見よがしなところはまったくない。焦げ茶色の髪を短く刈りこんでいるのは、流行を追っているのではなく、そのほうが楽だからだ。腹違いの弟のフィッツほど完璧な容姿ではないけれども、ヴィヴィアンの言ったとおり、きりりとした造作と動じることのないグレーの瞳を持つ彼はたしかにすてきだった。

舞踏室に足を踏み入れたとたん、オリヴァーは従妹とレディ・ヴィヴィアンに目を留めた。

というよりも、レディ・ヴィヴィアンに気づかずにいるほうがむずかしい。彼女は黒いサテン地に同色の薄い布を重ねたドレスをまとっており、あらわになった肩と優美な細い首の白さがひときわ目立つ。そして燃えるような赤毛は、まるでかがり火のように見えた。

彼女はこういうところが困るんだ、とオリヴァーは思った。どんなときでも彼女は目立つ。静かに周囲に溶けこんでいることなどない。いつでもだれよりきらびやかさを放って存在感を主張する。オリヴァーは彼女のほうに向けて足を進めながら、どうして彼女が着ると華美でもない黒のドレスがこれほど優雅に、かつ淫靡《いんび》なものになるのだろうかと首をかしげた。

ヴィヴィアン・カーライルはおしゃれで趣味がよく、まさしくレディとしか言いようのない女性なのだが、それでいて、いつもどこか妖しい激しさを秘めているのではないかと感じさせるところがあった。ゆっくりと笑みを浮かべる唇のせいだろうか。それとも、彼女が視線を送った相手としか楽しみは共有できないとでも言いたげな、輝くグリーンの瞳のせいなのか。あるいは乳白色の華奢《きやしや》な首にかかる、繊細な巻き毛のせいなのか。いや、もしかしたら、曲線を描くしなやかでやわらかな体を、恥じらいもなく、いとも自然に人目にさらしているせいかもしれない。

なんにせよ、死人でもないかぎり、ヴィヴィアンを目にして、せめて一瞬だけであっても彼女を腕に抱いてそのやわらかな肌にふれてみたいと考えない男などいないだろうとオリヴァーは思った。彼自身、ふと気づくとそのようなことを考えていたことが一度ならずあった。ヴィヴィアンの魅力には、ほかのだれより免疫があるにもかかわらず。なにしろヴィヴィアンのことは、彼女がまだやせっぽちで、はにかみ笑いといたずらをして、燃えるような豊かな赤毛を三つ編みにして背中に垂らしているような、ほんの少女だったころから知っているのだ。オックスフォード大学から夏休みに帰るたび、従妹のシャーロットと一緒にいたずらばかり仕掛けてきて、まったく手を焼かされたものだ。いまでも彼女は、ほかのだれよりも彼をいらだたせる力を持っている。いったいぜんたい、どうしてそんな相手に、今シーズン、アメリカから来た従妹たちの後見を頼むことにしたのか、自分でもわけがわからない。いくら彼女がロンドンの社交界で高い地位にいるとはいえ、毎日のように彼女と顔を突き合わせてむしゃくしゃするだけの甲斐《かい》があるとは思えないのに。

　この一週間、オリヴァーはいつヴィヴィアンと顔を合わせることになるかと思いながら過ごしていた。ロンドンでの社交生活は、ヴィヴィアンにとって、あるのが当然のものだ。ほかの人間なら次から次へとつづく催しに疲れ果てるところだが、ヴィヴィアンは逆に生き生きする。街を一、二カ月、留守にすることもめったにない。先だっての秋のように、あれだけ長くおじのところに滞在するなど、彼女にとってはほぼあり得ないことだった。いや、おじのところというより、おじのところとウィローメアというべきか。なぜならオリヴァーが目をやるたび、ウィローメアの邸に彼女の姿があったからだ。空気にはそこはかとなく彼女の香水のにおいが漂い、廊下からは彼女の笑い声が響き、同じ食事のテーブルにも彼女がいて、彼と言い合いをしながら楽しそうに瞳を輝かせていた。彼女がマーチェスターに行ってからウィローメアはずいぶん静かになり、波風も立たず、なんとなくうら寂しかった。

そういう静かでおだやかな環境を出て、みずからヴィヴィアンとかかわる場に身を置くなどほんとうは不本意なのだと、オリヴァーは内心ひとりごちた。しかし、自分は責務から逃げるような人間ではない。いまの自分には、新たに見つかったアメリカ人の従妹を無事に社交界デビューさせるという責任がある。彼女たちを見守らなければならないのだ。とどのつまりそれは、ヴィヴィアンを見守るということになる。彼女たちの付き添い婦人《シャペロン》となるはずだったイヴが弟のフィッツと結婚し、いつも姉妹のそばにいられるわけでなくなったいまは、なおさら。

リリーはまず問題ないだろう。すでに婚約しているから、社交シーズンにつきものの、上品そうでいて熾烈《しれつ》な夫獲得競争に加わらずにすむし、パーティや買い物、観劇、挨拶のための訪問、どこまでもつきまとう噂話《うわさばなし》といった社交的な活動にも姉のカメリアよりは順応している。なにかをやらかすとしたら、率直でぶしつけとも言える物言いをする、非常にアメリカ人らしいカメリアのほうだろう。人と言い合いになったり、決まりごとを破ったりするおそれがある――悪気があるわけでも、わざと反抗しているわけでもなく、ただたんに社交界の慣習がカメリアにとっては古代言語のようにまったく理解できないだけなのだが。ヴィヴィアンのよいところは、公爵家の令嬢でありながらどちらかと言えばカメリア寄りの人間であることだ。つまり、カメリアの行動を理解し、予測することができる。だが残念なことに、カメリアに似ているだけあって、従妹のおかしな言動を止めるどころか一緒になって騒ぎを起こしてしまうことも考えられる。

そんな想像をするとオリヴァーの口もとは引き締まった。対処法はただひとつ、自分が従妹のカメリアとヴィヴィアンに目を光らせておくことだ。つまり、不本意ながらも、もっとパーティやら社交の場やらに顔を出し、忍耐力を試されながら、はるかに長い時間を彼女と過ごすことになるということだ。だが、ほかに手はない。従妹を放っておくわけにもいかない。カメリアはたしかに手に負えないふるまいをするとはいえ、彼女よりもはるかに世慣れて手厳しい社交界の人間に比べれば、裏表がなく正直で純真なのだ。だからオリヴァーは、パーティにも出ようと決心した。ヴィヴィアン・カーライルのことならなんとかなる。そうだ、どれほど神経を逆なでされようとも、彼女とうまくやるようにひたすら努力すればいいのだ。

しかしその決意は、ヴィヴィアンが彼に挨拶しようと振り向き、彼女のドレスの威力に真っ向からぶつかった瞬間から試されることになった。ハート形の襟刳《えりぐ》りは深く大きく開き、胸もとの大部分と肩がむきだしになっている。上等なサテン地がぴたりと体に貼りつき、首にあしらわれた黒いビーズ飾りは、乳白色の胸のふくらみにどうしても視線が吸い寄せられるようになっていた。オリヴァーは激しい欲望を覚えた。だが、長年にわたって訓練された自制心で、なんとか無表情を保った。

「ステュークスベリー」ヴィヴィアンは彼女ならではの笑みを向けた。ふたりだけの秘密があって、笑いかけるかのような。

オリヴァーは、自分が彼女に救いようのない退屈な男だと思われていることを知っていた。彼女に笑われているのではないかと、なんとなく感じることがたびたびあり、そのせいでますます彼女の前では意固地になってしまう。いまも彼女の挨拶に応えて、やたらとかしこまったおじぎを返した。

「会えてとてもうれしいわ」ヴィヴィアンが言った。「リリーとカメリアも一緒なの?」

「いや。先週、わたしひとりで出てきた。バスクーム姉妹はフィッツとイヴと一緒にあとからやってくる。もうそろそろだろう」懸命に努力はしていたが、オリヴァーの視線はどうしてもヴィヴィアンの胸もとに戻った。まったく彼女ときたら。こんなドレスでは目のやり場に困るではないか。

「こんなところにひとりでいらっしゃるなんて驚いたわ」ヴィヴィアンはつづけた。「たしかあなたは、ロンドンなんてめったにいらっしゃらないでしょう?」

彼女の決めつけがどうして気に障ったのかわからないが、事実、オリヴァーはむっとした。

「そんなことはない、ロンドンにはしょっちゅう来ている。どうしていつもウィローメアにこもっているように思われているのか、わからないな」

「だって、だれもあなたを見かけていないのだもの」

「だが、ロンドンにはいる。パーティに出ないだけだ」

「ああ、なるほど」ヴィヴィアンの口角が上がった。

「もっと有用なご用事にいそしんでいらっしゃるというわけね」

またた、とオリヴァーは思った。彼女はまじめくさった彼の性格を揶揄《やゆ》している。ヴィヴィアンの顔に驚愕《きょうがく》がひらめくのを見るためだけにでも、不埒《ふらち》な言動をしてみせたらどんなに愉《たの》しいだろうかと、ときどき思うことがある。だが、もちろんそんなことをするのはまったくばからしいから、彼はこう言うにとどめた。「ロンドンに来るのはたいてい執務のためだ」

ふたりのやりとりを脇で見ていた従妹のシャーロットが、初めて口をひらいた。「まあ、オリヴァー、それだけで毎晩時間が埋まるわけではないでしょう？　少なくとも一度や二度は晩餐会《ばんさんかい》や舞踏会に出かけるのではなくて？」

ヴィヴィアンがかすかに瞳をきらめかせてオリヴァーを見やった。「ねえ、シャーロット、あなたの従兄は、晩餐会や舞踏会など退屈だと思っているのではないかしら。そうでしょう、オリヴァー？」

「いや、べつに」彼はそっけなく答え、張り合うようにグレーの瞳で彼女の目を見返した。「わたしのようなおとなしい人間には刺激が強すぎるくらいだ。そんなところに出れば圧倒されるだろうな」

ヴィヴィアンは小さく笑いを漏らした。「あなたがそんなふうになるなんて、本気で見てみたいわ。あなたが圧倒されることなんてあるのかと、ずっと思っていたんですもの」

「おや、レディ・ヴィヴィアン、そんなことをきみに言われるとは。きみには何度もその魅力で圧倒されているぞ」

ヴィヴィアンは声を失い、少し驚いたような顔をした。が、パチンと扇をたたむと、瞳を輝かせてオリヴァーの腕をそれで軽くたたいた。「なんともすばらしいおほめの言葉ですこと、伯爵さま。びっくりしたわ」

「わたしには人をほめることもできないと?」

「いいえ、まさか。あなたがほかのかたとお話しするところは拝見しているもの。でも、まさかわたしをほめるだなんて、思ってもみなくて」

オリヴァーは両眉をつりあげた。「わたしはどんな男だと思われているんだ？　それほどの無骨者だと？」

「いいえ、無骨ではないけれど……でも、そうね、甘い言葉で女性をおだてるようなことはできない人かと思っていたわ」

今度はオリヴァーが驚いた顔をする番だった。甘い言葉で女性をおだてることもできない？　まさかヴィヴィアンは、彼女がどれほど美しく、どれほど男たちを動かすか、わたしが気づいていないと思っていたのだろうか？　ここにこうして立っているいまも、彼女と話をして懸命に冷静な顔を装いながら、彼女を意識して神経が高ぶっているというのに。彼女の香水に五感をくすぐられ、血が沸き立っているのに。まさしくこういう反応を男たちに起こさせたくて、彼女はこのドレスを選び、髪を結い、耳のうしろに香水をつけたのではないのか？　自分が男にどういう目で見られているか、知らないはずはない。それでいて驚いた顔をしたのは、オリヴァーが男として反応するとは思っていなかったからだろう。

その考えに、オリヴァーは愕然とした。自分は彼女にとって、それほどにまじめくさっていて退屈な男なのか？

「いとしのヴィヴィアン」オリヴァーの声は少しだけとがっていた。「わたしにどれほどのことができるか知れば、きっと驚くのではないかな」

ヴィヴィアンが目を丸くする。オリヴァーは自分の言葉が彼女を驚かせたことに胸のすく思いがした。シャーロットもびっくりして息をのんだことには気づかぬふりをし、手を伸ばしてこうつづけた。「どうだろう、次の一曲をわたしと踊ってくれないか？」

いったい彼はどうしたのかしら？　一瞬、ヴィヴィアンは驚きのあまりオリヴァーを見つめることしかできなかった。彼にダンスに誘われたのはこれが初めてではないし、ほめ言葉をかけられたことだってないわけではない。ダンスフロアをともに舞い、今夜はきれいだとかなんとか言われたことは、たしかにある。けれど、そんなほめ言葉もダンスの誘いも、いつも丁重で、ふたりの住む世界では当たり前の決まりきったものにすぎなかった。彼が晩餐会でヴィヴィアンに腕を差しだすのは、たんに彼女がその場で最高位の女性だからであり、シャーロットやほかの親族の女性やパーティの主催者である女主人と礼儀作法に則《のっと》って踊ったあと、かならず彼女とも踊るというだけのことだ。

ところが、今夜はなにかがちがっていた。オリヴァーのまなざし、声色《こわいろ》のなにかが。彼が口にしたほめ言葉は大げさなものではなかったけれど、いつもの当たり障りのない言葉でもなかった。まるで……言い寄られているのかと錯覚してしまいそうだった。ダンスに誘う前の彼の言葉は挑発的だったから……。まるで戦いを挑むかのような勢いでダンスに誘われた。

挑発されて引っこむようなヴィヴィアンではない。

彼女は口の端を上げて笑みを浮かべ、オリヴァーの手に手を重ねた。「もちろんですわ、伯爵さま。喜んで」

ふたりはダンスフロアに出た。周囲にも多くの男女が出ていたが、配置がコティヨンやカントリーダンスではなく、ワルツだということにヴィヴィアンは気づいた。いっきに神経が高ぶるのを感じながら、オリヴァーと向き合う。オリヴァーとワルツを踊ったことなどあったかしら？　記憶にはない。いまではワルツもそれほど不道徳な踊りではなくなり、地方の催しでも踊られるようにはなっている。実際、彼女自身もう何年も大勢の男性とワルツを踊ってきた。だからいまさらこんなふうに焦る理由もないのに。

それでもやはり、オリヴァーを前にするといつも少し怖《お》じ気づいてしまう。二十八歳にもなる彼女がそんなふうになるなんて、めったにないことだった。彼女は自分の意見をしっかり持ち、たいてい自分の好きなように行動している。公爵家のひとり娘なので自分名義の財産もあり、男性の庇護《ひご》下にあるわけでもない。この十年、大勢の殿方から求愛を受けてきたが、だれかのものになったことはないし、ここまでくればこれからもだれのものにもならないと思う。ときおり軽いじゃれ合いのようなものを楽しんでいるし、裕福な崇拝者もいるから観劇や舞踏会のエスコートにも困らない。今夜のように、殿方のエスコートをつけずにいても、まったく問題はない。つまりヴィヴィアンは、どんな男性が相手でも振りまわされないでいられる自信があった。

けれどもオリヴァーは……なんとなくオリヴァーはどこかがちがう。まだ幼くて自分に自信がなかったころからの知り合いだからかもしれない。彼は自分よりもうんと年上で、大人であるような気がするのだ。それに、少女のころ彼にあこがれていたせいもあるかもしれない――一方的で、気づかれもしなかった思いだったけれど。あるいは彼が、いつもかならずいやになるほど正しいからかもしれない――言うことも、することも、考えることでさえも。いつだったかフィッツが、オリヴァーを兄に持つがゆえの〝完璧を求められる重圧〟に不満をこぼしていたことがあったが、その気持ちはよく理解できる。〝ステュークスベリー伯爵〟というのは立派すぎる基準なのだ。彼の言うことに納得できるかどうかはべつとして、いちばん正しいのはまちがいないのだろうけれど、果たしてほんとうにそうなのかと、ときどきけちをつけたくてたまらなくなる。

もちろん、彼に怖じ気づきそうになるからといって、おとなしくおびえているつもりはない。ヴィヴィアンは少しあごを上げて彼の顔を見据えた。その瞳にはなんとも読めない表情が浮かんでおり、彼女はなんともおかしな感じで胃が締めつけられた。その瞬間、音楽が始まって彼の手に手を取られた。もう片方の手は彼女のウエストにまわり、ぐっと引きよせられる。

胃の締めつけが強くなり、ヴィヴィアンはいきなり顔が熱くなるのを感じた。オリヴァーがこれほど近くにいるから、照れてしまったかのような反応だった。彼女は顔をそむけ、ステップに意識を集中してなんとか音楽に合わせて動いた。ばかみたい。オリヴァーとワルツを踊るくらいでこんなにうろたえて。はるか昔からずっと知っている相手なのに。彼の腕のなかにいるいま、ふたりの距離はこれ以上ないというくらい近いけれど、オリヴァーの物腰に下心を感じさせるものはなにもない。兄と踊っているのと同じようなもの……ただし兄と踊っているようにはまったく思えないけれど。

彼女の手を握るオリヴァーの手や、ウエストを抱える手が、痛いほどに感じられた。ドレス越しではあるけれど、彼の手が妙に熱い。男らしいコロンの香りがふわりと届いた。ヴィヴィアンは思わず、かつて自分が彼を前にするとどれほど舞いあがっていたかを思いだした。

顔を上げてオリヴァーを見ると、知らず知らずのうちにゆっくりと口もとがほころび、瞳も輝いた。ウエストにかかったオリヴァーの手の力が強くなり、わずかに引きよせられる。だが、すぐに彼は顔をそむけ、手の力も弱まった。踊っているほかの男女を見やった彼の眉間に、しわが寄る。

オリヴァーはさらにまわりを見て言った。「どうも、みなに見られているようだ」視線がヴィヴィアンの顔に戻ると、さらに眉間のしわが深くなった。「きみが着ているドレスのせいにちがいない」

ヴィヴィアンは一瞬で現実に引き戻された。オリヴァーがいつもとちがうだなんて、どうして思ったのだろう？　彼女も顔をしかめて見返した。「わたしのドレス？　わたしのドレスのせいで、人に見られているというの？　その口ぶりでは、ドレスがとてもすてきだからというわけではないようね」

オリヴァーの口もとが引き締まった。「肌の露出が大きすぎる」

ヴィヴィアンの目が光った。「わたしのドレスに下品なところなどないわ。ミセス・トリハーンの襟刳りのほうが、ずっと大きく開いているじゃないの」

「きみはミセス・トリハーンと比べられたいのか？」

「わたしはだれとも比べられたくないわ」ヴィヴィアンは言い返した。「わたしのドレスがどうのこうのと言いだしたのは、あなたでしょう。わたしはただ、このドレスよりも大胆なものをまとった女性はたくさんいると言っただけよ。そういう人たちだって、とくに人目を引いているわけでもないわ」

「それは、彼女たちがきみのようには見えないからだ」

ヴィヴィアンは面食らって目を丸くした。「侮辱されているのか、ほめられているのか、よくわからないわ」

オリヴァーも驚いたような顔をした。「そのどちらも、したつもりはないが」

彼女はつい小さな笑いを漏らしてしまった。「ねえ、ステュークスベリー、あなたってほんとうにどうしようもない人ね。鏡を見て、自分が年寄りではないことを確かめたことはないの？」

男性がこんなにどきりとするような錫色《すずいろ》の瞳をしているなんて、ほんとうにずるい、とヴィヴィアンは思った。それに、いきなりまぶしいほどの笑顔を見せられると、心臓がひっくり返りそうになる。それでいて、ふだんはどこまでもきまじめだなんて。

オリヴァーの顔が引きつった。「それは、年齢を重ねていなければ人に意見することもままならないと、きみは言って――」

「ちがうわ。わたしはこれまで、胸を大きくさらけだしていることを若い殿方から注意されたことなどないと言っているの」

みるみるオリヴァーの顔が赤くなり、その瞳が一瞬かっと燃えあがった。「ヴィヴィアン！　言葉に気をつけたまえ。だれもがきみのことを、わたしのように知っているわけではないんだぞ。なんでも言ってしまうきみを、こころよく思わない人間もいるんだ」

「でも、あなたはけっして悪く思わないでしょう？」ヴィヴィアンはため息をついた。彼の言うことにいちいち腹を立ててもしかたがない。オリヴァーはこういう人なのだから。彼女は小首をかしげて笑顔で彼を見あげた。「ねえ……言い争うのはやめましょう。しかも、わたしのドレスみたいにどうでもいいようなことで。せっかくすてきな音楽がかかっているし、わたしもロンドンに戻ってきてとてもうれしく思っているの」

「そうだな」オリヴァーは小さくうなずいた。「べつに言い合いをするつもりではなかった」ひと息置く。「マーチェスターはどうだった？　邸は楽しかったかい？」

「ええ」うんざりした口調になったのは自分の耳にもあきらかで、ヴィヴィアンはあわててつけ加えた。「クリスマスにほかのところにいるなんて想像できないわ。なんといってもやはり自分の家ですもの」

「ああ、とても大事なことだね」オリヴァーが同意した。

彼にとっては、そういうことが彼女が思う以上に大事なことなのだろうとヴィヴィアンは思ったが、口には出さなかった。「父と兄のグレゴリーに会えるのは、いつでもうれしいものだわ」

「セイヤーは元気か？　あいかわらず本に埋もれているのか？」

ヴィヴィアンはやさしげに笑ってうなずいた。「それに手紙ばかり書いているわ。兄のところには世界各地から手紙や小包が届くの……アメリカの農場主や、セイロンの茶園の経営者や、世界中の冒険家から。いまは植物に夢中で、またひとつ温室を建てるつもりじゃないかしら」

「ああ、彼とはときどき作物の話をするんだ。彼はあれこれとおもしろいことを考えているね」

ヴィヴィアンは頬をゆるめた。作物の話がおもしろいだなんて、兄とオリヴァーくらいのものだろう。「農作物の研究をしていると、いつか爵位を継がなければならない重圧がまぎれるのだと思うわ。もちろん、小作人からはたいていどうかしているんじゃないかと思われているけれどね」

「小作人には好かれていると思うぞ」

「ええ、そうね。でも、公爵らしい公爵にはなれないと思われているわ。父のようにはいかないと」

「小作人はお父上のほうがいいと言っているのか？」

「驚くようなことでもないでしょう」

「すまない」オリヴァーは少々ばつが悪そうだった。「わたしはべつに――」

「父は少し放埒《ほうらつ》すぎると言いたいのでしょう？　地所をしっかり見まわりもせず、すぐにロンドンに飛んでいくし、帳簿など一度も目を通したことがないし」ヴィヴィアンはオリヴァーの悔いるような顔つきを見てくすりと笑った。オリヴァーが彼女の父親をよく思っていないのはあきらかだったが、礼節を重んじる彼がそんなことを認めるはずもない。「でもほんとうのところ、たしかに小作人たちは父こそマーチェスター公爵のあるべき姿だと思っているのよ。まあ、おじいさまのようなかたのほうがいいと思っているわけでもないけれどね。おじいさまは、それこそ放蕩者《ほうとうもの》と言われる人だったもの。でも父は、人を惹《ひ》きつける魅力と高慢さがうまく組み合わさっているの。やはり公爵たるもの、小さなことを気にしたり、心配したりするのはいかがなものかということなのでしょうね」

「ふむ」ステュークスベリー伯爵たるオリヴァーは、それについてはとくに返す言葉がないようだった。

それからしばらく、ふたりは黙ってダンスフロアをまわっていた。オリヴァーのリードについていくのは楽だった。ウエストに添えられた手が、押したり引いたりすることなく的確に導いてくれる。ステュークスベリー伯爵と一緒であれば、いつも安心していられるわけね、とヴィヴィアンは思った。血湧き肉躍るというわけにはいかなくとも、ダンスのパートナーとしてはとてもいいことだ。いや、ダンスだけでなく、いろいろな場面でとても助かるだろう。しかも彼なら、口は引き締まっているし、肩も広いし……うなじでカールしているおくれ毛はかわいらしいし……。

「それにしても、ずいぶんと〝館〟にいる期間が短くて驚いたよ」少ししてオリヴァーが口をひらき、ヴィヴィアンの夢想を破った。

「えっ！」あわてて目をやった彼女は、つい品定めするような視線で彼を見ていたことに気づかれやしなかったかと、恥ずかしくなった。「そうね……」肩をすくめる。「兄も父も好きだけれど、〝館〟ではすることがないんですもの。散歩や乗馬をするには寒いし――兄はどんなことがあっても乗馬に出るけれどね。クリスマスの飾りつけも必要だったけれど、ファルワースとミセス・ミントンでしっかりとこなしていたし。わたしがいなくても、あのふたりでじゅうぶんに館を切り盛りできるわ。一年のほかの季節はそうしているんだから。それに兄はたいてい図書室か書斎か温室に入り浸りですもの」

「〈ハルステッド館〉に行ったあとだったから、ゆっくり息がつけるものと思っていたが」

ヴィヴィアンの口もとがゆるんだ。「ええ、そうね。はしかやらなにやらはもうごめんだけれど、あそこは退屈しないわ」

「そうだろう。少なくとも、わたしの従妹たちがウィローメアに到着してからは」オリヴァーは苦笑した。「かつてあそこの暮らしは、ずいぶんおだやかなものだったのだがな」

「退屈な自宅なら耐えられたのだけれど、二番目の兄のジェロームと奥方のエリザベスがやんちゃな子どもたちを連れてクリスマスのために帰ってきたのよ」

オリヴァーの顔が大きくほころぶ。とたんに彼はずいぶん若く見え、グレーの瞳はほぼ銀色に変わった。「きみは、甘いおば上ではないのだろうな」

ヴィヴィアンも笑みを返さずにはいられなかった。こんなふうにオリヴァーがあたたかく親しげで、楽しそうな顔をしていると、好きにならずにはいられない。彼がずっとこんな顔をしていてくれるのなら、どんなことでもしたり言ったりしたくなる。「そうね。でも、うちの姪《めい》と甥《おい》っ子たちはかわいいなんてものではないんですもの。すねたり泣いたりしているか、廊下を走りまわっているか、金切り声でわめいているかのどれかなの。でもね、それだけじゃないのよ。ジェロームとエリザベスも仲が悪くて……。べつべつに暮らしていてくれれば問題もないのに、あのふたりはわざわざぶつかり合って、わたしたちにも当たるのよ」

「好き合って結婚したと思っていたが」

「そうなの……昔はね。でも最初の一、二年が過ぎてしまえば、〝好き合って結婚〟した夫婦よりも、完全に便宜上の結婚をした夫婦のほうがうまくいっている例をたくさん見てきたわ」兄夫婦がうまくいかなくなった理由まで説明する必要もないだろうとヴィヴィアンは思った。ロンドンにいる兄の愛人たちのことは、オリヴァーも知っているにちがいない。

「だが、彼らはしばらくして帰ったのだろう？」

「ええ、ありがたいことにね。でも今度は父が大勢の友人を招いて、何週間もカード遊びや宴をするなんて言いだして。そういうパーティはたいていカード遊びだけじゃなく、ポートワインをがぶ飲みしたりどんちゃん騒ぎをしたり――がつきものでしょう？　ロンドンのほうが快適だろうと思ったのよ。それに、早くリリーやカメリアと社交シーズンを始めたかったし」

オリヴァーが眉を寄せた。「なんてことだ。きみが邸にいるというのに、お父上は仲間連中を招いたというのか。貴婦人のいる邸で酒宴とは！　お父上はいったいなにを考えておられるのか」

ヴィヴィアンは体をこわばらせた。たしかに公爵はよい父とは言えない。けれど父のことは愛しているし、他人に批判されるのは耐えられなかった。「なにはどうあれ、父の家ですもの」

オリヴァーの顔がゆがむ。「だからといって許されるものではない。昔からずっとそうじゃないか。きみを育てていたときだって、邸にそのときどきの相手を――」レディの前で口にするような話題ではないと気づいたのか、そこで言葉がとぎれた。「要するに、お父上は自分の子どもたちがどんな人間と接するのか、かならずしも配慮されていたわけではなかったということだ」

彼の言葉はヴィヴィアンの神経をいっそう逆なでした。オリヴァーは、彼女の父親がほぼロンドンでばかり過ごし、母親のいない幼い娘を子守や家庭教師にまかせきりにしていたことを責めてはいない。彼の腹に据えかねるのは、彼女の父親の不謹慎な暮らしぶりなのだろう。邸に連れこむ友人連中のなかには、愛人が交じっていることもあったのだから。

「マーチェスター公爵がだれを邸に連れてこようと、あなたには関係のないことよ」ヴィヴィアンは語気も荒く言い返した。「子どもをどんなふうに育てるかということも」

彼女はいきなり足を止め、彼の手を振りはらった。オリヴァーも面食らって足を止めた。周囲をほかの男女だけが流れていく。

「ヴィヴィアン！　なにをするんだ！」オリヴァーは息をひそめてまわりをうかがった。

「ダンスの途中でいきなり止まるなんて」

「いけなかった？　でもしかたがなかったの」くるりときびすを返したヴィヴィアンは、ほかの男女のあいだを縫うように去っていく。

オリヴァーはあっけにとられて突っ立っていたが、すぐに彼女を追ってダンスフロアをあとにした。

2

オリヴァーはダンスフロアの端でヴィヴィアンに追いついた。彼女の腕をつかみ、客たちから離れて空いた椅子に連れていく。

「放して！」ヴィヴィアンは抗《あらが》った。「いったいなんのつもりなの？」

「きみを醜聞から守っているつもりだ」彼女を押さえつけて座らせ、上から覆いかぶさるようにして、できるかぎり心配そうな表情を顔に貼りつけた。「倒れそうになっているふりをしたまえ」

「わたしは倒れそうになどなっていないわ。ひどく怒っているだけ」

「いいから」オリヴァーは冷たく言った。「ほら、少しくらいしんどそうにしたまえ。ワルツを踊ってぐったりしているように見せるんだ。それともなにか？　あんなふうにダンスフロアから出ていくなんて、いったいわたしとなにがあったのだろうと、社交界の半分の人間に想像してもらいたいのか？」

なにがしたいのかと訊《き》かれれば、ヴィヴィアンは手を振りほどいて彼に食ってかかりたかった。けれども彼女も社交界の人間だ。オリヴァーの言っていることが正しいのはじゅうぶん承知していた。彼女はダンスの最中にフロアを離れるという大失態をしたのだ。そのうえ、いまオリヴァーと言い争っているところを見られたら、事態を悪くするだけだ。たちまち噂になるだろう。他人になんと言われようとさほど気にしないが、自分とオリヴァーのことで少しでも醜聞が立てば、リリーとカメリアにも影響が及ぶ。すでに前途多難なバスクーム姉妹の状況を悪くするのは、もちろん避けたかった。

だから椅子に体をあずけて片手を額に当てながら、上目遣いで彼をにらむだけにしておいた。

「やりすぎるな」とオリヴァー。「でないと、気付け薬を使わなければならなくなる」

「気付け薬なんて持っていないわ」

「だろうな。だが、そのときは、どこかから借りてでも」

「あなたってほんとうに腹の立つ人ね」ヴィヴィアンは手をおろして怒った顔を向けた。

「もう行ってちょうだい」

「弱ったきみを放っていけるわけがないだろう。あ、おい——いま、うならなかったか？」

「ばかなことを言わないで」ヴィヴィアンは息を吐いた。「どうしてあなたって、いつも最高に腹の立つことを言ってくれるのかしら？」

「とくに苦労しなくてもそうなってしまうんだが」オリヴァーは舞踏室を振り返った。「ああ、シャーロットが来る。ちゃんと心配そうな顔をしてくれているぞ」

「ヴィヴィアン」シャーロットがすぐ近くまでやってきた。「具合が悪いの？」身をかがめてヴィヴィアンの手を取り、小声で言う。「またけんか？」オリヴァーのほうに向けた目が笑っている。

「けんかなどしていない」オリヴァーが眉根を寄せた。「ただ――」

「お説教されていたのよ」ヴィヴィアンが言った。「だからけんかにならないように、わたしのほうから離れたの」

「ふたりとも、言い争いにならないように、がんばっていたわね」シャーロットがにんまり笑った。「幸い、ほとんどの人が、ダンスタン卿とミセス・カーステアーズがやたらとくっついて踊っているところに目を奪われていたわ。ヴィヴィアンがフロアから飛びだしていったのを見ていたのは、わたしくらいじゃないかしら」

「それほど大げさなものでもなかったでしょう？」ヴィヴィアンは顔をしかめた。

「ええ、まあね。ユーフロニアおばさまも、あなたが気どっているだけだとか言っていらしたわ」

「なんだって？」オリヴァーの顔から血の気が引いた。

「ええっ！　あのかたがいらしているの？」ヴィヴィアンは声をあげ、背筋を伸ばしてあたりを見まわした。

「ええ。でもありがたいことに、レディ・ウィルボーンはアームブリスター大佐ご夫妻を招いていたから、ユーフロニアおばさまはカード部屋に鎮座してホイストに夢中になっていらっしゃるわ」シャーロットはオリヴァーに向きなおった。「もうヴィヴィアンのことはわたしにまかせてもらってだいじょうぶよ」

「そうね。体裁も取り繕ったのだし」ヴィヴィアンは言い添えると扇をさっと取りだし、せっせとはためかせてオリヴァーの顔を見ないようにした。

それを見やったオリヴァーは口もとを引き結び、ふたりのレディに丁重なおじぎをした。「わかった。それでは、これで失礼するよ、レディ・ヴィヴィアン、シャーロット」

ヴィヴィアンは顔を戻してオリヴァーの背中を見送った。「あなたの親戚って、すてきな人たちばかりだけれど、あの人は……」

シャーロットはくすりと笑った。「あなたたちは水と油みたいね」

「どちらかといえば、火事と火消しのようなものかしら。これから数カ月間しょっちゅう顔を合わせるというのに、やっていけるかどうか……」

シャーロットは友人の顔をまじまじと見た。「そうね、なかなか……おもしろいことになりそうね」

意外なことに、そのあと数名の殿方と踊ったにもかかわらず、なぜだかつまらなかった。

彼らはだれも、ヴィヴィアンのドレスにも家族にも、否定的なことは言わなかったというのに。それどころか、ほとんどが彼女をほめそやした。心からの言葉もあっただろうが、笑いだしたくなるほど大仰なものがほとんどだった。それでも耳に甘い言葉を聞くのは心地いいはずなのに、正直、まったく心を動かされなかった。少し疲れが出てきたのかもしれない……あるいはオリヴァーとの小さないさかいで、興をそがれてしまったのかも。

あのあとオリヴァーと話すことはなかったが、一、二度彼の姿を目に留めた。だいたいはほかの紳士と話をしていたが、シャーロットやレディ・ジャージーと踊っているところも見かけた。彼が踊る相手の選択に、ヴィヴィアンは感心せざるを得なかった。ヴィヴィアンの影響力をもってしても〈オールマックス社交場〉の入場許可証をカメリアとリリーに確約することはむずかしい。しかしレディ・ジャージーは、社交場の後援者のひとりなのだ。彼女は頭が固いと言われているから、バスクーム姉妹が伯爵家の従妹にまちがいないという事実を植えつけておくのはたしかに得策だろう。

次に会ったとき、彼にそう言ってみようとヴィヴィアンは思った。けれど彼とはいつもぶつかってしまうことを考えると、ほめてもまったくべつの受けとり方をされるかもしれない。ダンスのあいだじゅう、やりあっていた自分たちを振り返って、ヴィヴィアンは笑わずにいられなかった。いま思うと、すてきなワルツだったのにつまらない言い合いをするなんて、ばかげていた。そう、彼女はオリヴァーとのダンスを楽しく思っていたのに……。オリヴァーの腕のなかに収まってフロアを舞うのが、あれほど胸躍ることだとは、思っていなかった。

「そのほほえみがぼくのためであればうれしいのですが」男性の声が小さく聞こえた。

ヴィヴィアンは、はっとして現実に引き戻され、目の前に立つ男性を見た。そうだった、この人と話をしていたときに、レディ・ジャージーと踊っているオリヴァーを見かけたのだ。いいえ、話をしていたというのとは少しちがう。このアルフレッド・ベラードが学友と偶然会ったとかいう退屈な話を長々と一方的にしていたから、わたしは思わず部屋に目をやり、そしてオリヴァーが目に入ったというわけだ。

でも、このほほえみはあなたのためではないだとか、この数分間はあなたの話など聞いてもいなかっただとか、そんなことは言えない。幸い、ヴィヴィアンには若い紳士に言い寄られてもかわしてきた経験が数年分はあって、そういうことに慣れていた。扇をぱちんとひらいて持ちあげると、扇越しに媚《こ》びるような視線を向けた。

「まあ、そのようなことは申し上げられませんわ。だって、べつのことを考えていただけかもしれないでしょう?」

アルフレッドは胸に手を当てた。こういった意味のない社交上のやりとりに、彼もヴィヴィアンと同じように慣れっこなのだ。「なんとつれないのでしょう、マイ・レディ。ほんの欠片《かけら》でもあなたのご好意をいただけないのですか」

「まあ、お上手ですこと」ヴィヴィアンは返した。「わたしの見たところ、今夜あなたの視線はずっとミス・チャールフォードに向けられていたようですけれど」少し前に彼がサリー・チャールフォードと話しているところを見かけていたので、そちらの方向に彼の意識を戻してやることにした。

「いえいえ、そのようなことはありません」アルフレッドはそう言ったが、彼の心が方向転換をするのがヴィヴィアンには見えるようだった。彼は内心、これ以上の思わせぶりを言おうか言うまいか――そしてミス・チャールフォードに好意を抱いているのかどうか、じっくり自問しているのだ。

ヴィヴィアンは小さく笑ってもうひとこと当たり障りのない言葉を口にすると、うまくその場を離れた。人の波を縫うように進み、だれかと目が合ったときには笑みや会釈を返す。思っていたより旅の疲れがあるのかもしれない。もう家に帰ってぐっすり眠ったほうがいいのかも。社交シーズンが本格的に始まれば、体力が必要だ。

ヴィヴィアンはいとまごいの挨拶を始めた。シャーロットと主催者の夫人にも忘れずに。そしてゆっくりと玄関ホールに出て、従僕からマントを受け取る。背を向けて、従僕にマントをかけてもらっていると、オリヴァーが近づいてくるのが見えた。

オリヴァーが驚きと心配の入り交じった顔で話しづらそうにしているのを見て、ヴィヴィアンは思わずくすりと笑ってしまった。「なにもわたしから逃げることはないわ」と切りだした。「噛《か》みついたりしないから」

オリヴァーは心なしか照れたように笑った。「レディの怒りと向き合うには、もっと肝が据わっていなければならないな」

「怒りなんてすっかりどこかに行ってしまったわ。あなたの言葉は頭に入ってきてそのまま抜けていくの。知らなかった?」

思わずオリヴァーは、ははっと短い笑いを漏らした。「どんなときも減らず口をたたかずにはいられないんだな?」

「たいていそのほうがおもしろいもの」ヴィヴィアンは認めた。「ねえ、ステュークスベリー、いったん休戦しましょう。いったいなにを言い争っていたかも覚えていないくらいですもの、いつものことだけれど」

「いいとも」オリヴァーは従僕に合図をして、厚手の外套と帽子を持ってくるのを待った。「仲直りのしるしに、馬車まで送らせてもらいたい」

「ご親切にどうも」近くで御者がひかえていて彼女が出てくるのを待っていることは、ヴィヴィアンもわかっていた。しかし殿方というのは、レディは手を貸してもらわなければなにもできないと考えているものだし、オリヴァーの手を借りれば、けんかで終わったワルツでささくれだった気持ちをなだめられるかもしれない。

だからオリヴァーが肩をすくめて外套を――肩に一重のケープがついた地味なものを――はおると、ヴィヴィアンは彼の腕に手をかけ、一緒に玄関ドアを出た。ふたりは足を止め、ヴィヴィアンの馬車を捜して視線をめぐらせた。しかし瀟洒《しょうしゃ》な馬車に目が留まった瞬間、悲鳴が夜の闇を引き裂いた。

ヴィヴィアンはぎょっとして跳びあがった。かたわらのオリヴァーもいきなりのことに仰天し、小さく悪態をつく。

「泥棒だ！」玄関前の階段をおりたところに立っていた従僕は、動転するあまり、若いころのロンドン訛《なま》りに戻ってしまっていた。

その三人と、あたりにいた御者の大半が、悲鳴の聞こえたほうに顔を向けた。少し離れた歩道で女性がのどもとを押さえ、その向こうでは逃げる人影が闇にまぎれていくのが見えた。ひとりの男性が駆けだしてその女性の横を抜け、消えていく人影を追う。女性はひざからくずおれ、また悲鳴をあげた。

すぐにオリヴァーは階段を駆けおり、女性のところへ走った。ヴィヴィアンもすぐあとにつづき、さらにウィルボーン家の従僕がつづく。オリヴァーは女性のそばにしゃがみ、落ち着かせようと腕を取った。「マダム、だいじょうぶですか？」

「ああ、なんてこと！」女性が泣いてオリヴァーにしがみつく。腕をうしろへ激しく振りあげた。「ダイヤモンドを盗《と》られたの！」

ヴィヴィアンもオリヴァーも、女性が指さした方向を見たが、ぼんやりと街灯のついた道が暗闇へと延びているのが見えるだけだった。「お気の毒ですが、賊は逃げてしまったようです」

その言葉に、女性はさらに取り乱して泣いた。「そんな！　逃げただなんて！　ああ、どうすればいいの？　チャールズになんと言えば？　あれは夫のおばあさまの形見なのに！」わっと泣きだし、両手で顔を覆った。

オリヴァーは困り果てた顔でヴィヴィアンを見た。

「レディ・ホランド」相手を見て取ったヴィヴィアンは、一歩前に出てしゃがんだ。「ほら、お立ちになって。すてきな外套が汚れてしまいますわ」ヴィヴィアンは女性の腕を取って引っ張った。

逆上していたレディ・ホランドがそんなありきたりの言葉に聞く耳を持ったことに、オリヴァーは驚いて眉をつり上げた。レディ・ホランドはうなずいて唾を飲み、ヴィヴィアンに抱きつくようにして立ちあがろうとする。すかさずオリヴァーは彼女のもう片方の腕をつかみ、引いて立ちあがらせた。

そのころ泥棒を追いかけていった男が、息を切らして戻ってきた。「申し訳ございません……奥さま……」苦しそうな息で言う。「つかまえようと……しましたが……逃げられました。まったく足の速いやろ——いえ、男で」

「レディ・ホランドの御者か？」オリヴァーが訊くと、男はうなずいた。

「はい、サー。必死に追いかけたのですが……申し訳ございません」

「おまえはできるかぎりのことをした」

「だんなさまもそうおっしゃってくだされればよいのですが」御者は打ち沈んだ様子で答えた。

「おまえはなにか見たのか?」オリヴァーは尋ねた。「泥棒の姿は見たか?」

御者はかぶりを振った。「いえ、わたしは奥さまが出てくるのを見て馬車をおり、奥さまに手をお貸ししようと馬車をまわりこみました。そのときおかしな物音がして、奥さまの悲鳴が聞こえました。そのあと逃げる足音がして……。わたしは急いで馬車をまわって、泥棒のあとを追いました。足音は聞きましたし、うしろ姿も見ましたが、すぐに闇に消えてしまって。小柄で足の速いやつでした」

オリヴァーはうなずいた。「よし、ともかく御者台に戻れ。レディ・ホランドはわれわれが馬車に乗せ、ご自宅までお送りしよう」御者がオリヴァーの威厳ある声に従って馬車のほうへ向かうと、オリヴァーはヴィヴィアンに顔を向けた。「レディ・ホランドと馬車に乗っていてくれないか? わたしはきみの御者に話をしてくる。きみの馬車をうしろにつけてもらい、ホランド邸からきみを乗せて帰るように」

「ええ、わかったわ」ヴィヴィアンはレディ・ホランドに向きなおった。「さあ、あたたかくてすてきなあなたの馬車に乗りましょう。外は寒すぎて困りますわ、マントをはおっていてもね」

レディ・ホランドは洟《はな》をすすりながらうなずき、オリヴァーの手を借りて馬車に乗った。

そして彼はヴィヴィアンの御者と話をしに行った。ヴィヴィアンは年かさの夫人の隣に座り、ひざかけを取って自分たちのひざに広げ、レディ・ホランドのまわりに丁寧にたくしこんだ。レディ・ホランドは弱々しくほほえみ、頬の涙をぬぐった。年齢を重ねた身ぎれいな女性だが、いまは疲れてやつれたように見える。顔色が悪く、ダイヤモンドを奪い取られたという首もとが赤くこすれていた。

「チャールズがどんなに腹を立てることか」

「あなたのネックレスを奪った強盗に、ね」ヴィヴィアンはなだめるように言った。「あなたにではありませんわ。あなたにけががなくて、喜んでくださいますとも」

強盗事件に対する主人の反応が、レディ・ホランドも御者と同じく不安な様子だった。

「夫は、今夜わたしがネックレスをつけることに反対でしたの。近ごろつづいている強盗事件のことを考えれば、危険すぎると言って。でもわたしが、つけると言い張ったんです。だって身に着けるのでなければ、なんのためにダイヤモンドがありますの？」

「わたしもまったくそう思いますわ」

「でもチャールズは殿方ですから。それにとんでもなく現実的ですの。でもね、賭け事でダイヤモンドくらいの額を使ってしまうことだってありますのよ。フェローでもっと負けたことがあるでしょうと言ってやりましたわ。なにを言われようと、ダイヤは着けていきますって。ですから、もう夫になんて言われるか……」夫人は涙声で言い、オリヴァーが馬車にすばやく乗りこんできたときにはまたおいおい泣いていた。

オリヴァーはヴィヴィアンに眉を上げてみせたが、彼女は笑いをこらえるので精いっぱいだった。唇をぎゅっと閉じてレディ・ホランドに向き、なだめるように背中をたたく。「ええ、まったくおそろしい夜でしたわね？　でも、もうすぐ安全なご自宅に送って差しあげますわ、そうでしょう、ステュークスベリー？」

「ええ、そうですとも。もう危険はありませんよ、奥さま」

「ほんとうにおそろしかったですわ！」レディ・ホランドは少し落ち着き、小さくしゃくりあげる程度になった。「馬車のほうに歩いていただけだったのに、いきなり男が目の前にあらわれて！」たいそう震えてみせるが、涙は止まっていた。

「どんな風体の男でしたか？」オリヴァーが訊く。

夫人はぼんやりとした表情で彼を見つめた。「それは……よくわかりませんわ。どこにでもいるような男だったと思います。大事なことですの？」

「ホランド卿が治安判事裁判所の逮捕係《ボウストリート・ランナーズ》を要請して、強盗と宝石を探しだそうとなさることはおおいに考えられます。たいへん価値のある品のようですから。人相や風体がわかれば、とても役立ちます。なにか目立つ特徴はありましたか？　傷痕だとか、髪の色は？」

「いえ……わかりませんわ。なにしろ突然のことで……」

「少し目を閉じてみてくださいな、レディ・ホランド、気持ちを落ち着けて」ヴィヴィアンが言った。「さあ、泥棒が目の前にあらわれたときのことを思いだしてみて。ステュークスベリー卿くらい背が高かったかしら？」

「いいえ」レディ・ホランドは首を振った。それから、うれしそうとも言えるような顔で目を開けた。「それほど高くはありませんでしたわ、わたしより少し高い程度。だから男性としてはふつうくらいなのかしら。それに髪も思いだしました。いえ、見えなかったので覚えているわけではないんですけれど。帽子を深くかぶっていたから見えなかったのですわ。顔のほとんども帽子の陰になっていて」

その後、数分のあいだレディ・ホランドから話を聞き、泥棒の風貌についてとにかくわかるだけのことは引きだした。中くらいの背丈で、平凡な顔。労働者が着るような質素な衣服。髪と目の色はわからない。逮捕係であれだれであれ、これだけの情報で泥棒がつかまえられたら、ほぼ奇跡に近いだろうとヴィヴィアンは思った。

しかし少なくともレディ・ホランドは静かになり、邸に着くころにはもう小間使いにおとなしく部屋に連れていかれ、かいがいしく世話をされる程度に落ち着いていた。ホランド卿は不在で、オリヴァーは出てきた執事に事情を話すことでよしとした。

「だいじょうぶかしら」ヴィヴィアンが言う。ふたりは邸の玄関を出て、待っている馬車へと玄関階段をおりていた。「正直言って、彼女はネックレスを奪われたことよりも、ご主人にそれを話さなければならないことのほうに動揺しているみたいだったわ」

「ホランド卿のことはよく知らないんだ。賭け事にどっぷりはまっているという噂だけは耳にしたことがあるが」

「レディ・ホランドもそう言っていたわね」ヴィヴィアンはあたりを見まわした。「あなたの馬車は？」

「帰らせた。二輛《りよう》の馬車を引き連れて街を走るのもばからしいと思ってね。きみを邸まで送って、わたしはそこから歩いて帰るよ」

「ばかなことは言わないで。歩くことなどないわ。ジャクソンに言って、まず〈ステュークスベリー邸〉に寄ってもらうから」

「きみを送るのが先だ」オリヴァーは譲らなかった。

「ステュークスベリー……」

「レディ・ヴィヴィアン……」

彼がヴィヴィアンの声色をまね、おどけた表情をしていたので、彼女は笑うしかなかった。

「わかったわ。あなたの責任感は筋金入りだものね」

「レディ・ホランドにあんなことがあったばかりだというのに、きみをひとりで帰らせるような男だと思わないでもらいたい」

「そんなふうに思っているわけがないでしょう。でも、走っている馬車にだれかが飛び乗ってきて、わたしのブレスレットを盗っていくとも思えないけれどね」ヴィヴィアンは彼の手を取って馬車に乗りこんだ。ルビーとダイヤモンドのブレスレットが、街灯の明かりを受けてきらめいた。

「それはどうかな。レディ・ホランドのネックレスを奪った男は、かなり大胆なやつのようだったぞ」

「たしかに大胆な手口だったわね。レディ・ホランドは、ほかにも強盗事件があったと言っていたけれど」

オリヴァーはうなずき、彼女のあとから馬車にすばやく乗りこんで向かいの席に座った。

「どうもそうらしい。デンモア卿が、先日クラブでぼやいていた。彼は数週間前に賭博場を出たところで被害に遭ったそうだ」オリヴァーの顔に一瞬、楽しげな表情が浮かんだ。「その夜は勝ったものだから、デンモア卿はよけいに腹が立ったようだ。その夜の儲《もう》けとルビーのついた飾りピンを盗られたそうでね。フォーニー卿の奥方も先日の夜に襲われたらしいが、詳しいことは知らない」

「すべて同じ犯人だと思う？」

オリヴァーは肩をすくめた。「わからない。だが……ほとんどの事件に宝石が関わっているから、つながっているかもしれないな」

「そう。ミスター・ブルックマンに話を聞いてみなければね」

「だれだって？」オリヴァーは怪訝《けげん》な顔をした。「なんの話だ？」

「行きつけの宝石商よ。数カ月前に彼から石を買ったのだけれど、台にはめてもらう加工が仕上がったの。強盗事件の話を彼に聞いてみるわ。宝石が盗まれているのなら、転売しているはずですもの。宝石商がいちばん詳しく知っていそうでしょう？」

「なんてことだ」オリヴァーの眉間のしわが深くなった。「こんな事件のことを嗅ぎまわるのはやめたまえ」

ヴィヴィアンは片方の眉をぴくりと動かしてみせた。「ねえ、ステュークスベリー、してもいいこととしてはいけないことをわたしに教えようとしているの？」

「ちがう。どんなばからしい思いつきでも、きみならやりかねないことはじゅうぶん承知している。だから、そういうことをしないという分別を持ってくれるよう、心から願っているんだ」

「わたしの分別はなにも問題ないわ。お気づかいどうもありがとう」彼女が言い返す。「それにわたしは、なにかしようなんて考えていないわ。少し話を聞こうと思っているだけよ」

「話を聞くことが危険につながりかねないんだ。とくに、尋ねる相手が悪かったときには」

「わたしの行きつけの宝石商は、人の宝石を盗んでまわっているとは思えないわ」ほっそりとして上品なミスター・ブルックマンが街を走りまわり、女性の首から光り物をひったくっている姿を想像して、ヴィヴィアンの口もとはゆるんだ。

「それはないかもしれないが、きみという人はそこで止まらないだろうが」オリヴァーはむっつりと言った。

「わたしはなにもしませんったら。まるで頭が空っぽな女みたいに言うのは、よしてちょうだい」

「そんなことは言っていない」オリヴァーが反論する。

ヴィヴィアンはため息をついた。「わざわざ言わなくてもわかるの。あなたの考えていることなんて。あなたときたら、ウィローメアを駆けまわっていたずらばかりしている十六歳の小娘を相手にしているみたいよ。はっきり言っておきますけれど、わたしはもうそんな小娘ではないわ。自分のことは自分で決めます。もう少ししたら、自分の家を持って、そこで暮ら――」

「なんだって！」オリヴァーは身をこわばらせてヴィヴィアンを見つめた。あまりに驚きすぎて、滑稽な顔になっている。

ヴィヴィアンは思わず忍び笑いをしそうになったが、こらえた。「いろいろな管理をお願いしている人に、ロンドンで家を探してもらっているの」

「それは……自分の家を買って、そこへ移るつもりだと言っているのか？　ひとりで？」

ヴィヴィアンはこみ上げてくる笑いをもうこらえられなかった。「ああ、オリヴァー！　なんて顔をしているの！　そんなに変なことではないでしょう。とても理にかなったことだわ」

「いったいきみはなにを考えているんだ？　なんてことだ、ヴィヴィ」衝撃を受けるあまり、若いころの呼び名が口から飛びだした。「理にかなうことなど、なにひとつない！　まったく、そんなことを考えるなどあり得ない」

「でも考えたのよ。ものすごく考えたわ。わたしひとりで大きな邸に住むよりも、ずっと理にかなっているわ。父は以前ほどロンドンには来ないから、たいていわたしひとりなの。もっとこぢんまりとした家で、使用人も少ないほうがずっといいのよ。住み心地がよくて洒落《しやれ》た家のほうが。それに正直言って、ジェロームとエリザベスがロンドンに来るたびに、あのふたりに我慢しなくてすむようにしたいの。あのふたりはいやになるくらい言い争うだけでなく、自分たちのけんかにわたしを巻きこもうとするのよ。どちらかの肩を持たせようとするの。でもそんなこと、ぜったいにしないけれど」

オリヴァーがヴィヴィアンに返す言葉を探しているあいだに、馬車は〈カーライル邸〉に着いてしまい、彼女は馬車のドアを開けておりた。オリヴァーもあわててあとを追うようにおり、玄関前の階段を上がった。従僕がドアを開けてヴィヴィアンを迎える。オリヴァーもつづいてなかに入った。

「ステュークスベリー！　いったいなにをしているの？」ヴィヴィアンがとがめ、きらりと瞳を光らせた。「こんなに遅い時間にここでふたりきりになるなんて、とんでもないことよ」

「たしかに」オリヴァーは厳しい声で同意した。「だが、あんなことを言いだしたきみを放っては帰れない。あんな……愚にもつかないこと、これまでさすがのきみからも聞いたことがないぞ。ここまで言えば、わかってくれると思うが」

ヴィヴィアンは目をくるりとまわした。「そうね、いいわ、そこまで言うのなら。お説教するのだったら、玄関ホールで立っていないで、せめて客間に入ってちょうだい。マイケル、ステュークスベリー卿にポートワインを持ってきて差しあげて。きっとのどが渇くでしょうから」

「いや。ポートワインは結構だ」オリヴァーは召使いにきつく言い渡し、ヴィヴィアンのあとを追って客間に入った。召使いから離れるまではなんとか平静を保ちながら。マントルピースの前に陣取ると、振り返ってヴィヴィアンを見すえた。「さっきの話は冗談だったのだろう? わたしの心をかき乱そうとして、あんなことを言ったんだな?」

ヴィヴィアンは小さく笑った。「ねえ、オリヴァー、わたしはあなたの心をかき乱すために自分の生活を変えたりはしないわ。こんなことで、どうしてそれほど大騒ぎするのかしら。成人したら自分の家を持つのはよくあることでしょう。ほら、フィッツだってロンドンに家を買うのよね?」

「フィッツは結婚している!」

「でも、たとえ結婚していなくても……たとえば去年、彼がロンドンに家を買ったとしても、あなたは文句を言わなかったはずだわ」

「それはそうだ。だが、そんなことはなんの関係も――」

「いいえ、あるわ」ヴィヴィアンの瞳が光った。グリーンの色が浮き立つようだ。「もしわたしが男だったら、あなたはそんな態度はとらないはずよ」

「それは当たり前だ。きみが男だったらなんの問題もない」

「いまだって問題はないわ……あなたの頭のなか以外にはね。わたしは自分の家を持ちたいの。さっきも言ったけれど、理由ならたくさんあるわ。わたしは成人しているし、家を買うだけの余裕もある。父に養ってもらっているわけではないの。おばのミリセントがじゅうぶんな財産を遺《のこ》してくれたから」

「ああ、そうだな。そのうえおば上は、きみの頭におかしな考えをたくさん植えつけて――」

「おかしな考えなどではないわ！」ヴィヴィアンはかっとした。「おばは進んだ考えを持ったかたで、時代の先を行く人たちと親交があったのよ。エドワード・ギボンや、ヨハン・ゴットフリード・ヘルダー、メアリ・ウルストンクラフト、ウィリアム・ゴドウィンといった人たちと」

「みな急進的な思想家ばかりだ」オリヴァーはぼそりと言ってかぶりを振り、両手を振りあげた。「話の論点がずれている。きみのおば上やきみに、家が買えるかどうかという話をしていたのではない。それが妥当かどうかという話をしていたんだ」

「またそれなの！」ヴィヴィアンは小ばかにしたように言った。「〝妥当〟はあなたの口癖ね」

「きみが妥当性などどうでもいいと思っているのはかまわない」鋭く言い返したオリヴァーの顔は赤くなっていた。「だが、きみの生きている世界はそれでまわっているんだ」

「その世界のほうがまちがっているかもしれないと、考えたことはないの？」

「もちろん、あるさ。だがそんなことは問題じゃない」

「それなら教えてちょうだい。なにが問題なの？」ヴィヴィアンは両腕を大きく振り広げた。

「問題は、きみが世界の決まりをないがしろにしたら、きみの人生はどうなるのかということだ。一度評判を落とせば、挽回《ばんかい》するのは至難の業《わざ》だぞ」

ヴィヴィアンはあ然として彼を見つめた。「わたしは〝評判を落とす〟つもりはないわ。これから社交界にデビューしようという令嬢でもあるまいし。もう大人の女性よ。オールドミスも確定間近の、ね」

「きみはオールドミスなどではない」

「わたしはもう二十八よ。じつの祖母でさえ、わたしに夫を探すのはあきらめてしまったわ。いまではわたしがどうかして、とんでもなくみっともないことをしでかさないようにと、そればかり祈っているわ」

「そのお気持ちはもっともだ」

「未婚の女が自分の家を持つのは、聞いたことのない話ではないでしょう」

「その女性の父親がまだ存命で、彼女がすでに父親とともに暮らしていて、しかも邸がいくつもあるような場合は、聞いたことがない。それに、きみにはまだ独身の兄上もいらっしゃるだろう」

「だからって、なにがちがうというの？」ヴィヴィアンは一歩前に出て腰に両手を当て、オリヴァーをにらんだ。「どうして女は、父親か男兄弟と暮らさなければならないの？」

オリヴァーもまた前に出た。彼女と同じように、譲るものかという顔をしている。「男が女性の面倒を見るからだ！　男が女性を支え、守るんだ！」

「わたしはだれの支えも必要としない身になったの。それ以外のことも……。父はもうわたしと同じ邸にすらいないわ。兄のセイヤーも同じ。わたしの面倒を見る者がいるとすれば、それは召使いよ。召使いならこれからも雇うつもりでいるわ」

オリヴァーの顔がゆがんだ。「話をごまかそうとするんじゃない。物理的に身を守るというだけの話ではないんだ。男性の名前に守られるという意味合いもある」

「わたしが〈カーライル邸〉を出ただけで、だれの娘で妹なのかわからなくなるというの？」

「まさか」オリヴァーは歯を嚙みしめた。「実際にきみが男性に守ってもらう必要があるとか、きみひとりの力では家を持てないとか、そういうことを言っているのではない。きみに、ひとりでやっていく力があるのはあきらかなのだから」

「それが悪いことみたいに言うのね」

「そんなことは言っていない……ああ、まったく、なんだというんだ。きみが話をややこしくするから、なにを話しているかわからなくなるじゃないか」勢いよく顔をそむけたが、すぐに向きなおる。「問題なのは、きみのしようとしていることは慣例からはずれているということだ」

「わたしは型にはまらない女なのよ」

「わかっている」オリヴァーは先ほどと同じように両手を振り広げた。いつもの彼らしくない大仰なしぐさだった。グレーの瞳はシルバーに変わってぎらついている。「だからよけいに話しづらいんだ。もの静かで分別のあるオールドミスが未亡人になった従妹と同居するだとか、付き添い夫人と同居するだとか、そういう話ではないのだからな。きみはすでに、ほかのだれもやっていないようなことをぜんぶ、してきたんだ。世のなかで許されるぎりぎりのことをして」

「それなら、もうだれもわたしの行動には驚かないわ」

「驚きはしなくても、衝撃は受ける。噂話もする」

「噂ならもうされているわ。わたしのすることにあきれた人なんて大勢いるもの。よくご存じでしょうけれど」

「そうだな。だが、父親と暮らす令嬢がちょっとばかり衝撃的で刺激的なことをするのと、ひとり住まいの女性が同じことをするのとでは比べものにならない」

「決まりごとをすべて破ろうと思っているわけではないわ。同居人を考えてもいいし。付き添い婦人がいるほうがよければ、そうしたっていいの。キャサリン・モアコームなら一緒に住んでくれそうよ」

「きみの従妹の？」オリヴァーの両眉がつりあがった。「あの娘か。だめだ、彼女では、きみがセント・ジェームズ宮殿で逆立ちしようと思い立っても止められない」

「そうね、止められないでしょうね。だって、そんなことを思い立つ時点でどうかなっていて、理屈など通じないでしょうから」

オリヴァーはこわい顔でにらんだ。「ふざけたことを言ってごまかそうとしても無駄だぞ」

「そんなことはしないわ。あなたをごまかすなんて、できっこないもの」ヴィヴィアンが言い返す。

「まったく、ヴィヴィアン、世間にどう思われるかわからないのか？　いったいなにを言われることか。自由気ままなふるまいも引き合いに出されるだろうし、どんどん慎み深さがなくなっていったドレスの話も蒸し返されるぞ」オリヴァーの視線が黒いドレスの胸もとにちらりと移ろったが、ただちに引き剝《は》がされた。「それに、何不自由ない立派な邸のある令嬢が、どうしてひとり住まいなどしたいのかと勘ぐられる。きみは身持ちの悪い女だという烙《らく》印《いん》を、すぐにでも押されるぞ」

ヴィヴィアンの胸に沸々と怒りが湧いてきた。「つまり、あなたはわたしのことをそう思っているのね」

「ちが――」オリヴァーが反論しかけたが、ヴィヴィアンは手を激しく振って制した。

燃えるような瞳で彼をにらみ、早口で言い募る。「少しは変わったかと思っていたのに、見込みちがいだったようね。やはりあなたは、えらぶったやかまし屋なんだわ」

オリヴァーの鼻孔がふくらみ、頬骨のあたりが朱に染まった。「きみのドレスは肌の露出が大きすぎると指摘したからって、やかまし屋ということにはならないぞ」

「それはあなたの基準でしょう!」ヴィヴィアンはさらに近づいた。激昂した彼女には力がみなぎり、光り輝くようだった。

「世の中の基準だ。今夜あそこにいた紳士は、ひとり残らずきみから目を離せずにいたぞ」

「ばかなことを言わないで。それはわたしの格好が……洒落ていたからよ」

「目を惹きつけられずにはいなかったからだ」

ヴィヴィアンは言葉を失い、目を丸くして口をぽかんと開けた。こんな目で彼女を見るオリヴァーは初めてだった。怒りに燃える目。そして、怒りとはまたちがう熱を帯びた目。彼はわたしにキスしたいと思っている――そう感じてヴィヴィアンは驚いた。もっと驚いたのは、自分の体のなかが急に熱く、とろけていたことだ。そう、彼女もまた、彼にキスしてほしいと思っていた。

次の瞬間、ヴィヴィアンの頭のなかは真っ白になった。オリヴァーが長い脚で一歩前に出ると、彼女のウエストを抱きよせ、身をかがめて唇を奪ったのだ。

3

ヴィヴィアンは足に根が生えたかのように動けなくなった。オリヴァーの唇はあたたかく引き締まっていながら、ベルベットのようなやわらかさも感じさせた。それまで彼女が経験したことのない感触だった。キスされたことはあるけれど、こんな全身を洗われるような心地よさを感じたことも、これほど熱く求められていると感じたこともなかった。体の内側からすべてがせりあがってきてキスに応えようとする感覚など、味わったこともない。肌がちりちりする。息ができない。

知らず知らずのうちにヴィヴィアンの腕は上がってオリヴァーの首にまわり、体が誘われるように彼のほうへかしいだ。オリヴァーのもう一方の腕が彼女にまわって引きよせ、自分のものだと言わんばかりに、そして守るかのように全身でヴィヴィアンを包みこむ。彼の唇が動いて彼女の唇をひらかせ、舌がすべりこんだ。その未知なる快感にヴィヴィアンは震え、両手で彼の肩にしがみついた。

長いこと経《た》ってようやく、オリヴァーは頭を上げて唇を離した。つかのま彼女の顔を見おろした瞳は深みを増し、激情に彩られていた。顔は紅潮し、唇はキスのせいでやわらかく、赤くなっている。かすれた息遣いが聞こえてヴィヴィアンは彼を見返したが、驚きのあまり言葉はなにも出てこなかった。わずかに彼の体が彼女のほうにかしぎ、またキスするつもりなのだとわかった。けれど、彼はそこで止まった。

すばやく一歩、オリヴァーはうしろにさがった。「なんてことだ。ヴィヴィアン」片手で髪をかきあげる。「す……すまない」そう言って頭を振る。「こんな……どうか許してくれ」

そう言うとオリヴァーは背を向け、地獄の番犬に追われているかのように大またで部屋を出ていった。

どうしてあんなことになったんだ？　オリヴァーは〈カーライル邸〉を出て玄関前の階段を駆けおりた。彼を待っていた馬車にもどかしげに手を振って断り、方向を変えて足早に歩道を歩きだす。こんなときにヴィヴィアンの豪奢な馬車にのんびりと揺られたくはなかった。きっと馬車には彼女のかぐわしい香水のにおいがまだ残っている。だめだ、歩いて頭をすっきりさせなければ。すっきり……そうだ、すべてを自分から払いのけたい。彼の体にはいまだ激しい欲望が執拗《しつよう》にうずいていた。それが少し収まってきてようやく、まともに考えられるようになった。

ヴィヴィアンの住まいから自分の邸まで歩きながら、オリヴァーはこの数分の出来事を懸命に思い返し、どうしてあんなふうに理性も正気もなくしてしまったのか、必死で答えを見つけだそうとした。彼はヴィヴィアン・カーライルにキスをしたのだ！　しかもただ口をつけたというだけでなく、まるで酒場の女みたいに体をつかんで抱きよせ、唇を押しつけて思う存分――そうだ、認めよう、快楽をむさぼった。だがキスを楽しんだということは問題ではない。あれほど生気にあふれて美しく、信じられないほど官能的な女性とキスをして楽しくない男などいない。だが、紳士ならば――彼のように礼節も分別もある男ならば、もう少し抑えが利いてもよかったはずだ。どんなに彼女が魅力的であっても、どれほど無鉄砲なことをする女性であっても、彼女は良家の子女であり、貴婦人なのだ。そのような女性にキスをするということは、将来を誓うも同然のこと。そしてそれは、レディ・ヴィヴィアンが相手ではけっして実現するはずもないことなのだ。

あんなふるまいをするとは、彼はとことんどうかしていたにちがいない。言いわけはできない。信じることもできそうにない。しかしあんなことになったのはすべて、なぜだかヴィヴィアンのせいだったということはわかっていて、彼は気が滅入《めい》った。

自邸に着くと正面階段を勢いよく上がり、門番の横を柄にもなく無愛想に通りすぎてなかに入った。しかし、階段《あし》を跳ねるようにおりてきた白黒の小型犬が胸に飛びこんでくるのは避けられなかった。肢にばねでもついているのかと思うような勢いだが、幸い、その熱烈な歓迎には慣れていた。犬はいつも邸の表側の張り出し窓のところにいて、オリヴァーが帰ってくるのを見張って待っているのだ。

「ただいま、いい子にしていたか、パイレーツ」オリヴァーはおだやかに声をかけ、おそらく大勢の人間が驚くような、やさしげな笑顔で犬を見おろした。耳のうしろを掻《か》いてやると、パイレーツはかならず気持ちよさそうに目を閉じる。オリヴァーは犬を抱いたまま、書斎に向かって廊下を進んだ。その途中、書斎の奥にある部屋から人の話し声がすることに気づいた。ふだんは喫煙室として使われている部屋だ。驚いて彼は足を止めた。女性の軽やかな笑い声が漏れてきて、そのあとに男性の小さな声がつづいた。

「フィッツ！」オリヴァーは書斎を通りすぎて喫煙室に向かったが、ちょうどそのとき金髪の美女が出てきた。

「ステュークスベリー伯爵さま」彼女は笑顔で握手の手を差しだした。ほっそりとした肢体が、優美な曲線を描くダークブルーの旅行用ドレスをみごとに着こなしている。

そのうしろから、長身で黒髪で淡い色の瞳をした、まさしくタルボット家の男子といった風貌の男が出てきた。「やあ、兄さん。ようやくご帰館かい？」

パイレーツが鋭くひと声鳴いてオリヴァーの腕から飛びおり、うれしそうに夫妻のまわりをくるくるまわり、キャンキャン吠《ほ》えたてる。つい一時間ほど前、ふたりにまったく同じ出迎えをしたばかりだというのに。

「イヴ。フィッツ」オリヴァーはやさしくほほえんで歩を進め、弟と握手をしてからその新妻の頬にキスをした。「今夜はまだ会えないと思っていたぞ」

「予定より早く着いたんだ。ほら、ぼくとご同道のレディたちのことはよく知っているだろう？　イヴやわれらが従妹どのたちは、ゆったり進むということをしてくれない」

「だろうな。会えてうれしいよ。それで、従妹どのたちは？」

「さすがのカメリアとリリーも、ウィローメアからの長旅で疲れたと言っていましたわ」イヴが明るく言った。「ふたりとも早めにやすみました。じつを申しますと、わたしももうさがって、伯爵さまを待つのはフィッツにまかせようとしていたところですの。ですから、これで失礼させていただきます……」

オリヴァーは一礼して喫煙室に入り、弟がゆっくり時間をかけて妻におやすみを言えるようにした。ふたりは結婚して三カ月になるが、熱々ぶりは変わらない。フィッツが部屋に戻ってくるころには、オリヴァーはすでにポートワインの栓を抜き、それぞれにグラス一杯ずつ用意していた。振り返って弟にグラスを渡し、また笑みを浮かべる。

「いや、おまえに会えて本気でうれしいよ。この邸で自分ひとりがばたばたしているような気がしていたからな」

フィッツはにんまり笑った。「この数カ月のことを思えば、兄さんも静かにゆっくり過ごしたいだろうね」

オリヴァーは首をかしげて考えた。「いや……にぎやかなのも騒動も、なんとなく慣れた気がする。いまでは寂しいとさえ思うかな」

ふたりは暖炉前の大きな肘かけ椅子に腰をおろし、兄弟ならではのゆったりとくつろいだ気分で酒を飲んだ。これまでもずっとこうやって、仲良くしてきた歴史があればこそだ。パイレーツはふたりの椅子のにおいを何度か嗅ぎ、暖炉前の敷物の上で数回まわると、丸くなって寝てしまった。

「道中はどうだった？」少ししてオリヴァーが尋ねた。「カメリアとリリーは騒動を起こさなかったか？」姉妹がアメリカからやってきて以来、歓迎せざる出来事がつねに起きているような気がする。

フィッツの口の端が上がった。「なにも。いたって平穏だったよ。かえって落ち着かなくなるくらい」

「嵐の前の静けさということか？」

「どうしてもそういう気分になるね。誘拐や脅迫がなくなって、もう三カ月だ。今回の旅も強行軍だった。リリーもカメリアもやすもうとしないし、イヴはもちろん不満を言うようなことはないし」フィッツが妻を思ってやさしい笑みを浮かべた。

「だろうな」

「リリーは早くロンドンに行きたいと言ってじりじりしていたよ。ネヴィルとはもうひと月近くも会っていないからな。カメリアは田舎を離れたくないようだったが。ほら、彼女は夜会や舞踏会よりも乗馬が好きだろう？　でも妹《リリー》の気持ちを知っているから、それなりに乗り気ではあったよ。帽子屋や仕立屋をまわる気まんまんでいるようだ。リリーとイヴはリリーの嫁入り支度のことで頭がいっぱいで、あのカメリアでさえ社交シーズン用に新しいドレスを何着か新調するのを楽しみにしているらしい」

「何着かだと！」オリヴァーはうめいた。「レディ・ヴィヴィアンが先導して案内するにちがいない。つまり、馬車いっぱいの買い物をしてくるだろうということだ。昨年の農作物が豊作でよかった」

「まあ、好きなだけ文句を言ってろよ。そんなことを言いながらも、兄さんは従妹どのたちにドレスや身のまわりの品を惜しみなく用意してやるんだろうから」

「まあな。姉妹はまったく欲がない。アメリカからやってきたとき、まさかなんの無心もされないとは思ってもいなかった」

「あの姉妹は価値観がちがうのだろうね」言葉を切ったフィッツは、ふっと笑みを浮かべた。「彼女たちが兄さんに受け入れられたとき、そのお礼にと、邸の仕事をやろうとしたことは覚えているかい？」

「ああ。もし床を掃いたり灰皿をきれいにしようとしたりしだしたら、ボストウィックがどうなっていたか、目に浮かぶようだ」オリヴァーはワインをあおり、頭を振った。「社交シーズンに向けてふたりの準備はととのったと、イヴはほんとうに考えているのだろうか？」

フィッツは肩をすくめた。「まあ、リリーはなんとか溶けこめるんじゃないかと思っているようだ。なんにせよ、彼女はすでに婚約者がいるのだし。カメリアは……まあ、彼女もそれなりに魅力はあるから、彼女を気に入る人間もいるだろう。だが、彼女がなにをやらかすかは予測がつかない」

オリヴァーは口もとをほころばせ、暖炉の前で伸びている犬を見やった。「たとえば、薄汚れた垂れ耳の迷子犬を連れ帰ってきたり?」

フィッツの視線が兄の視線をたどる。「まさしく」

「ふたりを社交界に送りだす後見役がレディ・ヴィヴィアンでなければ、これほど心配もしないんだが。あの気ままな性格と突拍子もない言動を考えると、彼女自身が醜聞のもとにならないともかぎらない。世間知らずなアメリカ人の娘ふたりが失敗しないようにすることなど、彼女にできるんだろうか?」

「レディ・ヴィヴィアンが醜聞を回避する手腕は、たいしたものだよ」フィッツは瞳を輝かせた。「レディ・バークレーの夜会に、猿を肩に乗せて登場したときのことは覚えているかい?」

「忘れられるわけがない」オリヴァーは冷ややかに返した。「猿はカーテンを駆けのぼって、窓から窓へ飛び移り、召使いたちも捕まえられなかった」

「シーズンのあいだじゅう、あの夜会の噂で持ちきりだったね。レディ・バークレーもいったん立ちなおれば、あのときのことが楽しくてしかたがなかったはずさ」

「かもしれないな」オリヴァーの顔がゆがんだ。「今夜、レディ・ウィルボーンの舞踏会でレディ・ヴィヴィアンに会った。注目の的になっていたよ」

「それはいつものことじゃないか」

「目立ちすぎだ。結婚もしていないのに。若い未婚の女性が黒のドレスなど着るか？　しかも肩はむきだしで、胸もかなり見えていた」

「彼女はこれからデビューしようという娘じゃないよ」フィッツはもっともなことを言った。

「十年間も、白や淡い色ばかり着つづけるわけにもいかないだろう」

「話はそれだけではないんだ。彼女ときたら、とんでもないことを思いついたんだ」オリヴァーはつづけた。「ロンドンに家を買って、ひとりで暮らすと言うんだ。〈カーライル邸〉は広すぎるだとか、父親もめったにいないだとか言って」

「へえ。たしかにそれは眉をひそめる人間もいるだろうな。でも付き添い婦人をつけるのであればいいかもしれない。彼女にはときどき連れ立っている従姉妹《いとこ》がいなかったかな？」

「ああ、いるとも。そのミセス・モアコームを、ヴィヴィアンは同居人かつ付き添い婦人にするつもりらしい。だがヴィヴィアンが突拍子もないことをしでかそうとしたとき、その従姉妹に止める力がないということは、おまえにもよくわかるだろう」

フィッツは肩をすくめた。「たしかにそうかもしれないが、考えてみろよ。ここ数年、レディ・ヴィヴィアンの生活はずっとそんな調子だ。兄さんの言うとおり、公爵は以前ほどロンドンに来ない。半分はブライトンか、ほかの邸に滞在している。それにセイヤーはロンドンを毛嫌いしているし。だから彼女は実質、ここ最近はひとりで暮らしているようなものだよ」

「おまえも彼女に劣らず手に負えないな。たしかに彼女の父上は、親として失格だ。まったく、娘をロンドンにひとりで放っておくとは。いや、もちろん、彼女は父親に至らないところがあることなど、なにも言わないが」オリヴァーは不機嫌そうにつけ加えた。

「彼女は身内を悪く言わないからな」フィッツは兄をどこか愉快そうに見た。「まあふつうの状況ではないけど、彼女ならうまくやるさ。これまでヴィヴィアンはほんとうに取り返しのつかない醜聞に関わったことはないし、彼女の型破りなところにはもう周囲も慣れている」

「まあな。だが、公爵令嬢なら型破りで許されることも、ただのミス・バスクームとなるとそう簡単には受け入れられない。アメリカに駆け落ちして世間を騒がせた親から生まれ、これから社交界デビューしようという娘では。カメリアのことさら破天荒な言動を、ヴィヴィアンが抑えられるとも思えない。止めるより、一緒になって騒ぎを起こしそうだ」

「イヴがいる。彼女がふたりの突飛な行動を止めてくれるさ」

「いや、それはだれにもできないと思う。とくに結婚したての新妻には無理だ。それに、おまえは家族を増やすつもりだと言っていなかったか？」

フィッツはうなずいた。その目が少し笑うように光っている。「唯一の解決策は、兄さんが結婚して、兄さんの奥方の手でカメリアを社交界に送りだすことだ」

オリヴァーは鼻で笑った。「カメリアの社交界デビューを容易にするために結婚するつもりはない」

「結婚したほうがいいよ」フィッツは破顔した。「結婚はいいものだ」

オリヴァーは目をくるりとまわした。「改心した独身男ほど手に負えないものはないな」

「愛のすばらしさを知ってほしいと思う弟を、悪く言わないでくれよ」

「愛ではなくて結婚の話をしていたはずだが」オリヴァーが言い返す。

フィッツは肩をすくめた。「結婚に求めるものは、愛じゃないのか？　愛してもいない女性に縛りつけられるのは、苦難の道だと思うよ」

「選択を誤らなければそんなことはない。たしかにおまえとイヴにとっては、すべてがバラ色に輝いているだろう。おまえの結婚は幸せで永くつづくこともまちがいない。だが、イヴはもともと賢くて責任感もあるやさしい女性だ。愛があろうとなかろうと、よい妻になれる」

「兄さんが彼女を認めてくれているのはわかっているよ」フィッツは笑ったが、そのあと首をかしげて兄の言葉を反芻《はんすう》したようだった。「まったく兄さんの言うとおりだ」

オリヴァーの口もとがゆるんだ。「いや、おまえのことだって認めているぞ。おまえはすぐに人とうちとけて好かれる人間だ。よちよち歩きのころから、おまえはすでにそうだった」オリヴァーはもうひと口ワインをあおり、弟から目をそらした。「だが、相手を愛して結婚しても、その愛がなくなったらどうなる？　ジェローム・カーライルのところを見てみろ。あのふたりは惚《ほ》れあって結婚したのに、いまでは大げんかの毎日だとヴィヴィアンが言っていたぞ」

「そういうこともあるさ。だけどぼくが言っているのは本物の愛のことで、欲に流されたとか、いっときのぼせあがっただけとはちがう。愛は永くつづくものだ」

「われらが両親のようにか？」オリヴァーは半分だけ血のつながった弟に、皮肉っぽい目を向けた。「ふたりは死ぬまで互いに惚れ抜いていたが、嵐のような人生だった。嫉妬して、花瓶が飛んで、それから涙ながらに和解して、互いの気持ちを熱くぶつけあって」

「父上と母上は……派手だったな」フィッツの口もとにかすかな笑みが浮かび、それから心配そうなまなざしが兄に向けられた。「だけど、すべての愛があいうものだというわけじゃない。ふたりの子どもを見ろよ。ロイス兄さんとマリーはおしどり夫婦だ」バスクーム姉妹の長姉であるマリーは、イングランドにやってきてまもなく、フィッツの父親違いの兄と結婚した。「それに、ぼくとイヴのあいだもおだやかだ。兄さんもそういう、いい選択ができると思う」

「わたしは最高の選択をするつもりだ。だが、そこに愛の入る余地があるとは思わない」

「そうかい？　それならどうやって選ぶんだい？」フィッツは興味深そうにオリヴァーを見た。

「そうだな、わたしが結婚する相手は、伯爵夫人という重責をになうことのできる女性でなければならない。つまり、爵位のある家に生まれ育ち、その責任についても理解している女性ということになる」

「なるほど。少なくとも伯爵家の令嬢でなければならないということか？　それとも位が下の男爵家でもかまわない？」

オリヴァーは片眉を上げてみせた。「そういう意味ではない。相手が貴婦人たる教育を受けているのか、それとも、ただ男の美しい飾り物なのかを見極めるということだ。家柄は条件には入るが、伯爵家の者でなければならないというわけじゃない」

「じゃあ、伯爵の姪というのは条件に合致するね」

「冗談なら好きなだけ言っていろ。わたしは真剣だぞ」

「だから心配しているんだ」

「尊大だとでも思っているんだろう」

「尊大？　いいや。そんなことは思ったこともない。ただ少し……お堅いかな、と」

「わたしは理にかなうよう話を進めたいと考えているだけだ。なにも悪いことではないだろう。女性の瞳が美しければいいだとか、彼女を見れば胸の鼓動が速まるからだとかいう話も聞くが。しかし実際のところ、ステュークスベリー伯爵夫人となるには頭の回転が速く、知識も豊富で、知的な会話ができなければならない。舞踏会や三十人規模の晩餐会を催したり、小作人のために収穫祭をひらいたりすることもあるし」

「で、そういう模範的な女性の容姿についてはどうなんだい？　べつにどうでもいいって？」フィッツの青い瞳が躍った。

「そういうわけでもないが。もちろん、それなりに見目のよい妻なら、いいとは思う。服の趣味はそれなりによくなければな。だが、いつも若いやつらが惚《ほう》けた顔で足もとに群がってくるような美女は必要ない。あでやかだったり、型破りだったりしてはいけない」オリヴァーは暖炉の火を厳しい顔で見つめながらつづけた。「いつも厄介ごとに巻きこまれているような女性を妻にするのはごめんだ。小さなことでいちいち言い争ってしまうような相手も」

やたらと具体的な描写にフィッツは少し眉を上げたが、なにも言わなかった。

「結婚生活は平穏なものであるべきだ。おだやかで、思慮分別があって」

フィッツは楽しげに小さく笑うと、おどけたようにグラスを掲げた。「ああ、兄さん。兄さんが愛に目覚めるときが待ち遠しいよ。理性なんてあてにならないと、ぼくは思うがね」

翌日の午後早く、ヴィヴィアン・カーライルは宝石商のところに出かけた。もちろん、使いの者をやって、ミスター・ブルックマンに品物を邸まで持ってこさせることもできた。彼女ほどの上客ともなれば、そういう依頼をけっして断れないだろう。しかしヴィヴィアンは彼の店に行くのが楽しかった。店に行けばもっと多くの品を見られるし、ロンドンの街を歩くのも楽しい。それに……今日はとにかくなにもかもが輝いている気がする。心があまりにも浮き立って、室内でじっとしていられなかったのだ。

機嫌がいい理由は、あまり考えなくてもわかった。オリヴァーが――あの堅苦しくて、頼りになって、責任感の強いステュークスベリー卿が――彼女にキスをした。いいえ、そんな言葉では言いつくせない。ふたりのあいだに起こったことは、たんなるキスと言ってすむようなものではなかった。あまりに衝撃的で、劇的で、激しくて、頬に軽くふれただけのようなものではなかった。彼の唇がぴたりと重なったとき、ヴィヴィアンの全身に、足のつま先にいたるまで衝撃が走った。オリヴァーがあれほどの激情を感じることができるだなんて、いったいだれが想像しただろう。そしてもっと驚くのは、彼がそんな感情を彼女に抱いたということだ。

ヴィヴィアンはもはや夢見る乙女ではないので、それが永くつづくような深い思いだなんて勘違いはしない。あれは一瞬の衝動に駆られてのことだったのだろう。かっとなって、憤りを感じて、そこに某《なにがし》かの強い感情が絡んだことで生まれたものにちがいない。きっと自邸に着くころには、オリヴァーは彼女にキスするようなことになった事態に呆然《ぼうぜん》とし、そんな衝動を心から後悔したことだろう。あんなことからなにも生まれやしない。生まれてほしいともヴィヴィアンは思っていなかった。彼女とオリヴァーだなんて、ばかげている。笑い話だ。あり得ない。きっと彼は近いうちに謝罪する。あらたまって、いかにもの態度で。そして、もう二度とあんなことは起こらないと言うのだ。いつもの冷静な彼に戻り、そして、ふたりのあいだも元どおりになるのだろう。

それでも、ほんの一瞬でも胸が沸き立つのを抑えられなかった。そしてヴィヴィアンは、その一瞬を楽しみたかった。

いつもどおりのおしゃれ心を発揮して、身支度をととのえた。外出するときは、宝石商のところへ行くだけであっても、できるだけすてきな装いをしたいと思う。今日は濃い青のドレスをまとい、その上に毛皮の縁取りをしたマントをはおった。マントは軍服ふうのデザインで、前開き部分にはカエルの形を模したような飾り紐《ひも》の留め具が並び、袖口と襟には黒い組紐の縁取りがついていた。帽子は昨夏に買った小さな洒落た黒い帽子で、小舟をひっくり返したような形をしている。装いの仕上げをしているのは、仔山羊革《キッド》の黒い手袋とハーフ丈のブーツだった。

邸を出て、玄関前の階段を馬車に向かっておりはじめたとき、ヴィヴィアンはオリヴァーが通りを渡ってくるのに気がついた。彼は彼女に気づくと急に足を止めたが、鉄壁の意志を固めたかのような顔をしてまた歩きだした。ヴィヴィアンは笑いを嚙《か》み殺した。きっとオリヴァーは、これから彼女に謝罪するために気を引き締めなおしたのだ。

「ステュークスベリー卿」ヴィヴィアンは明るく声をかけ、彼の出鼻をくじいた。「お会いできてよかったわ。ちょうど出かけるところだったの」

「ごきげんよう」どこかぎこちなくオリヴァーはおじぎした。「では、お引き留めしては申し訳ない。また日をあらためよう」

「なにをおっしゃるの」彼の声にあきらかに安堵《あんど》の響きを聞き取り、ヴィヴィアンはますます愉快になった。「これから行くのは宝石商のところなの。少しくらい遅れてもかまわないわ」

「なんだって？」彼が眉をひそめた。「なんのために？　まさか。あの件を調べてまわっているというのではないだろうな。だからこのあいだ――」

「そうね、いろいろ言われたわね。でも、宝石商のところに取りに行くものがあるの。だからエスコートしてくださらない？　道すがら、お話ししましょうよ」

オリヴァーは長々と彼女を見ていたが、ようやく、どこかふて腐れたように言った。「いいとも」

ヴィヴィアンはその声音には気づかないふりをして太陽のような笑顔を向け、彼の差しだした手を取って馬車に乗りこんだ。

「また会うなんて」ヴィヴィアンが口をひらいた。「おかしなものね。何カ月も会っていなかったのに、今度はこうして二日もつづけて会っているわ」

オリヴァーは彼女の軽口を聞き流して向かいの席に腰をおろし、これから一斉射撃を受けるかのような顔をして胸を張った。

「今日は、昨夜のふるまいを謝罪するために来たんだ。心から後悔している」

ヴィヴィアンは眉をつりあげた。「わたしにキスしたことを後悔していると言うの？　ねえ、ステュークスベリー、それはあまり紳士らしい言葉とは言えないわ。そんなにひどかった？」

「なんだって？」オリヴァーは目をむいて彼女を見つめた。「いや、もちろんそんなことはない。ひどくなどなかった」

「それを聞いてほっとしたわ」ヴィヴィアンは口の端に笑みらしきものを浮かべた。「わたしはとても、よかったから」

「ヴィヴィアン！」オリヴァーが目をつむる。

「なに？　よくなかったほうがよかったの？」

「ちがう！　そういうことではない。ああ、まったく！　きみと話をしようとするのは命懸けだな。わたしは謝罪に来たんだ！」

「そうだったわね。でもわからないのは、どうして謝罪したいのかということよ。だって、お互いに楽しんだようなのに」ヴィヴィアンの瞳がきらめく。

「だが、きみは楽しんだりしてはいけなかったんだ」オリヴァーはむっつりと返事をした。

「少なくとも、そんなことはなかったというふりをするべきだ」

「あのね、オリヴァー——いまは洗礼名で呼びたい気分だから許してね。だって、ほら、前より深い関係になったわけでしょう?」オリヴァーが押し殺したようなうめき声を漏らしたのでヴィヴィアンは片眉を上げたが、すぐにつづけた。「どうして自分が感じたことをなかったように見せかけなければならないのか理解できないわ。それであなたが喜ぶわけでもないのに」

「わたしの行動は紳士らしくなかった」彼女の言葉に刺激されてオリヴァーは答えた。「きみも、昨夜のことをそんなに明るく話すものじゃない。きみはショックを受けているべきだ。動揺しているはずなんだ」

ヴィヴィアンは笑った。「わたしは二十八よ、オリヴァー。それに、こんなことを言ったらうぬぼれていると思われるだろうけれど、自分の見た目がいいほうだということもわかっているわ。キスされた経験だってあるし。いまさら動揺するなんて、ばかげているわ」

オリヴァーは顔をゆがめた。「きみは、いつもああやって男たちにキスさせているのか?」

「いいえ、いつもではないわ。正直に言えば、キスしてほしいと思った男性も多くはなかったし。出すぎたまねをしていると思った人は、ぶったりもしたわ。でもあなたがキスしたいと思っているとわかったとき、わたしはその気持ちをくじくようなことはしなかった」ヴィヴィアンは一度うつむいたが、顔を上げておもねるような視線を彼に向けた。「だから、あなたの行動を非難することはできないの、そうでしょう?」

オリヴァーは驚愕したとでもいうように、ただ彼女を見つめていたが、やがて目をそらし、少し身じろぎした。「なんてことだ、ヴィヴィアン。そんな口を利いてまわっているとしたら、男にキスされるわけだ」

「あら、ほとんどの人にはこんな口は利かないわ。でもあなたが相手だと、まるきり事情がちがうの。あなたとはずっと昔からの長いつき合いでしょう? 従兄だと言ってもいいくらいに」

「従兄! きみは従兄とキスをしてまわっているのではないだろうな!」

ヴィヴィアンの口から、また鈴を転がすような笑い声が響いた。「いやね、まさかそんなことするわけないでしょう。わたしの従兄弟《いとこ》なんて、とんでもない人ばかりよ。それに女生徒だったころ、従兄弟にはだれひとり、甘い気持ちなんて感じなかったわ」

またしてもオリヴァーは言葉を失った。頬を真っ赤に染め、急に顔をそむけて窓の外に目をやった。

「あら、困らせてしまったみたいね。わたしも謝るわ、ごめんなさい。これで話は片づいたことにしましょうか。なにかほかのことを話しましょう」オリヴァーが黙っているのを了解のしるしととり、ヴィヴィアンはつづけた。「どうしてミスター・ブルックマンのところに行くのか、知りたい?」

「だれのところだって?」オリヴァーが顔を戻した。あきらかに、昨夜のキスのことから話題が変わるのを歓迎していた。「〈ランデル・アンド・ブリッジ〉に行くのだと思っていたが」

「ああ、ちがうの。父はいつもそこを使っていたけれど、何年か前にレディ・セッジフィールドがすてきなブローチをつけているのを見て、〈ブルックマン・アンド・サン〉で買ったと聞いたの。そのときに彼のお店に行ってみて、それから行きつけになったのよ。彼のデザインは天才的で、古い宝石《いし》を新しい台にはめなおす腕前もすばらしいの。わたしが買う宝石は古いものが多いから、すてきだけれど身に着けることはむずかしいわ。いまの時代の装いには仰々しすぎるのね。なかには石をはずすのが惜しいほどみごとなものもあるから、そういう品は持っているだけになるわ。でも、身に着けることができないなら、宝石を買う意味などないでしょう? ミスター・ブルックマンは、そういう宝石をもう少しすっきりとしたデザインにつくり替えているの。〝スコッツ・グリーン〟も、そうしてもらったのよ。今日受けとりに行くのは、それなの」

「スコ……? エメラルドか?」

「いいえ。グリーンダイヤモンドよ。ダイヤモンドのなかでももっとも稀少《きしょう》な部類に入るの。緑よりも稀少なのは赤だけ。それに〝スコッツ・グリーン〟に使われている石は、大きさが並ではないのよ。ふつうは色がまだらになったり、表面にしか色がついていなかったりすることもあるから、あらたにカッティングするのはむずかしいわ」

オリヴァーが驚きに眉をつりあげる。「いろいろとよく知っているんだな」

ヴィヴィアンはうなずいた。「昔から宝石が好きだもの。父からもよくもらっていたし」

ヴィヴィアンの母親は、ヴィヴィアンが生まれてまもなく亡くなった。不幸な結婚から解放された父親はヴィヴィアンが幼いうちはほとんどロンドンで暮らし、娘を子守や家庭教師にまかせきりにしていた。そしてときどき後ろめたくなると、娘にものを贈ったり、たまに本邸まで会いに帰ってくるときに土産を持って帰ったりしたのだ。

「まあ、父の贈り物は、子どもには不向きなものばかりだったけれど」ヴィヴィアンは軽い調子で言った。「小さなガラスの置物だとか、金線細工に真っ赤なルビーをはめこんだブローチだとか。家庭教師は、そんな割れ物を子どもに贈るなんてと舌打ちして、わたしの手の届かない高いところに置いてしまったものよ。でも、あなたには簡単に想像できるでしょうけど、わたしはそこまでよじのぼって品物をおろし、じっくり眺めていたわ。宝石は大好きなの……あの輝きも、深みのある美しい色合いも、光る金細工も」肩をすくめる。「だから大きくなったら自分で買うようになったの。宝石には人を虜《とりこ》にする魅力があるわ。美しさだけでなく、その石が持つ歴史にも」

ふとオリヴァーを見やると、彼は真剣な顔で彼女を見つめていた。急に意識してしまう。

「どうしてそんなにじっと見るの？」

「いや、きみがなにかについてそんなに……真剣に話すなんて初めてだったから」

「わたしだって、いつもちゃらちゃらしているわけではないわ。まあ、宝石なんて、もともと軽い話だと言う人もいるでしょうけど」

「ああ。だが、生きるか死ぬかの問題だった人間も大勢いるだろう」

今度はヴィヴィアンが驚いて眉を上げた。「そのとおりよ。今日受けとりに行くダイヤモンドは、スコットランドのメアリ女王のものだったの。どうしてそれが女王の手を離れたのかはよくわかっていないのだけれど。彼女はおびただしい数の宝石を持っていて、その多くはフランスから持ってきたそうよ。けれどスコットランドに逃げたとき、コレクションのほとんどを置いていかざるを得なかった。自分をとらえた相手に賄賂として渡したものもあるとか。断頭台に送られないように、エリザベス女王にはダイヤモンドのブローチを贈ったとも言われているわ。支援者に渡して保管を頼んだり、自分の救出に使わせようとしたりしたものもあるそうよ。〝スコッツ・グリーン〟は行方不明になっていたの。もともとはブローチの一部で、もう少し小さめの無色のダイヤモンドとともに使われていたのだけれど、見つかったときにはバーカムステッド伯爵夫人のネックレスにはめこまれていたのよ」

「どうやってそこに収まったんだ？」

ヴィヴィアンは肩をすくめた。「ね？　宝石っておもしろいでしょう？　レディ・バーカムステッドの手に渡ったいきさつは、だれにもわからないの。でもまちがいなく、〝スコッツ・グリーン〟だったのよ。そしてもう何世代か経つうちに、また宝石は行方知れずになった。でもこの夏、アントワープで見つかったという知らせがミスター・ブルックマンから届いたの。ネックレスは分解され、〝スコッツ・グリーン〟が売りに出されたと。だから買うことにしたの。悲劇の歴史を持つ緑の石を、どうしても手に入れたくて。彼がまたネックレスにつくり直してくれたのだけれど、実際に見るのは今日が初めてなのよ」

「それで楽しみにしているのか」オリヴァーは笑顔でヴィヴィアンを見た。

「あなたも一緒に来て、見てみない？」

「いいとも」そう答えると、彼女から輝くばかりの笑みが返ってきた。

サックヴィル通りにある間口のせまい店の前に、馬車が止まった。有名店〈グレイズ〉からもそう遠くない。オリヴァーが手を貸してヴィヴィアンをおろすころには、店員が店のドアを開けてくれていた。なかに入ったところでミスター・ブルックマン本人に迎えられた。やせ形で、薄くなりかけた金髪と淡いブルーの瞳の持ち主だ。いかめしい雰囲気で、猫背のためか実際よりも老けて見える。だが実際はオリヴァーと変わらない年齢で、祖父が亡くなったために店を継いだのだという。彼はオリヴァーをちらりと見て少し驚いた様子だったが、すぐに立ちなおっておじぎをし、早々に店の奥にある執務室へと案内した。

ヴィヴィアンはブルックマンにオリヴァーを紹介し、ブルックマンはいつものようにお茶を出した。〈ブルックマン・アンド・サン〉ではそういったもてなしに抜かりはない。繊細な磁器のカップでお茶を飲み、天気や健康の話をするにつれて、いかめしかった態度がほぐれてきたのを見て、ヴィヴィアンは宝石商が自分たちを得意客と思っているだけでなくおしゃべりも楽しんでいるのだろうと思った。

けれども今日は、ヴィヴィアンもオリヴァーも早く〝スコッツ・グリーン〟が見たくて、ゆっくりとお茶を飲んでいるわけにもいかなかった。宝石商はいささか芝居がかった手つきで上等な黒いベルベットにくるまれたクッションを出すと、金庫からネックレスを取りだしてその上にそっと置いた。

「まあ……」ヴィヴィアンが感嘆のため息を漏らした。「ミスター・ブルックマン、これはいままででも最高の出来ではないかしら」

優美な金の輪でつながれたネックレス。金の輪が数個つながるごとに、小ぶりのグリーンダイヤモンドを小さなダイヤモンドで囲んだものが入る。ちょうど中央の部分には、白いダイヤモンドで囲まれた大きなグリーンダイヤモンドが配置されていた。エメラルドのような濃い緑色ではなく、深みはあるけれども透明度の高い、繊細で淡い色の石。ネックレスの長さは短めで、ちょうどヴィヴィアンののどもとの美しいくぼみに収まるように調整されていた。金細工もみごとだったが、主張しすぎない絶妙なデザインで、中央の大きなグリーンダイヤモンドに自然と視線が集まるようになっている。

「気に入っていただけて光栄です」ブルックマンは小声で言ったが、口もとがゆるんで得意げな目になりそうなのをこらえているのがヴィヴィアンにはわかった。

もっとよくダイヤモンドを見ようと彼女が身をかがめると、ブルックマンはすかさず拡大鏡を差しだした。薄い銀の持ち手にGDBと頭文字が刻印されたそれは、彼にとって貴重な逸品だということを彼女は知っていた。拡大鏡を彼女に渡す彼は、ひどくうれしそうだった。もの静かな人だが、職人としての矜持《きょうじ》が全身からにじみだしている。

ヴィヴィアンは拡大鏡を目に当て、宝石の上にかがみこんだ。「きれいだわ。こんなに大きいのにほとんど濁りもなくて」

「まったく驚くほど美しい石です。それに稀少だ。見つかったのは非常に運がよかった」

「あなたのデザインも完璧だわ」ふと目を上げると、オリヴァーが見つめていることに気づいた。変に心臓が跳ね、ヴィヴィアンはあわてて顔を戻した。「着けてみたいわ」

ブルックマンがデスクのうしろの椅子から立ちあがりかけたが、すでにヴィヴィアンはオリヴァーのほうを向いてネックレスを差しだしていた。彼はヴィヴィアンからそれを受けとると彼女のうしろにまわり、上からおろすように首にかけた。留め金をかけたとき、彼の指先がうなじをかすめ、ヴィヴィアンの体に震えが走った。急に息苦しくなってうつむいた彼女は、うろたえてさえいた。

「どうかしら？」ヴィヴィアンは立ちあがって振り返った。

「きれいだ」オリヴァーがじっと彼女を見ている。そのグレーの瞳に浮かぶなにかに――熱っぽく、ほの暗いなにかに――彼女の体は熱くなり、ますます動揺した。

目が合った瞬間、ヴィヴィアンは顔をそらし、部屋の反対側にある小さな鏡の前に行った。自分の姿を見つめ、わずかに上気した頬がもとに戻るまでネックレスを眺めていた。

「すてきだわ」ヴィヴィアンは笑顔でブルックマンを振り返った。「ほんとうに最高だわ」

「恐縮です」ブルックマンは恭しく頭をさげた。

ヴィヴィアンはひと呼吸置き、軽い口調で言い添えた。「でも、身に着けるのは少しこわいわね。このごろ強盗事件がよく起きているから」

オリヴァーが身を固くするのが目の端に入ったが、ヴィヴィアンはかたくなにそちらを見ないようにして椅子に戻った。

宝石商は口もとを引き締め、眉根を寄せた。「そのようですね。けしからぬことです」

「では、宝石商のお仲間ともそのことは話題になっているの？」

「ミスター・ブルックマンはそのような話はしたくないのでは」オリヴァーが言いかけたが、宝石商はすでに口をひらいていた。

「まったくゆゆしき事態でございます、マイ・レディ。憂えずにはいられません」

「盗んだ宝石はどのようにするのかしら」ヴィヴィアンはつづけた。オリヴァーの視線が突き刺さるのを感じたが、彼女は無視した。「宝石商のところへ持ちこんで売るのかしら？」

借金で首のまわらなくなった貴族はたいていそうするのだが。行きつけの宝石商にこっそりと安物の石をひとつふたつ売り、難を逃れた知り合いは大勢いる。

「質入れするのではないでしょうか」ブルックマンは困ったような顔で答えた。「ですがおかしなことに――わたしが話を聞いた者はだれも、怪しい人間から宝石を買ったことはないということでした」

「ひとりも？」オリヴァーもさすがに好奇心には勝てず、つい口をはさんだ。

宝石商はうなずいた。「わたしの知り合いでは、だれも。宝石を売りに来た人間は、初めての相手であっても、少なくとも宝石を持っていておかしくはない人物に見えたそうです」

「なるほどね」ヴィヴィアンはうなずいた。好奇心に瞳が輝いている。「つまり、泥棒は紳士だということね」

4

「あるいは、紳士のふりをしているかだ」オリヴァーが言い添えた。

ブルックマンは重々しくオリヴァーにうなずいた。「はい、おっしゃるとおりでございます。貴族であるふりをしているだけという可能性のほうが高いと思いますが」

「どうかしら」ヴィヴィアンが明るく言った。「泥棒だったと言われても納得してしまうような紳士を、何人か知っているわ」にこりと笑い、手を上げてネックレスの留め金をはずした。「でも、そんな可能性を考えるなんていやね」そっとネックレスをケースに戻す。「もっと楽しいことを考えたいわ。新しく入った品を見せてくださるかしら、ミスター・ブルックマン？　前におじゃましたときから、しばらくあいだが空いているから」

「ええ、もちろんでございます」宝石商は話が変わってここぞとばかりに席を立ち、ヴィヴィアンを執務室の外へ案内した。

店舗のほうに戻るふたりのあとを、オリヴァーもついていった。三人で話しているあいだ、どうやら店員は店を閉めていたようだ。いちばん奥の売台で目立たぬようにひかえている店員以外に人はいない。

店は小さかったが洒落た内装で、上等なマホガニー材とガラスでできたケースに宝石類が収められている。優美な彫刻が施されたマホガニー材の椅子があちらこちらに配置され、客が休憩したり、宝石の購入をじっくり検討したりできるような配慮がうかがえた。そしてたいていの宝石商と同じように、この〈ブルックマン・アンド・サン〉でも金や銀の延べ板を販売しており、それらは背の高いガラス戸の戸棚ふたつに収められていた。

ヴィヴィアンが宝石商とブレスレットやイヤリングを見ているあいだ、オリヴァーは辛抱強く待っていた。ようやく彼女はブレスレット一点とイヤリングふた組、それにオニキスと象牙でつくられた美しいカメオのブローチを購入した。

数分後、ふたりはヴィヴィアンの馬車に戻った。彼女は買い物をした袋を自分の隣に置いて腰をおろすと、オリヴァーに笑みを向けて言った。「ね、そう悪いものでもなかったでしょう?」

「そうだな……ためにはなった。きみが宝石好きだということは聞いていたが、ミスター・ブルックマンと話をしているところを見るまで、あれほどの知識を持っているとは知らなかった」

「つまり、思っていたよりも頭が空っぽではなかったということかしら?」

オリヴァーは傷ついたような顔をした。「頭が空っぽだなどと思ったことはない。それどころか、きみの頭のなかにはいろいろな考えが詰まりすぎて、気が気ではないよ」

ヴィヴィアンはくすくす笑った。「あなたっていつも的確な反撃をしてくるわ」

オリヴァーの眉が上がった。「そんなふうに思っているのか……わたしを敵だと」

彼女が小首をかしげて考える。「いいえ、敵ではないわ。貴重な好敵手《ライバル》というところかしら」

「まあ、暴君よりはましかな……前に一度そう言われたが」

「まあ、そんなことを言ったかしら？　とんでもなく失礼なことを言ったのね」

「いや。じつを言うと、わたしがきみに、邸から出ていって二度と顔を見せるなと言ったあとだったと思う」

「たしかにそれは少し横暴な言い草だわ」

「あのときはたしか、きみがわたしの歯磨き粉を石けん粉かなにかと入れ替えたんだ」

「あら、いやだ」ヴィヴィアンは思わず笑った。「わたしって、ほんとうに手に負えなかったのね？　あなたのおじいさまから出入り禁止をくらわなかったのが不思議だわ」

「祖父にはなにも言わなかったからね」

ヴィヴィアンは目を上げた。「どうして？　まさか、わたしをかばおうとしたわけでもないでしょう？」

「そんな高潔な精神は持ち合わせていない。十四歳の小娘になにを振りまわされているんだと叱責されたくなかったからだ」そこでひと息つく。「でも、そのとおりだったな。あのころのわたしは、きみをどうしたらいいのかまったくわからなかった」

「あなたは紳士でやさしすぎたから、同じことをやり返さなかったのよね。セイヤー兄さまなんて、いたずらして怒らせたら、お返しに池に突き落とそうとしたのよ」

「わたしはどちらかといえば、体面を考えるあまり動けなかったというところだな。階段を駆けおりてきみを追いかけたかったが、大学生の男がやるようなことでもないように思えて」自虐的に笑う。「きみを相手に格好をつけようなんて、どうして思ったのかわからないが」

「そうね、わたしのほうは体面もなにもあったものじゃなかったのに、おかしなものよね」

オリヴァーは彼女と目を合わせず、しなやかな革手袋をなでるばかりだった。「この前きみが言ったことはほんとうなのか？　その、きみが昔……」

「あなたにのぼせていたということ？」ヴィヴィアンは意味ありげに肩をすくめた。「そんな恥ずかしいこと、いまになって嘘《うそ》をつくと思う？」

ようやくオリヴァーは顔を上げたが、薄暗い馬車のなかでグレーの瞳は陰になっていた。

「そんなことは思いもしなかった」

「それも当然だわ。わたしはできるだけ隠そうとしていたもの。でも思春期の娘をよく知っている人には一目瞭然だったでしょうけれど。そうでもなければ、どうしてあんなにあなたにちょっかいを出すかしら」

「ただおかしなことをしているくらいにしか、わたしには思えなかった」

ヴィヴィアンは声をあげて笑った。「わたしにだって、体面はなくても自尊心はあるの。ああでもしなければ、やせっぽちで赤毛の小娘なんて、あなたは見向きもしてくれなかったでしょう？　無視されるよりは、ののしられたほうがましだったわ」

しげしげとオリヴァーが彼女を見つめてくる。今度はヴィヴィアンが顔をそむけた。

ふたりのあいだに広がった沈黙を破ってヴィヴィアンが言った。「あ、あなたのお邸に着いたわ。ごめんなさい……どこか行きたいところがあったのではないかしら。わたしったら、なにも訊かなくて」

「いや、いい。どうだい、寄っていかないか。フィッツとイヴと従妹が昨日の晩に着いたんだ。みな、きみに会えたら喜ぶだろう」

ヴィヴィアンはにこりと顔を輝かせた。「会えたらわたしもうれしいわ」

新たにオリヴァーの義妹となったイヴは、ヴィヴィアンの古くからの仲のいい友人だ。夫を亡くして財産もなかったイヴは、ステュークスベリー伯爵のアメリカ人の従妹であるバスクーム姉妹の付き添い婦人として、うってつけだった。そして彼女もまたヴィヴィアンと同じように、率直で愛嬌《あいきょう》のあるバスクーム姉妹に惹かれた。伯爵の腹違いの弟であるハンサムなフィッツヒュー・タルボットは、それ以上にイヴの魅力に惹きつけられ、三カ月前に結婚したばかりだ。ふたりは新婚旅行で六週間、ヨーロッパ大陸に滞在していたので、ヴィヴィアンがイヴに会うのは結婚式以来だった。リリーとカメリアのバスクーム姉妹に会うのも、同じくらい久しぶりだ。

邸の表側の窓からだれかが見ていたのだろう、ヴィヴィアンとオリヴァーが玄関に足を踏みいれるやいなや、二階から走る足音が聞こえてきた。

「ヴィヴィアン！　ヴィヴィアン！」

いつもどおり、真っ先に階段をおりてきたのは黒と白のみすぼらしい犬だった。パイレーツは大興奮でふたりのまわりをまわって跳びはねたが、オリヴァーが手でさっと合図をすると、最後にひと声吠えてから座り、目を輝かせてオリヴァーを見つめた。舌をだらんと出している姿が、いつにも増して滑稽に見える。

すぐに若い娘ふたりが階段を駆けおりてきた。わずかに先に立っているリリーのほうが、一般的な意味では美人だと言えるだろう。明るい茶色の髪を愛らしい巻き毛にして青いリボンで飾り、瞳はきらきらしている。バラのつぼみのような唇、色白だが頬はイチゴを思わせて愛らしい。活発な性格は表情にもよくあらわれていた。小枝模様のモスリンのドレスに、短めの青い上着をはおっている。

姉のカメリアのほうはあきらかに、リリーほど服装には興味がないらしい。ドレスにはフリルも裾の襞《ひだ》飾りもなく、リボンをはじめ装飾品はなにも着けていなかった。ダークブロンドの髪は長い三つ編み一本にし、頭のまわりに巻きつけているだけだ。グレーのまなざしは実直そうで落ち着きが漂い、ととのった顔立ちは美人と言ってもおかしくないのだが、口もとを引き結んでいるがゆえに女らしい印象が薄れていると言われることもあった。

「ヴィヴィアン！」リリーが声を張りあげて階段の踊り場をまわり、両腕を広げて最後の数段をおりた。ヴィヴィアンも駆けよって抱擁し、次にカメリアにも抱擁を返した。そのあいだずっとリリーは楽しそうに話していた。「会えてうれしいわ！　あなたが帰ってしまってからは、ずっと退屈で。ロンドンは楽しいでしょう？　わたしはここが大好き。もう離れたくないわ」

「そんなにまくしたてないで、ヴィヴィアンにもしゃべらせてあげなくては」愉快そうな声が階段の上から響いた。ヴィヴィアンが見上げると、友人のイヴが階段をおりてくるところだった。

「イヴ！」すぐにヴィヴィアンは友のほうへ向かった。抱擁してから少し体を引き、イヴのしゃれたドレスをしげしげと眺める。「これはパリであつらえたのね？　流行の最先端じゃないの！」

「ほらね？」リリーが小声ながらも勝ち誇ったようにカメリアに言った。「ヴィヴィアンにはちがいがわかると言ったでしょう？」そしてヴィヴィアンのほうを向き、説明する。「カメリア姉さまは、どうしてパリでこしらえたイヴのドレスがわたしたちの持っているものよりもいいのか、わからないなんて言うんですもの」

ヴィヴィアンは声をあげて笑うと、イヴと腕を組んで階段の残りをおり、姉妹に加わった。

「銃のことならカメリアにまかせるけれど、ドレスのことは……」

「わたしにまかせたら悲劇が起こるでしょうね」カメリアがヴィヴィアンの代わりに言い、にんまりと笑った。

「そのとおり」

「さあ、客間に行って積もる話をしましょう。フーパーにお茶とケーキを用意させるわ」イヴはオリヴァーに向きなおった。彼は片手でパイレーツを抱きあげ、もう片方の手で耳のうしろを掻いてやっていた。「ご一緒されますか、オリヴァー?」

滑稽といえそうなほどぎょっとした顔でオリヴァーは断り、パイレーツを連れて書斎に引っこんだ。女性たちは玄関ホールを突っ切って客間に入った。

イヴが執事にお茶の用意を言いつけるあいだに、ほかの三人はソファや近くの椅子に腰を落ち着けた。すぐさまリリーが左手をヴィヴィアンに差しだして指を動かす。中指にはまったダイヤモンドの指輪が、光を受けてきらめいた。

「まあ、なんてすてき!」ヴィヴィアンはリリーの手を取って引きよせ、指輪の上にかぶさるようにして見た。

「先月、ネヴィルが会いに来てくださったときに、いただいたの」

「会いに来たですって？」カメリアが鼻で笑った。「あのかたはウィローメアに入り浸《びた》りだったじゃないの」

リリーは姉に向かって顔をしかめた。「姉さまも婚約すればわかるわ。相手のいない時間がどんなに長く感じられるか。ネヴィルとはもうひと月も会っていないのよ。手紙は書いてくださっているけれど。実際に会うのとはちがうの。それに彼の字はとても読みづらくて」

「わたしは婚約なんてしないと思うわ」カメリアは言い返した。

「するわよ。そのためにこうして社交シーズンに来ているんじゃない……少なくとも姉さまは、ということだけれど」リリーの顔が大きくゆるんだ。「わたしはここで結婚するんだもの」

「お式はいつなの？」ヴィヴィアンが尋ねた。

「六月の末よ。オリヴァー従兄《にい》さまには大きな式でなくていいと言ったのだけれど。小さなお式でいいから、いますぐに挙げたいわ。でも従兄さまは待ちなさいとおっしゃるの。若すぎるとお思いなのよ。でも……もう自分の心はわかっているのだから、若すぎるもなにもないでしょう？」

むきになって、あいかわらず大げさにまくしたてるリリーに、ヴィヴィアンは口もとをほころばせた。「そうねえ」

リリーがうなずく。「あなたはわかってくださると思っていたわ」そう言って小さく肩をすくめた。「でもネヴィルもここに来てくれるなら、それほど悪いことでもないのかも。立派な結婚式を挙げるのはすてきでしょうし。それに、きちんとした嫁入り道具を注文しなければならないとイヴに言われたの。きれいなウエディングドレスをあつらえるのもすてきよね。それにネヴィルのお母さま《レディ・カー》が、ぜったいに盛大な舞踏会をひらいて婚約発表をしましょうとおっしゃっているの。もう計画は立てられたんですって」

「計画なら何年も前からできあがっていたと思うわよ」イヴがにこにこしながら言った。「何枚もの計画表をすでにいただいているの。ごめんなさい、ヴィヴィアン、レディ・カーはすぐにも婚約披露パーティをひらく勢いなのよ……まだあなたがリリーとカメリアのお披露の舞踏会もひらいていないのに」

ヴィヴィアンは肩をすくめた。「花婿のお母さまには勝てないわ。そんな楽しみを奪うなんてできっこないもの。彼女はもう何年もネヴィルが身を固めてくれるのを心待ちにしていたのよ。でも、わたしたちがすぐにでもドレスを買いに行かなければならないのは、まちがいないわね」

「わあ！」リリーが歓喜の声をあげた。

「これ以上ドレスが必要だなんて、理解できないわ」カメリアがスカートを広げて見おろした。「このドレスだって数カ月前に買ったばかりなのよ。しかもほかにも何着もあるのに」

「でも社交シーズンにはそのドレスではだめよ」ヴィヴィアンは言った。「田舎では問題ないでしょうし、ここでも昼用ドレスとしては通用するけれど。パーティ用にもっとドレスがたくさんいるわ。イヴニングドレス、舞踏会用ドレス、散歩用、昼用、上着にマントも。手袋は昼用と夜用、扇、ハンカチ、帽子……それにマフも必要ね。まだ寒いから」

カメリアはぽかんと口を開けてヴィヴィアンを見つめていた。「それだけそろえるには何日もかかるわ」

「ええ、そうよ」とヴィヴィアン。ちらりとイヴを見る。「だから明日にでも取りかからなくてはならないの」

イヴもうなずいた。「そのことでちょうど手紙を出そうと思っていたのよ、ヴィヴィアン。こちらに到着したから、まさにそれに取りかかりましょうと。でもそうしたら、オリヴァーがあなたと帰ってきて……驚いたわ。皇太子さまを連れて帰ってきたとしても、あんなには驚かなかったと思うくらい！」

「あら、そんな」ヴィヴィアンは反論した。「皇太子さまとオリヴァーが一緒に帰ってくるほうがあり得ないわ――皇太子さまがオリヴァーを〝堅物伯爵《ストリクトベリー》〟と呼んでいることは知っているくせに」

「そうなの？」カメリアが笑う。ヴィヴィアンはうなずいて茶目っ気たっぷりにえくぼをつくった。

「まあね。でも言いたかったのはそういうことじゃないの」イヴはごまかされなかった。

「どうしてオリヴァーと一緒だったの？」

「べつに理由はないわ」ヴィヴィアンは肩をすくめた。「〈ブルックマン・アンド・サン〉に行こうとしていたらオリヴァーに会って、エスコートしてもらったの。ほら、オリヴァーってマナーにこだわる人でしょう？」イヴとふたりだけだったなら、オリヴァーの謝罪とその理由を話していただろうが、年若い姉妹の前ではできなかった。「それに、あなたたちが昨日到着したと聞いたら会わずにいられないもの」

「会いに来てくれてうれしいわ」イヴは、大きな銀の盆を持って入ってきた執事に目をやった。それからしばらくは、お茶とケーキを楽しんだ。

執事が行ってしまい、ある程度おなかも満たされると、婚約披露パーティや今シーズンのパーティの話へと話題は移った。しかしカメリアを見やったヴィヴィアンは、いつになく元気がないことに気づいた。妹のリリーほどはしゃぐ子ではないけれど、どんな話題でもすぐに意見を言うほうなのに。こんなに言葉数が少ないのは彼女らしくない――なんとなく哀《かな》しげな目をしているのも。

「ローズは元気？」カメリアの元気がないのは姉ふたりがいなくなったせいではないかと思い、ヴィヴィアンは尋ねた。ローズとマリーはイングランドに来てわずか二カ月で結婚していた。「最近、手紙はもらったのかしら？　それにマリーは……いつサー・ロイスと社交シーズンにやってくるの？」

「ローズ姉さまからはついこのあいだ手紙が来たわ」リリーが答えた。「とても幸せにやっているようよ。マリー姉さまも」顔色がさらに明るくなり、口の端には笑みまで浮かんでいる。「でも、マリー姉さまとロイス義兄《にい》さまは、ロンドンには来ないの」

ヴィヴィアンはリリーからイヴへと視線を移した。「まあ。どうして？」

「なかなか興味深いことになっているようなのよ」イヴが言い、同じような笑みを浮かべる。

「それはもしかして――」

「赤ちゃんが生まれるのよ」カメリアがいつものようにいきなり口にした。「どうしてみんな、そんなに言いにくそうにしているの？」

ヴィヴィアンがくすりと笑った。「それはきっと、わたしたちがみなとてもおばかさんだからでしょうね。でも、なんてすてきな知らせなのかしら！」

「ここに来る途中、〈アイヴァリー館〉に寄って、姉さまとロイス義兄さまには会ってきたの」つづけるカメリアも、いまは笑顔になっていた。「ふたりとも大喜びだったわ」

「そうでしょうね」

「でも移動するような気分になれないらしくて」イヴが口をはさんだ。「カメリアとリリーのお手伝いができなくて申し訳ないと言っていたわ」

「ええ、でも姉さまはシーズンに出られなくたってかまわないでしょう」とカメリア。「わたしが残ると言ったのだけど。なにか手伝える人間がいたほうがいいかと思って」ため息をつく。「でも、だめだと言われたの」

「初めての社交シーズンを逃してほしくなかったのよ」

「来年だってまた同じようにあるわ」カメリアが言う。

「たしかにそうだけど、毎年ちがうものなの」とヴィヴィアン。

話題はまた社交シーズンやパーティや翌日の買い物のことに移った。しばらくして執事がレディ・カーの来訪を告げた。リリーは柄にもなく静かになり、ドレスを直して髪にも不安げに手をやった。

「レディ・カーとはたくさんお話があるでしょう」ヴィヴィアンは席を立った。「それにわたしももう帰らなくては」

その隣でカメリアも跳ねるように立った。「お見送りするわ」

疲れた顔をした小柄なレディ・カーが部屋に入ってくると、ヴィヴィアンは少しとどまって彼女に挨拶し、祝いの言葉を述べた。それでもできるだけ早く退散した。カメリアもすぐあとにつづく。

「レディ・カーのことはよくわかっているみたいね」玄関に向かいながら、ヴィヴィアンは小声でカメリアに言った。

「ええ、まあ」カメリアがそっけない口調で返す。「あのかたにつかまる前に退散するのがいちばんなの」

ヴィヴィアンは出てきた部屋をちらりと振り返ると、いきなりカメリアの手をつかんで力強く引きながら廊下を進み、階段とは反対の方向へ向かった。「来て、話があるの」

「はい」カメリアは驚いた顔でヴィヴィアンを見たが、おとなしくついていった。

ふたりは静かに廊下を進み、開いている部屋を覗《のぞ》いていく。突き当たりの部屋は小さな裏庭に面した居心地のよさそうな居間だった。光が入って明るく、すてきなソファと椅子のある感じのいい部屋だ。ヴィヴィアンはソファに腰をおろし、カメリアの手を引いて隣に座らせた。

「元気？」ヴィヴィアンが真剣なまなざしで尋ねる。

「わたし？」カメリアはどことなく警戒したように見返した。「元気よ」

「ほんとうに？」

「ええ」カメリアはうつむき、ついてもいない糸くずをスカートからつまんだ。「わたしはいつでも元気いっぱいよ。みんな知っているわ」

「体のことを訊いたわけではないの。ここがどんな気持ちかということよ」ヴィヴィアンは自分の胸のあたりをたたいた。「今日は少しご機嫌ななめのようだったから」

カメリアは、きりっとした表情で笑った。「リリーのことはとても喜んでいるわ。ネヴィルと結婚できるから、妹はもう天にも昇る気持ちなの。わたしが選ぶような男性ではないけれど、リリーには合っていると思うわ」肩をすくめる。

「リリーのことはいいの。それより、あなたはどうなの？　あなたは幸せなの？」カメリアはヴィヴィアンをちらりと見た。「わたしはどちらかと言えばウィローメアにいたかったの。社交シーズンなんて……わたしはあまり興味がなくて。パーティだとかおしゃべりだとか、あまり楽しいと思えないわ。しなければならないことや、してはならないことをつねに思いだそうとして、あれこれと失敗するにちがいないのだもの。ここの人たちに好かれようがどうだろうが、わたしはどうでもいいけれど、リリーの立場が悪くなるようなことを言ったり、したりしやしないかと不安なの。とくにオリヴァー従兄さまはほんとうによくしてくださったから、彼をがっかりさせたくないのよ」

「カメリア……」ヴィヴィアンは手を伸ばし、カメリアの腕に手をかけた。「弱気になるなんて、あなたらしくないわ」

カメリアがにこりと笑ってみせる。「わたしはいつでも自信満々ということかしら」

「いいえ、そういうことではないの。ただ、あなたは自分のすることに迷いがないということよ」

カメリアはため息をついた。「慣れていることなら迷ったりしないの。銃ならうまく撃てるし、馬にもうまく乗れる――フィッツもそう言ってくれると思うわ。そういうことならこわくないの。ただ、ここではなにをしたらいいのかわからないし、自分の言動のなにがいけないのかわからないの。とにかくリリーの迷惑になりたくないわ」

「リリーならだいじょうぶよ。もう婚約しているから、両家の後ろ盾もある。それにあの子はここでの暮らしを楽しめると思うの。だから心配しないで。少しは失敗するかもしれないけれど、イヴとわたしがついているわ。失敗したってわたしたちが助けてあげる」

「わかってるわ。自分でもばかなことを言っていると思うもの。でも、ウィローメアに帰りたいの。馬に会いたいし、乗りたい。リリーとわたしのためにあなたたちが親身になってくださっているのはわかるから、恩知らずなことは言いたくないのだけれど、わたしはリリーのように買い物も楽しめないわ。少しくらいなら、まあ、流行のドレスや生地を見るのも楽しいけれど……」カメリアは肩をすくめた。「すぐに気が散ってしまって」

「馬なら公園で乗ればいいわ。もちろん同じようにはいかないけれど、ハイドパークのロットン・ロウでは大勢の人が乗馬を楽しんでいるわよ」

「腐った通り《ロットン・ロウ》？」カメリアが吹きだす。「あまりすてきな名前ではないわね」

「まあね。でも馬に乗るにはいいところよ。わたしもときどきフェートン馬車を走らせたりするの。近いうちに行きましょうか？　きっと楽しいわよ」

「ほんとうに？」カメリアの顔が好奇心で輝いた。「あなたが自分で操縦するの？」

「ええ。そういう女性はほかにもいるのよ」

「それはとても楽しそうだわ」カメリアは笑顔になった。

「悩んでいたのはそれだけ？」ヴィヴィアンは慎重に訊いた。「退屈していたのと、ウィローメアが恋しかっただけなの？」

「いいえ」ため息をついてカメリアが認めた。「それだけじゃないわ。退屈の虫をなだめる方法なら、いつでも見つけられるもの」自嘲するような目でヴィヴィアンを見やる。「たぶんそのせいで、わたしはいつも困ったことになっているんでしょうね」立ちあがったカメリアは落ち着かない様子で窓辺に行き、外の庭を見た。

ヴィヴィアンもつづく。「リリーが婚約したせい？」

カメリアは心底びっくりした顔で彼女を見た。「どうしてわかったの？　そんなにわかりやすかったかしら？」眉をひそめて唇を嚙む。「見せないように、一生懸命抑えていたのに」

「ほかにはだれも気づいていないと思うわ」ヴィヴィアンは元気づけるように言った。「リリーの婚約のせいだなんてだれも考えないわよ」

「わたしったら、ひどい人間よね？」ヴィヴィアンに向きなおったカメリアの淡いグレーの瞳には、驚いたことに涙が浮かんでいた。「リリーのことは愛しているし、婚約も心から喜んでいるわ。ほんとうよ」

「ええ、わかるわ。でも、少し自分のことが不安になってしまうのでしょう？」

「そうなの」安堵したのか、カメリアの肩から力が抜けて少しさがった。「あなたはわかってくれるのね？　リリーが結婚したら、いったいどうすればいいのか……。ローズ姉さまやマリー姉さまがいなくなっただけでも寂しいのに。いままでずっと姉妹一緒だったのだもの。

なんでも一緒にやってきたわ。寂しくなる心配なんてしなくてもよかった。そんな場面なんて一度もなかったわ。ひとりになりたくなったときは何時間か外に出たりもしたけれど、だれかと一緒にいたいと思えばいつでもだれかがいたわ。母が亡くなってここに来たときも、まだ姉妹が一緒だった。でもローズ姉さまとマリー姉さまがいなくなった。ローズ姉さまにはもう会うことだってないかもしれない。マリー姉さまはそれほど遠くではないから、遊びにだって行けるでしょう、それはわかっているの。でも、もう一緒に住んでいるのとはちがうわ」

「わかるわ。そうよね」

「マリー姉さまは、この社交シーズンにはロンドンにも来ないわ。あと何カ月かしたらリリーもいなくなる。もう半分いなくなっているようなものだけれど。いつもネヴィルに手紙を書いているか、結婚式のドレスか婚約披露パーティの準備のことを話しているかだもの。以前みたいに一緒になにかをして楽しむなんてことは、もうなくなってしまったの。そしてこの婚約披露パーティが終わったら、あの子はカー家の人たちと行ってしまう。バースに住んでいる彼のおばあさまにご挨拶をしに行って、そのあとはカー家の領地に行くのよ。まるまるひと月も！　でもあの子がネヴィルと結婚したら、あとはもうそれがふつうになるんだわ」

カメリアはまたため息をついた。「ごめんなさい。こんなのはわたしのわがままで、ひどいことを言ってるとわかってはいるんだけど」

「いいえ、そんなことはないわ」ヴィヴィアンはカメリアの手を取った。「あなたはなにも悪くない。あなたと同じ立場なら、だれでも同じように思うわ。あなたはリリーを愛している。あなたたちはとても仲がよかったでしょう。いなくなったら寂しいのは当たり前よ。これからいなくなると思っただけでも寂しくなるわよ」

カメリアは泣きそうな顔でヴィヴィアンに笑った。「ふだんあんなにけんかばかりしているのに、ばかみたいだけれど、でもわたしにとってはあの子以上に大事な人なんていないの」

ヴィヴィアンはうなずいた。「わたしには姉妹がいないから、わかったふりはできないの。兄たちのことは大好きだし、グレゴリー兄さまとは仲もいいけれど、女きょうだいとはちがうものね。それでも、少しはあなたの気持ちがわかるつもりよ。たとえばかつての親友……イヴやシャーロットや、ほかにひとりふたりいたのだけれど、社交界デビューをしたあと、ひとりまたひとりと結婚していったの。すると、友だちには変わりないのに、やはり同じではいられなかったわ。わたしとはちがう世界に行ってしまったように感じられた——夫や子どもや子守のいる世界に。ずっと友だちではあるけれど、前のようには会えないし、昼はお日さまの下で、夜はナイトガウン姿で夜遅くまで起きて、長々とおしゃべりだってできないし」

「そう！　そうなのよ」カメリアがうなずく。「わたしもそういうところが寂しいの」

「ええ、残念ながら、しかたがないのでしょうね」ヴィヴィアンはほほえみ、カメリアの手をぎゅっと握った。「でもあなただってわたしと同じように、まわりが結婚したからといって自分の世界が空っぽになったわけではないのよ。マリーに子どもができたら、愛してかわいがってあげる相手が増えるということなの――だってマリーの赤ちゃんならきっとかわいくて、いたずら妖精みたいなうちの甥っ子や姪っ子とはぜんぜんちがうでしょうから」

カメリアは声をあげて笑った。「それはどうかしら。マリー姉さまとロイス従兄さまの子どもだって、きっと同じだと思うわ」

ヴィヴィアンは口もとをゆるめた。「それにこの社交シーズンで、あなたにはたくさんの出会いがあるわ。新しいお友だちができるわよ」

「そうかしら?」カメリアが疑いの目でヴィヴィアンを見る。

「そうですとも。新しいお友だちができて。もしかしたら夫だって見つかるかも」ヴィヴィアンの瞳がきらりと輝いた。「だってほら、あなたたちバスクーム姉妹ったら、なんだかんだと言っても、そうなっているじゃないの」

「わたしはほかの三人とはちがうと思うわ。結婚したいと思っていないんだもの。わたしには、結婚なんてわずらわしくてしんどいことだとしか思えない。実際、リリーは数えきれないくらいネヴィルのことで泣いていたわ」

「でもそれは、特殊な状況だったからでしょう」

「そうかもしれないけれど、マリー姉さまとローズ姉さまも人を好きになったら心おだやかではいられなかったわ。人を好きになると、みんな行動がおかしくなってしまうみたい」カメリアは肩をすくめた。「わたしはこれまで男性にのぼせあがったことはないの。でもそれも当然かもしれないわ。だって、男性から興味を持たれたことがないんだもの」

「どういうこと？　わたしのおじの館では、たくさんの殿方にダンスを申し込まれていたじゃないの」

「ええ、でもリリーほどではなかったわ。だいたい、あそこではわたしたちはただ、もの珍しかっただけ。わたしたちがほんとうにしゃべれるのかどうか、見たかっただけなんじゃないかしら。きっとここでも同じよ。だから最初のうちはダンスもたくさん申し込まれるかもしれないけれど、それ以上近づいてくる人はいないわ。アメリカの男性にさえ、わたしはぶしつけで遠慮がなさすぎると言われていたわ。イングランドの貴族社会ではどんなふうに思われることか」カメリアは頭を振った。「ユーフロニアおばさまやほかの親族には、きっとよく思われないでしょうね」そこで口をつぐみ、眉をひそめる。「おばさまたちとは長いこと一緒にいなければならないのかしら？」

「そうでないことを心から祈るわ。わたしだってあなたと一緒にいなければならないんですもの。でもあいにく、社交シーズンのあいだはレディ・ユーフロニアから逃げることはできないわね。わたしが昨夜出たパーティにもいらしたようだけど、顔を合わせる前に逃げてきたのよ。たしかにレディ・ユーフロニアみたいな人たちには、あなたはうまく受け入れられないでしょうね。でも、あなたを好きになってくれる人だってたくさんいるわ……イヴやシャーロットみたいに。だからあきらめてはだめよ。わたしをごらんなさい。遠巻きにわたしを否定的な目で見る人がたくさんいるでしょう。でも、そういう視線をわたしはかいくぐってきたし、仲よくできる人だってたくさん見つけてきたわ」

「でも、あなたは公爵家の令嬢よ」カメリアは納得しかねる顔を向けた。「あなたをつまはじきにする人なんて、だれもいないわ」

ヴィヴィアンは肩をすくめた。「それはどうかしら。でも、もしそうだったとしても、わたしのことを好き勝手に言う人たちは大勢いるのよ――あきれるようなことばかりして、慎みのない人間だ、ってね。〝マーチェスターのはねっ返り〟だなんて言う人もいるわ」

「そうなの?」カメリアの顔が大きくほころんだ。

「ええ、そうよ。もっとひどいことも言われているでしょうけれど、幸い、そういうのは耳に入ってきていないわ」ヴィヴィアンはにこりとした。「心配しないで。社交シーズンがいやだったら、毎年出ることもないんだから。オリヴァーも無理に出なさいとは言わないわ。彼だって社交界が大嫌いだもの。それにリリーが結婚しても、あなたが彼女の姉であることに変わりはないわ。彼女やマリーやイヴとはいつでも会える。それにわたしともね」ヴィヴィアンの瞳が茶目っ気たっぷりに輝いた。「わたしも結婚の予定はないの。あなたが言ったとおり、わずらわしいことこのうえないもの。ふたりで一緒にオールドミスになりましょうか。わたしと一緒に暮らせばいいわ。そしてたくさん猫を飼うの」

カメリアは声をあげて笑った。「すてき。でもわたしは猫じゃなくて、犬のほうがいいわ」

「じゃあ、犬ね」

「ありがとう」カメリアは思わずヴィヴィアンを抱きしめた。「あなたのおかげでずいぶん気持ちが楽になったわ。いつまでもこんなに湿っぽくしているつもりはないの。わたしはうじうじ悩んでいるような性格ではないから」

「だれだって、ときにはそういうこともあるわ」

「さあ、もう戻らなくちゃ。レディ・カーとどうしてこんなに長くふたりきりで放っておいたのって、あとでリリーに文句を言われそう」

「イヴがいるでしょう」

「そういうことではなくて。リリーは、自分よりもミセス・カーに注意されそうな人にいてほしいのよ」

ヴィヴィアンは笑顔になってカメリアにさよならを言った。部屋を出ていくカメリアを見送る。それからため息をつき、窓に顔を向けた。いつになく沈んだ気分になっていた。友人がひとりまたひとりと結婚し、それぞれの人生を歩みだしていったときのことを思いだしたからだろうか。友人とのつき合い方が変わったことは、カメリアに話したとおりだ。けれど、いまでもときおり寂しさに襲われることまでは話さなかった。

ヴィヴィアンの口からそんな言葉を聞いても、きっとだれも信じないだろう。なんといっても彼女は大勢の友人知人に囲まれた、社交界の中心人物なのだ。彼女の姿を見かけるのはいつもにぎやかな夜会や、オペラや、友人との晩餐の席だ。夜にひとりでいることなどほとんどない。少なくとも社交シーズンのあいだは。しかしどれほど大勢の人間に囲まれていても、簡単に孤独を感じることをヴィヴィアンは知っていた。そのことで悩むような性格ではないが、ときには人ともっと深いつき合いをしたいと思うことだってある。

マリーとロイス、イヴとフィッツのあいだで交わされるまなざしや、シャーロットが夫を見つめるときの、おだやかな愛情のこもった笑みを目の当たりにしたとき、ヴィヴィアンは社交界の殿方を見まわすのだが、自分の心や人生をあずけられる人などいないと再確認させられるだけだった。長くつづく本物の愛で夫と結ばれた女性もいるにはいるが、ヴィヴィアンの経験からするとそれはまれなことで、いつもあるようなものではない。そして、そういうことは、けっして彼女には起こらない。

ヴィヴィアンは、自分のまわりにいる女性と自分はまるでちがう人間のようだと思ってきた。自分がずっと社交界に馴染めないことをカメリアに話したとき、おそらく本気にされなかったのだろうが、それは事実だった。カメリアよりはうまくやってきたけれど、それはどうふるまうべきかを教えこまれて育ったからにすぎない。どう言えばいいか、どう動けばいいかは教わった。けれども自分が心からそうしたいと思ってしているのではないという意識はつねにあった。家族や友人と一緒にいるときでさえ、なにかちがうと感じることが多くて孤独だった。

なにかがしっくりこない。しきたりはつまらないし、腹が立つことさえある。社交界での会話にも人々にも退屈させられる。そんなことを言えば、知り合いたちは驚愕するだろう。ときには自分自身、どうしてつまらないとしか思えないパーティにこれほど顔を出しているのだろうと思うことがある。けれど心の奥底ではわかっていた。自分はなにかを探し求めているのだ――なんなのかはよくわからないけれど。

そういう心のもやもやを義理の姉のエリザベスに話してみたことがあるが、義姉はヴィヴィアンに必要なのは夫と子どもたちなのだときっぱり言った。しかしエリザベスの人生を見るかぎり、ヴィヴィアンはそんな義姉の考えに尻込みするばかりだった。不実な夫、愛しあっていたはずなのにけんかばかり……そんな人生よりは、ときどき寂しくなる人生のほうがずっとましだ。

見るともなしに窓の外を覗いていると、ふいになにかが目の前をさっと横切った。目で追った先に映ったのは、庭に駆けこんできたパイレーツだ。ぐるぐるまわって走ったり跳んだり吠えたりするやたらと元気な姿に、思わず笑ってしまう。と、犬がすごい勢いで駆け戻った。そのときオリヴァーの姿が視界に入った。彼もまた、ぐるぐるまわる犬を見て笑っている。

パイレーツは彼のもとに駆けより、激しく尻尾を振って飛びかかったあと、地面に着地して狙いをつけるように身がまえた。お尻を上げ、短い尻尾を全速力で振る。そこから前に跳び、今度はうしろに跳んで、鋭く吠えた。

ヴィヴィアンが驚いたことに、オリヴァーも犬のまねをして前に跳び、うしろに跳んだ。パイレーツがワンワンと元気よく吠え、前後左右へとまた跳ぶ。それから彼と犬は、せまい庭を走りまわった。前へ、うしろへ、あっちに走ったかと思えばこっちに走る。あのもの静かな伯爵が威厳をかなぐり捨てて犬とはしゃいでいるのを見て、ヴィヴィアンは頬をゆるめずにはいられなかった。パイレーツは見るからに大喜びだ。まわって、吠えて、あちこち駆けまわっている。それに伯爵もまちがいなく楽しそうだった。いつもはまじめくさっているのに、いまは素に戻って明るく笑っている。

ヴィヴィアンは窓ガラスにこつんと頭をぶつけた。いまでも彼を見ると、なぜかせつないものが胸にこみあげる。やっぱりすてき。ヴィヴィアンは昨夜のキスを思いだし、口もとになまめかしい笑みを浮かべた。

そう、自分は夫を求めてはいない。でも恋人なら……少なくとも、いまひとときのあいだだけなら……いてもいいのではないだろうか。

5

それからの二日間は怒濤《どとう》の買い物三昧だった。まず四人は、パリの最新流行のドレスをまとった見本用の人形を見たり、目がかすみそうになるほど服飾の本を読みあさったりした。そして生地やレースやリボンや装飾品を吟味した。そうしてカメリアとリリーはヴィヴィアンとイヴの意見を参考にしながら次々とドレスを決めていったが、最後にはとうとうリリーでさえ、もうこれ以上は服のことを考えられないと音をあげた。

そこで翌日は、靴や身のまわりの小物に目を向けた。散歩にも乗馬にも使える子山羊革のハーフ丈ブーツを試着し、さらにさまざまな色と素材の室内履きを履いてみた。靴なら最初ロンドンに着いたときに何足か買ったとカメリアは抗議したが、そのときの靴はとり急ぎそろえたものにすぎないとヴィヴィアンは言った。

「まだドレスも買っていないのに、どうして靴が買えるの？」もっともな質問が飛んだ。

次に服飾品の店を三軒はしごして、さらに手袋の店に行った。カメリアはすでに持っている三組の手袋でじゅうぶんだと思っていたが、すぐにそれではまったく足りないと言われた。

レディなら夜会用に白い仔山羊革の長手袋が必要だし、短い手袋も仔山羊革のものと、白と色物両方の絹手袋が必要なのだ。下着だけは、半年前に買ったもので間に合うだろうとイヴもヴィヴィアンも認めたが、新しい靴下や上等なハンカチや、新しいペチコートとシュミーズも必要だということだった。リリーのほうは当然、嫁入り道具にもそういうものがたくさん必要なのだが、それについては社交シーズンが終わるころにあらためて考えることになった。嫁入り道具という話になると、リリーがかならず忍び笑いをして頬を染め、カメリアは目をくるりとまわすのだった。

その日の締めくくりに〈ガンターズ〉に行ったが、氷菓を注文するには寒かったので、リリー以外はそれぞれが好みのペストリーを頼んだ。そして箱やら袋やらを山ほど馬車に積んで、四人は〈ステュークスベリー邸〉に帰り着いた。翌日の午後はハイドパークで馬車を運転してみましょうとカメリアに言い、ヴィヴィアンは〈カーライル邸〉に馬車を向かわせた。

数分後、馬車が車体を震わせて停《と》まり、御者がなにか言っているのが聞こえた。どうしたのだろうと、ヴィヴィアンは革のカーテンの端をめくった。馬車が停《と》まっているのは邸の前だったが、玄関のすぐ前はすでに埋まっていた。眉をひそめてよくよく見ると、泥はねのついた大型の馬車が目に入った。ひと目で、父公爵の重厚で快適な旅行用馬車だと気づいた。

玄関ドアが開き、従僕がヴィヴィアンに手を貸そうと飛びだしてきたが、彼女はすでに馬車をおりて歩道に上がっていた。

「この馬車はお父さまのものよね？　お父さまがいらしているの？」

「はい、お嬢さま。公爵閣下は数分前にお着きになりました。セイヤー卿もご一緒です」

「グレゴリー兄さまも!」今度こそヴィヴィアンは驚いた。

父が地元で馴染みの友人たちと浮かれ騒ぐというから、ほんの一週間ほど前にロンドンに逃げてきたというのに、その父がやってくるなど奇妙なことだったが、父の気まぐれは周知の事実だ。騒ぐ場所をロンドンに変えたのかもしれない。けれど内気で隠遁《いんとん》生活を送っているかのような兄までもがついてくるのは——しかも社交シーズン中に——いままで例がなかった。

ヴィヴィアンは急いで邸に入った。歩きながら外套を脱ぎ、うしろからついてくる従僕に渡す。「お父さまはどこ?」向きを変えて執事のグリグズビーを見やり、それから声を張りあげた。「お父さま? グレゴリー兄さま?」

「公爵さまは自室においでです、お嬢さま。セイヤー卿もご一緒かと」

ヴィヴィアンは階段を上がりかけたが、半分も行かないところで兄が階段の上に姿をあらわした。「グレゴリー兄さま! どうなさったの? どうしてお兄さまとお父さまがここにいらっしゃるの?」

「心配するようなことはないよ。父上ならだいじょうぶだ」あわててグレゴリーは言い、階段をおりはじめた。

ヴィヴィアンの足が止まる。顔から血の気が引いた。「〝だいじょうぶ〟？　グレゴリー兄さま、どういうことなの？　だいじょうぶじゃないようなことがあったの？」

「しまった、言い方がまずかったな」グレゴリーは踊り場までおりて立ちどまった。

ひょろりと背が高く、乗馬が好きであいかわらずすらりとしているグレゴリーは、もの静かな学者肌だった。大きくて印象的なグリーンの瞳と彫りの深い顔立ちは、まさしくカーライル家の人間という証だ。しかし寡黙でひかえめなところばかりが目立って、せっかく顔の造作はよいのに気づかれないことが多かった。髪は焦げ茶色だが、燃えるような赤毛の妹とたしかに兄妹なのだと思わせるような色合いが交じっている。本を読むときには眼鏡《めがね》が必要なくらい目が悪く、いまのように眼鏡をかけていないときには目もとがぼんやりとして、夢見がちな印象になる。笑うと少年のようにかわいらしいので、なおさらだ。最高級の生地で仕立てられた服を着ているのに、どこか無造作でくたびれた感じが漂っていた。

彼は妹の両腕に手をかけて言った。「父上はちょっと倒れて――」

「倒れた？　どんなふうに？　またおかしなことをしていたのかしら？」

「いや、なにも。ほんとうだ。正確に言うと、倒れたというより気を失ったというか……。でもそのときに頭を打って、たんこぶができたんだ。さっき立っていたと思ったら、床にくずおれたんだそうだ。ぼくはその場にいなかった。一緒にいたのはあの古なじみのタリントンで、面食らって突っ立っていたのが、はっとわれに返って執事に怒鳴りだしたらしい」

「お父さまは酔っていらしたの？」ヴィヴィアンが眉根を寄せる。「どうしてロンドンに来たのかわからないわ」

「ぼくが行こうと説得したんだ。そうでないと、あのスマイザーズに好きなだけつつかれて、もっともらしい診断をくだされて、吸玉療法やらヒルの吸いだし療法やらを勧められるからね。時代遅れの治療法をぼくがどう思っているか、知っているだろう？　フランスではもっと画期的な――」

「はい、はい、わかっているわ、お兄さま。でもまずお父さまのことを教えて」兄のことをよく心得ている妹は、やんわりと軌道修正させた。

「ロンドンでロイヤルアカデミーの医師の診察を受けようと、ぼくが父上を説得したんだ」

「でも、どうして？　そんなに深刻だと思う理由でもあったの？　だって、もしお父さまが酔っていらしたのだとしたら――」

「酔ってはいなかった。そこが問題なんだ……いや、もちろん、その前に酒を飲んではいたんだよ。全員、飲んでいた。父上がタリントンやらブレイクニーズ夫妻やらと集まったときはどんなふうになるか、おまえも知っているだろう？　でも父上が倒れたのは、まだ飲みはじめる前の朝のうちのことだったんだ。父上は機嫌が悪かった。ブレヴィンスに怒鳴り散らしていたからね」長年、公爵のもとで苦労している従者のことだ。「ブーツを投げつけたんじゃないかと思う。そのあと、朝食をとろうと階下におりていって、いきなり倒れたんだ。

だから……だからぼくは、卒中だったんじゃないかと思っている」

「そんな、グレゴリー兄さま！」ヴィヴィアンは急に心臓が冷たくなったような気がして、さっと手を当てた。

「意識が戻ったときは……ろれつがまわっていなかった。それに……いや、これからおまえも実際に会うのだな。悪化はしていない。少しは改善されたようにも思う。言葉も少しはっきりした。だが、いい医者に診てもらったほうがいいと思うんだ」

「もちろんよ。グレゴリー兄さま、お父さまに会わせて。起きていらっしゃるの？」

「少し前に目が覚めたよ」ヴィヴィアンが階段を上がりはじめると、グレゴリーも並んだ。「ここに着いたらすぐ、グリグズビーがてきぱきと父を二階に連れていって寝かせてくれた。まあ、彼とブレヴィンスは、自分こそが公爵閣下の寵愛《ちょうあい》を賜ろうと競っているからな。グリグズビーが父上好みにベッドを用意してあたためさせたかと思えば、ブレヴィンスは閣下のためにお薬を調合するだとか言って。ほかの者では務まらないのだそうだ。あのふたりときたら、ドルリー・レーン劇場の道化芝居並みににらみ合ったり、鼻で笑い合ったりしているよ」

「想像がつくわ」

「父上がまたそれを楽しんでいるんだよ」

「自分を囲んでまわりが大騒ぎしているのが好きだものね」

兄の話に背筋が寒くなったものの、父に会う前に父の状態を聞けたのはよかった。でなければ、ヴィヴィアンはびっくりして大声を出してしまっただろう。

父は昔からたくましく、年をとってもそれは変わらなかった。髪は真っ白になったものの薄くはなっていないし、あごの角張った顔はハンサムで、輝くグリーンの瞳には目を引かれずにいられない。長身の体の腹まわりに肉は付いたが、広い肩が丸まっているということもない。なにより、生命力のようなものがいつも体のなかから放たれていた。

しかしいま、天蓋付きのベッドに横になった父の顔は白いシーツの上で青ざめ、髪も白さが目立って、小さくなったように見える。瞳にも輝きがなく、娘に向けた笑みは口の端を少し上げただけのものだった。父が左手を差し出した。右手は体の脇で丸くなったままだ。動かないのだとヴィヴィアンは悟った。

「ヴィヴィ」けだるそうな声。しゃべるのもひと苦労なのだとわかってヴィヴィアンは胸を締めつけられた。

「お父さま！」にっこりと笑って前に進みでると、両手で父の手を取って身をかがめ、頰にキスをした。「グレゴリー兄さままでロンドンに連れてくるなんて、たいへんなことをなさったわね！」

「まあね」公爵がまた弱々しい笑みを浮かべる。「あのムラードの馬鹿者は……」

「ムラード医師は、国でも最高の医者ですよ」グレゴリーはきっぱりと言った。「今回は彼の言うことを聞いてくださらないと」

「今回？」ヴィヴィアンの眉がつり上がった。「前にも診ていただいたの？」

父の唇がゆがんだ。「ああ……前のシーズンの終わりに……本宅に戻れと言われたんだ。休養しろと。だから、そうした」

グレゴリーが鼻であしらう。「ご友人たちと騒いで体を酷使するのが〝休養〟ですか」

「お父さま！　どうして教えてくださらなかったの！」ヴィヴィアンはとがめたが、具合の悪そうな父を相手にそれ以上は言えなかった。

すでに医者を呼びにやっていたので、数分後には〝歩く〟という言葉では表現しきれない威厳たっぷりのすべるような足取りで医師が入ってきた。でっぷりとした体を最高級の背広に包み、絹で刺繍《ししゅう》を施したきらびやかな模様のベストを覗かせてベッドのかたわらにやってくると、上から公爵を見おろした。

「おや、おや、公爵閣下、またお会いしましたな？」

「いやみを言いに来たのか？」

医師は柔和な笑顔を浮かべた。「まだまだお元気そうですな、閣下」グレゴリーとヴィヴィアンを振り返り、診察中は席をはずしてくれといかめしく言った。

ヴィヴィアンと兄はおとなしく部屋を出て、医師がドアを開けて出てくるまで外の廊下で待った。しばらくして出てきた医師の顔は深刻で、ヴィヴィアンの心臓は激しく打ちはじめた。

「いかがですか?」尋ねたのはグレゴリーだったが、兄の声も彼女の胃のあたりと同じように引きつっていた。「父はだいじょうぶでしょうか?」

「ごまかすのはやめておきましょう。お父上は以前、深刻な症状が出たことがありました。そこで、生活をあらためていただかなければどういうことになるか、お話ししたのだが。おそらく痛風だと思っておりましたが、どうやら卒中だったらしい。最初の発作はなんとかやりすごせたのでしょう、幸いでした。そこですぐに亡くなってしまうかたが多いのです。しかし閣下はいくぶん運動能力が戻っておられる。それも希望を持つことができる材料です」

「元気になるのですよね?」ヴィヴィアンが尋ねた。「だって、最初の発作をなんとか無事に乗り越えたのですから」

医師はさらにけわしい表情になった。「それはなんとも言えません。また発作が起きないともかぎりませんから。しばらくここから動かないでください。わたしが経過を診に来ますので。休息が必要です。激しい運動はなさらないように。人と会うのもひかえてください。お勧めする食べ物を書いてお渡ししておきましょう。食事制限をなさらなくてはいけませんね。もうお若くはないのですから。どうも、そのあたりをわかっていただけないようでして」

医師は紙切れをヴィヴィアンに渡した。そこに書かれたお勧めの食べ物とやらを見て、彼女の心は沈んだ。淡泊な味のものは、父が好んで食べそうにはとても思えない。

「来ていただきありがとうございました」グレゴリーが挨拶をする。「父のような患者は、さぞやたいへんでしょう」

医師は、しかたがないというふうに笑った。「公爵のような活力あふれたかたが体の衰えを受け入れるのは、むずかしいものなのです」

グレゴリーはムラード医師を玄関まで見送り、父親の部屋に戻ると、ヴィヴィアンがちょうどなかから出てきた。

「いま様子を見てきたけれど、お父さまは眠っていらしたわ」兄に話す。「ブレヴィンスがそばについて見守っているから、あえてそのままにしてきたの。あとで少しやすませて、下で夕食と休憩を取らせるわ」

「彼は父上の部屋の寝台で眠るんじゃないかな、きっと」

「でしょうね」ヴィヴィアンは小さく笑みを浮かべた。「いったいお父さまは、どうやってあの従者をあれだけ忠実に仕込んだのかしら。いつもあんなに怒鳴っているというのに」

グレゴリーは肩をすくめた。「なんだか父上の欠点には、みな目をつぶってしまうようになっているな。おまえもずっと、そうだっただろう?」

「そうね」ヴィヴィアンは兄と腕を組んで廊下を進み、二階の居間に向かった。「お父さまはだいじょうぶだと思う?」

「元気でない父上なんて想像できないが」グレゴリーが眉根を寄せる。「床にぐったりと倒れている父上を見たときは、ぞっとしたよ」

「ええ、そうよね。お気の毒なお兄さま。なにもかもお兄さまにまかせてしまって、ごめんなさい」

かすかな笑みが兄の口もとに浮かんだ。「いや、タリントンたちを追いだすいい口実になったよ、なかなか愉快だったぞ。あいつらがいると、やりたいことがなにもできない。昼夜かまわず酔っ払って歌うわ、大声を張りあげて呼び合うわ、大迷惑だ。五十や六十の人間にそれをやめさせるんだから」

「わたしがいなくなったあとは、もっとひどかったんでしょうね」

「ああ、そうとも。このあいだなんて朝起きたら、酒場の給仕女がシュミーズ姿で廊下を走っていたんだ。次に父があいつらを招いたら、ぼくはほかの邸に行くことにする。温室でやっている実験を放りだして行かなければならないのはいやだが」

ヴィヴィアンはくすくす笑わずにいられなかった。「まったく、どうしてお兄さまみたいな人がこんな浮ついた一族のなかに生まれたのかしら」

兄もうっすらと笑う。「そうだな。ぼくの容姿がこれほどカーライル家らしいものでなければ、母の不義を疑うところだったかもしれない。でも母方に似ていると言うのも恥ずかしいんだぞ。あのぼんくらな従兄弟たちを思うと」

「そうよ。カーライル家の血を継いでいると言ったほうが、まだずっとましだわ」ヴィヴィアンは居間のソファに腰をおろし、グレゴリーもその隣に座ってため息をついた。

「昔もこんなにひどかったのか？」兄が尋ねる。「ぼくらが幼いころは、父があんなに友人と浮かれ騒いでいた覚えがないんだが」

「子ども部屋に押しこめられていたから、目にすることが少なかっただけだと思うわ。でも昔はもっとロンドンにいついていたのだと思うの。わたしはずっと、お父さまはわたしたちがうっとうしくてあれほどロンドンにいるのだと思っていたのだけれど、じつは、子どもの目と耳を守るためだったのね。〝館〟に友人を連れてくるときは、たいてい女性が交じっていたから。そういうときの人たちはもっと言動がひかえめだったと思うわ」

「レディ・キティをひかえめだといえるのかな」グレゴリーがやさしげな笑みを見せた。

「まあ、彼女はちがうけれど。でも彼女がお父さまの愛人だったあいだは、少なくとも酒場の給仕女が廊下を走ったりはしていなかったわ」

「たしかに。いや、じつはぼくは、父上がレディ・キティと結婚すればいいのにと思っていたんだよ」

「そうなの？」ヴィヴィアンの口もともほころんだ。「わたしもよ。彼女が人妻だったなんて思ってもいなくて」

「ぼくもだ。少なくとも寄宿学校に入ってここを出るまでは。でも、レディ・キティをマーチェスターに連れてくることについて、おばあさまが父上にうるさく言っていたのは覚えているよ」

「おお、いやだ、おばあさまですって！」ヴィヴィアンは大げさに震えてみせた。「おばあさまがいらっしゃるのが、どんなにいやだったか」

「おまえに言われるとはね」兄はしみじみと言った。「おまえは公爵の責務を滔々《とうとう》と教えこまれたわけでもないくせに」

「そうね、わたしが教えられたのは、公爵家の娘としての義務だけね。ありがたいことに、当時は言われることの半分しか理解していなかったわ。〝いかに血筋を守っていくか〟だなんて……。おばあさまは子ども相手に話をしたことがないんじゃないかしら」

「たしかに。自分の子ども四人にはまちがいなく話しかけたことがないんじゃないかな」とグレゴリー。

「いいえ、あるかもしれないわ。だからおばさまたちは、みなあんなにおかしいのかも」

「それに、やたらと遠くで暮らしているしね」

「ああ、グレゴリー兄さま」ヴィヴィアンは息をついて兄の肩に頭をもたせかけた。「あなたが兄さまでほんとうによかったわ。お願いだから、おかしな人とは結婚しないでね」

「できるだけ努力する。これまで出会った女性のことを思うと、独身のままかもしれないが」

「そしてジェロームの息子たちに領地を譲るの？」ヴィヴィアンはぞっとしたように言った。

グレゴリーが声をあげて笑う。「しかたがないな。どんなに鼻持ちならない甥っ子たちでも、彼らに爵位を渡さないために結婚するなんてことはできないよ。彼らも成長したらましになるかもしれない。ジェロームは悪いやつではないし」

「でもジェロームの場合は子どものころから悪くはなかったわ」ヴィヴィアンは兄を見やった。「お疲れのようね。夕食の前に少しやすんだら。ここ数日はたいへんだったでしょうから」

「いや、だいじょうぶだと思う。でも、顔でも洗ってくるよ。一、二通、手紙も書かなければならないし。しばらくはお互い忙しくなるな」

「そうね」ヴィヴィアンは兄を見た。もう一度、父はだいじょうぶだろうかと訊きたかったが、ぐっとこらえた。グレゴリーだって、父が生きられるかどうかなどわからないだろうし、だいじょうぶだと兄に言わせるのも酷な話だ。

しかし兄が部屋を出ていったあとも、どうにも不安は治まらなかった。震える息を吐いて立ちあがり、なにか気を紛らわせるものはないかと探す。そういえば、明日はカメリアと公園でフェートンに乗る約束をしていたのだと思いだした。窓辺の小さな書き物机に座り、事情を説明してフェートン遊びの延期をお願いする手紙をしたためる。そのあと机の抽斗《ひきだし》から何通かの招待状を見つけ、翌週のパーティ出席を取りやめる手紙も書いた。グレゴリーの言ったとおり、しばらくはふたりとも忙しいだろう。父はおとなしい患者とは言えない。ベッドに寝かされ、味のない薄いスープや粥《かゆ》といった医師の勧める食事を出されたらどういう反応が返ってくるか、手に取るようにわかる。

しかしあれこれと体を動かしても不安が消えることはなかった。夕食の後、公爵の従者に食事と休憩を取らせようと追いだして、代わりに父のかたわらについていると、またさらに不安が大きくなってきた。父は、医師が伝えていった予後の経過とこれからの方針に腹を立てながらも、いつになく受け身で、ヴィヴィアンが読みあげる注意事項におとなしくうなずいていた。ときおり目を閉じたり、心ここにあらずといったふうで宙を見つめていたりするので、聞いているのかどうかはわからなかったが、スウィフトの本を少しずつ読み聞かせた。少なくとも、父がその本を好きだということはわかっていたから。

二時間ほどしてグレゴリーが戻ってきて、代わろうと言った。「一時間か二時間くらい、ぼくが本を読んで聞かせるよ」そう言って革装丁の大きな本をひょいと持ちあげてみせた。「その本、いつも兄さまが読んでいる類のものだったら、きっと五分でお父さまは眠ってしまわれるわ」その言葉に同意するか笑うかのような――おそらく両方だろう――うなり声が父の口から漏れて、ヴィヴィアンはほっとした。ベッドを振り返り、身をかがめて父の頬にキスをする。「明日はもっとお元気になられているわ。おやすみなさい。ぐっすり眠ってね」

最後に肩をそっとたたき、ヴィヴィアンは部屋をあとにした。廊下に出ると、ようやく壁に寄りかかった。さっき自分が言った励ましの言葉がほんとうになればと、祈るしかなかった。いまは自分でさえ半信半疑だ。

そのとき、階下で玄関にノックがあり、少しして従僕が扉を開ける音がした。今夜は客になど会えないと思って身をひるがえそうとした瞬間、彼女に取り次ぎを願う耳慣れた声が聞こえた。

「申し訳ございません」従僕が口にする。「お嬢さまはご気分が――」

ヴィヴィアンはさっときびすを返して階段を駆けおりた。「オリヴァー！　いいのよ、ジェンクス、いま出るわ」

階段をおりると玄関のほうに進んだ。そこでは従僕が、オリヴァーの帽子とケープ付きの外套をあずかっているところだった。オリヴァーはなんとも頼もしく落ち着いて堂々と見え、ヴィヴィアンの胸にわだかまっていたものがほどけて急に涙がこみあげてきた。

「ああ、オリヴァー！　来てくれてうれしいわ」両手を広げて歩いていくと、彼も前に進みでて彼女の手を取った。

「ヴィヴィアン、カメリアから話を聞いて飛んできた。だいじょうぶか？　お父上の容態は？」

ヴィヴィアンはにこりと笑って、浮かんだ涙をまばたきで散らした。あたたかいオリヴァーの手に手を握られると、ずっと気持ちが楽になってくる。「わたしはだいじょうぶよ。父は……正直なところ、なにも問題ないとは言えないのだけれど、とにかくここにいるし、兄も前よりはよくなっていると言っていたわ。どうぞ、なかに入ってゆっくりして」客間のほうを向くとオリヴァーもそれに倣い、彼女の片手を自分の腕にかけさせ、もう片方の手もつないだまま歩いた。「なにか飲む？　ポートワインでも用意させるわ」

「いや、いい。わたしのことはお構いなく。さあ、座って話を聞かせてくれたまえ」オリヴァーは彼女を長椅子に連れていき、並んで腰をおろした。ヴィヴィアンもつながれた手を離そうとはしなかった。「きみのお父上がご病気でロンドンに来ているそうだな。手紙に書いてあったと、カメリアから聞いた」

「ええ、グレゴリーが連れてきたの。ロンドンの医者のほうがしっかり治療できるだろうって。どうやら卒中の発作を起こしたらしいわ。兄から少し話を聞いたの。兄のことだから、もちろん少し本で調べていたわ。たしか、脳の血管から出血したときに起こると言っていたけれど」

オリヴァーはうなずいた。「そうだ、わたしの祖父もそうだった。だがきみのお父上は――」

ヴィヴィアンもうなずく。「意識を失って倒れたけれど、持ちこたえているわ。少なくともいまのところは。でもお医者さまは、発作がまた起きるかもしれないとおっしゃっているの」いっそう強く彼の手を握る。

「そういうことは考えるな。まだ再発していないのはいい兆候だ」

「そうね、そうよね。それに兄が……」少し声がうわずった。「父は話せるようになっているし、腕も少し動かせるようになっているって。でも、ああ、オリヴァー！」顔を上げて彼を見たその瞳には、涙がたまって光っていた。「父のあんな姿を見てしまうと心配なの。あなたも父のことは知っているでしょう？　あんなにたくましくて潑剌《はつらつ》としていたのに、青い顔で弱々しくベッドに横になってぐったりしているのよ。目にも輝きや元気がないし、楽しそうでもないの。ばかみたいだけれど、こうなって初めて、父も年を取っているんだと気づいたわ。死ぬかもしれないんだって！」

ヴィヴィアンははじかれたように立ちあがってうろうろしだした。「そんな父はとても見ていられないわ。ベッドから起きて好きなこともできないなんて言ったら、父がどんなに怒るか。すべて世話をしてもらって、本も読んでもらって、皮肉もお世辞も言えないだなんて」唇に手を当て、いまにもあふれそうな涙をこらえる。

「ヴィヴィアン……」オリヴァーは立ってそばに行った。

「このあいだの夜、あなたが父について言ったことは、そのとおりだったわ」

「あれはもう思い出さないでくれ。わたしには、お父上をあんなふうに言う資格はなかった」

ヴィヴィアンはかぶりを振った。「腹は立ったけれど、あなたの言ったことはまちがっていなかった。父の子育てはひどいものだったわ。少しも……子どものことを考えてくれていなかったし、生活そのものも乱れていた。堕落したことばかりにふけっていたわ。賭け事、お酒、それに……わたしが知っているとわかったら、きっとあなたが驚くようなことだって。でも父のことを愛しているの。だから、もし亡くなったりしたら……」涙があふれ、彼女の頰を伝った。「どうやったら耐えられるのかわからないわ！」

おいおい泣きだしたヴィヴィアンを、オリヴァーは両腕で抱えて引きよせた。「お父上のことを愛していて当然だ」彼女の背中を撫《な》でながら、あやすような言葉を低くつぶやく。「なにも心配ない」

ヴィヴィアンは彼に取りすがって泣いた。心からほっとしていた。彼の腕のなかはこんなにもあたたかい。この数時間のあいだの不安がほどけて霧散していく。いまの自分がどんな姿なのかを考えることもなかった。なぐさめられている相手があのオリヴァーで、しかもいつ召使いが入ってくるかわからない客間で抱き合っているのに。彼のやすらかで安心できる腕のなかに身をあずけ、甘えていることしかできない。

しばらくして涙が止まっても、ヴィヴィアンはもう少しだけオリヴァーの腕のなかにとどまっていた。ひとしきり泣いて疲れていたが、心はおだやかだった。耳の下で彼の心臓がたしかな鼓動を刻み、彼のあたたかさに全身を包まれている。顔がふれたところから、呼吸で小さく胸が上下しているのが感じられる。ヴィヴィアンは彼のにおいを吸いこんだ。コロンの香りに混じって、ほのかに葉巻とポートワインのにおいがする。食後の一服を楽しんでいたとき、カメリアから話を聞いたのだろう。それで夜の憩いのひとときを打ちやって駆けつけてくれたのだと思うと、驚いたし胸が熱くなった。ヴィヴィアンは小さく息を吐き、さらに彼に擦りよった。

一瞬オリヴァーの腕に力がこもり、その体も急に熱くなったような気がしたが、次の瞬間には彼の腕は離れていた。オリヴァーは上着のポケットに手を入れ、きっちりと折りたたまれたハンカチを取りだし、彼女の涙をぬぐった。ヴィヴィアンは顔を上げて彼をじっと見つめた。彼の顔はほんの数インチ先にあり、黒いまつげに縁取られた錫のような色の瞳の奥まで覗きこむことができた。その瞳に冷たさはない。冷たさどころか熱い瞳だった。そこには彼女の心臓を震わせるような表情が宿っている。やわらかな絹のハンカチが彼女の頬をそっとなぞっていった。ヴィヴィアンはふいに息苦しくなり、これほど彼の近くにいることを意識して肌がぞくりとした。

彼の親指と人さし指でつかまれたあごが燃えるように熱い。彼の瞳に深みが増したかと思うと、ハンカチを握っていた手がさがり、絹の布きれはそのまま床にするりと落ちた。

「ヴィヴィアン」いつもより低い彼の声が、彼女の名前を呼んだ。

体がくにゃりとやわらかくなったように感じ、ヴィヴィアンは少しオリヴァーのほうにかしいで、彼の胸に両手をついた。オリヴァーの手が彼女の脇腹にまわり、ぐっと力をこめて支えるように持ちあげる。そして彼の顔はさがっていった。

ふたつの唇が重なった。彼の唇が甘く、やさしく、唇をひらかせる。彼の襟にしがみつくあいだにも、ヴィヴィアンは彼しか見えなくなっていった。一瞬、まわりのすべてが止まったかに思えた。わかるのはただ、やわらかいベルベットのような彼の唇と、指先に感じるやわらかな布地と、全身でのたうつ熱だけ。

オリヴァーが彼女を抱きすくめて首の付け根に顔をうずめ、そっと名前をつぶやいた。唇が首もとに押し当てられ、震えるような快感がヴィヴィアンの体を走った。彼の唇はそのまま首筋を這いあがっていき、そっとあごの線をたどっていく。やがて、オリヴァーは彼女の髪に鼻先をうずめた。ヴィヴィアンは彼にもたれかかった。この胸はあたたかくて、やさしくて、おだやかで心地いい。

ようやくオリヴァーは顔を上げて、彼女の額にやさしくキスをした。「ヴィヴィアン……」

彼女は首を振った。「いいの。言わないで」

オリヴァーはほほえみ、両腕をおろして一歩さがった。「わたしがなにを言おうとしたのかなんて、わからないだろう?」

「ええ」ヴィヴィアンは彼の両手を自分の手で包んで、ほほえみを返した。「でも、あなたがどういう人かは知っているから」

「そうか。ではなにも言うまい」オリヴァーは彼女の手を握りしめてから放し、ふたりは離れた。

階段をおりてくる足音が聞こえ、少ししてグレゴリーが入ってきた。「ステュークスベリー。ジェンクスから来ていると聞いてね」つかつかと進んでオリヴァーの手を握る。「来てくれてありがとう」

「お父上のことを聞いてね」

「ああ。しばらくすればよくなる。きっと」グレゴリーはどこか愉快そうな目で妹を見やった。「父のことは従者に頼んできた。本を読み聞かせていたら眠ってくれたからね。おまえの思ったとおりだったんじゃないか」

「ええ、そうね」ヴィヴィアンはいたずらっぽく笑った。「さてと、もしよろしければ、わたしもそろそろやすませていただこうかしら」

「いいとも。たいへんな一日だったからね」グレゴリーはオリヴァーに向きなおった。「じゃあ、一緒に来てくれ、ステュークスベリー。また寒い外に出る前に、ブランデーであたたまってもらおう」

「ありがとう。それは助かる」オリヴァーはヴィヴィアンを振り返り、さっと一礼した。

「おやすみ、レディ・ヴィヴィアン」

「おやすみなさい。今日はありがとう」

オリヴァーはうなずき、ほんの少し視線を彼女にとどめたが、くるりと向きを変えてグレゴリーと部屋を出ていった。ヴィヴィアンは小さくなっていくふたりの足音を聞いていた。

それから身をかがめ、オリヴァーが落としたハンカチを拾った。雪のように真っ白な絹の布を持ちあげ、頬にそっと押しつける。

ヴィヴィアンは小さくほほえみ、ハンカチをポケットに入れて、自室に向かった。

6

マーチェスター公爵は手間のかかる病人だ――それからの数日間で、ふたりの子どもたちはいやと言うほど思い知った。公爵はベッドに寝ているのは我慢ならないようだったが、椅子に座って庭を眺めているのなら少しはましらしい。なにもしないでいるのには慣れていないと子どもたちに言ったものの、右半身の自由はきかず、しっかり立つこともできないのだから公爵もよけいにいらいらするだけだった。本の読み聞かせも嫌いだし、従者が持ってくる食事も嫌いだ。そしてなにより、医者の往診が大嫌いだった。

ドクター・ムラードは馬鹿者だと言い放ち、毎日午後にある往診のあとは文句をこぼすか、口をとがらせるか、あるいはその両方だった。日に日に具合はよくなっていくものの、快復と医者とはなんの関係もないと言い張り、医者やら飢え死にしそうな食事やらがなくても元気になったはずだと言って聞かなかった。ひそかにヴィヴィアンも、そのとおりかもしれないと思った。ムラード医師が勧めたスープやオートミールやビスケットといった食事は、キジやカメのスープに始まって、こってりしたソースのかかった魚、豚肉、牛肉料理という献立に慣れた人間にはまるで味気ないものだ。さらにつらいのは、ポートワインもブランデーもいっさい禁止され、軽いシェリー酒をグラスに一杯か二杯しか飲めなくなったことだった。医者の勧めるような食事にしなければ命の保証もないと言われたでしょうと、ヴィヴィアンは父を諭《さと》したが、「こんなものを食べるくらいなら、とっくに死んでいたほうがましだ！」と父は怒鳴り返してきた。その気持ちはヴィヴィアンにもよくわかった。

公爵の意見に同調した料理人が、医者の勧めるのとはちがう料理を少しつくり、それを従者のブレヴィンスがこっそり運んでいたが、ヴィヴィアンは目をつぶることにした。なにはどうあれ、父の容態はよくなってきている。つまり、やがて父はまた自分で命令を下すようになるのだから、自分の好きな食事を用意させるにちがいない。

時間をつぶす手段としては、カード遊びや社交界の噂話を聞くのが公爵は好きだったが、ヴィヴィアンの話題もほどなく尽き、ホイストやファローといったカード遊びもヴィヴィアンやグレゴリーと何度かしたあとは、おまえたちはまったくつまらない、子ども相手に金を巻きあげてもおもしろくもなんともないと言いだした。そこで、ヴィヴィアンが本の読み聞かせをして一日の大半を過ごすことになった。

グレゴリーも相当な負担を強いられていた。医師の往診中とその後、公爵に付き添う役を引き受けていたが、それは忠実な従者のブレヴィンスですら尻込みする役目だった。朝は〈ザ・タイムズ〉を読み聞かせることになっている。グレゴリー自身が選んだ本を一、二度読んでからは、公爵は新聞以外、グレゴリーには読ませなくなったのだ。というわけで毎日、午後と夕方はヴィヴィアンが公爵に本を読んだり、おしゃべりしたりするようになった。きつい仕事ではないが、外に出る機会の多かった彼女にとってはずっと邸にいるのが窮屈で、退屈してしまう。結果、落ち着かなくて疲れ、そんなふうに思う自分にもいらいらした。

彼女が疲れるのは、やっている仕事のせいではなく、父の相手をしながら感じている不安のせいだった。父が以前と同じようにしゃべったり歩いたりしようと苦しんでいるのを見ると、哀しくてつらくて胸がつぶれそうになることがあった。そしてその後、食事の中身だとか、することがなにもないだとか、とにかく不満をぶつける父と言い争わないよう、懸命に自制することになるのだから。

しかし、ついにある日の午後、日射《ひざ》しがまぶしいと公爵が文句を言い、ブレヴィンスがカーテンを引くと今度は暗すぎるとぼやき、背当て枕がとんでもなく薄っぺらいうえに、ブレヴィンスは枕をちゃんとした場所に当てられもしないと言ったところで、ヴィヴィアンは読み聞かせようとしていた本をばしんと閉じて、勢いよく立ちあがった。

「お願いですから、お父さま、少しは我慢してちょうだい！」語気も荒く言い放つ。「かわいそうに、ブレヴィンスはもう六日間もお父さまにつきっきりなのよ。この邸の者は、みんなそう。それなのにお父さまは、やさしい言葉のひとつもおかけにならないで！」

父公爵はかつて真っ黒だった髪と同じで、まだずいぶんと黒い眉をひそめた。「おまえは知らないからそんなことが言えるのだ！　ベッドに縛りつけられているわけではないのだからな！」

「ええ、そうね。でも、わたしが同じ立場だったら、周囲の者に当たり散らすような心のせまい身勝手なことはしませんわ！　まだ地面に埋められているのではなく、生きて地上にいることを神に感謝する気持ちを持ってください。お父さまは、いまごろ地面の下だったかもしれないのよ！」

公爵はベッドの上で背筋を伸ばし、怒りに光る目を向けた。しかし突然、ふっと力を抜いて大笑いしはじめたので、ヴィヴィアンは驚いた。

「ああ、ヴィヴィ、ヴィヴィ、うれしいよ。やっとこの邸で、骨のある人間があらわれた」

「なんですって？」彼女は目をむいた。

「だれもかれもが腫れ物にさわるようで、もう自分は棺桶《かんおけ》に片足を突っこんだかのような気分になっていたぞ」

「だから、こんなにいばり散らしていらしたの？　だれかに口答えさせようと？」

「まさか。わたしがいばり散らしていたのは、足は引きずるし、口も村のデニー・サマーズみたいにうまく動かないからだ！」

ヴィヴィアンは吹きだした。「デニーとはちがうわ。言葉はずっとよくなったもの」

父は小さく肩をすくめて息をついた。「わかっている。だが、口に牛の舌でも突っこまれたような気分だ。それに、なにをするにもまずどうしたらいいか考えなくてはならない」

「たしかに、とんでもなくたいへんでしょうね」ヴィヴィアンはベッドまで歩いていって腰かけ、父の手を取った。「でも、お父さまがよくなっているのはたしかよ。ここにいらした初日には、こんなふうに手を握れなかったもの」

「いまだってなにも握れないよ。手綱を取るのも無理だった」

「わたしがお父さまなら、馬に乗るよりも先に歩くほうを心配するけれど」

公爵はくすりと笑った。「手厳しいな。ああ、ヴィヴィ……」またヘッドボードにもたれる。「ほら、これでも昔は格好《かっこ》いい男だったのだから」

「いまでも格好いいわ」ヴィヴィアンは笑って、鼻高々に宣言した。「うちの家族はみな格好いいの」

公爵のグリーンの瞳が、以前のようないたずらっぽい輝きを放った。「おお、そうだな。おまえのあの兄でさえも。あんなおもしろくもない本にかがみこんでばかりで、背中が丸くなりそうではあるが」

いまの父にとっては長い台詞《せりふ》であり、苦労してしゃべっているのがわかるヴィヴィアンは、励ますようにその手を握りしめた。「いいえ、そんなことはないわ。お兄さまはとても乗馬がお好きだから」

「そうだな。そこはわたしに似ているな、そのほかはまったくちがうが」公爵は頭をめぐらせて娘を見た。「わたしはよい父親ではなかったな」

「なにをおっしゃるの、お父さま……」

「心配するな。なにも暗い話をしようというのではない。真実を述べたまでだ」

「わたしはお父さま以外の父親などいりませんわ」

「それは……」公爵は言いよどんで顔をそむけ、上掛けをつまみながら言った。「おまえが結婚しないのはわたしのせいだと、母に言われたのだよ」

「なんですって？　まあ、お父さま、ばかなことは言わないで！」

「母が言うには……」公爵はなにか決意したかのように娘に顔を向けた。「わたしが悪い例ばかり見せたからだそうだ。夫として、男として」

「そんなこと、あるはずがないでしょう？」ヴィヴィアンはかぶりを振った。「お父さまが夫だなんて、考えてみたこともないもの。おばあさまは、わたしがおばあさまの希望どおりに結婚することはないという事実を受け入れられないのですわ。わたしはいまのままで幸せよ。お父さまほどのかたがいないから結婚していないというほうが、まだ考えられるわ」

公爵はおやおやという顔をして、ひねた笑みを小さく浮かべた。「それはまた人をかつぎすぎだ」

ヴィヴィアンは声をあげて笑い、それから父を抱きしめてささやいた。「愛しているわ、お父さま。もうさっきのように、こわくなるようなことをおっしゃらないで」

「おばかさんだね、おまえは。まだ死ぬわけではないよ」公爵は軽く娘をたたいた。「ほら、そこに座って、そのとんでもない本を読んでおくれ。ブレヴィンス、この枕をひっくり返してくれ。やけに熱くなってきたぞ」

ヴィヴィアンは目をきょろりとまわし、ベッド脇の椅子に腰かけて、もう一度本を手に取った。

第五代セイヤー侯爵であるグレゴリーは、〈ハチャード書店〉のドアを出たところで、どちらに行こうかと足を止めた。今日の午後初めて、こうして〈カーライル邸〉から外出した。もうこれ以上はなかにこもっていられなかったのだ。ほんとうは馬に乗りたかったが、散歩でもいいだろうと思った。すると、足は自然と本屋に向かった。

ほかの若い男なら、にぎやかな街のお楽しみに引きよせられていくだろう。賭け事や酒、若い女性を口説ける夜のパーティ、そして道徳心の薄い女性を追いかけることに。だがグレゴリーは、ロンドンに来たときは本屋に行く。もちろん、ほかにも楽しい場所はある。科学や歴史に関するさまざまな会がときおり催され、論文を発表して議論をしたり、意見を交わしたりする。そのような会合に出られると思うと、ロンドンに来ればついてくるその他諸々《もろもろ》のことはすべてまあいいかと思えた。

グレゴリーはあたりを見まわして小さなため息をついた。やはり、そううまくはいかないかもしれない。ロンドンなど大嫌いだ。騒々しくて、せわしない。朝のうちに荷車を引く物売りの大きな声も、通りを走る馬車の音も、ひしめきあう家々も。静かにひとりで散歩する場所もない。考え事にふける場所も、景色を眺める場所もない。いや、もともと景色そのものがない。どこを見ても建物と、通りと、人ばかり。

人間は好きだ――ほどほどに。しかし知らない人間と一緒にいるのは気詰まりだし、それが大勢となるといたたまれなくさえなる。夜会や晩餐会、最悪なのは舞踏会だ。自分に知識があって、学のある紳士たちから一目置かれていることはわかっている。いろいろなことを何時間でも、嬉々《きき》としてしゃべっていられる。しかし見知らぬ人間のなかに放りこまれて、他愛《たわい》もないことを丁重にしゃべれと言われたら、どうしようもなく困る。舌が動かなくなるし、頭の回転も止まる。口がもつれるか、目がうつろになって、はあ、とか、いえ、とか短い受け答えしかできない。

話す相手が若い女性というときが、いちばんひどかった。女性が嫌いなわけではない。実際、妹のヴィヴィアンとはいままでずっといちばんの仲よしだった。それにふつうの男と同じように、女性はきれいで魅力的だと思う。それでもこれまで若い女性と話した時間は、妹や妹の友人をべつにすると拷問のような苦痛だった。

だが、必要なら女性をダンスに誘うくらいのことはできる。未来のマーチェスター公爵の誘いを断る女性などいないとわかっているから、勇気も出せるのだ。しかしダンスフロアの外に出ると、天気の話だとか楽しいパーティですねだとか、ありきたりのやりとりがたどたどしく進んだあとは、なにを言ったらいいのかと頭をひねってしまう。

たいていそういうとき、若い女性はなんの助けにもならない。くすくす笑うか、頬を染めるか、思わせぶりに扇をはためかせることが多いのだが、そういったことをされても彼にはどう返せばいいのか見当もつかなかった。自分の興味のあることを話そうとしても、ぽかんとされるか、なんとなくわかったふりでなにかをつぶやかれるだけだ。性別に関係なく科学や歴史に興味のある人間が少ないのはわかっているから、それならと哲学や音楽や本の話だってするのだが、若い女性はそういった話題に対してめったに自分の意見を言ってくれず、ただ澄んだ瞳を大きく見開いてこちらを見つめ、ときおりうなずくだけだった。なかには、なんて学があって造詣が深くていらっしゃるのでしょうとほめようとする相手もいるが、そういうことを言われるとたちまち恥ずかしくなってしゃべれなくなる。

女性になにか意見を求めると、決まって相手はわかりませんと言い、彼はどう思うのかと聞き返される。そしてだいたい自分の考えを話すのだが、それではまったく意味がない。自分の思っていることなどよくわかっている。彼が知りたいのは女性の意見なのだ。自分の話があまりにつまらなくて、若い女性が意見も言いたくないと思うのか、あるいは驚くことだが、ただ若い女性はほんとうに自分の意見がまったくないだけなのか、そこのところがよくわからない。

とにかく、もしロンドンの女性と話をせずにすむのなら、ありがたいことこのうえないのだが。しかしなんとも不運なことに、グレゴリーはイングランドでももっとも人気の高い結婚相手候補という宿命を背負っていた。侯爵であり、将来は公爵となる身。彼と結婚した女性は、国でも最高の称号を得る。しかも富も併せ持っているとなれば、これ以上の相手はいない。そして彼が若く、まともな精神の持ち主で、外見も魅力的だ――内気な雰囲気で、本を読むときには眼鏡をかけてそのままはずすのを忘れることも多いのを気にしなければ――ということこそ、イングランドの妙齢の令嬢とその母親にとって、彼が最高の獲物たる所以《ゆえん》なのだ。

ロンドンの女主人ならだれでも、彼に自分の主催するパーティに来てほしいし、適齢期の娘がいる母親はだれもが、セイヤー卿の目に留まることの重要性を娘に説いて聞かせる。だから彼がロンドンに来ると招待状の山が押しよせるが、おしなべて無視することにしていた。パーティのひとつやふたつ出席してもよいとヴィヴィアンにも話していたが、実際に赴くと、もれなく母親たちに囲まれて娘のところへ連れていかれるし、女性が扇やらハンカチやらを彼の前に落とすので、礼儀上どうしても立ち止まって拾わざるを得ず、前に進めないのだ。ばかばかしくて、げんなりして、あきれることも多いため、いっさいパーティには出なくなってしまった。

道を歩いているときでさえ、いつもだれかに呼びとめられる危険がつきまとう。そうなると無碍《むげ》に立ち去ることもできず、その婦人の娘だか姪だか従姉妹《いとこ》だかに紹介されるか、少なくとも押しつけがましくパーティに招待される。そういうわけで、彼はまわりを見ないように、目の前の道だけを見つめて歩くようになっていた。

本屋を出たときも同じような感じでハイドパークへ向かった。広い公園に行けば田舎にいるような気分を味わえるだろうと思ったのだ。もっとも、散歩したりロットン・ロウで乗馬したりしている社交界の連中をなんとか避けなければならないのだが。グレゴリーは懐中時計を引っ張りだして時間を見た。公園に出向く〝社交の時間〟にはまだ早い。なんとか人通りの多い道をすり抜けて、公園の奥まで入ることができるだろう。

しかしロットン・ロウに着くと、やはり足を止めて乗馬の様子を眺めずにはいられなかった。愛馬を連れてくればよかったと思うが、今回はあわててマーチェスターを出てきた。こちらで馬を借りることもできるが、最上級の馬に慣れた身ではどんな馬でも満足できないことはわかっていた。それにロットン・ロウというのは、見たり見られたりするのを目的としている場所なので、本宅の領地を駆けているのとはわけがちがう。海を渡るように柵や壁を越え、小川の水を跳ねさせ、日射しを背に受け、自然の甘い香りに包まれるようなことは、望むべくもない。

いつしかぼんやりと想像をめぐらせて突っ立っていたことにグレゴリーは気づき、大きくため息をついた。また歩きだそうとしたそのとき、ひとりの女性の姿が目に入った。鹿毛の牝馬《ひんば》はさほどよい馬には見えなかったが、彼の目を引いたのは、自信たっぷりで楽しそうに馬にまたがる彼女の存在感だった。軍服ふうのダークブルーの乗馬服にはカエルの形を模した黒い飾り刺繡が施され、ぴたりとした上着からはほっそりとした体つきがわかる。彼女の隣にいるハンサムな紳士には、なんとなく見覚えがあるような気がする。ふたりは笑っておしゃべりしていた。

見ていると、彼女はいきなり馬を駆って飛びだした。社交界では御法度とされているのに、全速力でロットン・ロウに馬を走らせたのだ。まるで人馬一体となったかのように、馬の首にのしかからんばかりに体を前傾させ、馬を駆りたてる。帽子が飛び、髪がほどけ、濃い金色の髪が旗のごとくたなびいた。ひと目見たときからすてきな女性だと思ったが、喜びに弾《はじ》けたその顔はいまや美しくさえ見える。飛ぶように駆けていく彼女の姿に、グレゴリーの心臓はどくんと脈打ち、それに呼応するかのように喜びが湧いてきた。同じ高揚感を、彼も知っている。いま彼女が全身で味わっているはずの感情を、彼も深いところで本能的に理解しているのだ。

彼女は雷《いかずち》のごとく駆けぬけていった。グレゴリーの背後であきれたような声があがった。

「いまの女性はだれなの？」

女神だ。角を曲がって消えていくうしろ姿を見てグレゴリーは思った。戦いの女神《ヴァルキューレ》。うしろから聞こえたのと同じ言葉が、彼のなかでこだまする――〝いまの女性はだれなんだ?〟

グレゴリーは足を踏みだし、馬を疾走させた女性についておしゃべりしている人々から離れた。急に体に力が湧いてきて興奮していた。あれがだれなのか、きっとわかるはずだ。ロットン・ロウを駆けぬけた彼女の噂は、一日も経たないうちに社交界じゅうに広まるだろう。ヴィヴィアンが知らない人間はいないから、妹に今日のことを話すだけでいい。きっとすぐに彼女の名前と、知り得るかぎりの情報が手に入る。

父は快方に向かっているから、パーティに出たり午後の訪問をしたりする時間も取れるだろう。そうだ、この週末にはミセス・カーが、子息とバスクーム姉妹のひとりとの婚約を発表する舞踏会をひらくことになっている。父の容態が急に悪化するようなことがなければ、ヴィヴィアンはそこに出席するだろう。エスコートすると言えば喜んでくれそうだ。さっきの女性のことをヴィヴィアンに言う必要もないかもしれない。舞踏会に行けば自然と会えるだろう。ヴィヴィアンが言うには、その舞踏会は今季の社交シーズンでも目玉の催しだから、行ける人間はみな行くだろうということだった。

なぜだかグレゴリーは、彼女のことをヴィヴィアンに話すのは少し気が進まなかった。ヴァルキューレのことは自分の胸にだけ秘めておきたかった。それにヴィヴィアンのことは好きだが、もしぼくが若い女性に興味を示そうものなら、妹はキツネのにおいを嗅ぎつけた猟犬のごとく反応するだろう。彼女にぼくを会わせようとするだけでなく、ダンスの仲を取り持ったり、どこかの晩餐で彼女と席を隣りあわせにしたり、オペラのエスコート役をさせるようなことも……。

グレゴリーの歩みが遅くなり、頭が冷えていつもの理性的な自分に戻ってゆく。いま見たばかりの女性について、乗馬がうまいということ以外、自分はなにを知っている？　潑剌とした美人ということだけだ。馬上での姿にちょっと見とれてしまったというだけで、ヴィヴィアンに彼女との仲を取り持ってほしいだろうか？　実際に会ってみたら、これまでに会った女性となにも変わらないということもあるのでは？　紹介を受けた彼女が、扇越しに彼に向かってまつげをパチパチさせるところが頭に浮かんだ。つまらなそうに彼を見つめたり、〝あなたはどうお思いになりますの、セイヤー卿？〟と訊いたり、ドレスや手袋の話をするところが……。

あのヴァルキューレには会わずにいたほうがいいのかもしれない、とグレゴリーは思った。完璧な美しい思い出として、このまま自分の胸にしまっておいたほうがいいのだ。

父が眠ったのを見計らってヴィヴィアンが部屋を離れたとき、ちょうどジェンクスがやってきて客人の来訪を告げた。断りの意思を伝えようとしたが、差しだされた銀の盆に載った名刺を見てこう言った。「ステュークスベリー卿を〈青の客間〉にお通しして。すぐに行くわ。飲み物が必要だったらベルを鳴らすから」

ヴィヴィアンはいそいそと廊下を急いで自室に入り、鏡台に行った。ドレスはこれでいいと思ったが、肩にかけていた古いショールははずし、森林を思わせる緑の短い上着をはおった。これで瞳の色が深まるはず。ほつれた髪を撫でつけてピンで留め、青白い頬に少しだけ色を乗せた。これでまちがいなく少しはましになったけれど、目の下の隈《くま》や疲れはすぐにはどうすることもできなかった。

笑みを浮かべ、階下におりて、ふだん使いに気に入っている小ぶりの客間に入った。オリヴァーは暖炉の前に立って手をあたためていたが、彼女が入ると振り返った。

「レディ・ヴィヴィアン」

「ステュークスベリー」ヴィヴィアンが進みでて手を差しだすと、彼がおじぎした。「父の体を気遣って来てくださって、ご親切にありがとう」

オリヴァーはかすかに笑った。「きみこそ、わたしの訪問にそんな立派な理由を考えてくれるとは、やさしいんだな。じつをいうと、きみの様子をうかがいに来たんだ。もちろん、公爵どのがよくなられたらいいとは思っているが」

「よくなっていると思うわ。お医者さまもそうお考えのようだし」

「だが、お父上のご病気で、きみはずいぶんとまいっているようだ」オリヴァーの眉間にしわが寄る。「疲れているんだろう。顔色が悪い」

ヴィヴィアンは片方の眉を上げた。「あら、そう？　憎たらしいことを言ってくれるなんて、あなたらしいわ」

「まあね。だがきみにはそういうことがポンポン言えてしまう」オリヴァーがにやりと笑い、ヴィヴィアンも思わず頬をゆるめた。「べつにいやみで言ったのでないことは、わかるだろう。お父上の看病できみがくたびれ果てているんじゃないかと気になったんだ」

「わたしは心配するくらいしかしていないわ」

「心配するのは、体を動かすよりもこたえるものだ」

「でも父の容態はよくなってきているようだから、もうそれほど心配しなくてもよさそうよ」

ヴィヴィアンが腰をおろしていないので、ふたりともまだ立ったまま向かいあっていた。オリヴァーがどこか身がまえるのがわかり、口をひらく前からなにを言おうとしているのか、彼女には察しがついた。

「先日の夜のことを謝らなければならない」

「いいえ、いいの、オリヴァー。せっかくの思い出なんだから」

「せっかくの思い出？」彼はひどく驚いた顔をした。「なにを言っているんだ？　わたしはこの前の夜、ひどいことをしてしまった。きみを心配してやってきたというのに、結局は自分の欲望の赴くままに行動してしまった」

「あなたが聖人君子だと思ったことは一度もないわ」かすかな笑みがヴィヴィアンの口の端

に躍った。「それを言うなら、神に仕える人間だと思ったことも」

「わたしは紳士らしくありたいと思っている。だがあのときは、きみの感情につけこんでしまった。どうしてあんなことをしたのか。あんなふうになったことは一度もないのに」

ヴィヴィアンはふふっと笑い、蠱惑《こわく》的なえくぼを頰に浮かべた。「あなたは、ああしたかったから、したのよ。思いだして。レディ・ウィルボーンの舞踏会の夜にも同じことをしたでしょう？」

オリヴァーはひときわ強く気を引き締めた。「あのときはどうかしていたんだ」

「二度も？」ヴィヴィアンの瞳が躍る。「ねえ、伯爵さま。一度ならどうかしていたですむわ。でも二度つづけば、もう偶然ではないわ」

オリヴァーは奥歯を嚙んで彼女をにらんだ。「茶化していい話じゃない」

「そうかしら？」ヴィヴィアンが近づく。唇に妖しげな笑みが浮かんでいた。「あなたがしてくれたことは、それほど悪いものではなかったわ。わたしとしては、とてもよかったのだけれど。あなたはちがうの？」

困ったような顔をしてオリヴァーは一歩後ずさり、マントルピースにぶつかった。「ああ、ヴィヴィアン、よかったにきまっているじゃないか。だが、そんなことは問題じゃない」

「あら、でもわたしはそこが大事だと思うわ。あなたはもっと〝欲望の赴くままに〟行動したほうがいいのではないかしら。得るものが多いかもしれないわ」

「ヴィヴィアン……」低くうなるような声で、彼女を牽制《けんせい》する。

「だめなの？」彼女はオリヴァーからほんの数インチのところで止まった。片方の眉をくいっと上げる。「それなら、わたしのほうがそうしなければいけないわね」

そう言うとヴィヴィアンはつま先立ちになり、彼の首に抱きついてキスをした。

7

最初、オリヴァーの口はヴィヴィアンの唇を受けとめたまま、衝撃のあまり動けなかった。しかし次の瞬間、堰《せき》を切ったように全身が熱くなり、彼女をかき抱いて唇をひらいた。

いきなり燃えあがった彼にヴィヴィアンは驚いたが、それでも懸命に応えた。体を押しつけて彼の首にしがみつく。そのあいだにも唇がぶつかるように重なっては離れ、また重なった。肌がひどく敏感になっていて、彼の体に寄り添おうと背伸びをするとドレスが肌にこすれるのがわかる。胸の先端がちりちりして硬くなり、そこを彼にこすりつけてみたくてたまらず、心のままに体を押しつければ快感でさらにそこが硬くなった。

そんな彼女の動きにオリヴァーは低い声を漏らして唇を引き剝がし、今度は彼女の頰、あご、そしてのどへと唇を這わせていった。敏感になった肌に唇を当てられ、ヴィヴィアンは震えた。彼の唇でふれられた場所すべてが、火がついたようになる。戯れのような口づけで彼女のほうから始めたことなのに、もう限界まで高められ、快感に翻弄されていた。たちまち体がくにゃくにゃになったかと思えば、今度は力がみなぎり、うずいて幸せに満たされる。

狂おしいほどのせつなさだった。オリヴァーに溶け入ってしまいたい。彼のにおいと、味わいと、吐息で自分を埋め尽くしたい。

彼女と同じだけの激しい思いにオリヴァーも突き動かされたのか、彼の両腕がヴィヴィアンを潰さんばかりに抱きしめ、ふたたび唇が重なった。硬くてたくましい体が押しつけられる。彼女はもっと強く、もっと深く彼を感じたかった。身を震わすほどの欲望が湧いてくる。彼の唇が一瞬離れて角度を変え、またぶつかった。両手が彼女の背をすべって臀部《でんぶ》に行き着き、なまめかしく愛撫《あいぶ》する。猛《たけ》った彼の欲望が押しつけられ、彼女の脚のあいだに熱が生まれて、小さなうずきを呼び覚ました。

こんな感覚を、ヴィヴィアンは経験したことがなかった。経験するとも思っていなかった。どこか深いところから止めようもなく湧いてきて、考える暇もためらう暇もない。その感覚に彼女はぞくぞくし、驚いたけれど、それと同じくらいオリヴァーの激しさにも驚いていた。これほど切羽詰まった貪欲な欲望が彼のなかに生まれることがあるなんて、思ってもいなかった。そうさせたのが自分だということが、さらに彼女を煽《あお》りたてた。

もっとふれてほしい、全身に彼の手を感じたい。そう切望しているのに、オリヴァーはうめき声を漏らして離れ、横を向いてマントルピースの端をつかんだ。うつむいた彼の背中が、荒い息で上下している。ヴィヴィアンは動くこともできず、ただ見ているしかなかった。欲望にうずく体を感じながらも、彼が自分の腕に戻ってきてくれることはないとわかっていた。

「ああ、ヴィヴィアン」ようやく絞りだされた彼の声はけわしく、かすれていた。「戯れはやめてくれ。わたしはきみの歓心を買おうと媚びへつらい、振り向いてもらおうと取り縋《すが》る愚かな連中とはちがう」

「あなたをそんなふうに考えたことはないわ」ヴィヴィアンの心がずきりと痛んだ。

オリヴァーは勢いよく顔を向けた。まだ欲望がありありと浮かび、どこか甘さの残る表情ではあったが、声は冷たくよそよそしかった。「わたしときみとでは、けっしてうまくいかない」

「そ、そうね」彼の言葉が胸にぐさりと刺さり、わずかに感じた生々しい痛みにヴィヴィアンは自分でも驚いた。

一瞬、オリヴァーが言葉に詰まり、もう少しなにか言うのではと彼女は思ったが、彼は唇を結んで脇に一歩寄った。「失礼する」

ヴィヴィアンはただうなずき、彼が出ていくのを見ていた。玄関のドアが閉まる音まで聞いてから、彼女は椅子まで歩いていって腰をおろした。急にひざががくがくと震えだした。

二日後、イヴがやってきた。「迷惑でなければいいのだけれど」召使いに案内された客間へヴィヴィアンが入ってくると、彼女は立ちあがった。

「あなたを迷惑に思うことなんてないわ」ヴィヴィアンは近づいて友の手を取った。「こうして息抜きができるのはうれしいし」

「ステュークスベリー伯爵から、あなたのお父さまが快方に向かっていると伺ったの」ふたりで腰をおろしながらイヴが言った。「ほんとうによかったわ」

「ええ、そうなの。杖《つえ》を使えば歩けるようにもなったわ。階段にはまだ挑戦していないのだけれど。お医者さまも、新しい発作はいまのところ起きないのではないかと思っていらっしゃるみたい」

「それは朗報ね」

「あなたはどう？」ヴィヴィアンは訊いた。「新しいおうちは見つかったの？」

イヴはかぶりを振った。「いいえ、どの家もなにかしら気になるところがあって。でも、いいの。レディ・カーの婚約披露パーティと、リリーがネヴィルのおばあさまにご挨拶に行く旅行の準備で忙しくて、どうせいまは引っ越しなんてしている余裕がないわ。カメリアの付き添い婦人としての仕事では、早くも失敗をしてしまったし」

ヴィヴィアンの眉がつりあがった。「そうなの？　いったいなにがあったの？」

「馬に乗れなくて寂しいものだから、カメリアが落ち着かなくてね。だから伯爵さまが馬を借りてくださって、フィッツがロットン・ロウまで彼女を乗馬に連れていったのよ」イヴは話した。「わたしもついていくべきだったわ。カメリアが馬を疾走させないよう、フィッツに注意するのをうっかり忘れてしまって」

「まあ、まさか」

「そのまさかなの。カメリアはいきなり馬を駆けさせて、ときすでに遅しよ。さすがのフィッツも、すぐに追いついてやめさせることはできなくて。帽子が脱げて、髪もほどけてしまったのよ」

「それで、社交界の噂になっている、と」ヴィヴィアンは見当をつけた。

「無理からぬことね。さいわい、人の多い時間ではなかったのだけれど、それでもかなりの人に見られてしまったわ。そういうわけで、彼らがそれを嬉々として吹聴《ふいちょう》してくださっているというわけ」

ヴィヴィアンはうなずいた。「まだ社交シーズンも始まったばかりで、噂の種になるような話が少ないものね」

「そうなの。五月か六月なら二、三日で立ち消えになるものを……それにちょうど婚約披露パーティが一週間後に迫っているから、みなの頭にはレディ・カーのパーティがあって、カメリアにつながってしまうのね。もちろん、カメリアも反省しているわ。かわいそうに、騒ぎを起こすつもりなどなかったのに。ただ、そういう決まりごとは、カメリアにとってはまったく無意味なだけなのよ」イヴは表情豊かな青い瞳に同情の色を浮かべて頭を振った。

「たしかに、無意味な決まりごとはあるわね」

「そうなの。でもだからといって、それで大目に見てもらえるわけではないでしょう」

「リリーはどうしているの？」

「いつものように、カメリアの味方をしているわ。レディ・カーに気に入られたいと思ってはいても、カメリアを責めるようなことはしないの。言うまでもなく、レディ・カーはよい顔をなさってはいないけれど、できるだけのことをしてなだめたわ」

「カメリアが名誉挽回《ばんかい》できなくても問題はないわ。婚約披露パーティでは少々陰口をたたかれるかもしれないけれど、もっとおもしろい話題が出てくればすぐに忘れられるわよ」ヴィヴィアンは少し間を取って考えた。「父がだいぶよくなったから、彼女を連れてわたしのフェートンに乗りに行こうかしら。前から約束していたの。噂を止めるほどの効果はないでしょうけれど、いくらか風当たりを弱くするくらいはできるかも」

イヴはうなずいた。ヴィヴィアンは慎みある淑女の手本とされているわけではないが、公爵の娘であるため、彼女の友人であればいくばくかの後ろ盾にはなる。ヴィヴィアンのいるところでカメリアがばかにされるようなことはないだろう。それに噂好きの婦人たちに、カメリアについてもっと好意的な話題を提供することにもなる。

「それは願ったり叶《かな》ったりだけれど」イヴも賛成した。「ほんとうにそんな時間を取ってくれるの？」

「ええ、もちろん。そろそろ外に出ないと、なかにこもりすぎだもの。それに、父に新しい噂話を仕入れてあげることもできるわ。ずいぶんと退屈しているのよ」

二日後、ヴィヴィアンは御者台の高い型のフェートンを〈ステュークスベリー邸〉に乗りつけた。後輪よりも前輪が小さく、その上に前のめりに設けられた御者席が危なっかしい。明るい黄色の最新型のもので、ぱりっとした青と銀色のお仕着せをまとった小柄な馬丁が馬車後方に取りつけられた〝箱〟に立つと、豪華さがいや増した。邸から出てきたカメリアの目が、たちまち驚嘆に見ひらかれた。

「まあ、ヴィヴィアン！」声をあげて、しなやかな身のこなしで高い座席に上がった。「これはすごいわ！　いつからこんなものを操っているの？」

「前のシーズンに買ったばかりよ」ヴィヴィアンは巧みな手さばきでフェートンを通りに出した。

カメリアが大きく顔をほころばせた。「わたしもこんなのを操ってみたいわ！　前にベンジャミン・ドーキンスという人が父親の荷馬車を操らせてくれたのだけれど、これとは比べものにならないわ。わたしにもできるかしら？」瞳を輝かせてヴィヴィアンに顔を向ける。

「もちろんよ。わたしが教えてあげる。でも、最初はもう少し簡単なものからね。御者席の高い型は扱いがむずかしいの」

カメリアはうなずき、不安げにつけ加えた。「これに乗るのは、問題になるようなことではないのかしら？」

「だいじょうぶよ。自分のフェートンに乗っている女性はほかにもいるわ。御者席の高い型に乗る人は少ないけれど。でも、いけないことだとはされていないの。もちろん失敗せずに操れたら、の話よ。でも、あなたならきっとうまく乗れると思うわ」

「よかった。わたし、まともなレディらしくふるまうと約束してしまったの。とんでもない大失敗をしたみたいだから」

ヴィヴィアンは声をあげて笑った。「ロットン・ロウを馬で疾走したことね。話は聞いたわ。フィッツがちゃんと注意しておかなかったのが悪いのよ。それにイヴも。それを言うなら、わたしもね」

「イヴは前に教えてくれていたわ。ウィローメアで、わたしたちを立派なレディにしようとしてくれていたときに。でもすっかり忘れてしまっていたの。馬を止めて、まわりであ然としている人たちの顔を見てやっと気づいたのよ。馬に乗れたのがうれしくて、あの道を見たとたんに我慢できなくなってしまって。ウィローメアにいたときと同じようにフィッツ従兄さまはわたしと競走するものだと思っていたから、彼より先に出ようと馬の腹にかかとを入れてしまったの」カメリアはため息をついた。「してはいけないことをすべて覚えていられるかどうか、自信がないわ」

「噂はすぐに下火になるわよ、安心して。あなたの評判を左右するほどの失敗ではないわ。少しばかり話題にされるでしょうけれど、今日にも少し落ち着かせられると思うの。知っている人に会ったらその都度止まって話をするつもりよ。そうすれば、向こうはわたしに対して失礼にならないように、あなたとも丁重に接しなければならないでしょう？　わたしに無礼をはたらいたっていいという人も少なくはないけれど、あえてそれはしないと思うわ。だって、彼らは友人に言いたいのよ、〝このあいだマーチェスター公爵の令嬢と話をしてきましたらね……〟って」ヴィヴィアンは大げさに上流階級のしゃべり方をまねた。

カメリアが忍び笑いをする。「いまの、ユーフロニアおばさまみたい」

「あら、いやだ。もしかして、あのかたにお小言を言われたの？」

「ええ。でも彼女のことなんて気にしないわ。でもリリーは……ネヴィルの家族のこともあって、怒るんじゃないかと心配したけれど、怒らなかった。それに、オリヴァー従兄さまからだってお説教もされなかったのよ」

「まさか」

「いいえ、ほんとうよ。わたしもすごく驚いたの。フィッツ従兄さまには馬鹿者と言って怒ったらしいけれど、そのときも半分うわの空だったとか。彼は最近……少しおかしいわ」

「オリヴァーが？」ヴィヴィアンはまともにカメリアを見た。「おかしい……って、どういうこと？」

カメリアは肩をすくめた。「よくわからないけれど。なんとなく……気もそぞろというか、なにかよそごとを考えているみたいなの。もちろん、いつもというわけではないけれど、ときどきそんな感じで。だれかが彼になにかを言っても、聞いていなかったり。わたしが部屋に入っていったら、窓の外をぼうっと見ていたり。このあいだの夜は、彼が部屋に入ってきたから公園で馬を走らせてしまった話をしたの。オリヴァー従兄さまがどんなふうか、あなたは知っているでしょう? けっして声を荒らげたりはしないけれど、あの冷ややかな目で見られて、声が氷のように冷たくなって」

「ええ、わかるわ」

「だから、ロットン・ロウで馬を全力疾走させてしまったなんて話をしたら、あのいつもの冷ややかな目を向けられて、とんでもないことだと言われると思っていたのよ。それなのに、なんて言ったと思う? 〝あの馬が全力疾走できるとは思わなかった〟ですって。それからフィッツ従兄さまに馬鹿者と言って、書斎に行ってしまったの」

「そう」ヴィヴィアンは考えた。「彼はどうしてしまったのかしら。どう思う?」

「まったくわからないわ」

「フィッツはなんて?」

「フィッツ従兄さまはいつものとおりよ。冗談だとすませてしまったわ。でも、彼もオリヴァー従兄さまのことをおかしいとは思っているみたい」

ヴィヴィアンはしばらく無言で、フェートンが右に曲がるのに意識を集中させていた。そのあと、おだやかに言った。「オリヴァーだって、たまには様子がおかしくなることもあるのではないかしら」

「そうね。リリーは、いい仲の女性《シェール・アミ》ができたんだと思っているけれど」

「なんですって？」ヴィヴィアンが目をむいて振り向いた。「カメリア……」

「わかっているわ。シェール・アミなんて知っていてはいけないものだし、ましてや口にするなんて。でも、そんなのはとんでもなくばかばかしいと思わない？」

「そうね、でも、わたしかイヴの前以外では口にしてはだめよ」

「その心配はないわ」

「あの、リリーはどうしてそんなふうに思ったのかしら？」

「だって、リリーですもの。なんにでも色恋が絡んでいると思っているのよ。だからオリヴァー従兄さまがどこか気もそぞろなのは、女性のことを考えているからだって言うの。しかもその相手は道ならぬ人なんですって。まともな女性と知り合うパーティや観劇なんかには、いままで彼は出かけていないから」

「オリヴァーはあまり社交的ではないものね」

「ええ。でも、わたしが馬で大失敗をした日の夜は、たしかにどこかに行っていらしたわ。リリーが言うには、なにやら訳ありなことをしている紳士の顔だったんですって。わたしは気がつかなかったけれど、まあ、リリーの言うとおり、わたしはそういうことに疎いほうだから」

「そう。でも、それだけでオリヴァーに浮いた話があるとは言えないと思うけれど。なにか執務上の問題に頭を悩ませていたとも考えられるわ」

「そうかもね。でも、リリーの考えるような話のほうがおもしろいじゃない」

ヴィヴィアンはくすくす笑った。「ふつうは、そうね」

そこで公園に入り、ヴィヴィアンはカメリアを見やった。「着いたわ。さっそく始めましょうか。あら、ミセス・ハロウェイがいるわ。彼女はとてもおしゃべりなのよ」ヴィヴィアンは手を上げて挨拶し、馬を彼女のところで止めて話をした。ミセス・ハロウェイは大喜びだった。

そのあとまた一、二分ほど行ったところで、豪奢な四人乗りの四輪馬車《バルーシュ》を見かけた。空気が冷たいというのに幌《ほろ》を開けている。公園内を走るのは〝見られる〟ことが目的だから当然と言えば当然だ。その代わりといってはなんだが、馬車に乗ったふたりの女性はひざ掛け、手には毛皮のマフ、そしてオコジョの毛皮で縁取りされた外套で寒さから身を守っていた。

ふたりのうち若いほうの女性の身なりは非の打ち所がなかった。ハート形の繊細な顔の両側に縦巻きにした髪を垂らし、外套のフードをかぶっている。フードには白い毛皮の縁取りがあり、それがまたかわいらしい。冷気のせいで頰に赤みが差し、イングランド美人の象徴である白い肌とイチゴを思わせる頰をしていた。一緒にいるのはあきらかに母親だろうが、母親のほうには年月の足跡が残っており、黒髪には白いものが交じり、目もとと口もとには細かいしわが見られた。

「レディ・パーキントン」ヴィヴィアンはたいしてうれしくもなかったが、にこやかに笑った。

レディ・パーキントンに格別の好意を抱いたことはない。彼女が人生の最大の目標としているのは、四人の娘をできるかぎり金持ちで地位もある男性と結婚させることだ。娘たちは器量よしだったので、上の三人についてはそれなりの成果を収めていた。いちばん上の娘がたしかヴィヴィアンと同い年だった。どの娘も夫を探すのと同じくらい熱心にヴィヴィアンと親交を深めたがったが、それはヴィヴィアンが好きだからではなく、ヴィヴィアンには条件のいい結婚相手のつてがあり、さらに社交の場に出てこない兄がいるからだということはわかっていた。だれひとり、ヴィヴィアンともグレゴリーとも近づきになることはなかったけれど。この三年は、この一家からはたらきかけがなくてほっとしていたものの、あいにく今度は末の娘が適齢期になり、この社交シーズンで夫探しに乗りだすことになったのだろう。

「お会いできてほんとうにうれしゅうございますわ」レディ・パーキントンが声を張りあげた。「ずいぶん長いあいだ、お話しする機会もございませんでしたわね？　娘のドーラをご紹介させてくださいまし。ドーラ、レディ・ヴィヴィアン・カーライルにご挨拶を。ほら、ジェーンととても仲よくしてくださっていたかたよ」

そのジェーンとやらは、金持ちの結婚相手をつかまえる段になると、ヴィヴィアンを踏みつけにしていったような気がしないでもないが、ヴィヴィアンはとりあえず愛想よく笑って挨拶した。「こちらは友人のミス・バスクームです。ステュークスベリー伯爵の従妹でいらっしゃるの」

「まあ、それではあなたも初めての社交シーズンですのね?」やさしそうな声を出してはいるが、レディ・パーキントンは値踏みするような冷たい視線をカメリアに這わせた。「きっとドーラとはよいお友だちになっていただけますわ。ドーラは少し内気ですので、ぜひご一緒させてくださいませ」

それを合図にドーラはまつげの長いきれいな目を伏せた。慎み深い令嬢はこうあるべきという姿そのものだ。カメリアは、どういうことだろうと令嬢を見た。「ご一緒って、どちらまで?」

レディ・パーキントンは、カメリアが冗談でも言ったかのように忍び笑いをした。「お若いかたというのは、気の利いた受け答えをなさいますこと。ですから、娘をほかのかたにご紹介くださいませ。どうぞ、お力添えを」

カメリアは少し顔をくもらせた。「そういうことでしたら、わたしはお力になれないと思います。家族以外に、ロンドンには知り合いもいませんし」

レディ・パーキントンはまたもや感心したように忍び笑いを漏らした。「あら、ステュークスベリー伯爵が――この国でももっとも品位ある、格調高い紳士がいらっしゃいますわ。誉れ高いかたが。いえね、もうおひとかたの従兄さまも長らくロンドンでは評判が高くていらっしゃいましたけれど、結婚市場からいなくなってしまわれたでしょう」

「ええ、わたしの親友であるミセス・ホーソーンと結婚しましたから」とヴィヴィアン。

「あの知らせには多くのご令嬢が涙されましたわ、ほんとうに」レディ・パーキントンは茶化すような笑みを返した。

ひやかしを言う彼女に向かって、ヴィヴィアンはなんとか笑みをつくった。目の端に、カメリアがレディ・パーキントンと娘をいつものまっすぐな視線で見ているのが映って、カメリアはふたりにどんな印象を抱いているのだろうと思った。カメリアは、簡単にだまされるような娘ではない。

ドーラは澄んだ大きな青い瞳でヴィヴィアンを見あげた。「あなたさまのみごとな手綱さばきには感心いたしましました」

「ありがとう」ヴィヴィアンは丁重に返事をした。「あなたも馬車を操ってみたい？」

「まあ、いいえ」令嬢の小さな笑い声は、冷たい空気のなか、まるで鐘の音のように明るく響いた。「そのような勇気はとても持てませんわ」カメリアに視線を移す。「あなたはいかがですか、ミス・バスクーム？」

カメリアはにっこりと笑った。「もちろん乗ってみたいですわ。ヴィヴィ――いえ、レディ・ヴィヴィアンに教えていただこうと思っています」

ドーラの目が丸くなった。「とても勇気がおありなのね。でも、そういえば、あなたは乗馬がお上手なのだと伺いました」なにか冷たい表情がきらりと瞳をよぎったが、それはすぐに純真そうな青に溶けこんだ。

隣でカメリアの体がこわばるのがヴィヴィアンにはわかったが、カメリアはこう言っただけだった。「そうですか」

「まあ、いけない」ドーラが恥じ入ったようなそぶりを見せた。「このお話はしてはいけなかったのよね？」困ったようにうつむく。「申し訳ありません。母からは粗忽者《そこつもの》と言われておりますの」

ヴィヴィアンが笑みを浮かべた。「あなたは事実を言ったまでですわ。ミス・バスクームはほんとうに馬に乗るのが上手ですもの。でもステュークスベリー伯爵を従兄に持つと、一挙手一投足をつぶさに見られているのだということがだんだんとわかってきたようですわ。そして、社交界では人の噂をするのがなによりも楽しまれているということも」

「まさしくそうですわね」レディ・パーキントンが重々しく同意した。「娘たちには、世間での評判がもっとも貴重な財産であるということを、つねづね言い聞かせておりますの」

「そうなのですか？　わたしは勇気とやさしさがいちばん大切だと思っていますけれど」

レディ・パーキントンの笑みがわずかに引きつった。

「来週のレディ・カーの舞踏会にはいらっしゃるのかしら？」ヴィヴィアンが変わらず愛想のよい声でつづけた。「ミス・バスクームと妹さんの、ロンドンで初めての舞踏会ですわ。

レディ・カーが未来の花嫁を社交界に紹介いたしますの。ですから残念なことに、結婚市場からまたひとり、有望な花婿候補が減ってしまうわけですけれど」

「ええ、バスクーム姉妹のかたがたのご活躍は、ロンドンじゅうで噂になっております」レディ・パーキントンの声が陽気に変わった。「まったく困りますわ」カメリアに向かってふざけるように人さし指を振った。「ほかの令嬢のために、イングランドの殿方を少しは残しておいてくださいませ」

「まあ、お母さま」ドーラがかわいらしくほほえんだ。「ミス・バスクームにお会いしたら、不思議でもなんでもなくなりましたわ。おそらく、ご姉妹もお美しいのでしょうね」

「妹のリリーと姉のマリーは、わたしよりもずっときれいです」カメリアはいつものごとく率直に言った。

「ご謙遜を」ドーラがつぶやく。

カメリアはにんまりと笑った。「いいえ。わたしは謙遜などする人間ではありませんの。たとえば、銃の腕前なら、ふたりよりも上ですわ」

パーキントン母娘《おやこ》の顔に浮かんだ驚愕の表情に、ヴィヴィアンは笑いをこらえた。「そうなんです。わたしも去年の夏にカメリアから銃の撃ち方を教わりましたのよ」

「なんという」レディ・パーキントンが思わず口走った。

「楽しかったですわ。ミスター・タルボットもご一緒されて。ときには伯爵さまもね」ヴィヴィアンは愉快そうにつづけた。「的当て射撃は、そのうちきっと流行しますわ」

「ええ、そうでしょうね」

しばらくのち、パーキントン母娘に挨拶して先へ進むと、カメリアがヴィヴィアンに向かって笑った。「あなたったら、あんな大嘘を……オリヴァー従兄さまが一緒に射撃をしたなんて」

ヴィヴィアンは口もとをゆるめた。「あら、外に出てきて見ていたこともあったじゃないの。射撃をしたとは言っていないわ」

「わたし、また失敗をしてしまったのかしら……銃を撃つのがうまいだなんて言って。それであなたが射撃を教わったという話を持ちだして、わたしをかばわなければならなかったのね」

「いいえ、わたしがああいうふうに言ったのは、パーキントン母娘に腹が立ったからよ。ああ言えばレディ・パーキントンがどんな顔をするか、見てみたくって。自分でも意地が悪いとは思うけれど、せいせいしたわ」

「わたしもよ」カメリアがヴィヴィアンに笑みを返した。「あのふたりのことは好きになれなかったわ。どうしてかわからないけれど。ミス・パーキントンは仲よくしようとしてくださっていたみたいなのにね。フェートンを操るのがこわいというのもしかたのないことだと思うの。それでもなんだか……

ヴィヴィアンはカメリアを見た。「なんだか、なに？」

「わからないわ。とにかく、どこか本物ではない感じがして。わたしが馬に乗った話をしたとき、彼女は当てこすりを言っていたのでは？」

「そうね。あのかわいらしいドーラのすることは、ほぼ計算ずくだと思うわ。彼女の姉たちと同じであればね。そして今日の彼女のふるまいは、まちがいなく、姉たちと同じだったわ。あなたの勘は正しかったのよ」ヴィヴィアンは前方を見やってため息をついた。「ミセス・ファージンガムとレディ・メドウェルがいるわ。挨拶するしかないわね。もっとおもしろい人たちが来ている日に当たればよかったのに」

そういうわけで、ふたりはフェートンを停めた。相手はミセス・ファージンガムとレディ・メドウェルだけではなく、少なくともあと五台は停まっている馬車があった。カメリアは極力、言葉に気をつけ、笑顔と礼儀正しさを心がけたが、なんともまだるっこしかった。だから馬に乗った男性が近づいてくるのを見たときには、救われた思いがした。

「オリヴァー従兄さま！」声を張りあげて笑顔になる。

「ステュークスベリー？」ヴィヴィアンがまじまじと見つめているうちにも彼は馬車の近くで馬を止め、帽子を少し上げて挨拶した。

オリヴァーに会ってから数日が過ぎていたが、彼がヴィヴィアンのことで複雑な思いを抱えて葛藤していることはよくわかっていた。ヴィヴィアンのほうも、彼についてはいろいろな思いがせめぎ合っている。ふたりのあいだで決定的にちがうのは、彼女のほうは少しくらい曖昧な関係であってもかまわず、毎日の生活が刺激的になっていいと思っていることだった。しかしオリヴァーは、自分の行動とその意味をしっかりと把握しておきたい性格の人間だ。いったい彼は、彼女のことをどうすることにしたのだろう。家族を通した気楽なつき合い程度の相手に戻してしまうつもりではないだろうか。ヴィヴィアンは、思わずひとりで笑ってしまった。オリヴァーの世界は、少しくらい揺らいだほうがいいんだわ。

まばゆいばかりの笑顔を向けた彼女は、一瞬、彼が冷静さを失ったように見えたのがうれしかった。新しいボンネット帽をかぶってきてよかった。縁飾りを施した、エメラルドグリーンの布で裏打ちされた帽子だった。

「レディ・ヴィヴィアン」オリヴァーは少し硬い感じでうなずき、視線を従妹に移した。「カメリア」視線が馬車をひとめぐりすると、彼は小さなため息をついた。「今度は御者台の高いフェートンに乗っているのか」

「そうよ。すてきな馬車でしょう? この前の夏、ロンドンを離れる前に買ったのよ。乗るのはまだ二度目なの」

「わたしに扱い方を教えてくださるって、ヴィヴィアンがおっしゃって」カメリアが興奮ぎみに口をはさんだ。

「これから?」オリヴァーが片方の眉をヴィヴィアンに向かってくいっとつりあげた。「御者台の高いフェートンに？　それはだめだ」

「もちろん、最初はちがうものから始めるわ」カメリアは聞き分けよく承知した。「最終的には、ということよ」

「若い女性が乗るようなものではない」

「ヴィヴィアンは乗っているわ！」

「そうよ、ステュークスベリー。わたしにはふさわしくないと言うの？」ヴィヴィアンは愉快そうに彼を見た。「それとも、わたしはもう若くないと暗に言っているのかしら？」

「ヴィヴィアン、わたしに突っかかるのはやめてくれ。どういう意味で言ったのか、よくわかっているくせに」

「それはどうかしら」ヴィヴィアンは思案げに言った。「近ごろのあなたは、言葉と行動がかならずしも一致していないようだもの」その言葉にオリヴァーの瞳がきらりと光ったように見えて、彼女の瞳も躍った。オリヴァーからは簡単に反応を引きだせるけれど、簡単すぎてつまらないということがまったくない。彼の瞳が銀色に近い色になったり、口もとが引き締まったりするのは、とてもいい。

オリヴァーはなにかもっと彼女に言いたそうにしていたが、あきらかに無理やり視線を引き剝がし、カメリアに注意を向けた。「きみとレディ・ヴィヴィアンとでは、年齢に大きなひらきがあると言っているんだ」

「オリヴァー！　傷つくじゃないの」

彼はヴィヴィアンを、目で黙らせた。「ふざけないように。まじめに話をしているんだ。カメリア、きみはこれから社交界デビューしようという人間だ。それになにより、まだロンドンの社交界では無名だ。しかしヴィヴィアンのほうは、何年も社交界に出ていて、彼女の気まぐれはだれもがよく知っている」

「気まぐれですって！　馬車に乗るのは気まぐれでやっていることではないわ！　社交界にデビューする前からしていることよ」

「そうだろうとも」オリヴァーはわが意を得たりとうなずいた。「たしか、きみのお父上に教わったんだったかな？」

「いえ、兄たちよ」

彼は肩をすくめた。「重要なのは、きみは熟練した人間から教わったということだ。しかも、安全な自宅の領地内で」カメリアを見る。「つまり、きみもそういうふうに習わなければならない。わたしが教えよう。フィッツやロイスでもいい。場所はウィローメアだ。あそこなら曲がるのが遅れても、馬たちを完全に御することができなくても問題ない。街なかで練習するのはむずかしすぎる。シーズンが終わったら、夏にでも始めよう」そこでひと区切りし、言い添える。「それから、御者台の高いフェートンはだめだ。レディ・ヴィヴィアンも自分の身の安全を考えるなら、やはりフェートンはやめておくことだ」

ヴィヴィアンはくすりと笑い、からかうような低い声で言った。「ねえ、オリヴァー、わたしが身の安全を考えて慎重になったことなんて、いままでにあったかしら?」

彼女を見たオリヴァーの目に一瞬、いらだちがひらめいた。「いいや」ぼそりとひとこと。

「まったく、勘弁してくれ」

8

翌週のレディ・カーの舞踏会は、社交シーズン始めの催しのなかでも随一の、注目度の高いパーティとなった。ようやく息子の結婚が決まり、未来の花嫁の欠点をことごとくごまかそうと意気込んでいるレディ・カーは、費用に糸目をつけなかった。管弦楽の四重奏では飽きたらず、小さな楽団をまるまるひとつ招き、健啖家《けんたんか》をもうならせるフルコースを供したうえに、夜通しふるまわれる立食形式の食事にも多種多様なごちそうや珍味を並べた。そのため、場所もひと部屋だけでは足りない。ダンスのために大舞踏室が開放され、カード遊びをする客人には別部屋が用意されたほか、夜通しふるまわれる食事には一階の休憩室があてがわれ、食事だけでなく踊り疲れた客人が休めるように多くのテーブルと椅子が置かれていた。欄干には飾りの花が巻きつけられ、それとはべつに巨大な花飾りも鎮座している。シャンデリアにはろうそくが輝き、部屋の壁にも燭台《しょくだい》がぐるりと取りつけられていて煌々《こうこう》と明るかった。

翌日には地元に戻ってもよいでしょうと、公爵が医師のお墨付きをもらったおかげで、ヴィヴィアンは上機嫌で舞踏会に臨んでいた。身にまとった真新しい舞踏会用のドレスは淡い海色のガーゼと銀色のレースを幾重にもふわふわと重ねたもので、体の線があらわになるようでいて、そのじつなにも見えないといったつくりだった。巻いた髪は非常に複雑な形に結いあげられ、あちらこちらにダイヤモンドがちりばめられている。そして首には〝スコッツ・グリーン〟が、大きく開いた胸もとの白くやわらかな肌の上でひときわ輝きを放っていた。そんな贅沢《ぜいたく》極まりない装いを仕上げているのは、銀色のサテンの室内履きだ。

グレゴリーは翌日、馬車で父親をマーチェスターに送り届けることになっていたが、ヴィヴィアンのたっての願いで今夜のエスコート役を務めることになった。ロンドンで兄と一緒になるのはめったにないことなので、ヴィヴィアンは兄をバスクーム姉妹に紹介したかったのだ。リリーはカー卿夫妻やネヴィルとともに客を迎える主催者の列に並んでいるので、紹介するのは簡単だ。オリヴァーもまたその列に並び、社交上の役目を決然とこなしている。しかしカメリアの姿はなかった。べつにカメリアはいなくてもよいということで、部屋の反対側に逃げてしまったのだろう。

会場に到着してまもなく、レディ・パーキントンが娘のドーラを引き連れて、はにかみ笑いと思わせぶりな視線を飛ばしながら、ヴィヴィアンとグレゴリーのところへ押しかけた。レディ・パーキントンは大げさな挨拶をまくしたててグレゴリーの行く手を阻んだ。

「んまあ、このような集まりでお見かけするなんてめったにないことですわ、セイヤー卿。どうあなたをロンドンに連れてきていただいて、妹さんに感謝しなければなりませんわね。どうか娘のドーラを紹介させてくださいませ。末の娘なのですが、ほんとうによくできた子で、目のなかに入れても痛くないのです。手放すのはつらいのですけれど。でも、もちろん、ドーラのように愛らしければ、長らく独り身でいるようなことは考えられません」

「お目にかかれてうれしゅうございます」ドーラはシカのようなつぶらな瞳でグレゴリーを見たあと、慎み深く目を伏せて頬を染め、扇を上げて顔の下半分を隠した。

「ああ、はい、あの、どうも……すてきなパーティで……」

「マーチェスターで長いあいだお過ごしになられたあとでは、こうして若いかたがたとご一緒するのは楽しゅうございましょう、セイヤー卿？」レディ・パーキントンが言い募る。

「は、はあ……」

「若いおふたりで散歩でも楽しまれたらいかがでしょう。そのあいだ、わたくしは妹さんに社交界の新たな噂を教えていただきますから」レディ・パーキントンはにっこりとグレゴリーに笑いかけた。

グレゴリーの顔が引きつりかけるのを見て、ヴィヴィアンは笑いを嚙み殺した。

「は、あの……」助けてくれ、とグレゴリーが妹に切実な顔を向ける。

ヴィヴィアンは兄がかわいそうになって言った。「兄のことを考えてくださってありがとうございます。ですが、兄とは次のダンスを踊る約束をしておりますの、レディ・パーキントン。残念ながら兄を連れていかなければなりませんわ。ごきげんよう」

グレゴリーと腕を組み、ふたりの女性にまばゆいばかりの笑顔を見せると、ヴィヴィアンはさっさと彼をダンスフロアに連れだした。

「助かったよ」グレゴリーがつぶやいた。「もうだめかと思った」

ヴィヴィアンがくすくす笑う。「ああいう場面のかわし方も覚えなければだめよ。令嬢を連れた母親に声をかけられたら、かならず相手をしなければならないわけではないのだから」

「かわし方なら覚えたさ。だからロンドンに来ないようにしたんだ」

「もう少し極端ではない方法のことよ。このあと舞踏会が終わるまでどうするつもりなの？毎回わたしと踊るわけにはいかないのよ」

「簡単だ。カー家の図書室に避難する」

ヴィヴィアンは思わず吹きだした。「お兄さまったらほんとうにしようのない人ね。どうすればいいのかしら」

グレゴリーは笑って肩をすくめ、フロアの隅に妹を連れていった。「一緒に踊ってくればいいんだよ」

オリヴァーは内心ほっと息をつき、祝いの挨拶を述べる客がとぎれたところで列から抜けた。レディ・カーは知人すべてを招待したにちがいない。そして招待を受けた人間すべてが出席したように見える。これぞ好奇心のなせる技だ。一生独身かと思われていた放蕩者のネヴィルが、ついに婚約したからだけではない。その相手が長年のあいだ彼の婚約者として考えられていたレディ・プリシラ・シミントンではなく――レディ・プリシラはこともあろうにフランス人の気球乗りと結婚した――ステュークスベリー伯爵のアメリカ人の従妹とあっては、なおさら興味を掻きたてられるのだろう。いきなりアメリカからステュークスベリー伯爵の従妹だという姉妹があらわれたかと思えば、その母親は大昔に駆け落ちしており、のちに父伯爵から絶縁されていたという醜聞に次ぐ醜聞。それを聞かされて、このたび婚約したふたりを見に来ないでいられる人間などいないのだ。

もちろん、リリーの姉である令嬢もひと目見たいとだれもが思っているのだろうが、カメリアは賢明にもここに到着したとき、イヴとフィッツのいる部屋の奥へ逃げこんでいた。オリヴァー自身、ほどなくすると客人を迎える列から逃げだしたいと切実に思いはじめた。

しかしもちろん、そんなことはしなかった。人に会うのは嫌いだし、しょっちゅう厚かましい質問をされるから逃げたいとも思うが、これが彼の仕事だ。果たすべき責任を完遂することには慣れている。腹違いの弟であるフィッツのように、自分に与えられた恩恵を享受して毎日を過ごしていくのもいい。だがオリヴァーのように伯爵という身であり、幼いころから責任の重みと重大さをたたきこまれて育つと、そのような気楽な生き方は頭をよぎることさえなかった。大小にかかわらず仕事をこなし、自分のみならずかかわりのある人間すべてがつつがなく生活を送れるようにする。家族であれ家族以外の者であれ、全員の生活が自分の肩にかかっているのだ。

オリヴァーは客の流れがとぎれたのを機に、ほっとして列を離れた。舞踏室に行ってドアを入ったところで足を止め、ごった返す人々に視線をめぐらせ、まぶしい赤毛が視界をよぎりはしないかと探した。

「ステュークスベリー伯爵さま！」右方向から陽気な声が響いた。「またここで偶然お目にかかれるなんて、なんとすばらしいことでしょう」

オリヴァーはため息をつき、また野次馬の相手をすることになるのかと振り向いた。だが、野次馬よりもなお悪かった。声をかけてきた婦人と、彼女が引き連れている黒髪のかわいらしい令嬢を見て、結婚市場に娘を売りこもうとしている母親につかまったのだとわかった。

彼はおじぎをしながら相手の名を思いだそうとした。前に会っているとは思うのだが、人づき合いには興味がないし、その婦人で思いだすことと言えば、この令嬢の姉たちから数年間ほど逃げまわっていたことだけ。名前となると、記憶は真っ白だった。

「これは奥さま《マイ・レディ》」たんなるミセスではなく称号を持つ夫人だろうということは察しがつき、ようやくそう言った。

「ミスター・カーとあなたの従妹のお嬢さまのご婚約、ほんとうにおめでとうございます。従妹のお嬢さまがたといまではこうしてともにお暮らしになって、あなたさまも喜んでおいででしょう。海の向こうの暮らしぶりをぜひお聞かせ願いたいものですわ」

「そうですね」

「娘のミス・ドーラ・パーキントンを紹介させてくださいませ」

「ミス・パーキントン」彼は令嬢に会釈しながら、少なくとも姓を名乗ってくれてありがたかったと思った。「お姉さまがたともお会いした記憶があるのですが」

令嬢は笑みを浮かべ、慎み深く目線を下に向けた。「姉たちには及ばないという不安もございますが、伯爵さま」

「愛らしい娘でございましょう」母親がにこりとする。「この子は末の娘でございまして、器量もいちばんでございますのよ」レディ・パーキントンは扇の向こうで忍び笑いを漏らした。「あら、ほかの娘たちには内緒にしておいてくださいませね!」

「お母さま、そのようなことをおっしゃってはいけませんわ。事実ではありませんもの」ドーラはかわいらしく母親に笑いかけ、濃く長いまつげを最大限に生かして伯爵を上目遣いに見あげた。

ここでオリヴァーは令嬢の謙遜を否定し、あなたほど美しいかたはいませんと言うべきだとわかっていた。しかし令嬢のやることがあまりにわざとらしく、たしかに彼女はきれいで魅力的ではあるものの、そういったお世辞を口にする気にもなれなかった。もしかしたらアメリカ人の従妹たちの率直な物言いに慣れすぎてしまったのかもしれないが、ミス・パーキントンもまっすぐに相手を見て歯切れよく話をすれば、もっと魅力が増すだろうにと思わずにいられなかった。

「母親の欲目というものは許されるものですよ」令嬢にそう言うと、彼女の瞳に一瞬驚きが浮かんだ。しかしすぐに覆い隠され、次に憤りがよぎった。

しかし母親のほうは思惑どおりに事が進まずともひるむことなく、さらに言い募った。

「従妹さまのおひとりに先日、公園でお会いしましたのよ。ミス・リリーではなく、ミス・カメリア・バスクームに。お嬢さまがたはなんと愛らしいお名前でいらっしゃるのでしょう」

「姉妹の母親は花が好きだったようですから」オリヴァーは、あとどれくらい話をすれば、失礼にならずにこの場を離れられるだろうと考えた。フィッツならば、すでにこのふたりを楽しませたうえ、じつはたいした話もしていないという事実を気づかせることもなく、退散できているだろう。しかしオリヴァーにはフィッツのような如才なさは望むべくもなかった。

「なんて魅力的なお嬢さまでしょう、ミス・バスクームは。ドーラともたいへん気が合っておいでのようでした。このシーズンで仲のよいお友だちになれると思いますわ」

目の前の令嬢とカメリアが友人になるところをちらりと想像し、オリヴァーは口もとがゆるみそうになるのをこらえた。ふたりが公園で会ったところをこの目で見たかった。

「そうですね」当たり障りなく答える。そしてレディ・パーキントンの肩越しに目をやったとき、まばゆい赤毛が視界をかすめたが、すぐに彼女を囲む若い紳士たちに隠れて見えなくなった。オリヴァーは慈愛に満ちた笑みに見えるようにと思いながら、ミス・パーキントンにほほえんだ。「きっとすばらしいシーズンを過ごされることでしょう、ミス・パーキントン。さて、ちょっと失礼して、弟と話をしてこなければなりません。それではごきげんよう、レディ・パーキントン、ミス・パーキントン」

軽く会釈し、オリヴァーは先ほど一瞬だけ赤いものが見えたほうへと向かった。ヴィヴィアンに挨拶をしてからフィッツのところへ行くつもりだった。ともかく彼女の父親の容態を尋ねるのは礼儀というものだろう。それに、もしセイヤーがまだ一緒にいたら、少し話をしたかった。目的の場所に近づいた彼は、ヴィヴィアンに群がっている男たちを小ばかにするような目で見た。これだけの年月が経ったいま、この連中のなかには彼女をあきらめた男もいるだろうに。だれひとりとして彼女を勝ち得るようには見えない。それでもこうして群がるのは、頭のめぐりが悪いのか、それとも男の意地も持ち合わせていないのかと思わずにいられなかった。

その一団に行き着く前に、紳士のうちのひとりがおじぎをして離れ、ヴィヴィアンの姿をオリヴァーの視界からさえぎるものが一瞬なくなった。こうして男たちが彼女に群がるのにはもうひとつ理由がある。彼女の魅力にどうしても抗えないのだ。正直に言えば自分自身、彼女を見ると同じように理屈抜きで惹かれてしまう。彼女がまとった淡いグリーンのドレスはきわめて薄いガーゼでできているらしく、霧のように軽い生地が、蠱惑的な彼女の体の曲線をくっきりと浮かびあがらせていた。群がる崇拝者のだれかが言ったことに彼女は笑い声をあげた。顔は内側から輝きを放ち、白い肌は艶光りして、頬は薄桃色、なまめかしい唇はもう少し濃いバラ色だ。グリーンの瞳もきらきらとしていたが、オリヴァーの姿を目にしたとたん、その瞳に深みが増して熱いものがよぎった。それに呼応するかのように、彼まで体が熱くなった。

「ステュークスベリー卿」ヴィヴィアンはにこりと笑って紳士の輪を抜け、彼のほうにやってきた。

「レディ・ヴィヴィアン」優雅なおじぎをして彼女の手の上に身をかがめながら、オリヴァーは口もとがゆるむのを抑えられなかった。

「お会いできてとてもうれしいわ」ヴィヴィアンが言った。「お忘れになったかと心配しておりました」

「忘れる?」彼女がなにを言っているのかまったくわからなかったが、明るい調子でつづけた。「まさか、忘れるはずなどありません」

ヴィヴィアンはほかの紳士を振り返りつつ、オリヴァーのひじの内側に手をかけた。「あなたたちには申し訳ないのだけれど、次のダンスはステュークスベリー卿とお約束してあったの」

露骨な嘘に思わず驚いたが、オリヴァーは顔に出さないように抑えつけた。紳士の一団に会釈して背を向け、ゆったりとした足取りでヴィヴィアンとダンスフロアに向かう。彼女の香水が立ちのぼって感覚が揺さぶられ、腕にかけられた彼女の手のあたたかさを痛いほど意識した。

危険な方向へ意識がさまよいそうになるのを引き戻し、オリヴァーは言った。「年のせいで忘れてしまったのか、きみとダンスを約束した覚えがないのだが」

ヴィヴィアンは笑いを含んだ目で彼を見た。「あら、あなたがきちんと申し込んでくれていたら、受けていたはずだわ」

オリヴァーはくくっと笑った。「きみのほうから動いてくれて、感謝しなければならないな」

「そうよ。もしダンスに誘われなければ、あなたはあと数日はわたしを避けていたでしょうから」

「べつに避けていたわけでは――」

「嘘。この前わたしにキスして、とんでもなく怖じ気づいたことをごまかそうとしても無駄よ。あれからずっと、隠れていたでしょう」

まったく、いつもこうだ。オリヴァーのなかにいらだちがこみあげてきた。どれほどヴィヴィアン・カーライルが魅力的で、美しくて、どうしようもなく惹きつけられても、こうして次の瞬間には小憎らしいことを言うものだから、大人げない言葉が出そうになるのを歯を食いしばってこらえなければならなくなる。

「隠れてなどいない。言葉遊びもたいがいにしたまえ。節度を保とうとしていただけだ」

「あら、そうなの」

「どちらかがそうしなければならないだろう」

「そしてもちろん、わたしには無理だというわけね」

彼は片眉を上げて冷ややかに言った。「節度という美徳は、きみには縁のないものだろう」

「でも正直ではあるわ」

ほかの男女に交じってダンスフロアで位置につくと、オリヴァーは渋い顔で彼女を見おろした。片方の手で彼女の手を取り、もう片方の手を彼女の腰に添える。薄手のドレスの下にあるしなやかな体を感じ、突然の激しい欲望に襲われて、彼の顔つきがさらにけわしくなった。

「わたしは正直ではないと言っているのか？」

「ほかのことでは、あなたはどこから見ても正直な人だわ」ヴィヴィアンはおだやかに答えた。「でも自分の気持ちについては、どういうものか自覚すらしていないのではないかしら」

オリヴァーは歯を嚙みしめ、彼女と踊ることにしたのを後悔した。いや、誘ってきたのは彼女のほうだ。そう、女性のほうから紳士を誘った。まったく大胆で、臆面がないとすら言える行動だ。彼女に近づいたのがまちがいだった。醜聞を巻き起こす心配さえなければ、いますぐに彼女をダンスフロアから連れだし、崇拝者たちの群れに戻すものを。

音楽が始まり、ふたりは自然とワルツのステップに入った。踊っているあいだにこの話を終わりにしてくれればとオリヴァーは願ったが、もちろんヴィヴィアンはそうしなかった。

「わたしたちのあいだに起こったことについて、話し合うべきだと思うのだけれど」

「なにも起こっていない」

「なにも?」ヴィヴィアンが片方の眉をちゃかすように上げる。

「だから、取り返しのつかないようなことはなにも、ということだ。きみの評判を傷つけるようなことはしていない」

「オリヴァー……」どこか憤慨したようにヴィヴィアンは彼を見た。「逃げなくてもいいじゃないの。なにもなかったことにしなくたって。わたしたちは悪いことをしたわけではないわ。あなたもわたしにつけこんだわけではないし。わたしは十八歳の乙女ではないの。それに、わたしに興味を示したのがあなたひとりというわけでもないわ」

意外なことに、オリヴァーの瞳がぎらりと光った。「まさか、きみの容姿を讃《たた》えた男全員にキスしてまわっているのではないだろうな」

ヴィヴィアンはかすれた忍び笑いを漏らし、まるで彼女の指で背筋をなぞられたかのようにオリヴァーはぞくりとした。「そんな、まさか。だから、わたしだってあなたにときめいているのよ」

オリヴァーは激しく息をのみ、ぐらついた心を懸命に立てなおした。「ヴィヴィアン、口に気をつけろ。そんなことを言うものじゃない」

「あなたが相手でも?」

「そうだ! まったく、わたしだって石でできているわけではないんだぞ。いつもきみがどう思っているかは知らないが」

ヴィヴィアンは、ふっと笑みを浮かべた。誘っているとしか彼には思えない笑みを。「そうね、あなたが石などでないことはわかっているわ」

「わたしたちのあいだにはなにも起こり得ない。それくらいわかっているはずだ!」オリヴァーは彼女のほうに体を傾け、声を落としながらも語気荒くささやいた。

「そんなこと、ぜんぜんわからないわ。どうしてなにも起こり得ないの?」

「きみは高貴な生まれだからだ。貴婦人だから」

「だからといって、わたしが女性であることは変わらないわ」

「女性は女性でも、キスをしておいて結婚しないなどという行為は言語道断の侮辱となるような女性なんだ。そして、わたしときみでは結婚できないことは、火を見るよりあきらかだ」

ヴィヴィアンはくすくす笑いはじめた。「わたしでは、あなたの妻にふさわしくないと思っているのね？」

「ああ、そうとも。きみ以上にふさわしくない相手など考えもつかない。きみは奔放すぎる。自分の行動がどういう醜聞を巻き起こすか、気にも留めない。歯に衣着《きぬ》せぬ物言いをするし、思慮が浅い。ひとりでなんでもやってしまうし、勝手気ままで、強情だ」

「あら、そう？」ヴィヴィアンの瞳が挑むように光った。「わたしだってあなたのような夫はごめんだと思っているなんて言ったら、傷つくかしら？　あなたは傲慢で、尊大で、いつでも自分が正しいと思っている。きっとあなたの奥方になるかたは、あなたの言いなりになって暮らすのでしょうね。お小言を言われて、説教されて。あなたは笑ったり楽しんだりすることが罪悪だと思っているように見えるわ」

「べつに楽しむのが悪いなどとは思っていない。人生はそれだけではないと考えているだけだ」

「いいえ！　あなたの人生には責務しかないわ！」ヴィヴィアンはきつく言い返した。

「自分の責務や家族のことを考えているほうが、うまく役目を果たせる人間もいるんだ」

「では、周囲の期待に応えるような人生を歩んでいないわたしは、家族のことを考えていないというのかしら？　あなたのやっていることは家族を愛するということとはちがうわ。心配事を抱えて生きているだけよ」

会話が進むにつれてオリヴァーの動きはどんどん硬くなり、足も無理やり動かしている状態になった。いまやふたりは力まかせにフロアをまわっている有様で、ほかの男女はみな、ふたりをよけている。ある男女によけられたのを目にしてヴィヴィアンは俄然《がぜん》おかしくなり、小さく笑ってしまった。

「オリヴァー！ 競走でもしているつもりなの？」

「なんだって？ ああ、まったく」自分の状態に気づいたオリヴァーはばつが悪くなり、足運びをゆるやかにした。少なくとも音楽は終わりに近づいている。長々と息を吸って、吐いた。「まあ、わたしときみとが合わないということでは、意見は一致すると思うが」

ヴィヴィアンが彼を下から見あげる。息をのむようなその美しさが、またしてもオリヴァーに衝撃を与えた。「そうね、あなたの言うとおりだわ。夫婦にはなれないわね」にこりと笑った彼女の瞳はいたずらっぽく輝いていた。「でも、結婚とはちがうつき合い方だってあるのよ」

オリヴァーはつまずいて止まり、驚愕の顔で彼女を見つめた。幸い音楽も終わったので、いきなりぎこちなく止まっても注目されることはなかった。ヴィヴィアンがにこりと笑ってフロアを離れる。

一瞬、オリヴァーはその場から動けずに取り残されたが、すぐに身をひるがえして追いかけた。ヴィヴィアンの腕をつかみ、彼女がもがくのもかまわず、いちばん近いドアから廊下に出た。廊下には何人か人がいて、カード遊びをしている部屋からも笑い声が聞こえている。

オリヴァーはそれらに背を向け、反対側の方向へヴィヴィアンを引っ張っていった。

「オリヴァー！　どうしたの、なんなの？」右側のいちばん奥の部屋に引きずりこまれ、ヴィヴィアンは声を荒らげた。

部屋に入るときにオリヴァーは廊下のテーブルから小さな燭台をひとつ取っており、脇の棚にそれを置いた。そしてドアを閉め、ヴィヴィアンに向きなおって腕を組んだ。ヴィヴィアンはこれ見よがしにせまい部屋を見まわした。ほの暗いろうそく一本の明かりだけで照らされた部屋。オリヴァーに視線を戻した彼女は、ことさら純真そうな表情で目を丸くした。

「まあ、驚いた。いったいなにをするの？　こんな薄暗い小さな部屋にわたしを引きずりこんで。誘惑しようとしているのかと思われるわよ」

オリヴァーはうめいた。「そういう冗談はやめるんだ、ヴィヴィアン！　きみのおかしなユーモアにわたしは慣れているが、ほかの人間はそうはいかない」

「冗談など言っていないわ。少なくとも、わたしたちが結婚以外の関係を持つという部分では」

「な……ヴィヴィ――ばかなことを言うな」オリヴァーは顔が赤くなるのを感じ、自分が十倍も滑稽に思えた。ヴィヴィアンはからかっているだけだ。それはまちがいない。それなのに、彼女の言葉に体が熱くなるのを抑えることができない。これほど近くに彼女が立っていて、薄暗い部屋で大きな目をして、唇が誘うような笑みを浮かべている。甘く惑わすような彼女の香水に全身を包まれる。

「わたしたちには合わないところがたくさんあるけれど」ヴィヴィアンが距離を詰めた。「そうでないところもひとつ……」もはや数インチのところまで近づいて彼を見あげる。

オリヴァーは頭がくらくらした。考えられるのは彼女の唇の味と、やわらかさのことだけ。のどが渇き、体が前にかしぐ。しかし、ふいに止まって顔をそむけた。

「まったく！　なんなんだ、ヴィヴィアン、きみはどうかしているのかもしれないが、わたしはそうじゃない」憤りが爆発したおかげで少しは気がそがれた。「隠れた関係など結べるわけがないだろう。本気でそんなことを言っているのではあるまいな」

「たいていの相手なら、男性のほうからそういうことを言ってくると思うけれど」ヴィヴィアンが言い返した。「あなたには熱い血が通っていないの？」

オリヴァーは目をむいた。「きみの評判を気にかけているわたしのほうが悪いのか？」

「評判に傷がついたりはしないでしょ。あなたはとても慎重でしょうから」

「それはもちろんだ。しかし――」

「お互いに成熟した大人なのよ、世間というものがよくわかっているのだから、好きなようにしたってかまわないと思うわ。どうして気持ちの赴くままに行動してはいけないの？」

「よく考えてものを言いたまえ！　きみはいつか結婚する。だからそのとき……」言葉を探して口をつぐむ。「だからつまり、そのときに疑いがあってはだめなんだ。きみは未亡人とはわけがちがう。万が一にも相手から、もしかしてきみが……」オリヴァーは頰に赤みが広がるのを感じ、いっそう自分が滑稽に思えてきた。最近はヴィヴィアンといると、こんなふうにばかりなってしまう。

彼女は涼しい顔で片眉をくいと上げた。「そもそもどうして、わたしが清らかな体だという前提なの？」

オリヴァーは食い入るように彼女を見つめた。衝撃が、うねるように湧いてきた欲望と交じり合い、次に突如として強烈な嫉妬に胸を突かれた。体の両脇できつく拳を握る。いったいどこの男が彼女を惑わせたんだ？　どこかの男が彼女のかたわらに身を横たえ、このなめらかな白い体を撫で、脚を開かせたというのか？　灼熱《しゃくねつ》の激しい怒りが渦を巻き、彼は必死で自分を抑えた。

「とにかく」ヴィヴィアンは軽く言って向きを変え、するりと離れた。「わたしには結婚する気はないわ」椅子の背に片手を置いて彼のほうを見る。「結婚する必要がないもの。結婚して女性にいいことがあるとは思えないわ。どうして結婚しなければならないの？」

「もちろん庇護と、安全と、子どもと、愛情と、家と、家族が手に入るからだ……」胸の内では激情が暴れていたが、オリヴァーはなんとか彼女と同じくらい平然とした声を保った。

「家ならあるわ。家族もいるし。父と兄の名のおかげでじゅうぶん守られているし、立場も保証されているわ。子どもについては……」ヴィヴィアンは肩をすくめた。「ジェロームには子どもがいるし、グレゴリーもそのうち結婚して子どもができるでしょう。好きなときにその子たちをかわいがることにするわ。残るは愛情だけれど、わたしにはそういうのは向いていないと思うの」

「ばかげたことを言うな」

「ばかげたことなんかじゃないわ。だってオリヴァー、あなただって愛のある結婚をしようだなんて考えているの？」ヴィヴィアンは腕を組んで彼を見つめた。

オリヴァーは口をひらきかけてやめた。否定の言葉以外、なにを言っても嘘になるとわかっていたからだ。長々と彼女をにらんでいたが、彼はきびすを返して部屋を出た。

カメリアは退屈していた。始まりは、まあよかった。リリーと一緒に、ヴィヴィアンが贔《ひい》屓《き》にしている〈マダム・アルスノー〉の新しい優美なドレスをまとった。そして驚いたことに、ステュークスベリー伯爵から社交界デビューのお祝いにと、それぞれに真珠のネックレスをプレゼントされた。ネックレスそのものもすてきだったが、贈り物をしてくれるその心遣いに、カメリアは胸が熱くなった。おそらく伯爵は、たんなる責任感だけでなく、それ以上の気持ちを持って、彼女たちのことを見てくれているのだろう。

しかしそんなうれしい気分も、パーティ会場に着くまでのことだった。リリーはもちろん、カー家の人たちとともに客人を出迎える列に立たなければならず、ステュークスベリー伯爵もそこに加わった。カメリアはすぐにフィッツやイヴのところに逃げた。ふたりは話しやすくて楽しかったけれど、まもなくイヴがカメリアをこちらのご婦人、あちらの若い紳士にと紹介しはじめ、カメリアは言ったりしたりしてはいけないことを思いだしつつ、たくさんの名前を覚えなければならなくなった。このパーティで失敗をするわけにはいかない。リリーにとってこんなにも大事な場で。そういうわけで、カメリアはできるだけ口をひらかないようにしてただ笑っていたので、顔が痛くなってしまった。

ヴィヴィアンの姿も一、二度見かけた。ダンスを踊っているか、一団のなかで話をしているかだったが、見かけるのはいつも遠くからで、まだ言葉も交わしていなかった。いまカメリアは、イヴに紹介された若い人たちの一団に交じっていた。新しい靴のせいで足が痛く、髪をねじって結いあげてピンで留めているため頭も痛い。しかも、ずっと立っているので背中まで痛くなってきた。そしてなにより最悪なのが、あきれるくらい退屈だということだった。

いや、それを最悪と言ったのはまちがいだったと、少し経ってから訂正することになった。ドーラ・パーキントンが、彼女の気を引きたくてちやほやしている紳士ふたりを引き連れてぶらぶらと近づいてきたのだ。ドーラとふたりの紳士は、カメリアのいる一団の何人かとおしゃべりをしていたが、カメリアはドーラからいちばん離れた場所にいてよかったと思った。しかしドーラの視線が一瞬こちらに飛び、またすぐにそらされるのに気づいた。

「すてきな舞踏会ですわね、そう思いませんこと、ミス・パーキントン?」ドーラに近い令嬢たちのひとりが言った。今夜は同じような意味の言葉をすでに少なくとも五十回は耳にしている。カメリア自身でさえ、嘆かわしいことに、そういう言葉を口にした。

ドーラはまるで目新しくおもしろいことを聞いたとでもいうように笑ってうなずいた。「ええ、レディ・カーの手腕はご立派なものですわ」そこで同意のつぶやきがあがる。「さぞや気落ちなさっているでしょうに、それをまったく見せておいでにならないのですもの。だって、ネヴィルがレディ・プリシラと結婚するはずだということは周知の事実でしたのに、結局はアメリカ人を義理の娘に迎えることになったんですものね。だれもがお気の毒に思われることでしょう」

カメリアの身がこわばり、どっと怒りがこみあげた。まわりにいる令嬢のひとりがカメリアを見やり、ドーラがその目線をたどる。ドーラは小さく驚きの声をあげて、さっと口を手で覆った。

「あっ!」かわいらしい小さな声で叫び、顔を赤らめて口ごもる。「ごめんなさい。そちらにいらっしゃるとは思っておりませんでしたわ、ミス・バスクーム」

嘘だということは丸わかりだった。ドーラはたしかにこちらを見ていた。カメリアを怒らせようと、わざとリリーを侮辱したのはあきらかだ。しかしカメリアはぐっとこらえた。思惑どおりに乗せられて、けんかをするわけにはいかない。そんなことをすれば、粗野なアメリカ人としての姿をさらすことになる。

「他意はありませんでしたのよ」ドーラはおもねるように言った。「人を傷つけるようなことを申しあげるつもりなど」

彼女にくっついてきた紳士のひとりとまたべつの令嬢が、すぐさまそれを肯定するようなつぶやきを口にした。カメリアは冷ややかな顔で長々とドーラを見つめただけだった。

「べつにかまいませんわ、ミス・パーキントン」カメリアは言った。「あなたの言うことなど、だれもまともに聞いていないでしょうから」

カメリアの横で、またべつの令嬢が忍び笑いをしたがすぐに押し殺した。ドーラの瞳が傷ついたように大げさに見ひらかれ、みるみる涙がたまって光った。

「ああ、どうか、ミス・バスクーム、お怒りにならないで。許していただけなかったら、どうすればいいのかわかりません」

ドーラはまるで、傷ひとつない陶器の人形のように見えた。黒いまつげが涙とともにふるふると震えている。なにもかも最初からわざと仕組んだという確信さえなければ、カメリアもすまなかったと思ったかもしれない。若い紳士のひとりがハンカチをさっと取りだしてドーラに渡し、令嬢のひとりはドーラの手をやさしくたたいて、カメリアを責めるようににらみつけた。思わずカメリアは両手を握りしめ、ドーラのかわいらしくとがった唇めがけて殴りつけたい衝動に駆られた。

しかしそのようなことは、この社交界ではけっして許されない罪だ。かといってドーラに怒鳴るのも、やはり許されぬ行為だった。互いにきつい言葉を投げつけ合うにしても、カメリアには公園で馬を全力疾走させた大失態があるので、白い目で見られることだろう。だからできるだけすみやかに、おとなしく退散するしかない。

カメリアはとてつもない努力をして、顔に笑みを浮かべた。「まあ、ミス・パーキントン、怒るだなんて、夢にも思いませんわ。あなただって、わたしに怒ったりはしないでしょう？では、ちょっと失礼して……」

返事も待たずにカメリアは一団を抜けた。憤怒が全身にみなぎって、体が震えるほどだった。あんな人たちのそばには、もう一秒たりともいられない。カメリアはおしゃべりしている集団のあいだを縫ってドアに向かった。廊下に出ると、できるだけ早くにぎやかな場所から遠ざかった。ドアの閉まった部屋をふたつほど通りすぎて角を曲がり、奥の廊下に入った。片側の壁には絵画が飾られ、もう一方には大きな窓が並んでいる。光の入り具合からしておそらくそちらは庭に面しているのだろう。その廊下は邸の端から端まで通っていたが、途中からもう一本、表側に向かって廊下が伸びていた。その廊下に入ったカメリアは、少しひらいたドアを見つけた。図書室だ。

だれかが自分を捜しに来ても見つかりたくないと思い、カメリアはそこに入ってドアを閉めた。ぐったりと背中からドアにもたれ、安堵のため息をつく。壁には本がびっしりと並んでいた。部屋の中央にはひじ掛け椅子が人とおしゃべりできるような配置で並べられ、小さなテーブルやランプもそばに置かれている。その椅子に向かって足を踏みだす。

そのとき物音がして、カメリアはひどく驚いた。背もたれの高い椅子のひとつから、男性が様子をうかがうように顔を覗かせたのだ。

9

「まあ」カメリアはびっくりして立ち止まった。

男性は目をしばたたいて少しカメリアを見つめていたが、手に本を持って読みかけの頁に人さし指をはさんだまま、椅子から立ちあがって彼女と向き合った。

「こんにちは」男性を見返したカメリアは、今日いちばんの興味を覚えていた。この人は……なんだかちがう。赤みがかった焦げ茶色の髪は乱れて額にかかり、襟巻きは自分でゆるめたかのようにゆがんでいる。鼻の先に丸い眼鏡が乗っているせいで、目のあたりが少しぼやけて表情が読めない。

「こんにちは」男性が答えた。

「すみません。おじゃまでしたか？　だれもいないと思っていたので」

「いや。ええと……その、ぼくひとりしかいませんよ。だから……」言葉が尻すぼみになり、男性の頰のあたりが赤く染まった。「申し訳ない。要領を得なくて」

すぐにこの男性に好感を持ち、カメリアは顔をほころばせた。今夜出会った大勢の紳士に感じたような堅苦しさや尊大さが、この人からはまったく感じられない。彼女は前に進みでて手を差しだした。「カメリア・バスクームと申します」

「えっ」男性も手を出そうとしたが、そこで眼鏡に思い至ったのか、眼鏡をはずして上着のポケットに入れてから彼女の手を握った。

「お名前はなんとおっしゃるのですか?」カメリアは訊いたが、すぐにためらいを見せて不安げな顔をした。「あっ、こういうことは尋ねてはいけなかったのでしょうか」

「いや。名乗るのが遅れたぼくのほうが謝らなければなりません。ぼくは、あの、セイヤーといいます」

「お目にかかれてうれしいわ、ミスター・セイヤー」カメリアは彼の手を握った。

「いえ。その……」彼は言いかけてやめ、にこりと笑った。その顔が少年のような輝きを放つ。「こちらこそお目にかかれて光栄です、ミス・バスクーム。どうですか、ご一緒に?」

彼は向かいの椅子を手で示した。

「喜んで。もう何時間も逃げだしたくてたまらなかったんです」

彼は笑った。「恥ずかしながら、ぼくはパーティとか、おしゃべりとかが苦手で……」手にした本を持ちあげて哀しげに言う。「本を読んでいるほうがほっとできるんです」

「なにを読んでいらしたの?」

「専門書なのですが。ニュートンの運動の法則の」いささかばつが悪そうな顔で答えた。

「それってどういうものですか？」

セイヤーの眉が少し上がった。「ほんとうに知りたいんですか？」

カメリアはうなずいた。「ええ」

「その、まず第一の法則は、〝動いている物体は外からの力が加わらないかぎり、同じ状態で動きつづける〟ということです」

カメリアは少し考え、そしてうなずいた。「わかります」

「次に第二の法則は、〝ある物体に力が加わるとその物体は動きだすが、ある物体が大きくなればなるほど加わる力も大きくなければならない〟ということです。方程式はF＝ma」

「方程式はまったくわかりませんけれど、つまり、なにかを動かしたかったら、それを押さなければならないということね？」

「そのとおり。クロッケーの球を木槌《きづち》で打つようにね」

「そして、物体が重ければ、押したり打ったりする力も強くしなければならないと」

セイヤーはにこりとしてうなずいた。「そのとおり」

「それも理解できるわ」

「第三の法則は、これで最後ですが、〝どんな運動にも同じ大きさで逆方向への動きがある〟ということです。クロッケーの木槌を考えてみて。球を打つと、木槌がうしろに動くでしょう？」

「銃と似ているわね」カメリアは興味をそそられて身を乗りだした。「発砲すると、銃がうしろに動くわ」

「そうそう！」セイヤーも身を乗りだす。「でも、まったく同じではないわ。だって弾丸は銃がうしろに動く距離よりももっと遠くまで飛んでいくもの」

「たしかに。でもね、それは質量の問題なんです。銃は弾丸よりもずっと重いでしょう？　だから力の大きさは同じだが、ふたつの物体の質量がちがうから、動く速度も同じではないんです」

「なるほどね」カメリアはうなずいた。「おもしろいわ。こういうことを習ったのは初めてよ。両親がいろいろ教えてくれたけれど、科学とかそういうものにはあまり興味がなかったようで。シェイクスピアはたくさん読んだわ。それから詩も」

「科学はおもしろいですよ」そこで一瞬、間が空く。「いや、ぼくはそう思っているというだけですが。申し訳ない、科学のこととなるとしゃべりすぎてしまって。退屈させていなければいいのですが」

「いいえ。おもしろかったわ。わたしは実体のあるものが好きなの。実用的なものが。哲学はあまり興味が持てないし、本もあまり読まないほうで。少なくとも妹のようには、ですが。リリーは本が大好きなの……まあ、現実にあるお話ではなくて小説だけれど」カメリアはにんまり笑った。「わたしたちはあまり似ていないのよ」

「ぼくも、きょうだいとはあまり似ていませんよ」

「わたしは座って本を読んでいるよりも、馬に乗っているほうが好きなの」

「あの乗りっぷりを見れば、よくわかります」

カメリアはきょとんとしていたが、すぐに真っ赤になった。「えっ……あっ！　まさか、公園で大失敗をしたとき、ごらんになっていたの？」

セイヤーが声をあげて白い歯まで見せて笑う。これほど心惹かれる笑顔は見たことがないとカメリアは思った。彼を見ているだけでなんとなく体が熱い。彼女の型破りな行動に眉をひそめるのではなく、にこにこ笑ってくれて、自分でも驚くほど気持ちが楽になった。

「たしかに見ていました。びっくりしましたよ」

「からかっているんですね」

「いや。ほんとうに。馬の扱いが上手で感心しましたよ」

「でも、そんなのはあなただけだわ」カメリアはひねくれた返事をした。「ほかの人たちはみな、とんでもないことだと思っているもの」かぶりを振る。「ここの人たちのことはよくわかりません。そういうおかしなことばかり気にしているわ。街の通りを馬で疾走するのが悪いというのならわかるけれど、公園のあの道はほとんど人もいなかった。だから、どうしていけないのかがわからないの。それに、朝のうちは朝用の決まったドレスを着なければならなくて、そのドレスをけっして夜に着てはいけないというのも。ほかにも、どうして男性は懐中時計の鎖にたくさん装飾品をつけなければならないのかしら?」

「たしかにそれは、計り知れない謎のひとつだ」

カメリアはくすくす笑った。「からかっているの?」

「少しだけね。ぼく自身も、鎖に装飾品をごてごてとつける理由は理解できないよ。でも、そもそもぼくは時計そのものを忘れてしまうから、しょっちゅう怒られるのだけど」

「それに、どうしてだれもかれもがこれほど称号にこだわるのかしら? さっき、ある令嬢がお友だちに、少なくとも男爵以上の相手と結婚するつもりだと話しているのを聞いたの。彼女は相手そのものよりも、称号をほしがっているんだわ。たんなる平民の男性ではなく伯爵なら、よりよい人間だということになるかしら」

「そうは思えないな」

「よかった。だって、もしあなたが伯爵だったとしても、あなたがどこか変わるわけではないでしょう?」

「そうだね」

「わたしだって、ミスではなくレディと呼ばれたとしても、なにも変わらないわ。その家に生まれたという意味しかないと思うの。自分の力で成し遂げ、手に入れたものではないんだから」

「運命のいたずらだね」セイヤーは笑顔で同意した。「まずは、この世に生を受けるほうが先だ」

「そうなの」

セイヤーはしばし黙ったが、やがて言った。「きみは、その、この国が好きではないのかな？　アメリカに帰りたい？」

カメリアはかぶりを振った。「いいえ、イングランドがいやなわけではないわ。出会った人のなかにいやな人がいただけ。ウィローメアは大好きよ。それに乗馬も大好き。アメリカでは馬になんて乗れなくて」

「この国に来てからの短いあいだに、そんなに乗馬がうまくなったのかい？」セイヤーは驚き、眉をぐっと上げた。

「ウィローメアにいる人間は全員、証言してくれると思うけれど、あそこに行ってからほぼ毎日乗っていたわ。でも、まだジャンプはあまり得意ではないの」にこりと笑う。「でも、いつか上手になってみせるわ」

「きっとなるよ。リッチモンドパークで乗ってみたらどうだろう。ロットン・ロウを軽く流すより、ずっと楽しいと思うよ」近郊の広々とした公園のことをセイヤーは話した。ロンドンから日帰りで出かける人が多く、広い場所で気持ちよく散歩したり馬に乗ったりできる。

やがて話題はカメリアがウィローメアに残してきた馬の話になり、さらにセイヤーの愛馬の話になった。彼も自分と同じくらい馬と乗馬が好きだとわかって、ふたりのおしゃべりははずんだ。馬の話のあとはセイヤーが興味を持っている家畜の飼育のことや、自分の土地で行っている実験のことに移り、さらにはアメリカ、とくにカメリアの住んでいた場所の話にまで及んだ。彼女の父親マイルス・バスクームがひとつのところに落ち着かずあちこち移動したことや、自分に合う仕事を探して移り住んださまざまな土地の話に、セイヤーは興味津々で耳を傾けた。

「父は紳士としての教育しか受けていなかったから」カメリアが話す。「新しい国ではあまり役に立たなくて」

「ああ、そうだろうね。きっとぼくも同じ苦労をすると思う」

カメリアはほほえんだ。「そんな、あなたは教師になれると思うわ。大学で教えられるかも」

セイヤーも笑顔を返した。「そうかもしれない。でも、ぼくの授業は少し退屈だよね」

「そんな。どうして？」カメリアが眉根を寄せる。「あなたなら、なんの話でもできるんじゃないかしら」

「そんなに簡単だったらいいんだが」彼はぼそりと言った。ためらいがちな目でカメリアを見て、また話しだそうとする。

そのとき、女性の声が響いた。「いたわ！　やっぱりこんなところに……」言葉がとぎれる。「カメリア!」

カメリアとセイヤーが振り返ると、ヴィヴィアンがドアのところに立っていた。セイヤーは顔を赤くして立ちあがり、上着の裾を引っ張った。カメリアに驚きが走る。「あの、そうなんだ。その……ぼくは……」

「つまり、あなたたちはふたりともここに隠れていたというわけね!」ヴィヴィアンは明るく言い、笑顔でふたりのほうに近づいた。「兄に会ってもらえてよかったわ、カメリア。紹介したいと思っていたのだけれど、あなたがどこにもいないから」

「あなたのお兄さま?」カメリアは傷ついたような目でヴィヴィアンを凝視した。「それはつまり……公爵さまになるかたということ?」最後のほうは、甲高い声になっていた。

「グレゴリー兄さま! まさか自己紹介もしていなかったの?」ヴィヴィアンは兄をとがめた。「どうしたの、お兄さまらしくもない。カメリア、わたしの兄のグレゴリー……セイヤー卿よ。公爵ではないわ、いまのところは。グレゴリー兄さま、こちらはミス・カメリア・バスクーム——」

「ああ、いや、その、自己紹介はしたよ」セイヤーがあわてて言う。

「きちんとではなかったわ」カメリアはつぶやいた。

「リリーが捜していたわよ」ヴィヴィアンはカメリアに言いながらも、カメリアがけわしい表情をしているのを見て眉をひそめた。「お兄さま、そろそろ邸に帰りたいと言いに来たの。

少し頭が痛くなってしまって」

「なんだって？　ああ、そうか、いや、いいとも」グレゴリーは横目でカメリアを見た。

「その、じゃあ、すぐにおいとましましょう」

「ありがとう。レディ・カーにご挨拶をしてくるわね」ヴィヴィアンはにこりとしてカメリアにうなずいた。「おやすみなさい、カメリア。またすぐに会いましょうね」

ヴィヴィアンが出ていくや、カメリアは勢いよくセイヤーに向きなおった。ヴィヴィアンの言葉を聞いて受けた衝撃が、怒りと恥ずかしさに取って代わっていた。「嘘をついたのね！」語気も荒く言い放つ。

「ちがう！　そんなことはない」セイヤーは困ったような目をして髪に手を突っこんだ。

「名前はちゃんと言ったよ」

「でも、身分までは言わなかったわ！」カメリアが言い返す。「だから、わたしはついぺらぺらと……取り澄ました人たちのことも、称号のことも、なんでも話してしまって！　そのあいだ、ずっとあなたはわたしを笑っていたのね！」

「そんな！　ちがうんだ。待ってくれ、ミス・バスクーム。笑ってなどいない……そんなつもりは……。ただぼくは……」動揺したのか、言葉がしぼんでいく。

「ただ、なに？　わたしがばかなまねをしているところを見ていたかったとでも？　それはどうも。ばかなまねなら、わたしひとりでじゅうぶんうまくやってきましたから。あなたの手をわずらわせるまでもないわ！」

カメリアは、さっときびすを返した。グレゴリーはとっさに動いて彼女の腕をつかもうとしたが、カメリアは振り返ってにらんだ。「やめてください！　あなたとはお話ししたくないわ。お顔も見たくありません。どうか放っておいて」

背を向けてさっさと図書室を出た彼女は、してはいけないと数えきれないほど教えられたにもかかわらず、廊下をものすごい勢いでずんずんと歩いていった。女らしくなくたってかまわない。彼女が淑女でないことは知られてしまっているのだから、レディぶる意味などなかった。

セイヤー卿に腹を立てているのと同じくらい、カメリアは自分にも腹が立っていた。あんなにあけすけに、思うままに話をしてしまったなんて、なんと愚かだったのだろう。社交界の荒波を渡ってゆくのがどれほど危険なことか、何度も注意されていたのに。自分はこんな有様のくせに、リリーは純真すぎて疑いを知らないと妹の心配をしていたなんて！　彼に好感を持ってしまったから——彼の笑顔があまりにあけっぴろげであたたかくて、内気そうにさえ見えて、言葉につかえてもいたから——なんの遠慮もなくおしゃべりしてしまった。社交界の人間など嫌いだと明かし、称号などというものがどんなにばかげていて意味のないものかとくり返し言い募った。それを彼は黙って聞いていたのだ！　自分の身分を教えるという、当たり前の配慮さえしてくれなかった。彼がじつは……いいえ、なんだっていい。称号などカメリアには覚えきれていないのだから。でもなんという称号であれ、彼は公爵の次に偉い人。つまり、彼の父親が亡くなったときには公爵になる人——皇太子を除けば、公爵というのは貴族のなかの最高位だということは、カメリアも知っていた。

彼が内心、ずっと彼女をばかにしていたのはまちがいない。そう言えば彼女は、あなたが伯爵なら、よりよい人間だということになるかしら、などと尋ねた。あのとき、そんなことはないと答えた彼の瞳が、愉快そうにきらりと輝いた気がする。もちろん、ひとりで悦に入っていたのだろう。伯爵なんて、彼にとっては格下の位なのだから。そのほかにもカメリアは、彼と会ってからやらかしたであろう社交上の失敗をすべて思い返してみた。まず彼女は自分のほうから近づいて名乗った。レディならぜったいにしないことだ。彼女のふるまいがどれほどひどいものだったか、彼はヴィヴィアンに話すだろうか？　それとも男友だちとポートワインや葉巻を楽しむときのために、話の種としてとっておくだろうか。

舞踏室に行くと、イヴとフィッツがちょうど彼女を捜しているところだった。ふたりはカメリアを連れ、夜食を取りに行った。幸い、リリーですら舞踏会の盛りあがりに疲れ果てており、食事をしたら邸に帰ることになった。

〈ステュークスベリー邸〉に戻ると、リリーはカメリアと腕を組んで足を引きずるように階段を上がった。「もうくたくたよ。カメリア姉さまも疲れた？　でも、すてきな夜だったわよね？」

「ええ。それに、あなたがいちばんきれいだったわ」

リリーは、うふふと笑った。「ヴィヴィアンもいたから、それはどうかわからないけれど。それに、あのパーキントンの令嬢もきれいだったわね？」カメリアがレディらしからぬ鼻息を漏らしたのを聞き、リリーは笑った。「わたしも姉さまと同じ気持ちよ。彼女はウィローメアにいたときのレディ・サブリナみたいよね。ただ、彼女よりは若いというだけ」

「あれほどの巧妙さもないけれどね」ふたりの前にいたイヴが言った。「でも、これから年齢を重ねればどうなることか。同じようになる可能性はあると思うわ」

「だれの話をしているんだい？　あの黒髪の、きれいな令嬢のことかな？」フィッツが訊いた。「なかなかかわいらしいように思ったけど」

「それはあなたが男性だからよ」イヴが笑いながら言い返した。「男性相手には、きっととてもかわいらしいのだと思うわ。とくにハンサムな男性には」

フィッツがイヴを横目でちらりと見る。「ハンサムだって？」

「ええ、でも調子に乗らないでね」イヴは夫をじっと見あげたが、厳しい言葉とは裏腹に顔にはやさしい笑みが浮かんでいた。

リリーはカメリアを見やってくすくす笑った。「さあ、カメリア姉さま、この仲よし夫婦をふたりきりにしてあげましょう。わたしの部屋に来て。今夜の出来事をいろいろおしゃべりしましょうよ」

カメリアは内心ため息をついた。今夜はもうベッドに入って、傷ついた自尊心をなだめたかった。しかし、それでも妹についていって部屋に入った。リリーの小間使いがふたりの世話をしようと待っていたが、リリーは自分たちでなんとかすると言って彼女をさがらせた。小間使いが出ていくや、リリーはカメリアに向きなおった。

「さてと。なにがあったの?」リリーはカメリアの背後にまわって姉のドレスの留め金をはずしはじめた。

「えっ?」カメリアがきょとんとリリーを見る。

「姉さまに、よ。なにか気になることがあるんでしょう。お夜食を取るために姉さまとテーブルについたとたん、わかったわ。なにがあったの?」今度はリリーがカメリアに背を向け、カメリアも同じように妹の留め金をはずした。

カメリアは肩をすくめた。「たいしたことではないの。今夜はあなたの晴れ舞台だったんだもの、その話をしましょう」

リリーは、ふうっと息を吐き、この二週間のあいだ頭のなかを占めていた婚約披露パーティのことを払いのけるかのように手を振った。「それは明日、一日じゅうでも話せるわ。ううん、かならずそうさせてもらうからいいの。いまは、どうして姉さまがお夜食のときにものすごい形相だったのかを知りたいわ」

思いだすとカメリアの顔は自然とゆがみ、すぐに言葉が口をついて出てきた。話はダンスのときにドーラ・パーキントンからいやみを言われたことに始まり、ヴィヴィアンが図書室に入ってきたところまでつづいた。

「なんてひどい殿方かしら!」リリーが目を光らせて声を張りあげた。「うんととっちめてやったんでしょうね」

ふたりは話をしながらドレスを脱ぎ終わっていた。リリーはカメリアに部屋着を渡し、自分はショールをつかんで肩に巻きつけた。そして姉を暖炉の前の椅子とスツールに引っ張っていくと、姉を椅子に座らせて自分はスツールに腰をおろし、正面から向き合った。

「とっちめるなんて、どうすればいいのかわからないわ」カメリアは笑みを浮かべた。妹の反応に、全身からほっと力が抜けた。

「それならやり方を身に着けるべきよ。そうだわ、クマ園ではクマ同士の戦いを見ながら野次を飛ばすんですって。それと同じくらいわめいてやればいいわ」

「なんですって?」カメリアが今度は声に出して笑った。「そんなことをどこで覚えたの?」

「従兄のゴードンから聞いたの。今夜、彼も来ていたのよ。会わなかった?」

「ええ、助かったわ。少なくともそれは避けられたということね。ドーラ・パーキントンと話をして、お偉いセイヤー閣下と話して、そのうえゴードンと会うなんて、ひと晩でとてもじゃないけれど耐えられないわ」

「セイヤー侯爵よ」リリーが笑って正しい称号を口にした。「公爵の次に偉い位なの。爵位はイヴにたたきこまれたから」

「爵位なんてなんでもいいわ。まったくいやな人よ。ずっとわたしのことを笑っていたにちがいないんだから」

「そんなにふざけた遊び心の持ち主だなんて。恥を知ればいいんだわ」

カメリアはまた笑った。リリーらしい、あけすけで直情的な反応に、ずいぶんと気持ちが楽になった。

「ものすごく腹が立ったけれど、もうどうでもいいの。これからは顔を合わせないようにするから」カメリアは肩をすくめた。最悪なのは、彼に好感を持ってしまったことだということは、妹にも認めるつもりはなかった。彼と一緒に笑うのはとても楽しかった。彼に笑みを向けられると、おなかのあたりが少しふわふわと落ち着かなくなったものだ。「でも、よかった。あなたが……その、わたしに腹を立てているんじゃないかと心配していたから」

「わたしが?」リリーが驚く。「どうして姉さまに腹を立てなきゃならないの?」

「自分の首を絞めるようなまねをしてしまったから。とんでもないことばかりしてしまって」カメリアは指を折って、〝とんでもないまね〟を数えあげはじめた。「彼が身分の高い人なのかどうか尋ねも考えもせず、無防備にしゃべってしまったわ。男性と長い時間ふたりきりになったし、紹介されていないのに話をしたりして。紹介どころか、自分のほうから名乗ってしまったの。そして彼がどういう人かわかったときには、怒って責めてしまったわ。だから、侯爵さまにひどい無礼をしたことになるの。社交界では許しがたいことなんじゃないかしら。ほかには……ああ、そうだわ、ドーラ・パーキントンにも失礼なことをしたわ。きっと言いふらされると思うの」

リリーの顔がゆがんだ。「ドーラ・パーキントンにどう思われようといいじゃない。彼女の友だちだって気にすることないわ。それに、姉さまがその殿方を身分のない人だと思いこんだからって、わたしが腹を立てるはずがないでしょう？　称号やら貴族やらについて姉さまが失礼なことを言ったのも、いい気味だわ。言って当然だったのよ。手ぬるいくらい」

「それは、あの……最近のあなたはあまりにもこういうことに……結婚式やカー家の人たちや社交界のことに……夢中で忙しそうだったから、ときどきちょっと、もう昔のようには戻れないなんて思ってしまったの。もうわたしたちは……」

リリーが目を丸くした。「なに？　姉妹じゃなくなるとでも？」

「いいえ、もちろん姉妹よ。でも、昔とはちがうというか。大人になって……少し距離ができて、あなたが変わってしまって」

「変わってなんかいないわ！」リリーは叫んでカメリアの両手を取った。「どうしてそんなことを言うの？　わたしは変わってなどいないわ。いえ、大事なところはという意味だけど。ネヴィルのことをすごく愛しているから、彼のお母さまに気に入られようとしていたの。嫌われたらつらいもの。でも、もしかしたら嫌われているんじゃないかとこわくて。だってほら、ほんとうはプリシラと結婚するはずだったでしょう？　だから爵位やその序列といったことを、ぜんぶ覚えようとがんばったの。でも、それはわたしが変わったということにはならないわ。昔からロマンティックなことが好きだし、パーティやドレスなど、姉さまには興味がないこともいろいろ好きだもの。でも、昔のわたしのままよ。ただ着ているドレスが豪華になっただけ！」

カメリアは声をあげて笑い、妹を抱きしめた。「そうよね。わたしがばかだったわ。オリヴァー従兄さまとふたりで取り残されて、残りの人生を生きるのかもしれないなんて、いじけていただけなの」

「わたしはどこにも行かないわ！」リリーが言った。「あ、いえ……ネヴィルの厳しいおばあさまのところにご挨拶には行くけれど。すごくこわいわ。でも、ひと月で帰ってくるし。ネヴィルとわたしが結婚したら、姉さまも一緒に暮らしましょうよ。わたしは既婚婦人になるのだから、姉さまの付き添い婦人にもなれるわ！」

「なにを言っているの！　新婚生活に入っていけるわけがないでしょう！」カメリアは反対した。「いいのよ。わたしはオールドミスになって、ウィローメアで年を取ることにしたから。オリヴァー従兄さまとは、お互いにじゃまにならないように暮らせると思うわ。いままでだってうまくやれたんですもの」リリーの目をじっと見る。「彼のおばあさまに会うのがほんとうにこわいの？」

「ええ！　だって、とんでもなく横暴なかたらしいの。一族の人たち、みんながこわいわ。あそこではわたしはひとりぼっちだし、姉さまが一緒にいないなんて初めてなんですもの。ネヴィルは一緒にいてくれるけれど、いままでとはやはりちがうわ。だって、彼はあの人たちに慣れているから、そんなにこわいなんて思わないでしょう……おばあさま以外は。一族のかたたちはみな、おばあさまをおそれているのよ。それでも彼にはわからないわ。わたしがどんなに……あの人たちに重圧を感じているか。なにかおかしなことを言ったりしたりするんじゃないか、取るに足りないアメリカ人などネヴィルにふさわしくないと思われるんじゃないかって、こわいの」

「あなたはだれの前に出たって恥ずかしくないわ」カメリアはきっぱりと断言した。「それを忘れないで。あなたを花嫁に迎えられるなんて、ネヴィルは幸運なの。向こうの一族みんな、あなたがあらわれて幸運だったのよ。でなければ、いまごろまだネヴィルを結婚させようと躍起になっているわ。プリシラだけが好きな人を見つけて行ってしまって、求婚する相手さえいなかったはずなのよ」

リリーは笑った。「つまり、わたしはいいことをしてあげたのね？　わたしがイングランドに来て、ネヴィルと恋に落ちて、よかったのね？」

「そのとおりよ」

「それなら、わたしたちはふたりともすばらしい人間なんだわ。ここの愚かな社交界の人たちが、それをわかっていないのね！」

「そう、そう」

ふたりは笑みを交わし、気分がすこぶる楽になった。

「さあ」リリーが内緒話をするようにそっと言った。「いけすかないドーラの話をぜんぶ聞かせてちょうだい……」

翌朝、ヴィヴィアンが朝食のために階下におりていくと、旅支度をした父と兄がすでにいて、ほぼ食事を終えていた。

「ほんとうに今日、出発するの？」彼女はふたりをそれぞれ見やって言った。

「ああ」公爵は決然とうなずいた。「医者からも許可が出たのでな。ぐずぐずしていて医者の気が変わってはいけない。杖があれば歩けるし、訓練すれば杖なしでもここと同じようにあちらでも歩けるだろう。いや、もっとうまく歩けるようになるさ。あちらでは歩ける場所も広い」

「でも心配だわ」

「だいじょうぶ。まじめに療養するから」公爵はゆがんだ笑みを見せた。「約束する。友人連中を招いたりはせんよ。食事も節制するつもりだ。グレゴリーが母鶏よろしく見張っているのだし。おまえたちのどちらかひとりでじゅうぶんだ」

「でも、わたしはひとりになってしまって寂しいわ」ヴィヴィアンは言った。「いとこのキャサリンを呼んで、付き添い婦人になってもらわなければならないかも」

「わたしたちがロンドンに着いたときには、来ていなかったようだぞ」公爵がすかさず言い返す。「それにキャサリンではおとなしすぎる。いるかいないか、だれにもわからないだろう。しばらくしたらわたしも戻ってくる。迷子紐をつけられた幼子みたいな歩き方を卒業したらな。社交シーズンをまるまる無駄にしたことは、いまだかつてないのだから」

公爵は皿を押しやって立ちあがったが、いつもよりは時間がかかっていた。同じく席を立とうとしたグレゴリーを、手を振って制する。「いや、まだ立たなくていい。妹と話をしていなさい。ここのところ、用意に時間がかかるのだ」

グレゴリーは椅子に座りなおした。父が杖を手にして鈍い音をたてながら部屋を出るのを、兄妹そろって見守った。

ヴィヴィアンが眉根を寄せる。「お父さまはだいじょうぶよね?」

「医者は順調に回復していると考えているようだ。あれから卒中は起きていないし、先は明るいと思う。もちろん、悔い改めた生活を父上がどれくらいつづけられるかはわからないが」

「お父さまが完全に守りとおすと期待するのは、無理というものではないかしら」ヴィヴィアンは言った。

「そのとおりだろうな。だけど、これまでの習慣を少し改めようと思うくらいには肝を冷やしたんじゃないだろうか」

「そうだといいけれど」ヴィヴィアンはトーストを手にしてひと口かじり、きらきら輝く瞳で向かいの兄を見た。「お兄さまはどうなの？　ロンドンにもう少しいたくはない？　わたしの友人のカメリアに興味を持ったように思えたのだけれど」

グレゴリーの首が、じわじわと赤くなった。「そんなことはない。いや、たしかに彼女は……すてきな人だった。だが、ぼくは女性が苦手なんだ。おまえも知っているだろう。それに、彼女には何十人も求婚者が群がっているにちがいない。それも無理からぬことだ。きれいな人だから」

ヴィヴィアンは目を丸くして兄を見つめた。「グレゴリー兄さま！　ほんとうに彼女が気に入ったのね？　わたしはただの冗談で……」

彼は妹を見ずにかぶりを振った。「ばかなことを言うな。ほとんど知りもしない相手だぞ。たしかに、彼女は話しやすかったが。とにかく、どうでもいいんだ。彼女には徹底的に嫌われている」

「なんですって？」ヴィヴィアンの眉がつりあがった。「それはどうかしら。わたしが図書室に入っていったとき、ふたりで楽しそうに話をしていたじゃない」

「それは、その……」グレゴリーは肩をすくめた。「状況というのはあっというまに変わってしまうこともあるんだ。心配するな」警戒するような顔で背筋を伸ばす。「それに、彼女に、ぼくのことはなにも言わないでくれ。ぼくまでおまえに縁結びをやってもらおうとは考えていないからな」

「そんなことはしないわ。兄さまが望まないのなら」ヴィヴィアンは兄をじっと見つめた。

兄がしゃべればしゃべるほど、カメリアに興味を持っているのではないかとヴィヴィアンには思えた。これは、まじめに考えてみなくては。カメリアが義理の姉になるなんて、とても楽しそうだ。それとなく仲を取り持つくらい、ヴィヴィアンにはお手のものだった。しかし……内気な兄がカメリアのように率直で物怖じしない相手と並ぶところは想像できなかった。もしカメリアが気持ちを返してくれないのなら、兄にカメリアとのことをけしかけるのは酷だと思う。もちろん、兄がカメリアに嫌われていると思っているなんて、ばかばかしいけれど。兄は容姿に恵まれていて性格もやさしいのに、その魅力を自分で気づいていないのだ。

しかし、カメリアはグレゴリーを友人として好きなだけかもしれない。彼女が異性に特別な興味を抱いたようなそぶりを見せたことは、これまで一度もなかったように思う。グレゴリーのことも、従兄たちに対するのと同じ気持ちで見ているのかもしれない。だからこの件は、もう少し様子を見たほうがいいだろう。どうせ時間はたくさんある。カメリアもグレゴリーも、すぐに結婚に飛びつくというような気配はまったくないのだから。

ほどなくして、公爵とセイヤー卿はロンドンを発《た》った。ヴィヴィアンはにこやかに別れの挨拶をして、急にがらんとした邸内に戻った。これからどうしよう？　人を訪ねるのもいい。社交シーズンが本格的に始まったから、知り合いはほとんどロンドンに戻ってきている。あるいは〈ステュークスベリー邸〉に行き、前の晩のパーティについてイヴやリリーやカメリアとおしゃべりをして午後を過ごすのもいい。けれどもそうすると、オリヴァーに会ってしまう可能性もある。数日は顔を合わせず、彼をそっとしておいたほうがいいような気がした。

ヴィヴィアンはひとり笑みを浮かべた。オリヴァーとあんなふうにダンスを踊ったいま、これからどうなるのか、はっきりとはわからない。もちろん、永くつづくような関係にはならないだろう。結婚するつもりがないとオリヴァーに言ったのは本心だ。実際よりもずっと男性とのつき合いに知識があり、慣れているように彼に思わせてしまったかもしれないけれど、結婚というものは女性の側に不利な制度であり、結婚でなくとも男性と関係を結ぶときには、男性と力関係が同じでなければのちのち自由ではいられなくなると思っている。現実にそういう経験がないことは、この際どうでもいい。これまでは、それほど心を動かされる相手がいなかっただけのこと……そう、これまでは。

どうにもばかげているのは、ヴィヴィアンが心を惹かれたのが、お堅くて責任感の強いオリヴァーだということだった。もっとハンサムな男性だっている——たとえば彼の弟のフィッツのように。それに、もっとかわいげのある男性だっている。何人かはすぐに名前が挙げられるほど。しかしそれでも、オリヴァーが口の端を片方くいっと上げるところや、彼女と同じものをおもしろがって錫《すず》のようなグレーの瞳が光るところに胸がときめいてしまう。腹が立つような反応をされたときでさえ、自分と一緒にいてくれてうれしいと思ってしまう。彼と口げんかをするのはなぜか楽しくて、気分が高揚してくる。反撃されるとわかっているのに、どうしようもなくぶつかっていきたくなる。

なによりいいのは、オリヴァーが相手ならば、互いに甘ったるい感情を持ったりしないだろうということだった。年を重ねるうちに、ヴィヴィアンは自分が色恋にのめりこむような女ではないことがわかってきた。そしてオリヴァーは、感情よりも理性で動く、現実的な人だ。彼がふたりの関係に二の足を踏むのは、してはいけないことだからという意識に押しとどめられているだけ。だからその壁さえ壊せば、互いに満足のいく関係が持てると思う。期待を裏切られるだとか、気分を害するだとか、そういう心配をする必要もない。そして、そんな関係が終わったときは、またそれぞれの道を進めばいい。心が傷つくこともないはずだから。

とはいえ、こんなことを考えるのは楽しいけれど、いましばらくはおとなしくしておかなければならないことはヴィヴィアンにもわかっていた。オリヴァーは押してどうこうなる人ではないし、彼女も男性に取り縋るような女ではない。だから彼女のほうから動くのではなく、オリヴァーのほうから動くのを待たなければならないのだ。

そうなると、ヴィヴィアンにはとりあえずやりたいこともなかった。ひと月かふた月後にバスクーム姉妹のためにひらく舞踏会について考えるのも、それほど気が乗らない。午後になって人が訪ねてくるのを待つしかないかとも思ったが、それもあまりにおもしろみに欠けている。

そんな状況だったので、一時間後にレディ・キティ・メインウェアリングから手紙を受けとったときはほんとうにうれしかった。キティはいつもこうして人生を楽しくしてくれる。ヴィヴィアンは封蠟《ふうろう》を破って手紙をひらいた。目を通すあいだにも、眉がつりあがっていった。

親愛なるヴィヴィアン

とても困っています！　途方もなく大事なことで、どうしてもあなたにお会いしたいの。どうかお願いだから、今日の午後、わたしのところへ来てください。絶望の淵《ふち》にいるのでもなければ、こんなお願いはしませんから！

母親代わりのキティことレディ・メインウェアリングより

10

ヴィヴィアンはそれほどあわてなかった。レディ・キティ・メインウェアリングという女性をよく知っているから、彼女の言う〝絶望の淵〟がたいてい絶望でもなんでもないことはわかっていた——彼女がヴィヴィアンの〝母親代わり〟ではなかったのと同じように。キティは父の古い友人であり、長年の愛人でもあって、ヴィヴィアンが寂しい子ども時代を過ごすあいだ、さりげないけれども心のこもった愛情をそそいでくれた人だった。だからキティが言うほどの深刻な事態ではないと思うが、それでも彼女に会いに行くのだと思うと楽しくなってきた。

ヴィヴィアンは腰をおろし、午後におじゃましますとキティに返事を書くと、二階に上がって着替えた。昼食を取ってまもなく、自分の馬車でメインウェアリングの邸に向かった。灰色の石造りの堂々たる邸はロンドン大火のあとに建てられたもので、もはやロンドンの一等地ではない。その立地にキティは不満だったが、ずいぶんと歳《とし》の離れた夫は居を移そうとはせず、あきらめてずっとその場所で暮らしている。少なくとも、彼女の好きな賭博クラブには近い。

ヴィヴィアンはその邸によく遊びに行ったが、キティのほうからヴィヴィアンを訪ねてきたことは一度もなかった。キティは若くして、年齢も性格も関心事もまったく共通点のない男性と結婚した。彼女の結婚は義務であり、名目上のものでしかなく、同世代の同じ階級ではよくあることだったが、愛情は結婚相手以外の男性に求めた。けれどもほかの大勢の貴族とちがってキティはそういったことを隠そうとはせず、醜聞の的になってしまったため、格式の高い家にはもはや出入り禁止となっていた。だがそんなことは気にしていないわと、彼女はヴィヴィアンに言っていた。社交界の貴婦人たちを喜ばせるより、自分の人生を楽しむほうが大事だから、と。たしかにキティのふるまいは、ヴィヴィアンの父親と比べてけっしてひどいものではない。ひどいどころか、父よりはずっとましだ。浴びるように酒を飲むわけでもなく、友人と騒ぐわけでもない。しかし父は社交界からはじかれることもなかったのに、キティは女性だからというだけでつまはじきにされているのは、まったく理不尽ではないだろうか。ヴィヴィアンはキティにそう話し、いつでも邸に遊びに来てほしいと何度も言ったのだが、キティはヴィヴィアンの行動が問題視されてはいけないと言って、来ようとはしなかった。

キティの邸に到着したヴィヴィアンは客間に通された。そこで待っていたのは、旧知の間柄であるキティと、現在の彼女の〝ツバメ〟である〝詩人〟のウェズリー・キルボーザンだった。キティは喜びの声をあげ、両手を広げてヴィヴィアンを歓迎した。五十代になっても魅力的なキティは、奇跡的にもまだ白くなっていない黄金色の髪と、ヤグルマギクのような青い瞳の持ち主だった。多少は肉付きがよくなり、肌のつやもなくなってはいたが、コルセットとほんのりつけた口紅のおかげでわからないし、青いシルクのゆったりしたドレスは最新流行のものだ。耳と指にはダイヤモンドが光り、のどもとにはサファイヤのネックレスが輝いている。

「ヴィヴィアン、なんてきれいなのかしら！　ねえ、ミスター・キルボーザン？」キティは詩人を振り返った。彼はヴィヴィアンが入っていったときに礼儀正しく立ちあがり、挨拶をしようとひかえていた。

「ええ、ほんとうに……ですが、レディ・ヴィヴィアンはいつでもおきれいです」キルボーザンは近づいて、完璧なおじぎをした。

中くらいの背丈に細身の体つきの彼は、四十歳くらいかと思われた。すっきりとした風貌が魅力的な男性で、鼻は細く、頬はこけ、黒い眉がすっと伸びている。身なりはよく、暗緑色のカシミヤの上着と、薄手のリネンの白いシャツ、青と緑の花柄のベストをまとっていた。しかし、オリヴァーよりも襟の高いシャツを着て、色味のある華やかな服装だというのに、すてきだとは思えなかった。礼儀正しく言葉も丁寧なのだが、この詩人は好きになれない。信用ならない……というか嫌いでさえあるのは、多分に彼が、気前のいいやさしいキティにつけこんでいるのではないかという心配があるからだ。そんなふうに考えると、とても気を許したりはできなかった。

彼はヴィヴィアンに訳知り顔を向けて、こう言った。「おふたりのレディには申し訳ないのですが、少し失礼いたします。芸術の女神《ミューズ》がわたしを呼んでおりますので。気づかぬふりをするわけにはまいりません」

「もちろんどうぞ」キティは笑って彼を見送った。彼が出ていくと、うれしそうに小さく息を吐く。「かわいらしい人。とても思いやりがあって。やさしいウェズリーは、わたしがあなたとふたりきりで話したいということを見抜いていたのね」

「ええ、ぜひお話ししたいですわ」ヴィヴィアンは友をソファへといざなった。「さあ、聞かせてくださいな。どういうわけで、そんな困ったことになりましたの？」

「ああ、このうえなくばかげた話なのよ！」絶望というよりは憤怒といった表情が、キティの顔をよぎった。「でも、それはあとでいいの。まずはあなたのお父さまの話を聞かせて。ロンドンまで連れてこられたと伺ったわ。天国の扉をたたきそうな状態で。そんなこと、なにかのまちがいでしょう？」

「ええ、そうですわ。それほど深刻な状況であれば、あなたにお手紙を書いていましたとも」ヴィヴィアンはほほえんだ。キティは悪い知らせが苦手な人だから、重い話をするのはやめにした。「少し体に変化があっただけですわ。兄のグレゴリーが念のためにこちらのお医者さまに診ていただこうとしたのです。兄は地元の医者を信用していないんです。父のほうは、ご存じのとおり、地元の医者が好きですが。いばり散らすことができますからね」

キティはくすくす笑った。公爵をいとおしく思っていることが目の表情にもあらわれている。「そうでしょうね。では、マーチェスターは病気ではないのね?」

父はかつての愛人に肉体的な衰えを知られたくないだろうし、キティのほうも、かつて愛した男性が寄る年波に勝てずにいることなど知りたくないだろう。だからヴィヴィアンは、父親の病状をあまり細かく語るのはやめにした。「お医者さまがおっしゃるには、暮らしぶりを変えなければならないそうですわ」

「まあ!　そちらのほうがマーチェスターは具合を悪くしそうね」

「父の改心がいつまでつづくかわかりませんけれど、いまのところは少なくとも、もうお医者さまにかからなくてもいいように、生活を改善する気になっていますわ。父と兄は、もう〝館〟に戻りましたの」

「賭け事もパーティも楽しまずに?」キティが驚く。

ヴィヴィアンは肩をすくめた。「田舎の静かなところで療養したいと思ったのでしょう」

キティがなんとなく困惑の表情を浮かべた。「そう……それでよくなるのならいいけれど。でもね、わたしには、どうしてみなが田舎は落ち着くと言うのか、わからないのよ。夜明けには鳥のさえずりが始まるし、犬はなんにでも吠えるし、メインウェアリングのとんでもないクジャクときたら！　あの耳障りな鳴き声を初めて聞いたときは、卒倒するかと思ったわ。田舎で心身がやすまるなんて、信じられない。でもマーチェスターにいたときは、給仕さんが気を遣って厩舎《きゅうしゃ》や犬小屋にわたしを近づけないようにしてくださったし、クジャクなど飼わずにいてくださって、ほんとうによかったわ」

「給仕さん？」ヴィヴィアンは思わずくり返して目を丸くした。「それは父のことですの？」

キティは鈴が鳴るような声で笑った。「あら、いけない。そうなのよ、わたしはあのかたをそう呼んでいたの。どうしてそう呼ぶようになったかが、またおもしろくて……」ちらりと横目でヴィヴィアンを見て口をつぐみ、咳払《せきばら》いをした。「そのお話はしないでおいたほうがよさそうだわ」

ヴィヴィアンは笑いをこらえた。「ねえ、キティ、どうして手紙を書いてくださったのか、教えてくださいな」

キティがため息をつく。「ああ、ヴィヴィ、わたしったらとんでもない失敗をしてしまったの。あなたのお父さまが聞いたらなんとおっしゃるか」間を置いて考えこむ。「いえ、マーチェスターなら、そんなことで悩むなとおっしゃってくれるはずだけれど……わたしがばかなことをしでかしたときには、いつもそうおっしゃってくださったから。彼ならなんとも思わないのでしょうね。ものに固執するかたではないもの」

邸を七棟に、何台もの馬車、厩舎数棟ぶんの馬、数えきれないほどの調度品、絵画や彫像を持っている人間に対して言うのもどうだろうと思ったものの、キティの言わんとしていることはわかった。公爵は、自分の所有しているものにむやみやたらと執着しないのだ。ただ所有するだけの目的でものを手に入れるというようなことはなかった。

「どういうことかしら、キティ。いったいなんのお話なの？」

「あなたのお父さまにいただいたブローチのことなの。覚えているかしら？　ハート形のダイヤモンドが円のなかに収まっているようなデザインのものよ」

ヴィヴィアンはうなずいた。かつてキティの宝石箱を何度も見せてもらったので、そのブローチのこともよく覚えていた。ハート形にカットされた中央のダイヤモンドはひときわすばらしい輝きを放ち、まわりには小さめの石が取り囲むように配されていた。

「もちろん、あなたのお父さまはとにかく気前のよいかただったから、ほかにいただいたものはたくさんあるけれど。どれも大切にしているの。でもあのブローチはとくにお気に入りでね。あれを贈ってくださったとき、きみはわたしの心臓《ハート》だとおっしゃったのよ」キティは涙ぐんでほほえんだ。

「そのブローチになにかあったのですか？」ヴィヴィアンは話をもとに戻した。「なくされたとか……あっ！　まさか！　盗まれたのでは？」

「盗まれた！　いいえ、そうじゃないの。でもそういうふうに言えなくもないわね。だって、勝つとわかっていたんですもの。サー・ルーファスが三度もつづけて勝つなんて思わなかったの。とんでもなくばからしい話よ。幸運のターバンを巻いていたのに——羽根飾りのついた、群青色のベルベットのターバンよ。それを着けているときは負けないの。少なくとも大負けはしないのに、幾晩か遊べるくらいの金額になってしまって」

ヴィヴィアンはキティの手を取った。「ねえ、キティ、もしかして……カードの勝負でブローチを失ったということですの？」

「ええ、そうよ。あれを手放すなんてあり得ない話なのだけれど、勝つと思っていたから、心配なんかないように思えたのよ。持っていたお金をぜんぶすってしまって、つけは認めないとサー・ルーファスに言われたの。想像できる？　ひどいでしょう？　彼の祖父が事業に手を出しているという噂はきっとほんとうね」

「買い戻すことはできないのですか？」

「やってみたわ！」キティの目が怒りに燃えた。「ところが、勝負のあとに鼻風邪を引いてしまって、一、二週間ほど寝こんだから忘れていたの。でも風邪がよくなって、ブローチを着けようと宝石箱を開けて、サー・ルーファスに取られたことを思いだしたのよ。だから手紙を送ったわ。そのころには月々のお手当が入っていたから、買い戻せるだけのお金はあったのよ。わたしが買い戻したいと思っていることはサー・ルーファスも知っていたわ。取られたその晩に話しておいたのだもの。そのときは、彼も宝石よりお金のほうがいいと言っていたの。それなのに買い戻そうとしたら、もう手遅れだと手紙が返ってきたのよ！　没収されてしまったの！」キティの目に涙があふれ、唇がゆがんだ。「なんて卑怯《ひきょう》な人かしら！　いやがらせでそんなことをしたにちがいないのよ！　前に信用ならないなんて言われたことがあるんですもの。信用ならないですって！　賭け事の借金はかならず返しているわ。あなたも知っているでしょう？　忘れて遅くなったり、銀やなにかを少し売ってお金をつくらなければならなかったりしたことはあるけれど、踏み倒したことなどないのに！」

「そうですとも」ヴィヴィアンはなだめるように言い、キティの手を軽くたたいた。サー・ルーファスが返してくれないのは理不尽すぎますわ。つまり、わたしにブローチを取り返してほしいとおっしゃるのね？」

「助けてくれるの？」キティは顔を明るくしてヴィヴィアンの手を握った。「こんなことをお願いするのは心苦しいけれど、だれに頼ればいいかわからなくて。ウェズリーはわたしが賭け事をするのを嫌っているから、話していないの。でも、そんなときにあなたを思いだして。あなたは物事を収めるのが上手でしょう？」

「できるかぎりのことをしますわ。すぐにサー・ルーファスに手紙を書きます。あまり親しくはないですけれど、父がカードのパーティをひらいたときに一度か二度会ったことがありますから」

「ああ、やっぱり助けてくれると思ったわ」キティはヴィヴィアンにほほえんで彼女の頰にふれた。「ほんとうにやさしい娘《こ》ね」問題を託す相手ができて、キティはほっとしたようだった。「さあ、それではもっと楽しいことを話しましょうか。あなたは最近はどうなの？　シーズンはおもしろくなりそうかしら？　なんだかとてもきれいよ……いえ、あなたはいつもきれいだけれど、今日はまた光り輝くようで……」言葉がとぎれ、彼女の瞳がなにかを見抜くように細められた。「殿方がいるのね？」

あ然としたヴィヴィアンは、笑うしかなかった。「そんな、ちがいます。いえ、まあ、いることはいるけれど。そんな真剣な話ではないわ」

「でも、どうして？　相手はだれなの？　訳ありのかたなの？」

「いえ、なにもありませんわ。それに、わたしは売れ残っているし、結婚するつもりはないの。わたしが結婚をよく思っていないのは、知っているでしょう？」

「たしかにつらい状況になることが多いわ」キティはうなずいた。「でもね、あなたならどんなかたでも手に入るわ。お金や家のために結婚することもないし、自分の心のままに進めばいいのだから。わたしもメインウェアリングではなく、あなたのお父さまと結婚していたらどんな人生だっただろうかと考えることがあるの」口がへの字になったが、すぐに彼女は笑って瞳を輝かせた。「もちろん、そんな機会があったわけではないのだけれどね。だって、わたしたちが出会ったのは、両方ともが結婚してからだったもの」

「それでも……冒険をする気にはなれませんわ」

「まあ、男女の駆け引きをしているうちが楽しいのだものね」キティはちらりとヴィヴィアンを見やった。「それとも、駆け引き以上のことがあるのかしら?」

ヴィヴィアンは思わず口もとをゆるめた。「そうですね……よくわからないけれど」

「だれなの? わたしの知っているかた?」

「ステュークスベリー伯爵です」

キティの眉がつりあがった。「結婚相手として最高じゃないの! まさしくこれ以上の殿方はいないわ。でも、やっぱり……少しつまらないの?」

ヴィヴィアンは声をあげて笑った。「いいえ、そんなことは」

「彼のお父さまのことは知っているわ。ハンサムなかただった。あのタルボット一族の男性は、みなそうね。ローレンス・タルボットは刹那的な生き方をする人だったわ。そういう殿方って、わたしの好みなの」

「キティ! もしやオリヴァーのお父さまと——」

「いいえ、まさかそんな。彼は奥方にぞっこんだったもの。でもあのふたりは、愛するのと同じくらい激しくけんかもしていたけれどね。いえ、オリヴァーのお母さまのことではないわよ……彼女は若くして亡くなったし、わたしはお会いしたことがないから。でも、フィッツのお母さまであるバーバラとはよくぶつかっていたわ。そうだわ、フィッツ・タルボットといえば——彼も言いよるに足る紳士ね。もう結婚したと聞いたけれど」キティがため息をつく。

「はい、わたしの友人のイヴと。あなたもご存じでしょう」

「ええ。きれいな……牧師の娘さんだったわね？　でもオリヴァーは、じつの父親よりは先代の伯爵に似ていると聞いているわ。レジナルド卿はとんでもない堅物だったでしょう」

「そうですね。そう言われれば、彼はだいぶ……厳格でした。でもオリヴァーは彼と仲がよくて、敬愛していましたわ。それが過ぎたのかもしれません。だってオリヴァーはもっと……堅物なだけではない人ですもの。あまり外には出しませんけれど」

「あなたはそれを狙っているのね」キティがふふふと笑った。「秘められたものを外に出させようと？」

「そうかもしれません。わたし……ああ、キティ、彼の前では、ほかのだれにも感じたことのないような気持ちになるの」

「あら、まあ」キティが目をぱちぱちさせる。「どんなふうに？」

「よくわかりません。彼がそばにいると、なんだか……どきどきして……神経がぴりぴりして。でも悪い感じではなくて。わたしの言うこと、わかっていただけるかしら？」

「わかりますとも。でも、あなたの口からそんなことを聞いたのは初めてね」

「いままではこんなふうに感じたことがなかったんです。ほかの男性と軽い言葉の駆け引きをするくらいで。胸がときめいたかたもひとりふたりはいましたけど。でもオリヴァーは……」間を置いたヴィヴィアンは、少し驚いたような顔をした。「いま初めて思ったのですけれど、わたしはオリヴァーのことを信頼しているんだわ。彼といると安心するの。ばかみたいに聞こえるかもしれないけれど。だって、安心できるだなんて、どきどきわくわくの興奮とはいちばん無縁でしょう？　でも、自分のしたいことをして、言いたいことが言えるのに、彼がそこにつけこむことはないんです。彼はわたしになにも望まないから」

キティの眉がまたもやつりあがった。「なにも望まない？　まさかそんな。ローレンスの息子がそんなに冷めているはずがないわ。たとえおじいさまに育てられたのだとしても」

ヴィヴィアンは笑った。「いいえ、そういう意味ではなくて。彼はわたしのことを求めてはいるけれど、そんな自分を認めたがっていないということなんです。わたしが言っているのは、彼にはわたしのお金や地位など必要ではないということ。わたしと結婚したいとも思っていないの。それどころか、伯爵夫人としてわたしはふさわしくないって、はっきり言われましたもの」瞳が愉快そうに輝いている。「こんなに自由で縛られない関係だから、ぜんぜんがむしゃらな感じがないの。公爵家の娘を前にすれば、財産以外のものにも目がくらむのがふつうなのに」彼女は小首をかしげて考えた。「とはいえ、オリヴァーにはほんとうに腹の立つこともあるんです。どうして彼がいいのか、自分でも理解できないわ」

「彼は男性ですもの。それを覚えておかなければね。でも彼のおかげで幸せな気分になれるのなら、それは大事なことよ。特別な相手が部屋に入ってきたときの胸の高鳴りときたら、あれほどすてきな気分はないわね」どこかなつかしそうにキティは笑った。「わたしのことを、ろくでもない人生を送ったと思っている人たちも大勢いるけれど、これだけは言えるわ。ほかの人の人生と取り換えたりはしないって。振り返ってみても、後悔することはなにもないの。幸せが向こうから訪れたのなら、たとえいっときのものであってもつかみとらなければだめよ。でないと、逃したものは二度と手に入らないのだから」

「そうね。あなたの言うとおりだわ」

「さあ、それでは話を聞かせて」キティは目を爛々《らんらん》と輝かせて身を乗りだした。「どうしてそういうことになったの？　詳しく、すべて知りたいわ」

ヴィヴィアンは笑顔で話しはじめた。


キティとの約束を果たすのは、思ったよりもむずかしかった。ヴィヴィアンはサー・ルーファスに手紙を書き、できるだけ早く訪ねてきてほしいと知らせた。返事が来るか、本人がやってくるかだと思っていたが、サー・ルーファスはいまロンドンにおらず、地方の邸宅に帰っていていつロンドンに戻るかわからないと召使いが報告してきたので驚いた。

厄介なことになったわね、とヴィヴィアンは思った。手紙では、直接顔を合わせるよりも効果が弱い。とくになにかを相手に望んでいるときには。サー・ルーファスの地元はどこだったろうかと考える。父の邸宅のひとつから遠くないところであれば、父の邸まで行って滞在し、そこからサー・ルーファスを訪ねることもできるだろう。座ってあれこれ考えていると、執事が入ってきてステュークスベリー伯爵の来訪を告げた。

「オリヴァー！」ヴィヴィアンは弾むように立ちあがり、笑顔で彼のほうに行った。「ちょうどいいときに来てくれたわ」

オリヴァーが驚いて少し眉を上げる。「そうなのか？　それはよかった……のかな？」

「あなた、サー・ルーファス・ダンウッディの住まいはどこかご存じ？」

「サー・ルーファス？」彼がさらに驚いた表情になる。「あのおしゃべりな老人に、いったいなんの用だ？」

ヴィヴィアンは笑った。「あら、オリヴァー、なんて無神経な発言かしら」

「きみに気を使ったってしようがないだろう」オリヴァーが言い返す。「彼の住まいはグロヴナースクエアだと思うが」

「いいえ、そこではなくて。地方の住まいよ」

「ああ、それならケント州だと思う。どうしてそんなことを訊くんだ？」

ヴィヴィアンは肩をすくめた。「なんとなく」

オリヴァーは目をすがめた。「いったいなにをたくらんでいる？」

「たくらむ？」彼女は無邪気そうに目を丸くした。「どうしてわたしがなにかたくらむの？」

「むろん、たくらんでいないほうがいいが。そういうときの、いつもの目になっているからな。どうしてサー・ルーファスの住まいを知りたいんだ？」

「それは……」ヴィヴィアンはソファを手で示して勧め、自分はその横に置かれた椅子に腰をおろした。「昨日、レディ・メインウェアリングに会いに行ったの」

オリヴァーはため息をついた。「知っている」

「知っている？　どうして？　つい昨日の午後のことなのに」

「きみも知っているように、噂というのは社交界ではあっというまに広まるものだ……たとえ話題の当事者が、もはや社交界に受け入れられていない人物であっても……いや、話題にかかわりのある人間が、と言ったほうがいいか」

「だからここに来たの？」ヴィヴィアンの声がぞっとするほど冷ややかになった。「レディ・メインウェアリングのことでわたしにお説教するために？」

「いや。きみに説教しようとは思っていない」

「でも、そう言うわりには、やけにしょっちゅうするわよね」

「ヴィヴィアン……世間がどれほど口さがないか、きみだってわかっているだろう。ああいう人物を……レディ・メインウェアリングのような過去を持つ人物を訪ねれば、きみがどんな目で見られるか……」

ヴィヴィアンの目が光った。「レディ・キティはわたしのお友だちよ。昔から父の友人でもあるし——」

「きみのお父上との関係こそが問題なんだ。お父上だけでなく、いま彼女の邸に住んでいる男――ずばり〝ツバメ〟も含めて、大勢の男との関係がね。いつレディ・メインウェアリングが詩になぞ興味を持ったのか……」

ヴィヴィアンは弾かれたように立ちあがった。「キティの悪口なんて聞きたくないわ。あなたみたいな口やかましい人が彼女をどういうふうに言うかわかっているけれど、わたしにとってはやさしい人でしかないの。周囲によく思われていないからといって、友人を見捨てるようなことはしないわ」

オリヴァーも立ちあがり、いささか哀しげに言った。「わたしに雷を落とされても困るな。わたしはべつにレディ・メインウェアリングが嫌いなわけじゃない。魅力的でかわいらしい人だと思っている。だが、未婚の令嬢の友人にはふさわしくないと言っているんだ」

ヴィヴィアンはうんざりしたような目でオリヴァーを見た。「あら、あなたによれば、わたしだってほめられたものではないのでしょう」

「意味合いがまったくちがう。きみの場合は、元気がよすぎて、周囲の目を気にすることがないから、困った行動をしてしまうだけで」

ヴィヴィアンの眉がつりあがった。「ちょっと待って、ステュークスベリー。ずいぶんとうれしいことを言ってくれるわね」

「ああ、いくらでも言ってやるぞ。わたしがこういう人間だということくらい……いや、そんなことはどうでもいい。問題なのは、こういうちょっとした軽はずみな行動の積み重ねが、あとで跳ね返ってくるということだ」

「軽はずみ?」先ほどまで冷ややかだった声は、いまや氷のような冷たさを感じさせた。「ねえ、それはいったいなんのことを言っているの?」

「社交界から弾きだされているようなレディを訪ねることだ。訪ねていくのが言動のおとなしい女性であれば、たとえ未婚の女性であろうと、噂にまではならないのかもしれない。しかしきみは……きみの場合は人の注目を集める。しきたりというものをないがしろにしているきみの場合は」

「注目を集めるつもりなんてないわ。自分の好きなようにしているだけ。人がわたしのすることを話題にするのは、わたしにはどうしようもないことだもの」

「まさしくそれを言っているんだ」オリヴァーの声がいらだちで荒っぽくなる。「きみは御者台の高いフェートンに乗っているだろう」

「ほかにもそういう馬車に乗っている女性はいるわ」

「数は少ないし、未婚の女性はひとりもいない」

「結婚していないのは罪でもなんでもないでしょう。あなただって同じじゃないの」

「家柄のよい未婚の若い令嬢には、守らなければならない規範があるんだ。ちなみに肩に猿を乗せてパーティに出席するというのは、規範からはずれているぞ」

ヴィヴィアンは一瞬ぽかんとして彼を見つめたが、吹きだした。「あれはもう四年も前のことよ！　それに、べつにあのせいで社交界での立場が悪くなることもなかったし」

「それはそうだが、ずいぶんと騒がれたじゃないか。御者台の高いフェートンに乗るのだって同じことだ。付き添い婦人もなしに、ここでひとり住まいをしていることも」

「そんなわたしを訪ねてくるなんて、あなたも自分の評判を落としてもかまわないのかしら。びっくりだわ」

「真剣に話をしているんだ、ヴィヴィアン。きみはお父上の邸を出て自分の家を買い、ひとりで暮らすと言う。レディ・メインウェアリングも訪問するし、結婚や女性や男女のつき合いについて、突拍子もない考えをだれかれかまわず話すし」

ヴィヴィアンは腕を組んだ。「だから常軌を逸していると？」

「世間の噂になると言っているんだ。それに、きみは若い令嬢ふたりの社交界デビューを後見しているのだから、いつもより言動に注意しないと」

「わたしのようなお騒がせな人間と従妹たちが一緒にいるのを見られて心配なら、ふたりをわたしから離せばいいわ。わたしの言動は、あなたにはなんの関係もないことよ。レディ・キティは殊勝ぶった傲慢な人たちの意見を気にして、大切な友人を見放したりはしないわ。殊勝ぶった……わたしを頼ってきたの。だからわたしは応えるつもりよ」

「リリーとカメリアをきみから遠ざける話をしているんじゃない。きみにああしろこうしろと命令するつもりもない。だが、自分の評判を大事にしてほしいと言っているんだ！　いったん落としてしまったら、簡単には挽回できない。それに……ちょっと待て」オリヴァーは言葉を切り、眉間にしわを寄せた。「レディ・メインウェアリングから頼られたというのは、なんの話だ？　なにに応える？　いったいなにをするつもりだ？」

「べつに世間を騒がせるようなことではないわ。ほんとうよ。カードの勝負でサー・ルーファスに取られた宝石を取り戻してあげるだけ。買い戻そうとしたら断られて、彼女はとても困っているのよ。わたしの父からの贈り物だったから、とても大切にしていたらしいの」

「だからサー・ルーファスの住まいを訊いたのか？　彼に手紙でも書くつもりか？」

「ケント州なら近いから、直接会いに行ってお願いするつもりよ。そのほうがうまくいくでしょうから」

「ひとりで？　ケント州までひとりで出向いて、彼に会うというのか？」

「ケント州よ。地の果てまで行くわけでもあるまいし。近ければ日帰りで行ってこられるわ」

「ヴィヴィアン！　未婚の若いレディが年配の放蕩者に会うだって？　だめだ」

ヴィヴィアンは唇をとがらせて考えをめぐらせた。「サー・ルーファスは賭け事やお酒にはだいぶのめりこんでいらっしゃるようだけれど、放蕩者とは言えないと思うわ」

のんきな返事に、オリヴァーの顔が赤くなった。「そんなことでだいじょうぶだと言えるわけがないだろう。ひとりで彼の地所に行くなどぜったいにだめだ」

ヴィヴィアンは腰に両手を当てて彼に面と向かった。「どうやってわたしを止めるつもりなの？」

「止めはしない。一緒に行く」

11

翌朝、オリヴァーは、ヴィヴィアンがまだ朝食の席についているうちに彼女の邸へ行った。彼女が驚いて顔を上げ、おもしろそうに瞳を輝かせた。

「ステュークスベリー！　朝食を一緒に取るつもりだったとは思わなかったわ」

彼はヴィヴィアンの皿を見やった。「朝食なら一時間以上前にすませたよ」

ヴィヴィアンがため息をつく。「ああ、なるほどね。あなたは夜明けとともに起きて朝食を取ることを美徳とする、気の滅入るような人種なのね」

「どこが夜明けだ、ヴィヴィアン。もう九時だぞ。サー・ルーファスの邸まできみをエスコートするためにやってきたんだ。よもや忘れてはいないだろうな」

「忘れてはいないわ」彼女はにこりと笑い、テーブルをはさんで向かいの席を手で示した。「座って、お茶でもいかが。もうしばらくかかるわ。まだ身支度もできていないの」

彼は片方の眉をつりあげ、これ見よがしな視線を彼女に送った。「身支度ならできているように見えるが」

彼女がくすりと笑う。「これは簡素な室内着のドレスよ、オリヴァー。旅をするのだから、旅行用のドレスと丈の短いブーツに代えなければ。それに髪も上げていないし」肩から胸にかけて垂らした、明るい赤毛の三つ編みを見せる。

オリヴァーの視線が三つ編みにひととき留まったが、彼はすぐにそらし召使いがついだお茶のカップを見つめた。

「女性と旅をしたことがあまりないのね」ヴィヴィアンが軽い口調で言う。

「きみと旅をしたことがないだけだ」

彼女はほほえんだ。「ねえ、オリヴァー、そんなにいらいらしないで。時間はまる一日あるのだし、遠くはないと言っていなかった?」

「遠くはないが、とにかく出発しなければ話にならない。今日のうちに帰ってきたいのなら、朝のうちに出なければ」

「はい、はい、わかっているわ」ヴィヴィアンは息をついて立ちあがった。「すぐに着替えてくるわ」

一時間はかかるかとオリヴァーは思っていたが、わずか三十分後、ヴィヴィアンは赤褐色の旅行用ドレス姿で戻ってきた。襟が高く、胴着の部分がぴったりと体に添っている。しなやかな黒の革手袋と、少し前に傾けてかぶった小ぶりの洒落た帽子が、胴着とドレスの裾につけられた黒い組紐とよく合っていた。

「さあ」玄関のベンチに座っているオリヴァーのところへ、ヴィヴィアンがゆったりとした足取りで近づいてきた。「準備ができたわ。でもあなたのせいで、急ごしらえのようになってしまったじゃないの」

オリヴァーはにんまりと笑って立ち、彼女に腕を差しだした。「ほめるまでもないな。いつものとおり、目の覚めるような美女ぶりだ。そうでなければ、きみが外に出るわけがない」

ヴィヴィアンは楽しげに横目で彼を見た。「そんな言葉でも、いちおう聞けてよかったわ」

伯爵家の馬車が外で待っていた。オリヴァーは彼女に手を貸して乗せ、つづいて自分も乗りこんで向かいの席に腰を落ち着けた。豪華な革の座席にもたれたヴィヴィアンは、熱いレンガを布でくるんだものが足もとに置かれ、座席の上には折りたたまれたひざ掛けがあることに気づいた。足が冷えたときのためだ。彼女は笑顔で向かいのオリヴァーを見た。

「快適に過ごせるよう、いろいろ用意してくださったのね」

「サー・ルーファスの邸に、つららみたいに凍ったきみを届けるわけにはいかないからね。どうせ執事は最初から用意するつもりだったのだろう。わたしが指示を出したら、たいそう気分を害していたようだから」

きっとオリヴァーの執事は、なにも言わなくても主人とその客人のためにすべてを快適な状態にととのえただろう。だが、あきらかにオリヴァーも彼女が過ごしやすいよう心を砕いてくれたのがうれしくて、胸がじわりとあたたかくなった。

「わざわざきみが行く必要はないぞ」オリヴァーが言い、ヴィヴィアンの機嫌を少し削《そ》いでしまった。「わたしだけ、ブローチを取り戻しに行かせてくれればそれでいいんだ」

「あら。そんなおつかい、さぞや楽しいことでしょうね。でも、あなたにお願いすることはできなかったの。わたしの仕事であって、あなたの仕事ではないんだから。あなたはレディ・キティのことが好きですらないでしょう」

オリヴァーはむっとしたようだった。「レディ・メインウェアリングは嫌いではないぞ。かわいらしいかただと思っている」

ヴィヴィアンは目をきょろりとまわした。「会いに行ってはいけないと言ったくせに」

オリヴァーがため息をつく。「きみが会いに行くのはわかりきっている。今回のこのおつかいに行くのと同じようにね。きみは、自分の評判のために友情をないがしろにするような人ではない」

ヴィヴィアンはいぶかしげに彼を見た。「友情をないがしろにしてでも評判を大切にしたら、あなたの評価は上がるのかしら？」

彼は沈んだ笑みを浮かべた。「いいや。そうでないことはわかっているだろう。わたしはただ、きみに気をつけてもらいたいだけだ、ヴィヴィアン。世間は口さがないというのに、きみはためらいもなく噂の種を提供してしまう」

ヴィヴィアンは肩をすくめた。「世間がわたしのことでおしゃべりに精を出そうと、そんなことはどうでもいいの」しばらく黙りこんだあと、静かな声で言った。「〝館〟は大きすぎて、寂しくて、暗い場所だったわ……わたしと兄たちしかいなくて。もちろん、兄たちはわたしよりも年上だし、わたしが女だからできないようなことも、なんでもできていた。だから、おばのミリセントが訪ねてきてくれたときは楽しかったわ」きらきらとした笑顔をオリヴァーに向ける。「ほら、メアリ・ウルストンクラフト女史の女性の人権のような、ああいう危険な思想をわたしに教えてくださった、先進的なかたよ」

オリヴァーは愉快そうに口の端をくいと上げながらも、冷めた表情を返した。

「でも、レディ・キティがいらしたときは、館に命が吹きこまれたようだった。彼女は館を明るくしてくれた。急に人があふれて、おしゃべりや笑い声に包まれたわ。お父さまはわたしをいそいそとお客さまに紹介してくださったけれど、挨拶以上のかかわりを持とうとしてくださったのはレディ・キティだけだったわ。子ども部屋まで来て、グレゴリーやジェロームやわたしにお話をしてくださって。グレゴリーは、母が同じようなことをしてくださったのを覚えていると言っていたけれど、もちろんわたしにはそんな記憶はないわ。キティの身に着けているドレスや宝石が、それはきれいでね。彼女は光り輝いていたわ。好きにならずにいられなかった」

「つらかっただろうな」オリヴァーは言った。「わたしのところも、父がバーバラと結婚したあとは、たいていふたりでロンドンに行ってしまったが、わたしにはロイスがいたし、しばらくするとフィッツも生まれた。それに祖父もいたし」

「ご両親はロンドンのほうが好きだったの？」

「ああ。ウィローメアはロンドンからはずいぶん遠い。ふたりは冬のあいだ二カ月ほどしか帰ってこなかった……バーバラがフィッツを身ごもっていたときと、出産後しばらくはべつだったが。ふたりともロンドンの街や社交シーズンのにぎわいが好きだったんだ」ひと呼吸置いて、話しだす。「きみがレディ・メインウェアリングを好きだという気持ちは理解できる。きみが幼いころに彼女がそばにいてくれてよかったよ」

ヴィヴィアンは頬をゆるめた。「わたしが宝石好きになったのは彼女のせいなの。彼女はいつでも宝石箱を持ち歩いていたわ。抽斗や扉もついた大きな木の箱で、一見わからない隠し収納室までついていたの。キティ付きの侍女だけが持ち運びを許されていたわ。夕方になって、晩餐のために着替えて髪を結っているとき、わたしはキティのそばで床に座って、宝石箱の中身をみんな着けさせてもらえたのよ。サファイヤのネックレスをティアラのように頭に巻いたこともあったわ」ヴィヴィアンがやさしく笑う。

「王女さまのようだっただろうな」

笑い声がひときわ大きくなる。「ぼさぼさの赤毛にネックレスを巻いた、やせっぽちのおちびさんだったわ。でも、とてもすてきな気分だった」

ふたりがおしゃべりをつづけるあいだにも馬車は進み、話題はヴィヴィアンの子ども時代からウィローメアでの夏の思い出、そしてロンドン社交界の最新の噂話にまで広がっていった。こうして最初の二時間は、思っていたよりもずっと早く過ぎた。

懐中時計を確かめたオリヴァーは、日が暮れるまでにはロンドンに帰れるだろうと言った。しかし時計をしまって角を曲がったところで、車輪が壊れて道端で立ち往生している馬車に出くわした。壊れた車輪を直そうと奮闘する男性を前に、日傘をさし、むっつりとした顔をしたふたりの婦人が旅行鞄《かばん》の上に腰をおろしている。

とにかく停まって救いの手を差し伸べるしかなかった。オリヴァーの御者が車輪をはずすのを手伝い、ヴィヴィアンとオリヴァーはふたりの婦人をオリヴァーの馬車に招いて、彼女たちが遭遇した道中の苦難に耳を傾けた。一時間ほどかかって車輪をはずしてオリヴァーの馬車の後部に積み、それから一行を隣村まで送り届けた。すると婦人ふたりから――病気のおばを見舞った帰りの母娘と判明した――ヴィヴィアンとオリヴァーは昼食に誘われた。

結局、オリヴァーの馬車がサー・ルーファスの邸〈アシュモント〉に着いたのは、午後も半ばに近づいたころだった。しかもサー・ルーファスは出かけており、お茶の時間まで帰ってこないという。

執事がふたりを客間に通し、旅の疲れを癒やしていただけるようすぐにお茶を持ってまいりますと告げた。オリヴァーはヴィヴィアンに向かって片方の眉を優雅につりあげた。

ヴィヴィアンは肩をすくめて応え、いくぶん不機嫌に言った。「今日の午後、彼が出かけるだなんてわからなかったのよ。そもそも出かける場所があるなんて、思わなかったんですもの」

「わたしたちが来ることを彼に手紙で知らせたのか？」

「そんなことはしないわ。手紙が着くのとわたしたちが着くのと変わりないでしょうし。それに、サー・ルーファスはブローチを返すのをだいぶ渋っているらしいとキティから聞いたの。ここに来ることを先に知らせたら、逃げてしまうのではないかと思ったのよ」

オリヴァーはもの言いたげな表情を彼女に投げた。窓辺に行き、腕を組んで外を見る。

「いつ帰ってくるかわからないんだぞ。それまでここに何時間も足止めされる可能性もある」

「遅くなったら、食べ物くらいは出してくれると思うわ」

彼は勢いよく振り返った。「ロンドンに戻るのが真夜中になるかもしれない」

「夜中に旅をするのがいやなら、サー・ルーファスは泊めてくださると思うけれど。あるいは近くに宿もあるでしょうし」

オリヴァーは顔をゆがめた。「ここに泊まるのはごめんだ」

ヴィヴィアンが肩をすくめる。「そう。それなら遅くなっても帰りましょう。前にも夜中に走ったことはあるわ」

その返事がオリヴァーはすこぶる気に入らなかったが、黙って待つことにした。気楽だった馬車のなかでの雰囲気などすっかりどこかに消えた。数分後、執事がお茶を持って戻ってくると、旅の疲れを取ってやすめるよう、それぞれに部屋を用意したと告げた。ヴィヴィアンはすぐにも厚意に甘えることにした。手や顔を洗えるのはありがたい。それに、オリヴァーとの冷ややかな空気から逃げだせる。まったく、サー・ルーファスが外出してしまったのは彼女の責任ではないのに。

けれども彼女は、頬がゆるむのをこらえられなかった。サー・ルーファスの邸か宿で一泊することに、どうしてオリヴァーがぴりぴりしているのか、よくわかっていたからだ。オリヴァーは、ヴィヴィアンのそばで眠らなければならないのがこわいのだ。そういう状況がどれほど心を乱すことになるか、よくわかっているから……。

しばらくのち、階下に戻ってみるとオリヴァーの姿はなかった。ヴィヴィアンはピアノのところへ行き、置いてあった楽譜を弾いてみることにした。知らない曲だったので、音符を追うのに夢中になり、曲が終わったときに拍手をされるまで、オリヴァーが入ってきたことに気づかなかった。

びっくりしてヴィヴィアンが顔を上げると、オリヴァーがドアのところでにこやかに立っていた。「きみがピアノを弾くとは知らなかった」と言いながら近づいてくる。

「イングランド貴族の令嬢なのに？」ヴィヴィアンはちゃかすように返事をした。「弾けないわけがないでしょう。まさか、イングランド貴族の令嬢とは思えないふるまいしかしていないから、なんて言わないでね」

「そんなにひどいことは言った覚えがないぞ」そこで、ひと呼吸置く。「きみが弾くのを聴いたことがなかっただけだ」

ヴィヴィアンは肩をすくめた。「自分が愉しむためにしか弾かないもの。幸い、祖母はわたしの名前だけで独身の殿方が寄ってくると思っていたから、結婚相手になりそうな殿方がいるからといってピアノの腕前を披露させられることはなかったわ。そもそもピアノを弾けば殿方が求婚したくなるなんて思えないし」

「ピアノがどうこうというよりも、きみを眺める機会になる、ということではないかな。だが、もちろんきみは、部屋に入ってきただけで人の目を集めるから」

「あらあら、やけに口が達者ですこと。少しやすんだらご機嫌になったのかしら?」

オリヴァーはほほえんだ。「サー・ルーファスの執事が元気づけにと持ってきてくれた、ブランデーの効果もあるかな」

「オリヴァー！　あなた、酔っているの？」

「おいおい、ヴィヴィアン……ブランデー一杯で酔ったりはしないよ。だが、もうあきらめておとなしく待つ気分にはなった。どうせ夜にロンドンに戻れるのは同じだし、それが確実ならあとはどうなってもいい。ほら、弾いていたまえ」

そのあと午後はずっとピアノの前で仲よく過ごした。ヴィヴィアンがピアノを弾いて、オリヴァーが楽譜をめくる。そのうちヴィヴィアンは歌いだし、驚いたことにオリヴァーも一緒になってすてきなテノールを響かせた。そこに感じるたしかなときめきや、ぞくぞくとした興奮。そして、すぐそばにオリヴァーが立っていて、数インチしか離れていないところに彼の体があるという緊張感がヴィヴィアンにはうれしかった。オリヴァーも同じものを感じているのかしらと、思わずにいられなかった。

歌い終わったヴィヴィアンは、体をひねってオリヴァーを見あげた。彼は彼女を見つめていた。その目にはどこか、はっと息をのむようなものがひそんでいる。まるで彼の視線に引っ張りあげられるかのような錯覚を覚えながら、ゆっくりと立ちあがって彼に向きなおった。ふたりは視線を絡ませ、身じろぎもせずに立っていた。ヴィヴィアンの感覚が急に鋭くなり、周囲の様子を敏感に感じとっていく。マントルピースの上で時を刻む時計の音。遠くの玄関ホールで響く足音。オリヴァーのかすれた息の音。彼の体の熱、自分の体の両脇におろした腕にふれるひんやりとしたコットンのドレス。彼のにおい——ブランデーと、ウールと、彼だけのあたたかな男らしい体臭に満たされる。彼女を見おろすオリヴァーの瞳の色が濃くなり、彼の体が前にかしいで——いいえ、それとも、かしいでいるのは彼女のほう?

そのときドアから力強い声が響いた。「ステュークスベリー卿! これは驚いた! こんなところであなたに会おうとは!」

オリヴァーはあわてて一歩さがり、つかつかと入ってくるサー・ルーファス・ダンウッディに向きなおった。大柄でがっしりとした赤ら顔の男だが、今日はさらに赤いようだ。髪が跳ねているのは、風に吹かれて帰ってきたからだろう。

「サー・ルーファス」オリヴァーは丁重におじぎした。「おじゃまして申し訳ありません」

「いやいや、なにをおっしゃる！」彼はオリヴァーの手を力強く握った。「お目にかかれてこんなにうれしいことはありませんよ。このような田舎にこもっているのは難儀なものでしてね」そしてヴィヴィアンのほうを向く。「これはレディ、ようこそわたしの邸へ。お父上とは長くおつき合いいただいております。マーチェスターはいかがお過ごしかな？ かくしゃくとしていらっしゃるでしょう」

「元気にしております」ヴィヴィアンは父の最近の病気を詳しく語る気はなかった。「父と兄はいま〝館〟にいますの」

「それはそれは。よく耐えていられますな」サー・ルーファスは大げさに震えて見せた。白髪交じりの髪に両手を差しこんで、いくらか手櫛《てぐし》でととのえる。「なにもすることがないというのに。今日もあまりに退屈で、ミドル・ゴートンまで遠乗りに行ってきたのですよ。いや、あなたがいらっしゃると知っていたら、わざわざそんなことはしなかったのだが」

「サー・ルーファス……」ヴィヴィアンは口をひらいた。

彼は手を振ってふたりに椅子を勧めた。「どうぞ、かけてください。ロンドンの話を聞かせていただきたい。いまはなにが話題になっておりますか？ こちらに来てから、噂のひとつも聞こえてこなくてね」

「ロンドンはあいかわらずですわ」ヴィヴィアンが笑顔とともに言った。「噂でいっぱいです」

サー・ルーファスが熱心にうなずく。「残らず教えてください。この田舎暮らしももう二週間近くになりまして。最後に聞いたのは、ソープとデンバー卿がトッテンナムまで二輪幌馬車で競走したことでしょうか」

「そんなに遠くまでは競走していませんよ」オリヴァーが言った。「ソープは郵便の馬車とすれちがいざまに引っかけて、溝にはまってしまいました。たしか鎖骨を折っていましたよ」

「ソープは自分の思いどおりに馬を操れたことが一度もないですな」とサー・ルーファス。

「ああ、カミングズが来た」執事がグラスとボトルを載せた盆を持って入ってきたのを見て、笑顔になる。「夕食の前にワインでもいかがです？　ラタフィアワインですよ、レディ」

「いえ、遠慮しておきます」オリヴァーが言った。「すぐに戻らねばなりませんので」

「なんと！　ぜひ夕食を召しあがっていってください。あいにく、ここでは早寝早起きの生活でして――食べて寝ることくらいしかすることがないのですよ」

「今夜じゅうにロンドンに戻らなければ……」ヴィヴィアンが言いかけたが、サー・ルーファスはすでに激しく首を振っていた。

「いえ、いえ。そのような必要はありますまい。だいじょうぶですよ。カミングズがもうお部屋も用意いたしました。そうだな、カミングズ？」

「はい、だんなさま」執事が応えた。「料理人もごちそうをご用意しております」

「ほら。ね？　これはぜひとも召しあがっていただかなくては。でないと料理人がへそを曲げてしまいます」サー・ルーファスは高笑いをした。「わたしが客人を喜ぶことを、カミングズは心得ておるのです。気の利く男です、カミングズは」

サー・ルーファスはラタフィアのグラスをヴィヴィアンの手に押しつけた。彼女は受けとるしかなく、申し訳なさそうにオリヴァーを見た。彼もグラスを受けとった。しばらくサー・ルーファスと話をしなければならないと観念したような顔だ。気の毒に、サー・ルーファスは、話し相手に飢えていたにちがいない。

「ロンドンに残っていらっしゃらないなんて、驚きましたわ」ヴィヴィアンはこの邸の主《あるじ》に言った。

「いや、わたしも残りたかったのですが……」サー・ルーファスは悲嘆に暮れたように大げさなため息をついた。「借金取りに追われておりまして。田舎に引っこむしかなかったのですよ。高利貸しに頼ることも考えましたが……気の毒に、サン・シールのやつが金貸しをまわって足を棒にしていたのを見て、やはりだめだと思ったのです。とても無理だ。二、三カ月は田舎に引っこんでいなければなりません。そのうち、また風向きも変わるでしょう」

「そういうことでしたら、お力になれるかもしれません。レディ――」オリヴァーが言いかけた。

サー・ルーファスが片手を上げる。「伯爵、ご婦人がおられますので。そういったお話はまたのちほど。夕食のあとで時間はたっぷりありますから」

「ですが、サー・ルーファス、あなたとお話をしに伺ったのはわたしですわ」ヴィヴィアンが口をはさんだ。「ステュークスベリー卿は付き添ってくださっただけで」

「無理からぬことですな」サー・ルーファスはうなずき、オリヴァーのグラスにおかわりをついで自分にもついだ。「美しいご令嬢をおひとりで田舎に送りだすわけにはまいりません。わたしの若かった時代にはあり得ないことでした。いまはご婦人がしっかりしすぎております」

そして会話はつづいていった。オリヴァーとヴィヴィアンは折りにつけて目当ての話題に戻そうとしたが、サー・ルーファスはのらりくらりとかわした。客を迎えたのがよほどうれしいのか、長々とおしゃべりをしないうちは帰らせないといったふうだった。しばらくすると、ヴィヴィアンは彼にレディ・キティのブローチの話をさせることをあきらめた。これはどうしても夕食まで残らざるを得ないようだ。

彼女は腰を落ち着け、ロンドンの噂話でサー・ルーファスを楽しませた。オリヴァーもヴィヴィアンと同じ結論に達したらしく、クラブの話や、前の週にフィッツと観戦に行ったボクシングの試合の話を聞かせた。

夕食が供されるころには、サー・ルーファスとオリヴァーはワインをボトル一本空けていた。そしてそのまま食事に突入した。肩ひじ張らない田舎であり、着替えも持ってきていないことだし、サー・ルーファス自身も着替えないので、夕食のための身支度は必要ないと言われた。ワインが新たにもう一本開けられ、夕食のあいだに空になる。食事が進むにつれサー・ルーファスの顔色はさらに赤みを増し、身ぶり手ぶりも大きくなり、またワインが追加された。オリヴァーも珍しく瞳が潤んできたように、ヴィヴィアンには思えた。

ようやく皿が片づけられると、そのあとは紳士のポートワインの時間となった。ヴィヴィアンは部屋にさがらなければならないことはわかっていたが、レディ・キティのブローチの話をするまでやすむつもりはなかった。しかしサー・ルーファスがポートワインを飲むころになると、借金のかたの話などできる状態なのかどうか、ヴィヴィアンにもわからなくなっていた。

「サー・ルーファス」彼女は断固とした口調で話しかけた。「レディ・キティのことをお話ししたいのですけれど」

彼は目を丸くして彼女を見た。「ですが、レディ、いまはポートワインの時間ですよ」

「どうぞお飲みになってください。かまいませんわ。でも、お話もさせていただかなければ」

サー・ルーファスは仰天し、救いを求めてオリヴァーに顔を向けた。「ステュークスベリー……」

オリヴァーはいかめしい顔で首を振った。「こうなっては彼女は止まりません。あきらめたほうがよろしいかと。ほかのかたがたは、みなそうなさいますよ」

「オリヴァー！　あなたもできあがっているのね？」ヴィヴィアンがにらむように彼を見た。

オリヴァーはむっとした顔を向けた。「ばかなことを言わないでくれ。できあがってなどいないよ、そんな下品なことを言うものではない。わたしはただ……ほんとうのことを言っただけだ」

「へえ」ヴィヴィアンはまたサー・ルーファスを見た。「サー、レディ・メインウェアリングがダイヤモンドのブローチを担保代わりにした勝負のことを覚えていらっしゃいますか？」

彼はうなずいた。「もちろん覚えていますよ。ですが、あれは担保などではなかった。もう戻ってはこないのですよ」また彼の頭ががくんと上下する。「そう、戻ってこない」

「あのブローチは彼女がとても大切にしているものなのです。ですからお返し願いたいのですわ。あの宝石の価値のぶんだけお金をお支払いすれば、もちろん返していただけますわよね？　婦人もののブローチなど、あなたには役にも立たないでしょう？　それに、あれはレディ・キティにとってとても大事な品なのです」

「もうないと彼女には言いました」サー・ルーファスは顔をゆがめた。「まったく、あのご婦人はどうしてこう、し……」しゃっくりをしてからつづける。「しつこいのでしょう。証書はなくても借金なのですから。説明して差しあげてくれたまえ、ステュークスベリー」

「信用借りだよ」オリヴァーが同意するようにうなだれる。

執事が紳士のためにポートワインとグラスを運んできてテーブルに置き、あきれたようにヴィヴィアンを見た。サー・ルーファスがいささかぞんざいな手つきでワインをふたつのグラスにつぐ。コルクの栓をもとどおりにはめようとするのだが、うまくはまらず、思うようにならない栓を一瞬じっと見たかと思うと、テーブルに落ちた栓をそのままにし、自分のグラスを取って大きくあおった。

「ですがサー・ルーファス、ブローチよりもお金のほうがずっと役に立つのではありませんか? レディ・キティに売って返すのが理にかなっていますわ。お金なら持ってきております。いますぐにお支払いをして、品物をロンドンに持って帰りたいのです」

「ええ、ええ、それはもう」サー・ルーファスはグラスを飲み干してまたおかわりをつぎ、オリヴァーのグラスもやはり満たした。

「よかった」ヴィヴィアンは明るくなった。「それで、いかほど……」

「いえ、だめなのです」サー・ルーファスはため息をつき、まるでなにか秘密でも隠されているかのようにグラスを見つめた。

ヴィヴィアンは取り組るような顔で向かいのオリヴァーを見た。「オリヴァー……」

「ん？　なにかな？」オリヴァーがもの問いたげな表情を返す。

「助けてちょうだい！」ヴィヴィアンはサー・ルーファスのほうに勢いよくあごをしゃくった。

「ああ、そうだな」オリヴァーが咳払いをする。「彼女に売ったほうがいいですよ。そうしないと、ずっと悩まされます。彼女はとにかく、あ……あ……あきらめませんから。たしかにロンドン一の美女ではありますが」気を遣っているような顔で言い添える。「とんでもなくしつこくて……」わずかに困った顔をして言葉を切ったが、こう締めくくった。「いいえ、言わんとするところはおわかりでしょう」

ヴィヴィアンは顔をしかめてサー・ルーファスに向きなおった。もしかすると、手遅れになってしまったのだろうか。彼の言うことはわけがわからない。「どうしてだめですの、サー・ルーファス？　どうしてわたしに売ってくださいませんの？」

「もう持っていないのです」

ヴィヴィアンは驚きに目をしばたたいた。「それは、質に入れたということですの？　それとも宝石商にお売りになったとか？　お願いです、サー、どちらの店か教えてくださいませ。そちらに行って買い戻しますから」

暗い顔でサー・ルーファスはかぶりを振り、二杯目のポートワインを飲み干した。はっきりとしない声で話しだす。「あのあと、もう一ゲームやりまして、それで……」

「レディ・キティのブローチを手に入れたあとですわね？」ヴィヴィアンが確認する。彼が言いよどんだままなので先を促した。「もう一ゲームなさって、それで、どうなりましたの？」

彼はまるで子どものようなびっくりした顔で、両手と両眉を上げた。「わかりません。なくなってしまいました」

「カードの勝負でなくしたとおっしゃるの？」ヴィヴィアンの心は沈んだ。「それとも……どこかでなくされたと？」

彼はうなずいた。「そのとおりです」

ヴィヴィアンは眉をひそめた。「どういうことでしょうか。なくされたのか、それとも盗まれたのか、どちらなのでしょう？」

サー・ルーファスは大げさに両腕を広げた。「そこが問題です。わからないのです。とにかくなくなってしまって」

ヴィヴィアンはオリヴァーを見たが、彼は肩をすくめただけだった。

「その賭け事のクラブはどこにありますの？」ヴィヴィアンはしばらくして訊いた。「名前はありまして？」

サー・ルーファスは唇に人さし指を当てた。「レディのお耳に入れるようなことではありません」

「そうですか。それならステュークスベリー卿にお話しくださいな」ヴィヴィアンはテーブル越しにオリヴァーを示した。「それで結構ですわ」

「いいですとも」サー・ルーファスがテーブルにひじをついて身を乗りだし、芝居がかったひそひそ声で言った。「クリーヴランド通り。五番地です」

「ああ。なるほど」オリヴァーがうなずく。

「では、殿方でポートワインをお楽しみくださいませ」ヴィヴィアンは立ちあがった。

ふたりの紳士も立とうとした。だが、サー・ルーファスは椅子から数インチと腰が上がらないうちに、どすんと音をたてて座ってしまった。オリヴァーのほうはもう少し体の自由がきいたようで、完全に立ちあがって流れるようなおじぎをした。しかし腰をいちばん深く曲げたところでよろけてしまい、椅子の背をつかんで体を支えなければならなかった。

「どうやら今夜はこちらでお世話になったほうがよさそうね」ヴィヴィアンが言う。

「ばかな。まったく問題ない」オリヴァーはベストを下に引っ張り、威厳をまとおうとした。

「サー・ルーファスとポートワインを一本空けてしまいそうなのに？」

オリヴァーはテーブルに載った自分のグラスを、思案するように見つめた。「まあ、泊まったほうがいいかもしれないな」

部屋を出るヴィヴィアンの口もとは、小さくゆるんでいた。二階に上がりかけたものの、まだしばらくは眠くならないだろうと思った。そこで彼女は、廊下を進んで図書室を探した。見つかったのは図書室というよりも、壁に書棚の並んだ書斎という趣の部屋で、少しでもおもしろそうな本を見つけるのに少し手間取った。そのうちにサー・ルーファスの歌うような大声が聞こえてきて、思わずくすりと笑ってしまった。まったく、オリヴァーにとって、今夜はなんという夜になったのかしら！　これまで、ほんの少しでも酔ったオリヴァーなど見たこともなかったのに、今夜の彼は泥酔しそうな気配だった。明日になったら、このとんでもない夜を彼はどう思うのだろうか。

しばらくして、胸躍るとは言わないまでも、辛口で妙味のある語り口で牧師が書いた日記をヴィヴィアンは見つけ、図書室を出て階段を上がろうとした。食堂から聞こえていた声は、もう消えている。彼女は足を止め、そっと廊下を戻って食堂を覗いた。

サー・ルーファスはテーブルに突っ伏して、いびきをかいていた。オリヴァーは座ったまま、そんな彼を眺めている。上着を脱ぎ、片脚を無造作に椅子のひじ掛けにかけ、片手にグラスを握った格好で。

ヴィヴィアンはオリヴァーに近寄った。「オリヴァー？」

振り向いた彼からは、いつものひかえめな雰囲気は微塵《みじん》も感じられなかった。「ああ。〝かの女《ひと》の歩く姿は美しい〟」

ヴィヴィアンは眉をつりあげた。「バイロンの詩を詠んでいるの？　あなたったら……ほろ酔いどころか、へべれけじゃないの」

「失礼だな。これはただ……」手をさっと振る。「くつろいでいるだけだ」

「ふうん」ヴィヴィアンは愉快そうに目をきらめかせて彼の隣に立った。「くつろぎすぎて、ベッドまで手を貸してほしい？」

「いいや」オリヴァーは脚をさっとおろして勢いよく立ちあがり、あわててテーブルをつかんだ。「そのことなんだが……ベッドはどこか、きみは知っているのか？」

「来て。案内するわ」ヴィヴィアンは手を差しだした。

オリヴァーは彼女のほうに行きかけて少しよろけた。ヴィヴィアンがとっさに彼のウエストに腕をまわす。オリヴァーは彼女の肩に腕をかけ、ふたりは食堂を出ることにした。

「ブローチが戻ってこなくて残念だったな」彼女のほうに頭をかがめる。「かわいそうなヴィヴィ」

彼女はくすくす笑った。「おそらく、明日になったら〝かわいそうなオリヴァー〟に変わるでしょうね」

「そんなことがあるものか。わたしが飲みすぎることなどない」

「そうでしょうとも」彼女はこっそり笑った。「ここに泊まらなければならなくなって、ごめんなさいね」

オリヴァーが手をさっと振る。「とんでもない」

ふたりして階段を上がりはじめると、オリヴァーは手すりをしっかりと握って、引きずるように体を上げていった。

「ねえ、お酒を飲んでいるときのあなたは、とても愛想がいいのね」

「そうか？　だって、そ、そういうふうに見せる必要があっただろう？　どうせ、いつもはこわい男だ」

「まあ、こわくなんかないわ。暴れるような人ではないし」

「暴れるさ」オリヴァーが反論する。「いつも暴れている。そうだ、大暴れするのが大好きなんだ、わたしは」

ヴィヴィアンは笑った。「ごめんなさい。わたしのまちがいだったのね」

彼は大げさにうなずいた。階段を上がりきるといったん足を止め、目をしばたたかせてフクロウを思わせる動きで左右を見る。

「こちらよ」ヴィヴィアンは左に彼を案内した。先に立って廊下を進み、自分の部屋を過ぎてすぐの部屋で止まる。「ここだと思うわ」

一緒に入ったヴィヴィアンは、部屋を突っ切ってベッドの足もとにあるベンチまで行った。肩にかかったオリヴァーの腕が重たくなる。彼が体をあずけてきたが、ヴィヴィアンは同じように父親をベッドまで運んだ経験が一度ならずあり、ベンチに着くとうまく体を回転させて彼をベッドに座らせた。

オリヴァーはまばたきしながら彼女を見あげた。「美しいヴィヴィアン」にっこりほほえむ。「明るいヴィヴィアン」

「そうよ。よくわかっているわね。このブーツを脱いでくれないかしら。シーツが泥だらけになってしまうわ」

「ああ、そうだね」オリヴァーはベッドの足板にもたれ、板に両腕をかけて、ブーツを履いた足を突きだした。

ヴィヴィアンはしゃがんで彼の片方のブーツをつかみ、ぐいっとひねって引っ張った。ブーツが脱げると、それを脇に置き、もう片方に取りかかる。

「きみはすばらしい従者になるよ」

残り一方のブーツも脇に置くと、ヴィヴィアンは体を起こした。「酔っ払いすぎて、自分でもなにを言っているかわからないのね」

「わたしはほんとうのことしか言わないぞ」オリヴァーが抗議する。「わかっているくせに。きみの髪は……まるで太陽だ」

「わたしは赤毛よ」彼女は冷ややかに言った。

「夕映えの太陽だ」言いなおしたオリヴァーに、彼女も思わず笑った。

「ポートワインのせいで頭まではたらかなくなってはいないようね。さあ、ほら」彼女は手を伸ばして彼のベストのボタンをはずしはじめた。

オリヴァーはなにか手伝うでもなく、ただ彼女を見ていた。彼女の指が動くたび、オリヴァーの瞳が深みを増してまぶたが重くなっていく。ボタンをはずし終わったヴィヴィアンがベストを引っ張ると、オリヴァーは立って肩からベストをすべらせるように脱いだ。それをヴィヴィアンはベッドの足もとのほうに投げ、次は彼の襟巻きに手をかけた。

じっと彼女を見つづけるオリヴァーの瞳に、熱がこもっていく。ぱりっと糊《のり》づけされたモスリンのシャツの上で、ヴィヴィアンの手は震えていた。複雑な巻き方をされていた襟巻きがささやきのような音をたててほどけ、彼女の指にするりとふれる。その布を引き抜き、ベストの上に置いた。そしてオリヴァーの襟に伸びた彼女の手を、オリヴァーの手が覆った。

「ここからは自分でできると思う」オリヴァーの声は低く、一瞬だけわずかにかすれた。

「そう」ヴィヴィアンは手を引こうとしたが、彼の手に力がこもり、手のひらが彼の胸に押さえつけられて動かない。

「だが、きみにしてもらうほうがずっと気持ちがいい」オリヴァーは彼女の手を握りしめた。そして持ちあげ、手のひらに唇を押しつける。

肌に当たる彼の息が熱くて、ヴィヴィアンの下腹部に火がついた。手のひらから彼の唇が離れたと思ったのもつかのま、唇はべつの場所にまたやわらかなキスを落とす。そしてまたべつの場所に移り、敏感な手首の内側へと動いた。心臓の鼓動が速まるのと一緒に手首の血管も脈動しているのが自分でもわかる。ふと、オリヴァーにも気づかれていないだろうかと彼女は思った。彼のキスでこんなにも心乱されることを、彼は知っているのだろうか。熱い渦が体の奥で渦巻き、息苦しくて震えそうになっていることを？

「気をつけて、オリヴァー」ヴィヴィアンはつぶやいた。「あとで後悔しないように」

彼が顔を上げた。そこには疑いようのない欲望がにじんでいた。あからさまな感情を隠そうともしていない。突然ヴィヴィアンは、ほんとうのオリヴァーを初めて見たような気がした。

「きみを求めたことを、後悔するって？」オリヴァーが言う。「きみにキスしたことを？」

彼はヴィヴィアンの手を放して前にかしぎ、代わりにウエストをつかんだ。そのまま抱きよせ、小さなうめき混じりの吐息ごとヴィヴィアンの唇を奪った。

12

やさしく、ゆっくりと、オリヴァーの唇が重なってヴィヴィアンの唇をひらかせ、舌が入りこんだ。ヴィヴィアンも彼のほうにかしぐ。急にぐらついた世界のなかでただひとつ、たしかなものであるかのように、彼のシャツの前にしがみついた。全身が震えだしそうだ。重なった彼の唇がもどかしいほどゆっくりで、体の奥から甘美な快感が引きだされていく。口づけながら、オリヴァーの手は彼女の体をまさぐりはじめた。腰から臀部を撫で、また脇腹に戻ったかと思うと、ふたりの体のあいだにすべりこんで彼女の胸へと上がっていく。彼の手で、ヴィヴィアンの体はひらかれていくようだった。熱を上げられ、下腹部の奥深くにうずきが生まれる。ヴィヴィアンは彼に体を押しつけ、手を彼の首まで這わせていって髪に指を絡めた。彼も彼女を抱きすくめ、自分の硬い体にこれでもかと押しつける。

オリヴァーの飲んだポートワインの甘ったるい味わいと、頭がくらくらするようなにおい、そしてなにより、彼の唇と手が、ヴィヴィアンを酔わせた。どんな動きにも彼女の肌は敏感に反応した。彼の唇の動き、舌のひらめき、手の愛撫——たしかながらもやさしくて、じれったくなるほど軽やかで——彼女の全身にさざ波のような快感を送りこんでくる。衣服にじゃまされずに彼の手を感じたくて、ヴィヴィアンの体はうずいた。素肌に彼の手の熱を感じたい。考えるよりも先に、彼女はオリヴァーに体をこすりつけ、ほしくてたまらないものを求めた。

オリヴァーはうめきを漏らして唇を離し、ヴィヴィアンの髪に顔をうずめた。「ヴィヴィアン、ヴィヴィアン……ほんとうにいいのか？　ほんとうにきみは、こうしたいと思っているのか？」

「ええ」彼女がささやく。「わかるでしょう？」

「ああ、きみはなんてきれいなんだ」オリヴァーはヴィヴィアンの耳に口づけ、耳たぶを食《は》んでもてあそび、やわらかな肌をそっと噛んでから舌でやさしく舐《な》めた。

ヴィヴィアンはたまらず吐息のような声を漏らし、激しい欲望に体を貫かれた。「教えて」とつぶやく。「どれくらいきれいなのか、わたしに教えて」

オリヴァーはぶるりと震え、思わず彼女をきつく抱きしめた。ふたたび唇が重なり、深く、思いの丈をぶつける。ヴィヴィアンもありったけの情熱で応え、ふたりはひとつに溶け合ってしまうかのようにきつく抱き合った。衣服と肌を通して、彼の心臓の鼓動がじかに伝わってくるような気がする。それとも、これはわたしの心臓の音なのだろうか。こんなに大きくて、激しくて、いまにも外に飛びだしそう。

オリヴァーは彼女を抱きあげて向きを変え、一緒にベッドに倒れこんだ。ヴィヴィアンは羽根のマットレスに沈み、さらにそこに彼の重みがかかる。オリヴァーは横向きに転がり、キスをつづけながらドレスの上から胸を撫でた。唇は彼女ののどを伝いおり、手が彼女の胴着についた二列の留め金に伸びる。せわしなくそれをはずすと胴着をひらき、リボンのついた薄いシュミーズをあらわにした。

オリヴァーは片ひじをついて起きあがり、どこかオオカミを思わせる顔でほほえんだ。その唇は口づけのせいでふっくらと赤みを帯び、目は欲望でぼんやりしている。そんな彼を見て、ヴィヴィアンは胸のなかで心臓が転がるかと思った。手を伸ばして彼の下唇を人さし指でなぞると、彼はふざけて彼女の指をついばんだ。彼の人さし指がシュミーズにすべりこみ、襟ぐりに沿って胸の上部をなぞっていく。オリヴァーは自分の指の動きを目で追ううち、いっそう欲望に濡《ぬ》れてとろけた顔つきに変わった。シュミーズを閉じている可憐な結び目をつまみ、引いてほどく。シュミーズがゆるんだところに手を入れ、布地を胸の下まで押しさげた。

オリヴァーの手が胸をすくって重みを包みこみ、親指が先端をこする。ヴィヴィアンは息が一瞬詰まった。胸の先は反応して硬くなり、彼女の奥深くにあるなにもかもが熱くとろける。胸をまさぐる彼の手は止まらず、ヴィヴィアンはじっとしていられずにベッドで身もだえた。脚のあいだのうずきが増し、しっとりと濡れていることはわかった。

そのときオリヴァーの手が離れた。敏感になった肌が急に放りだされてヴィヴィアンは抗議の声をあげたくなったが、すぐに彼は頭をかがめて胸の先端に口づけてきた。いっそう強烈な快感へと引きずりこまれる。彼の唇が胸の先端をさまよい、唇と舌と歯でそこをかわいがる。いつしか彼の手もヴィヴィアンの体をまさぐり撫でていた。スカートとペチコートにも手が伸び、ウエストまで引っ張りあげる。薄いローン生地の下穿きだけを通して脚に彼の手を感じ、彼女は驚いてびくりとした。

けれどその瞬間、オリヴァーの唇に胸の尖りをきゅっとふくまれ、硬くなった先を舌で撫でられて、ヴィヴィアンは慎みのすべてを忘れた。彼の手が太ももの外側を撫でおろし、今度は内側を上がってきて、もう一方の脚にも同じことをする。脚の付け根の手前でいつも彼の手は止まり、ヴィヴィアンは息を乱して心待ちにするしかなかった。早くそこ<ruby>に</ruby>ふれてほしい。彼の手が平らな腹部をかすめ、下へと動いていく。とうとう彼の手がするりと脚のあいだに入り、そっと押してきた。じらすように布越しに撫でられて、せつなさと快感がいっそう募る。息が荒くなり、彼女は無意識のうちに腰を彼の手に押しつけていた。

オリヴァーがうなり声かと思うような低い声を漏らして体を起こしたので、ヴィヴィアンは驚いた。歯がゆくてたまらずに目を開け、文句を言おうと口をひらきかける。しかし彼女を見おろすオリヴァーの顔が欲望にまみれているのがわかると、文句の言葉など口のなかで消えていった。彼はベッドからすべりおり、手早く彼女のブーツを脱がせた。さらにベッドの上に身をかがめ、彼女の下穿きの両脇をつかんでひと息に抜きとった。

つかのまオリヴァーは立ったまま、欲望に輝く目で彼女を見おろしていた。おもむろに彼女の片脚をつかみあげ、自分の胸で彼女の足を支えて靴下留めをはずした。ゆっくりと、しかし容赦なく彼女の靴下を剥いでいきながら、絹布の下からあらわれるむきだしの肌を両手で撫でる。オリヴァーは目を上げて彼女を見た。生々しい欲望もあらわに、目で彼女に尋ねる。ヴィヴィアンの口角がゆっくりと上がった。瞳には炎が燃えている。彼女もはっきりと、目で返事をした。

最後に脚をひと撫でしたオリヴァーは、そっとマットレスにおろしてもう片方の脚に手をかけた。まったく同じように持ちあげ、やはり長靴下を脱がせながら指先で肌をなぞる。彼の手にふれられたところが燃えるように熱くなり、ヴィヴィアンは息を詰めた。靴下が下までおろされ、抜き去られる。むきだしになった彼女の肌に、オリヴァーの意識が移った。ふれるかふれないかの軽いタッチで指先が足首から上へと向かってくる。かすめるような感触が、かえって彼女に火をつけた。ひざまで行き着いた指はまた下に向かい、じらすように撫でていく。ひざよりも上に手が行くと、彼女は鋭く息をのんだ。

オリヴァーは笑みを浮かべて彼女の脚をおろし、ベッドに上がって彼女の隣に寄り添った。身をかがめ、彼女のひざの横にキスをする。その口が一、二インチほど上がってまた肌にふれ、そしてさらに上に移った。ヴィヴィアンは驚いてびくりとすると同時にじれったくなった。彼がからかうような目で彼女を見あげる。

「いやかい？　あとにしようか」オリヴァーはもう一方の脚に変え、やはりじょじょに上に向かってキスをしていった。

ヴィヴィアンののどがかっと熱くなり、体が震えた。オリヴァーはひざで彼女の脚をひらかせ、脚のあいだに体を入れて彼女に覆いかぶさった。腕で体を支えて身をかがめ、あおむけの彼女をマットレスに押しつける。

やわらかな体にのしかかってくる彼の重みや、骨と筋肉の硬い感触がヴィヴィアンにはうれしかった。彼のシャツとズボンの布地が、むきだしの肌に少しざらりとして、なぜだかそれにも煽られた。両手で彼の腕を撫であげ、彼の目をじっと見あげる。彼になら溺れてもいい。ヴィヴィアンは本気でそう思った。いまはもう、ほかにしたいことなんて、なにもない。

「抱いて、オリヴァー」そっとささやいた。「ほかのだれでもない、あなたがいいの」

一瞬、オリヴァーの瞳をよぎった困惑の色は、彼の体内に湧き起こった欲望に焼き尽くされて消えた。彼が硬くなるのがヴィヴィアンにはわかった。彼が頭をさげてまたキスをする。その唇はもうやさしくはなかった。貪欲で激しく、彼の欲望をそそぎこむ代わりに彼女の欲望を吸いとっていく。息もできなくなるほどの口づけをしたあと、彼の唇はヴィヴィアンののどをたどっておりてゆき、やわらかな肌をくすぐった。

ヴィヴィアンは彼の背中と肩を撫でたが、彼のシャツがふたりのあいだを隔てていた。オリヴァーは不満げに低くうなって頭からシャツを脱ぎ、残りの服もできるだけ速く取り去った。彼がそうしているあいだに、ヴィヴィアンも自分のボタンをすべてはずし、ドレスとペチコートを脱いだ。

オリヴァーがふたたび彼女の脚のあいだに身を置く。ヴィヴィアンは彼を抱きしめ、あたたかな肌の感触にうっとりした。彼のものが当たって脈打っているのがわかる。欲望をみなぎらせ、主張しているそれを感じ、無意識に彼女も身じろぎした。体に火がつき、彼を求めてうずいているのに、彼はまだ純潔を奪おうとはしない。代わりに唇がおりてきてキスをし、じらし、愛撫した。彼はヴィヴィアンにも自分にも激情を掻きたて、いつしかそれは焔《ほむら》のように熱く燃えさかっていく。

ヴィヴィアンは彼の背中に指が食いこむほど抱きつき、欲望の深みにはまってあえいだ。ついに彼がなかに入ってくる。迷いのない動きで、深く、奥まで。その瞬間走った痛みにヴィヴィアンはびくりとした。オリヴァーはとっさに動きを止め、頭を上げた。驚きに目を見ひらいて。

「ヴィヴィアン？」

彼女はかぶりを振った。「だめ、やめないで。オリヴァー、お願い……」

彼は身をかがめて長く激しく口づけ、それからゆっくりと、できるだけやさしく、ふたたび彼女のなかで動きはじめた。長く、深く、突き入れられ、ヴィヴィアンのなかはまた快感を拾いはじめる。痛みもどこかに消え、彼の腰に両脚を絡ませる。それまで想像もしたことがないような充足感と、満足感を覚えた。しかしまだそこで終わりではなかった。欲望はいっそう募り、彼が動くびに少しずつふくれあがっていく。

ヴィヴィアンは彼にしがみつき、彼の肩に口を押しつけた。そのとき、渦を巻いた激情が彼女のなかで弾け、ヴィヴィアンは彼の肌を噛んで快楽の波に耐えた。オリヴァーもまたかすれた叫びをあげて深く彼女に突き入り、身を震わせる。その瞬間、すべてが止まったかのように思えた。痛みも苦しさも消え、至福の悦《よろこ》びだけがそこにはあった。

オリヴァーは彼女の上に崩れ落ち、荒い息をしながらじっとしていた。やがて横に転がると、ヴィヴィアンに腕をまわして抱きよせた。彼女は自然と彼に寄り添い、彼の肩に頭をあずけて、ふわふわとした夢のような悦びのなかでたゆたった。

「ヴィヴィアン、なぜだ？」つぶやく彼の声はいかにも満足げではあったが、かすかに困惑もにじんでいた。「どうして言わなかった……？」

「しーっ」ヴィヴィアンはいっそう寄り添い、彼の胸にそっと唇でふれた。「せっかくこうしているのだもの。しゃべらないで」

オリヴァーは彼女の頭のてっぺんにキスして、彼女をぎゅっと抱きしめた。そしてふたりは、おだやかに眠りに落ちていった。

翌朝、ヴィヴィアンは鼻歌を歌いながら階段をおりていった。髪は簡単に頭の上にまとめただけだし、服は少ししわになっていたが、そういった小さなことは気にもならなかった。こんなにも幸せいっぱいではちきれそうなのだから、彼女の輝きはだれの目にもあきらかだろう。

昨夜はオリヴァーの腕のなかにできるだけ長くとどまり、あたたかくて満ち足りてゆったりした気分に浸った。それから伸びをし、ふわふわの上掛けから抜けだすと、服を着て、眠っているオリヴァーの頰に最後のキスをした。それからそっと部屋を出て、執事が彼女に用意してくれた部屋に行った。すぐに深い眠りに入り、今朝は幸せな気分で目覚めた。目を開けた瞬間から笑みを浮かべてしまうほどに。

昨夜起きたことはまるで魔法のようだった。想像をはるかに超えていた。いつもああいうものなのか……それともあれは、相手がオリヴァーだったから？　思い返したヴィヴィアンはまたこっそりと口もとをほころばせ、まだ顔のゆるんだ状態で食堂に入っていった。

テーブルにはオリヴァーが座っていた。料理の残った皿が脇に押しやられている。紅茶を飲む彼はふだんより顔色が青ざめ、眉間にはしわが寄っていた。ヴィヴィアンが入っていくと彼は顔を上げた。その顔が真っ赤になったかと思うと一瞬で血の気は引き、灰色に変わった。

「ヴィヴィアン！」彼は跳びあがるように立ち、それから少しためらいを見せた。配膳台のそばにひかえている召使いを見やってからヴィヴィアンに視線を戻す。「あ……いや、おはよう」締めなおされた襟巻きは少ししわが寄っているように見えたが、とにかく表情がぎこちない。

ヴィヴィアンは小さなため息をついた。オリヴァーが一筋縄ではいかないことくらい、わかっていたようなものだけれど。彼は身じろぎもせず、ナプキンを握りしめて硬直している。

ヴィヴィアンはことさらさりげなく入っていき、明るい声を出した。「頭が痛くはないかしら、ステュークスベリー？」

「えっ？　ああ、いや、とくには」

ヴィヴィアンは楽しげにちらりと彼を見やった。召使いが近づいて椅子を引いてくれる。

「お邸のご主人はどうなさったの？　こちらにはいらっしゃらないの？」

「いや、どうもご気分がすぐれないようで」

召使いがヴィヴィアンのカップにお茶をついだ。オリヴァーは召使いにぎこちなく目をやり、彼がテーブルから一歩さがると、短くうなずいた。「あとはだいじょうぶだ」

召使いはおじぎをして食堂を出ていった。オリヴァーがこれから話そうと身がまえるのがわかったので、ヴィヴィアンは先手を打って立ちあがり、料理を取りに配膳台へ歩いていった。「あなた、ほとんど食べていないのね」笑いを含ませた目でちらりと振り返る。「お味のせいではないわよね？」

オリヴァーの口が引き結ばれた。「今朝はあまり食欲がなくてね」

ヴィヴィアンが皿を持って戻ると、今度はオリヴァーが椅子を引いてくれた。彼女は旺盛な食欲を見せて食事を始め、料理のことや天気のこと、ロンドンへの帰りの旅など、なにげないことを陽気にしゃべった。オリヴァーは背筋をこわばらせ、ときおりヴィヴィアンのほうを見ては顔をそらしつつ待っていた。

「八方ふさがりのようね」ヴィヴィアンが言った。「かわいそうなキティ。どうやってブローチを取り戻せばいいのかわからないわ。もちろん、サー・ルーファスがあれをなくした賭博場はわかっているけれど……」

オリヴァーがうめき声を押し殺したような、奇妙な音をたてた。「勘弁してくれ、ヴィヴィアン。深追いするな。もうこの件は終わったんだ」

「かもね」ヴィヴィアンは最後のベーコンを口に入れ、オリヴァーと目を合わせた。これ以上かわすのは無理ね、と内心ため息をつく。オリヴァーが背筋を伸ばして立ちあがった。まるで処刑台に向かうような面持ちだ。

「レディ・ヴィヴィアン、昨夜のわたしの許しがたい行状を謝罪しなければならない」

ヴィヴィアンはナプキンをテーブルにたたきつけて立ちあがった。「やめて。あなたの口から謝罪の言葉なんて、聞きたくないわ」

「じゃあ、なにを言えばいい？　きみは、わたしが知らん顔をしているほうがいいというのか？　昨日の……」

「過ちだなんて言ったら、ひっぱたくわよ」ヴィヴィアンの瞳が光った。「わたしはただ、昨日のことならわたしにもなにか言わせてほしいと思っているだけよ」

「きみの言うことはあてにならない」オリヴァーが語気も荒く言い返す。「あんな誤解させるようなことを言って。きみのあの話しぶりでは、きみが……その……清らかではないように思えるじゃないか。そういうことに経験があるのだと」

「男性経験がないとは言わなかったわ」

「なんてことを、ヴィヴィアン」ひらいたドアをあわてて見やる。「どうしてきみは、そう……」

「率直すぎるというの？　さっきはわたしの話に誤解させられたなんて言ったくせに」

「率直なのはべつにいい」激高したオリヴァーの頬が染まった。「どちらかといえば、歓迎するくらいだ。だが、サー・ルーファスの召使いに聞こえるようなところで、大きな声であからさまに自分の考えを言うものではない」

ヴィヴィアンは目をくるりとまわした。「そうよね。世間体を気にしないとね」

「そうやってごまかすんじゃない。わたしが言っているのは、きみが故意に、自分はいわゆる〝世慣れた女〟だと思わせたということだ。これまでほかに男性がいて……わたしがその……つまり……」

「初めての相手ではないのだと？」ヴィヴィアンは腕を組んだ。「あなたは、自分が初めての相手だったからといって怒っているの？　そんな反応をする人なんて聞いたこともないけれど、どうしてそれが問題なのかわからないわ」

「わざととぼけているのか？　問題に決まっているだろう。昨夜のように酔っていたとしても、もしそれがわかっていたら、あんなふるまいはしなかったと思いたいよ。もしもきみが……だからつまり……清らかな若い令嬢をおとしめるようなことをせずに、踏みとどまれたはずだと」

「いい加減にして！」ヴィヴィアンは両腕を振りあげた。「まるでわたしなどなにも関係していないような口ぶりね！　わたしは自分の意志で決めたの。あなたに無理強いされたわけではないわ。強いお酒を勧められて誘惑されたわけでもない。それどころか、ふだんより気がゆるんでいたのはあなたのほうよ。誘惑したとなじられるのなら、それはわたしのほうなの」

「なにを言う、ヴィヴィアン！　わからないのか、悪いのは――」

「やめて」彼女はさっと手を上げて彼を制した。てこでも動かないという顔つきをしている。「聞きたくないわ。もうこの話はやめましょう。あなたとこんなふうにけんかしたくないの。こんな……こんな……」言葉がつづかず、ヴィヴィアンはぐっと息をのんで、悔しくも湧きあがってくる愚かな涙をこらえた。「お互いにいちばんいいのは、忘れることだわ。昨夜はなにも起こらなかったことにするの。だって、これでは、少しおつき合いするだけのあいだでも、けっしてうまくいきそうにないもの」

オリヴァーは長々と彼女をにらんでいた。「わかった」短く言い、鼻の付け根を押さえた。「きみがそうしたいのなら。昨夜のことはなかったことにしよう」

「ええ。それでいいわ」ヴィヴィアンはまっすぐ背筋を伸ばし、冷ややかな目をしていた。どこから見ても、公爵家の令嬢だ。「さあ、馬車をまわす手配をしていただけるかしら。ロンドンに戻りましょう」


カメリアはおもしろくなさそうな顔で窓の外を見つめていた。リリーが出発してまだわずか二日だというのに、早くも暇をもてあましていた。先ほどは腰を落ち着けて姉のローズとマリーにせっせと手紙を書いたが、ふだんから筆無精なもので、すぐに書き終わってしまった。ものの修理などは使用人がしてしまうし、刺繍などは苦手だ。めったに出かける機会もなく、ウィローメアにいるときのように的撃ちを練習することもできず、ロンドンでは付添人がいなければ乗馬に出かけることもできない。とはいえ、ロットン・ロウの乗馬はあまりにつまらなくて、出かける甲斐《かい》もないけれど。いったいロンドンの若い娘たちはなにをして過ごしているのだろう？

激しく吠える声が聞こえ、カメリアは勢いよく振り返った。「パイレーツ！」

みすぼらしく見える犬がドアのところにいた。嚙み跡だらけの赤いボールをくわえ、短い尻尾を猛烈に振っている。犬はたたっと走りこんできてカメリアの前で止まると、彼女の足もとにボールを落とした。

「ああ。〝取ってこい〟をしたいのね。わかったわ」カメリアはにっこり笑った。「そうね、それがいいかも」

邸の裏手にある庭はせまいが、小さな犬がボールを追いかけまわすくらいの草地はじゅうぶんにあった。まだあたたかいというような気候ではないけれど、少なくとも凍えそうなほどではない。カメリアは軽やかに二階に駆けあがり、毛皮付きの外套と、汚れてもいい毛糸の手袋を取ると居間に戻ってきた。パイレーツは先ほどのボールの横に、小さなぬいぐるみの人形と嚙み跡だらけの骨を並べていた。

「宝物をひっかきまわしてきたのね」カメリアは、ふふっと笑った。

パイレーツには、自分のねぐらにしている裏階段に宝物を隠す癖があった。それを好きなときに取りだして、あちこち持っていっては嚙んだり、遊んだり、ときには邸の者にプレゼントしたりするのだ。とくにお気に入りなのは、邸を訪れたご婦人に戦利品を贈呈することだった。それはたぶん、ご婦人たちがたいていおののき、悲鳴をあげてくれるからだろう。邸の者はもう慣れっこになっていて、小さな持ち物が見当たらなくなったときにはパイレーツの隠し場所を探すようになっていた。

カメリアはその三つの品物を一緒くたに拾いあげ、途中で骨だけはごみ箱に捨てて裏庭に出た。ボールを投げて次にぬいぐるみも投げると、パイレーツはうれしそうに追いかけ、彼女のところに持って帰ってきた。ただし、ぬいぐるみのときは、獲物よろしくまず揺すって、完全に動かなくなっているかを確かめていたが。何度かそんな遊びをくり返し、パイレーツが赤いボールをくわえて戻ってきたときだった。突然止まった彼は、カメリアの背後に向かってやかましく吠えたてた。カメリアがきびすを返すと、粗末な服を着たやせ形の男が外の門を開けて入ってきたのが見えた。

カメリアの胃が跳ねた。「コズモ！」ぞっとして動けなくなり、近づいてくる相手を食い入るように見た。彼がすかした感じで帽子をくいっと上げる。そののんきなしぐさに、カメリアのなかで積もりに積もった怒りがほとばしり、彼女は語気も荒く言った。「いったいこんなところでなにをしているの？」

パイレーツがすさまじい勢いでカメリアの隣につき、耳をつんざくような声で吠えたてる。

「まったく、なつかしい父親への挨拶がそれか？」コズモは小さな犬を不安げに見やった。

「ただの継父でしょう」カメリアは冷ややかに訂正し、腕を組んでこわい顔でにらんだ。

コズモ・グラスは、フローラ・バスクームの夫マイルスが亡くなって一年後、フローラと再婚した男だ。コズモはかつてマイルスと一緒に酒場を経営しており、フローラは姉妹を路頭に迷わせてはならないという一心で彼と再婚した。しかし、それがとんでもない過ちだったことは、ほどなくわかった。よく言って怠け者、悪く言えば犯罪者すれすれの男であるコズモ・グラスは、姉妹を養うどころか、じゃまにしかならなかった。フローラが亡くなったあとでさえ、自分の利益のために姉妹を利用しようとし、姉妹の資産を巻きあげようとイングランドまで追ってきた。

姉妹は四人ともコズモを嫌っていたが、なかでもカメリアの嫌悪感がいちばんひどかった。母親が再婚したときにまだ十二歳だったカメリアは、継父を嫌っていたのはもちろん、それと同じくらいこわいと感じていた。たいていのことにはおそれを知らないカメリアだが、子どものころ継父に植えつけられた恐怖心を完全に消すことはできなかった。そういう根深い恐怖心と、こんなにも低俗でつまらない男をぼんやりとでもこわいと思ってしまう自分へのふがいなさとのせいで、カメリアはほかの姉妹よりもいっそうコズモを嫌悪していた。

パイレーツは吠えるのをやめず、コズモの脚に嚙みつこうと飛びかかった。コズモは横に跳んで避け、さっと帽子を脱いで犬を払おうと振りまわした。「やめろ！　こいつをどけろ！　どけてくれ！」

犬の好きなようにさせてやりたいと思いながらも、カメリアはパイレーツに合図をした。

「やめなさい！　お座り！」

パイレーツが命令を聞いてくれるかどうかわからなかったが、今回ばかりはカメリアとコズモのあいだですなおに座り、そのまま小さくうなりながらコズモをにらみつけていた。

カメリアはコズモに冷たい目を向けた。「どうしてまだイングランドにいるの？」恐怖と闘うには、相手に真っ向からぶつかっていくしかなかった。「国を出ろとフィッツ従兄さまに言われたはずよ。もしまだいることを彼が知ったら――」

コズモは鼻で笑った。「あの麗しい兄ちゃんか？　あんなやつはこわくもなんともない」

「あんたって、どれだけばかなのかしら。彼はイングランドでも一、二を争う射撃の名手なのよ」

「ああいう男がおれのような人間のために自分の手を汚すものか。ああいう伊達男《だておとこ》のことはよくわかってるからな。世間にどう言われるか、びくついてるもんだ」

「わたしがあんたなら、そんな思いこみは捨てるけど」カメリアは冷ややかに言った。「どうしてここに来たの？　お金ならないわよ、そういう期待をしても無駄なの。ここにいるだれに言っても同じよ」

「おれがほしいのは金じゃない。ちょっとばかし手を貸してほしいだけだ」コズモは愛想がいいと自分では思っているらしい笑みを浮かべた。「長いつき合いの父さんのために、ひとつ頼まれてくれないか？」

「そういうことを言わないで！」

カメリアが声を荒らげたことで、パイレーツが立ちあがってさらにうなった。

コズモは犬を警戒するように見ながら言った。「なあに、ちょいと教えてくれりゃいいんだ。なにかする必要はない」

カメリアは眉根を寄せた。「どういうこと？　なにを教えろと言うの？」

「ステュークスベリーのやつが、どこに宝石をしまっているか教えてくれりゃいい」

カメリアは驚くあまり、すぐには口も利けなかった。炎のような怒りが燃えあがる。「なんですって！　そんなことをわたしがあんたに教えると本気で思っているの？　従兄のものを盗ませるようなまねを？　完全にどうかしてしまったの？」

「なあ、カメリア……」

「名前を口にしないで」カメリアは拳を握りしめた。「フィッツ従兄さまに出てきてもらうまでもないわ。わたしでじゅうぶんよ。今度ここに顔を出してそんなことを言おうものなら、わたしが自分の拳銃を持ってきて射撃の腕前を思い知らせてあげるから！　さあ、早く出ていって！」彼女は一歩前に出て拳を振りあげた。

コズモがあわてて一歩さがる。「そうあわてるな、カメリア。落ち着いておれの話を聞けよ」

「なにを言おうと、オリヴァー従兄さまの宝石が置いてある場所なんて教えないわ」

「そうか？　いや、その大事なオリヴァーさまとやらに、おれがどんな話をすると思う？」

けんか腰にあごを突きだす。「それを聞いたら、おまえはどう思うだろうなあ？　ん？　おまえはここで結構な暮らしをしているんだろう？　それを失いたくはないだろうが」

「いったいなんの話をしているのか、さっぱりわからないわ」

「おまえがほんとうは伯爵さまとなんの関係もないと言われたら、どうなるだろうなあ？」

「なんですって？」カメリアはあ然としてコズモを見つめた。「わたしが従妹だということならオリヴァー従兄さまはわかっているわ」

「ほかの三人が従妹だってことはわかってるだろうさ。だが、おれの記憶によると、フローラはおまえの出生証明書は火事で燃えたと言っていた。記録がないなら、おまえの身分を証明できないだろう」

背筋がぞわりと震えたが、彼女はこう言っただけだった。「ばかなことを言わないで。姉妹はみんな、わたしがきょうだいだと知っているわ」

「嘘をついているかもしれないじゃないか。おれがおまえの父親で、フローラは実母ではなく継母にすぎないとステュークスベリーに言ったら、それらしく聞こえるぞ。バスクーム姉妹を知っている人間なら、姉妹の結束が固いことはわかっている。姉妹がばらばらにならないためには喜んで嘘をつくだろうということもな」

「オリヴァー従兄さまはそんなに愚かな人ではないわ」カメリアはひっそりと生まれた小さな疑念を断固として抑えこんだ。「彼がわたしたちよりあんたの言うことを信じるなんて、あり得ない」

「そうか？　どこの世界に、自分の子でもない娘を自分の子だと言う男がいる？　そうだろう？　それこそ強力な証拠じゃないか。それに、自分の姿を見てみろ。おまえはほかの姉妹に似ていない。おまえみたいな黄色い頭をした娘はほかにだれもいないだろうが。あの伯爵だっておかしいと思うさ。もしそれに気づかないまぬけだとしても、小娘たちにまんまとだまされたなんて話が世間に広まるのはいやだろうさ。自分の従妹だと世間にふれまわった娘が、じつはちがっていたなんてな」

「つまりあんたは、オリヴァー従兄さまに恥をかかせないために、オリヴァー従兄さまのものを盗ませろと言っているのね？」

コズモはにこやかにうなずいた。「ああいう男は、恥をかくのをいやがるからな」

「そんな心配をしてもらうには及ばないわ」

コズモが眉根を寄せた。ばかにされたことはわかったが、どうばかにされたのかはわからないらしい。

「あんたに手は貸さないわ」カメリアはけんもほろろに言い、コズモ・グラスよりも頭のある男ならぞっとしただろうと思えるようなまなざしを向けた。「伯爵さまには好きなことを言えばいい。きっと笑い飛ばされるでしょうよ。さあ、もう出ていって」

「わかった、わかった。おまえはいつも手厳しかったよなあ。だが、おれの話をよく考えてみろ。少し時間をやる。おまえにとってそれがいちばんいいんだとわかるだろうよ」

「出ていって。いますぐ」ひと声ごとにコズモに迫るカメリアを見て、パイレーツはまた吠えだした。ふたりのまわりをぐるぐるとまわり、ときおりコズモの足首に噛みつこうと跳びかかる。

勢いよく近づいてくるカメリアを前にコズモはあわてて後ずさったが、パイレーツがとうとうズボンの裾に鼻先を突っこんで鋭い歯で嚙みつくと、ぎゃっと叫んで庭から逃げていった。

腹を立てながらも、カメリアはコズモのまぬけな姿に笑わずにはいられなかった。けたたましく吠える小型犬に足首を嚙まれそうになりながら、追いたてられて庭を飛びだしていくなんて。しかし体の向きを変えたときには、その笑みも消えていた。庭の隅にある鉄製のベンチに大またで歩いていくと、体を投げだすように腰をおろした。

コズモのやつ！　わたしはあの男から永遠に逃げられないのかしら？

一瞬、フィッツのところに行って、いまあったことを話そうかと思った。けれども、すぐに考えなおした。だれかに借りをつくるのはいやだ。たとえそれがフィッツのように感じがよくて気の置けない人であっても。自分の問題は自分でどうにかしたかった。男性のもとに逃げこんで問題を肩代わりしてもらうなんて、まっぴらだ。継父との問題に少し不安を感じてしまったことで、なおさら自分の手で解決しなければならないとカメリアは思いこんだ。

コズモに立ち向かう勇気がないなんて、だれにも――フィッツにも、そしてもちろん、いやらしいろくでなしであるコズモ・グラス本人にも思われたくなかった。それに継父のことを話すのは、とくにイングランドのきちんとした血縁者に話すのは、どれほど彼らが理解のある人たちであっても恥ずかしかった。コズモとは血がつながっていないとはいえ、彼の考えていることを話して聞かせると思うと胸が痛くなるほど情けない。あの下劣で強欲なふるまいのせいで、自分まで同じような人間だと思われるのではないだろうか。だからコズモのことは、自分ひとりでどうにかすることに決めた。

彼の言うことを聞くのは論外だ。その点ははっきりさせたし、もう一度近づいてこられてもくり返し断るだけだ。問題なのは、コズモに脅迫をさせないためにはどうすればいいかということだった。さっきのようなでたらめな話を吹聴されるのは困るけれど、彼に手を貸すことを断れば、コズモのことだから、いやがらせに嘘を言ってまわるにちがいない。

最初に姉妹がイングランドにやってきたとき、オリヴァーが見せた不信感を思いだす。コズモの話を聞いて、オリヴァーにまた疑いが芽生えたらどうしよう？　少なくとも、カメリアについての疑いが。コズモの話がまたいかにももっともらしいのが困りものだった。彼の言うとおり、彼がカメリアを自分の娘だと主張してもなんの得にもならない。男性というのはふつう、自分の子だと認めるのではなく否定するものだ——とくに、認めてもなにも得るものがないときは。それに、カメリアはほかの三人に似ていないし、出生を証明するものもない。

もちろん、マリーもリリーも、カメリアは自分の姉妹だと断言するだろうし、オリヴァーもそれを信じてくれるだろう。それでも、ほんのわずかでも疑いの目をオリヴァーに向けられると思うと、胸が苦しかった。カメリアのアメリカ的で率直な物言いを、オリヴァーがよく思っていないことはわかっている。表立って、ほかの三人ほどカメリアのことを気に入ってはいないと言われたことは一度もないが、それがほんとうのところではないだろうか。コズモが言ったように、彼の主張が正しいかどうかは問題ではない。そういう疑いを生むだけで、じゅうぶん世間を騒がせることになるのだ。カメリアが公園で馬を疾走させたとき、どれほどささいなことで世間が騒ぐのか、そしてどれほど速く噂が広まるのかということは実証された。彼女がほんとうはタルボット家の人間ではないという噂など、まちがいなく燎《りょう》原《げん》の火のごとく広まるだろう。ドーラ・パーキントン母娘が先頭に立って広めてくれそうだと思い、カメリアは歯を嚙みしめた。

オリヴァーは醜聞を嫌う。きっと激怒するだろう……たとえいつものように英国紳士らしく、口を引き結ぶくらいしか反応を見せないとしても。こんなに親切にしてもらった彼を、そんな状況に追いこみたくはなかった。それに言うまでもなく、醜聞はリリーにとって大打撃だ。カー家の人々はあきれ返るだろうし、結婚式が醜聞まみれになるかもしれない。

だめだ。コズモに噂を垂れ流させるわけにはいかない。どうにかして彼を止めなければ。

13

サー・ルーファスの邸から戻る旅は、ヴィヴィアンの予想どおり寒く、そして会話がなかった。しかし翌朝には怒りも薄れ、あんな別れ方をしたことをオリヴァーも悔やんでいてくれればと思った。もしそうなら、きっと彼はどこかの社交の場で彼女を見つけ、話しかけてくれるだろう。そうすれば互いに謝り、この不安定な関係を立てなおせるかもしれない。けれどオリヴァーのほうから来てもらうことが重要なので、もどかしいけれどもヴィヴィアンにできることはほとんどなかった。できるだけ多くの催しに足を運ぶしかない。

とにかく、ヴィヴィアンはそうすることにした。近いうちにオリヴァーにはきっと会えるだろう。そう思って元気を出したものの、イヴやカメリアとの関係を考えるとなかなか厄介な状況だった。ふたりを訪ねて〈ステュークスベリー邸〉へ行けば、偶然にオリヴァーと会うかもしれない。そうなると、彼と会うためにヴィヴィアンがわざと訪問したと思われる可能性がある。それではうまくいかない。けれどもカメリアの社交界デビューを立派に成功させたいなら、社交界でも力のあるあちこちの婦人のところへカメリアを連れていく必要があった。それに、カメリアは妹がカー家の親類めぐりに行ってしまってだいぶ気落ちしているだろうから、会って励ましたかった。

結局、ヴィヴィアンはイヴに手紙を書くことにした。翌日、三人で何軒かのお宅に訪問に行きましょう、と。〈ステュークスベリー邸〉に出向きたくない理由を気取らせることなく、ふたりにヴィヴィアンの邸まで来てもらうには、どうすればいいだろう。思い悩んでいると、幸い執事が入ってきて、ミス・バスクームがお見えになったので小さいほうの客間にお通ししいたしましたと言った。

「まあ、そうなの？」ヴィヴィアンはあわてて立った。カメリアはここまでひとりで歩いてきたのだろうか？　もしだれかに知られたら、またひとつカメリアは失敗したことになってしまう。

しかしいつも気の利くグリグズビーが、こうつけ加えた。「ミス・バスクームは小間使いをお連れでございました」

ヴィヴィアンは笑顔になった。「ありがとう、グリグズビー」

軽やかに階段をおりてこぢんまりとした客間に入っていき、カメリアに両手を差しのべる。

「カメリア！　わざわざ来てくれてうれしいわ」

小枝模様のモスリンのドレスと丈の短いグリーンの上着で、ヴィヴィアンから見ても小粋な装いのカメリアが、立ちあがって前に進みでた。「こんにちは、ヴィヴィアン。ここへ来てから思い当たったのだけれど、招待もなしに会いに来てしまって、またひどい失敗をしたのではないかしら。でも少なくとも、小間使いを連れてくることは忘れなかったわ」

「あなたならいつでも大歓迎よ。招待なんて必要ないわ。でも、小間使いのことを覚えていてくれたのはうれしいわ。それに、そのドレスもとてもすてきよ。ボンネット帽はどれを合わせてきたの？」

「グリーンのベルベットのリボンがついているものよ」

「〈ターリントン〉のショーウインドウで見た帽子？」

「そうよ」カメリアは笑った。「どうしてそんなことまで覚えていられるの？」

「あら、すてきな帽子は忘れないわ」ヴィヴィアンはカメリアを長椅子に連れていき、一緒に腰をおろした。「あなた、一分の隙もなく完璧だわ。若い紳士があなたと踊るために行列をつくるわね」

「たしかにパートナーには困らないけれど」カメリアの声には少し驚きが入り混じっていた。「でも、どうしてだかわからないわ。どんなに気をつけていても、わたしはいつもほかの令嬢が息をのんだり、急に扇であおぎだすようなことばかり言ってしまうのに」

ヴィヴィアンはくすりと笑った。「令嬢というのは扇をはためかせるのが好きなのよ。そうすれば、人に興味を持ってもらえると思っているの」

カメリアが疑わしげな顔で彼女を見た。「そうかしら。わたしにわかるのは、相手の目を引くということだけだわ」

「それなら、彼女たちの目的は達せられたことになるわね」

「でも、女性がなんにでも驚くからという理由で、ほんとうに男性はその人を好きになるのかしら？」

ヴィヴィアンは肩をすくめた。「おかしな話だけれど、知性が足りないところを魅力に思う男性もたしかにいるようね。でも、そんな人ばかりではないわ。どうやらあなたにも、ちゃんとそれなりに崇《あが》めてくれる殿方がいるようだし」ヴィヴィアンは言葉を切ってカメリアをじっと見た。兄が出発前に言っていたことを思いだし、カメリアのほうもグレゴリーに少しでも好意を感じていないかと考えてしまう。もちろん、ふたりが話をした時間は短いけれど、どんな気持ちにせよ、なんらかの感情は持っているにちがいない。

「あなたはどうなの？」ヴィヴィアンは慎重に切りだした。「あなたの目に留まった殿方はいるのかしら？」

カメリアの顔に浮かんだ驚きの表情が、すべてを物語っていた。「いいえ。いえ、あの、ブレックウエル卿などはよいかたのように思えたけれど、でも……どうかしら、少し退屈かも」

ヴィヴィアンは内心ため息をついた。兄のことは大好きだけれど、兄の会話は身内か教養のある友人でもなければ、だれに聞いても退屈と言われるものだ。だから、カメリアがグレゴリーに興味を持ったと期待することはできないだろう。それでも、ヴィヴィアンが図書室に入っていったとき、ふたりはそれなりに話しこんでいたように見えなかっただろうか？あのときのカメリアの表情は、たしかに覚えている。グレゴリーをどう思ったか、はっきりとカメリア本人に訊くことができれば簡単なのだが、今回の件だけは、いつもの率直な行動を取るのはためらわれた。かたや仲のよい友人、かたや愛する兄では、とても微妙な立場だった。ふたりのうちどちらにも、無用な期待は持たせたくないし、圧力をかけたくもない。

「でも」とカメリアがつづける。「ドーラ・パーキントンはブレックウェル卿にとても興味を持ったようだったわ」グレーの瞳をいたずらっぽく輝かせてさらに言う。「正直言って、それが理由で彼と二回か三回踊ってしまったのだけれどね」

ヴィヴィアンはくすくす笑い、兄のことをカメリアに尋ねるのはあきらめた。「まあ、あなたったら、すばらしく社交界に馴染みはじめているのね。ドーラの態度はひどかった？」

「いいえ、けっして意地悪というわけではないの」カメリアは渋い顔をした。「ときどき、ほんとうはなにを考えているのか言ってほしくなるだけ。彼女の言動は、もう蜂蜜が滴っているのかと思うくらい甘ったるいの。わたしと友だちになるのが最高の願い事なのかと思いそうになるくらい。でも、なぜか、彼女がわたしのことを口にすると、まるでわたしが薄情な人でなしみたいな気にさせられるの」

「彼女はなかなか巧妙だわ。たぶん、姉のだれにも負けていないわね。容姿はそれほど差はないけれど、中身は彼女のほうがはるかに裏表があるわ」

カメリアはため息をついた。「いつになったら社交シーズンが楽しくなってくるのかしら」

「まあ、カメリア……」ヴィヴィアンは彼女の腕に手をかけた。「そんなにいままでひどかったの？　ドーラにそれほどいやな思いをさせられたの？　なんなら、わたしがひそかにとっちめてあげてもいいのよ」

「いいえ、裏から手をまわすようなことはしないでほしいの。ドーラ・パーキントンのためにわざわざそんなことをする意味もないわ。彼女のそばにいるといつも不愉快になるけれど、それだけだもの。わたしはただ……つまらないだけ。それに田舎が恋しいわ」

「そしてリリーも？」

カメリアはうなずいた。「ええ。あの子が出発してから、まだ手紙を書くほどの日にちも経っていないのにね。それに、どうせあの子はそういうことが苦手だし」カメリアは一瞬間を置いたあと正直に言った。「まあ、わたしも苦手だけれど。イヴとフィッツ従兄さまがここにいるときはそれほど退屈でもないわ。でもふたりは、リリーがいないあいだに新しい家の準備をしなければならないから忙しくて。それにオリヴァー従兄さまは二日ほど留守にしていらして、帰ってきてからはとんでもなく機嫌が悪いの」

「そうなの？」

「ええ、ほんとうよ」カメリアはうなずいた。「とても変なの。だって彼はいつもとても礼儀正しくて、おかしなことなどしないから、いつ心が乱れているのかわからないくらいよ。でも昨日、フィッツ従兄さまにくそくらえ、なんて言っているのを聞いてしまったの。それに、今朝は朝食のときにひとことも口を利かなかったわ。フィッツ従兄さまでさえふざけたりせずに、オリヴァー従兄さまをちらっと見て、イヴに眉を上げてみせただけ。イヴは肩をすくめて終わりよ」

「じゃあ、彼の機嫌が悪い理由はだれも知らないのね？」

「ええ。彼がどこに行っていたかもわからないわ。彼が戻ってきてから、イヴがあくまでも失礼にならないように気を遣いながら、お夕食のときに訊いたのだけれど、返事らしい返事はせずに言葉を濁してしまったわ」

「訊かないほうがいいのかもね」

カメリアはうなずいた。「リリーならまちがいなく、女性とのおつき合いがうまくいっていないんだと言うでしょうね」

「ええ。そうね」

「あの子の言うとおりだと思う？　つまり、その、彼はほんとうに女性とおつき合いしているのかしら？　あんなにお堅い感じなのに。理屈っぽくて……ほら、感情の起伏がないというか」

「そんなことがあるようには見えないけれど」ヴィヴィアンはひと呼吸置いた。「今度彼に会ったら、注意して見ておくわね。たぶん彼は、明日、モートン家の大夜会に出席するでしょうから」

「ええ、でも彼の従者が執事に話しているのを聞いたの。オリヴァー従兄さまが招待状をすべて捨てるように従者に命じたと」

「いろいろまわりのことをよく見ているのね」ヴィヴィアンは笑みを浮かべて言った。

「言ったでしょう、死ぬほど退屈しているって」

「それについてはどうにかしないとね。今日はあなたを連れて、いくつかのお宅を訪問しようと思っていたのだけれど」カメリアがため息をつくのを見てヴィヴィアンはくすりと笑った。「でもいまは、ほかの場所に行ったほうがいいかもしれないわね。ブロックの博物館に行くというのはどう？」

「〈エジプシャン・ホール〉のこと？」カメリアの瞳が輝いた。「ヴィヴィアン！　初めてロンドンに着いたときから、あそこは行きたいと思っていたの。フィッツ従兄さまに聞いたのだけれど、あそこにはあらゆる種類の武器や――」

「衣装もあるわ」

「それに、キリンやゾウなんかの剝製も！」

「それでは、決まりね」ヴィヴィアンは立ちあがった。「馬車を用意させるわ」

「これから行くの？　ああ、ヴィヴィアン、こんなことをしてくれるなんて、あなたは最高のお友だちだわ」

ヴィヴィアンは声をあげて笑った。「いやだ、大げさね。わたしも博物館は好きなの。わたしと一緒に行ってもいいと言ってくれたお友だちは、あなたが初めてよ！」

ヴィヴィアンは笑顔になり、召使いを呼ぶ呼び鈴の紐まで歩いていった。博物館に行くのは少しもいやではないが、今日こんなことを言いだしたのは、自分が行きたいというよりもカメリアの気分を明るくしたかったからだ。それに、これで数時間は忙しくしていられる。オリヴァーの様子を聞くかぎりでは、次に彼と会えるまでに長く寂しい時間を過ごすことになりそうだった。

蓋を開けてみれば、オリヴァーとはわずか二日後に偶然顔を合わせることになった。ヴィヴィアンはレディ・フェンウィックの舞踏会に出席していた。とんでもなく退屈なのでいつもなら避けるところだが、その夜ひらかれるパーティのなかで最大のものだったため、オリヴァーが出るならいちばん可能性が高いだろうと思ったのだ。しかし、そこで彼の姿を見かけることはなかった。だからヴィヴィアンは、根っから賭け事の好きなヴィンセント・マウントへイヴンに、サー・ルーファスがキティのブローチをなくしたクラブを尋ねてみた。しかしすぐに後悔した。マウントへイヴンはそのクラブについて知っていることをすべて話してしまうと、行きつけのクラブのほとんどについてあれこれと特徴をしゃべりはじめたのだ。

賭け事の世界についての莫大《ばくだい》な知識で彼女を楽しませようと思ったらしい。

ヴィヴィアンは顔の半分を扇で隠して退屈しているのをごまかし、この会話から抜けだすにはどうすればいいかと思いをめぐらせた。ちらりと視線を泳がせると、オリヴァーが人込みのなかをこちらにやってくるのが見えた。扇で顔を隠していてよかった。思わず顔がゆるんでしまったからだ。けれどもたぶん、目が笑ってしまっていたことだろう。

「ステュークスベリー！」マウントヘイヴンがしゃべっているのもかまわずヴィヴィアンは声をあげた。「あなたはもう社交の場に出てこなくなったのかと思いかけていたわ」

オリヴァーは彼女におじぎをした。「レディ・ヴィヴィアン、そしてマウントヘイヴン」マウントヘイヴンには会釈をしたが、声と同じく表情も冷静そのものだった。「気づいてくれて驚いた。すっかり話しこんでいるようだったのに」彼はおもしろくなさそうに口をへの字に曲げ、マウントヘイヴンのほうをまたちらりと見た。

ヴィヴィアンは苦労して笑いをこらえた。勘違いでなければ――彼女がこういうことでまちがうことはめったにないのだが――オリヴァーは嫉妬しているようだった。

「ここのところ、どちらにいらっしゃるのかとお捜ししていましたのよ」ヴィヴィアンはオリヴァーに言った。「ちょっとご相談しなければならないことがありますの……あなたの従妹さまのためにひらくパーティのことで」そう言ってマウントヘイヴンにかわいらしくほほえむ。「失礼してもよろしいでしょうか、サー？」

彼女にこう出られてはなにも言うことができず、マウントヘイヴンはうなずいた。「もちろんです」

ヴィヴィアンはオリヴァーの腕を取るとマウントヘイヴンに背を向け、もっと人の少ないところへ向かった。「助けてくれてありがとう」マウントヘイヴンに聞こえないところまで来ると小声で言った。「賭博場の話をいやというほど聞かされていたの」

「賭博場！　レディ相手にそんな話を！　なんてことだ、ヴィヴィアン。あの男は道楽が過ぎる。さいころの奴隷に成り下がっているような人間だ。どうしてあんな男と話などするのか理解に苦しむよ」

「あら、そう？」

オリヴァーは足を止めて彼女を見た。「まさか……サー・ルーファスがレディ・メインウェアリングのブローチをなくした場所を尋ねていたなどと言うのではないだろうな？」

ヴィヴィアンは肩をすくめた。「わかったわ。言わないでおくわ」

「ヴィヴィアン……今度はいったいなにを考えている？」

「いったいなんの話かしら」ヴィヴィアンの口調はやたらと明るかった。

オリヴァーは鼻を鳴らした。「きみとのつき合いは昨日今日のものではないんだ。その顔はよく知っている。なにかたくらんでいるな。しかも、まったくろくでもないことだ」

「あなたがろくでもないと思うことはたくさんありすぎて、だいたいあてはまってしまうでしょう」

「自分が口やかましい年寄りみたいに思われていることはよくわかっているよ」彼はけわしい口調で言った。

「あら、そんな……あなたは年寄りなどではないわ」ヴィヴィアンの瞳が輝く。

オリヴァーはとてもこらえきれずに、口もとをほころばせた。「きみは言い合いに負けることなどないんだろうね？」

「あなたが相手だと負けてばかりよ。それでも楽しいのだから、幸せね」

「ヴィヴィアン……」彼はため息をついた。「きみはひとりでその賭博場に行って、あのいまいましいブローチのことを探りたいと思っているという気がしてならないんだが」

「あなたってわたしのことをよくわかっているのね」

「今回くらい、自分の評判を心配できないのか？」彼は疲れたように言った。

「女性だって賭博場に出入りしているわ」

「未婚の若い女性は行かないぞ。まあ、比較的品のいい賭博場にはよく遊びに行く女性もいるが、既婚の女性ばかりだし、エスコートもついている。そんなところに行ったら、きみの評判はもう終わりだ。とくに、くだんの賭博場がどんなところかもわからないのに。賭博場のなかでも最悪のところかもしれないんだぞ」

「だから、それをミスター・マウントヘイヴンに訊いたのよ。まったく問題のない、きちんとしたところだそうよ。ただ、年配のかた向けらしいけれど。彼みたいに強気で剛胆な人は行かないんですって」

「つまり、彼ほどがむしゃらに儲けようとはしていない人間ということだな。あの男こそばか者だ」

「そうね。でも、賭博場のことはよくわかっている人だわ」

「それはそうだな」オリヴァーは少し渋々といった様子で認めた。「だが、きみが行くとなると……」

「わたしだって、まったくなりふりかまわずというわけではないわ」ヴィヴィアンは威厳を漂わせた。「もちろん、仮面をつけていきますとも」

オリヴァーは高笑いした。「ははは！　それは大成功まちがいなしだ。その髪を見れば、一瞬でだれだかわかってしまうぞ」

「その対策なら簡単よ。ターバンをかぶるわ。とてもおしゃれなのよ。このあいだ服飾品のお店のショーウインドウで、すてきなのを見つけたの。深い青で、クジャクの羽根が巻きつけてあって」

オリヴァーはうめき声を漏らした。「そらきた。その帽子をかぶるためだけに、そこに行かなきゃ気がすまなくなったんだろう」

「そういうことがあるから、お出かけがもっと楽しくなるんじゃないの」

「エスコートなしでは行けないぞ。だが、今回わたしはなんと言われてもごめんこうむる」

ヴィヴィアンは肩をすくめた。「もちろん、あなたが行ってくれるのがいちばんだけれど、だめだというならかまわないわ。ミスター・マウントへイヴンにお願いしなければならないわね」

オリヴァーの歯ぎしりが聞こえたような気がした。それはもうおそろしい表情で彼女を見る。「きみという人は、ヴィヴィアン……いつもいつも、ずるいぞ」

「そのほうがうまくいくんですもの」彼女はにっこりと彼を見あげた。「ねえ、オリヴァー、そんなに悪いことかしら？　わたしはちゃんと変装するし、お望みなら頭巾と仮面のついたマントも着けるわ。ちょっとした冒険よ……しかも危険のない。こんなすてきなことはないわよ？」

彼は重いため息をついた。「ぜったいに後悔しそうだ……だが、しかたない、エスコートするよ」

「じゃあ、明日の晩？」

「行くまではどうにも落ち着けないだろうから、わかった、明晩でいい」ヴィヴィアンに向き合ったオリヴァーの顔にはうっすらと笑みが浮かんでいた。「きみとつき合っていると命がなくなりそうだ」

「いやだわ、そんなことを言わないで！」ヴィヴィアンは眉根をぐっと寄せた。「わたしといるのはそれほどつらいの？」

彼はかすかに驚いた顔をした。「いや。まったく、そうであればいいのにと思うことがあるよ。きみといると……〝おそろしくなる〟というのは言いすぎだな。〝心配になる〟というか……〝落ち着かない〟んだ」

そのときヴィヴィアンは、男が腑抜《ふぬ》けになってしまいそうな笑みを浮かべた。唇の両端を蠱惑的にくっと上げ、期待に瞳をきらきらさせている。「〝落ち着かない〟だなんて、すてきだわ」

「そうか。ヴィヴィアン……サー・ルーファスの邸でわたしが言ったことなんだが」

「やめて」彼女は彼の口をふさぐかのように片手を上げたが、途中で止めて手をおろした。「ここでその話はしたくないわ。こんなパーティのただなかで」

「わたしはきみに腹を立てていたわけではなかったと、それだけ言いたかった。腹を立てていたのは自分に対してだ。それに……あんな醜態をさらすとは……」

「したたかに酔った男性のそばにいたのは初めてではないわ。その翌朝に、その人たちと顔を合わせたことも」

「だが、わたしはそういう種類の人間じゃない」

「ええ、わかっているわ」ヴィヴィアンの声は静かだった。「じつを言うと、あなたのことをお堅いだとかさんざんからかってきたけれど、わたしはあなたのそういうところが好きなの。それに」いたずらっぽくほほえんで言い添える。「酔っ払ったあなたもなかなか楽しかったわ」

オリヴァーは目をくるりとまわした。「サー・ルーファスは悪知恵の働く人でね。ぜがひでもわたしたちを引き留めるつもりだったらしい」

ヴィヴィアンはくすくす笑った。「そうね。でも、わたしとしては、あれでよかったと思っているわ」挑むようなまなざしを彼に投げる。

オリヴァーはまじまじと彼女を見て、それから沈んだ声で言った。「ああ、わたしもだ」


翌日の夜、オリヴァーが〈カーライル邸〉に迎えられたとき、ちょうどヴィヴィアンが階段をおりてくるところだった。顔を上げたオリヴァーは、もう少しで口があんぐりと開きそうになった。彼女は深いブルーのベルベットの豪華なドレスに身を包んでいた。白い胸もとに夜空のような色の生地がよく映えている。あざやかな赤毛は頭の上でまとめ、クジャクの羽根がついた青いシルクのターバンを巻いていた。ターバンが明かりを色とりどりに跳ね返し、きらきらと輝いている。耳にはサファイヤが揺れ、顔の上半分は仮面で覆われていた。たしかに変装をしてはいるが、人目を引かずにはいられないだろう。仮面とターバンで彼女とは気づかれないことを祈るしかないが、オリヴァーならひと目でヴィヴィアンだとわかると思った。この強烈なグリーンの瞳が、いまは黒のサテンの仮面に縁取られて、隠れるというよりはさらに目立っているというのに、わからないはずがない。それに、ふっくらとした唇と、意志の強そうなとがったあごは、彼女のものでしかない。体つきからもやはり彼女だとわかってしまうだろう。これでは残念ながら、彼女の言っていたとおり、頭巾と仮面のついたマントも着なければならないだろう。ブルーのドレスの襟もとでふっくらと盛りあがる、輝くばかりの真っ白な胸を隠すのは忍びないのだが……これだけ何年もパーティに出つづけているのだから、社交界の紳士たちはほぼだれもが彼女の体つきを覚えているはずだ。

オリヴァーはしばらく立ちつくし、彼女を見たとたんに湧きあがってきた強烈な欲望をなんとか抑えこんだ。ヴィヴィアンのいるところに身を置きつづけるのは愚の骨頂だ。世間で過大評価されている彼の自制心を、こう何度も試されたのでは……。しかし彼は、どうあがいても自分を試すような場所に身を置いてしまうらしい。今夜のこの賭博場行きも、エスコート役を引き受ける必要などなかった。喜んで彼女に付き添う男なら、マウントへイヴンよりもずっときちんとした紳士が一ダースでもいるはずだ。だが、ほかの男が彼女に付き添うと思っただけで、血が沸きたってくるのだった。

ほかの男と一緒にその賭博場へ――いや、どこであっても――行ってほしくなかった。たとえ彼女をエスコートするのが、彼女に恥をかかせたり、彼女のわがままなばからしい行動をそそのかしたりすることはないと信用できる男であっても。彼女の隣にいるのは自分でありたかった。彼女の笑い声を聞くのも、笑みを見るのも。彼女がかっとしたり、むきになったり、楽しんだりして瞳を輝かせるときは、いつも自分といてほしい。なにより、ほかの男と一緒にいて楽しいなどと思わせたくなかった。この男性はすてきだ、夫としてふさわしい、などと思わせたくはない。

そんなことを考えるだけで、オリヴァーの胸に鋭い痛みが走った。それがどんなことより危険だということも、わかっていた。自分が彼女と結婚すると考えるなんて、ばかげている。彼女がどんなに高貴な血筋であっても、まったくふさわしくない。教会を出る前から、互いにいがみ合っているかもしれないのだから。だが……それでも、彼女がほかのだれかと結婚すると思うと真っ暗な気分になる。

まったく、なにひとつ彼らしくなかった――これほどさもしく、自分を抑えられず、ヴィヴィアンがいないときは死ぬほど退屈に思ってしまうなど。今朝は実務をまかせている人間の報告を聞きながら、少なくとも十分間は窓の外を見て、今夜はヴィヴィアンに会うのだとぼんやり考えていた。それを思ってオリヴァーは眉をひそめた。彼女は危険だ。

「なあに? 早くも眉間にしわ?」ヴィヴィアンの声には笑いがにじみでていた。「まだ出発してもいないのに」

「きみは頭巾と仮面つきのマントを着ると言っていたが?」自分がささいなことに目くじらを立てる、文句ばかりの老人みたいな口を利いているのはオリヴァーにもわかっていた。ヴィヴィアンといると、いつもこうだ。自分の性格の最低なところばかりが出てしまう。

ヴィヴィアンはため息をついた。「わかっているわ。ただ、このドレスを覆い隠したくないだけなの」彼女が身をひるがえすと、スカートがふわりと浮いて腰のあたりでさらりと揺れた。背中が大きく深く開いているのが、オリヴァーの目に入った。

彼の口はカラカラに乾き、必死でなにか言葉を探した。どうして彼女を前にすると、こうしていつも、まったくしゃべれなくなるのだろう。

「やっぱり、ぜったいにわたしだとわかってしまうと思う？」ヴィヴィアンが尋ねた。

「いや。だが、冒険はしないに越したことはない。きみは……有名だから」

「少なくとも〝悪名高い〟とは言わないのね」ヴィヴィアンはほほえみ、階段のほうを向いた。ちょうど小間使いが黒い衣服を抱えて、あわてておりてきているところだった。

「最初から、ちゃんと着るつもりだったのか」オリヴァーがとがめるように言う目の前で、ヴィヴィアンは小間使いの手を借りてマントに手を通し、前についている二本の紐を結んだ。

「なるほど。それを着るなと、わたしに言わせたかったんだな」

ヴィヴィアンがふふっと笑う。「まあ、オリヴァー、うがった見方をするのね。どうしてわたしがそんなことをするのかしら？」

彼は顔をしかめた。「わたしを悪党に仕立てて楽しんでいるんだろう」

彼女はオリヴァーのひじに手をかけ、彼にもたれてそっとつぶやいた。「変装していないわたしを、あなたに見てもらいたかったのかも？」

またた、とオリヴァーは暗く考えた。また彼女の前ではなにも言えなくなってしまう。

オリヴァーはヴィヴィアンをエスコートし、この日のために雇った馬車まで出ていった。賭博場からの帰りに馬車を拾うことになるのはいやだったが、今回のヴィヴィアンの外出先が召使いたちに知られてしまうのも困る。自分のところの召使いは忠実だと思っているし、御者が伯爵とレディ・ヴィヴィアンを賭博場まで連れていったと外に漏らすとは思わないが、彼がついていながらヴィヴィアンの評判に傷をつける危険はぜったいに冒せなかった。そういうわけで外の馬車を雇い、待たせておくことにしたのだ。

賭博クラブがあるのはいかがわしい界隈《かいわい》ではなく、なかに入ってみると、賭博場とはいっても比較的品位のある場所だということがわかった。オリヴァーは少しほっとしたものの、入ったとたん、そこにいる人間の約半数がヴィヴィアンのほうに向いたのを見逃さなかった。仮面をつけ、さらに頭巾と仮面のついたマントをかぶっていても、優雅な美女だという事実は隠せないらしい。

「まあ、オリヴァー、老アスペンデイルがいらっしゃるわ」ヴィヴィアンは扇を上げ、その陰から小声でオリヴァーにささやいた。「五年前にお亡くなりになったと思っていたのに」

「たしかに」オリヴァーが答える。「ずっと迎えが来なくて、自宅に帰っていないだけじゃないのか」

ヴィヴィアンはくすくす笑った。「それに、ヘアウッド卿のご子息もいらっしゃるわね?

賭け事の熱病にでもかかっているような顔をして」

オリヴァーはルーレットのテーブルの脇に立っている青年を見やった。爛々と目を輝かせ、額に汗を浮かべて、カラカラとまわる盤を食い入るように見つめている。ヴィヴィアンの言うとおりだ。ヘアウッドの子息は、多くの年若い貴族が陥る落とし穴にすでにはまっているように見えた。領地を相続する前にその落とし穴から脱出できることを祈るばかりだ。

ふたりはゆったりとクラブをまわっていろいろなテーブルを覗き、どんな遊びがあってどんな客が参加しているのかを見ていった。オリヴァーは見知った顔にいくつか出会って会釈したが、驚いた顔をされたのは一度ではなかった。賭博場で彼を見かけるのは極めて珍しい。かたわらに謎めいた美女を連れているとなれば、さらに驚かれる。明日にはどんな噂が社交界を飛び交っているかと思い、オリヴァーはひとり笑った。おそらくだれもが、オリヴァーに極上のダイヤモンドを思わせる愛人ができたとまくしたてていることだろう。少しばかり社交界の連中をぎょっとさせてやるのもやぶさかではない……彼のかたわらにいる女性の身元さえばれないのであれば。

ヴィヴィアンは目にする客たちについて矢継ぎ早に感想を述べていた。その冗談めかした観察にはオリヴァーも笑わずにはいられなかった。彼女に明かす気は毛頭ないが、こうしてここに彼女といることが、思っていたよりもずっと楽しかった。ふたりはさいころ賭博のテーブルで足を止め、何度かさいころを振った。オリヴァーは毎回負けたが、ヴィヴィアンはほとんど毎回勝った。

「いかさまだ」オリヴァーは辛らつな言葉を吐きながらテーブルを離れた。

ヴィヴィアンが声をあげて笑う。「あなたが負けたからって、さいころが悪いわけではないわ。だって、わたしは勝っていたでしょう」

「きみを参加させようとしていたんだろう。あのまま残っていれば、きみの運もすぐに尽きたさ」

ヴィヴィアンは彼の腕に腕を絡めて身を寄せ、彼の上着から糸くずをつまんだ。「いいわ、あなたがそう思いたいのなら……」

ふだん公の場にいるときよりもヴィヴィアンのふるまいは親密だったが、それは変装をしているからだとオリヴァーにはわかっていた。こういう状況が、謎めき秘密めいた淫靡な雰囲気を生みだしているのだ。彼自身、まるで人込みのなかにいながらふたりきりでいるかのような、妖しい魅力を感じていた。注目の的になっているのに、自分たちの関係をだれも知らないのだから……。

腕に押しつけられる彼女の体の感触と、彼だけに聞こえるよう低められた声に、オリヴァーは身震いするような興奮を覚えた。ヴィヴィアンの大きな瞳は、仮面の奥で謎めいた輝きを放っている。黒いサテンの仮面の下から覗く唇は、ふだんよりもいっそうキスを誘っているように見えた。今宵、彼は自分がどれほど心を揺さぶられることになるか、おそらく甘く見すぎていたのだろう。

オリヴァーは咳払いをし、もう少し事務的な雰囲気に戻そうとした。「それで、ここでどういうことをしようと思っているんだ？」

ヴィヴィアンは周囲を眺めながら考えた。「どんなところかを見てみたかったのよ。泥棒がよく来るようなところなのかどうか」

「いたってふつうのようだが。なかなかきちんとしている。だが、客層を制限しているわけではないな」

「そうね。だれでもサー・ルーファスのポケットに手を出せそうだわ……とくに彼がこのあいだの夜みたいな状態だったら」ヴィヴィアンは間を置いて考えた。「あの夜ここに来ていた人と話ができればいいのだけれど。彼と一緒にカードをやった人と」

「こちらに近づいてきているあの男……」客やテーブルを縫うように歩いてくる、華奢で身なりのよい男にオリヴァーがあごをしゃくった。「ここの所有者か支配人のようだから、彼に訊いてみよう」

「これはステュークスベリー卿」男が言い、ふたりの前まで来ると丁重なおじぎをした。上品な物言いで、彼らに敬意を払っているのがわかる。観察するような視線をヴィヴィアンに送ってから、こうつづけた。「マダム。今夜はこのクラブにお越しいただいて光栄でございます。わたくしはオニールと申します。なにかご用がございましたら……」

「なかなか楽しいところです」オリヴァーは極めて貴族然とした態度で部屋を見まわした。「ここでは不正などはないのでしょうね？」かすかに疑問口調で締めくくった。

「まさか、ございませんとも！」男は傷ついた様子を見せた。「公明正大にやらせていただいております、伯爵さま。悪い話などはお耳に入ってはおられないと思いますが」

「ええ、まあ」オリヴァーは男に視線を戻した。「だが、なにごとにもぜったいというのはないのでね」

「さようでございますね。今夜、とくにご興味をお持ちになったものはございますか？　フェローか、ホイストでも？」

「じつは」オリヴァーがつづける。「今日はサー・ルーファス・ダンウッディのことでここにまいったのだが」

オニールの眉がつりあがった。焦げ茶色の瞳が不審げにオリヴァーを見る。「サー・ルーファス？　あいにく、こちらのお客さまのことはお話しできかねますが。お客さまに対して分別ある対応をいたしますことで、わたくしどもも信用を得ておりますので」

「秘密を明かせと申しあげているわけではありませんわ、サー」ヴィヴィアンが身を乗りだし、瞳をきらめかせた。「サー・ルーファスから、こちらに伺っていたときに宝石をなくしたと相談されまして」

「なくした？」男性はさらに警戒を強めた表情でヴィヴィアンからオリヴァーへと視線を移

した。「なんのお話をされておりますのやら」

「じつは、サー・ルーファスはその晩少し酔っておられて、宝石がどうなったか覚えていらっしゃらないのだ」オリヴァーがオニールに言った。「ここにいたのはたしかだが、勝負に負けて取られたのか、落としたのか……盗まれたのか……」

オニールは心底驚き、わずかにアイルランド訛りが顔を出した。「はっきりと申しあげますが、その晩、サー・ルーファスであれだれであれ、なにかを盗まれたということはございません。ここのだれに尋ねられてもようございます。泥棒騒ぎも、酔った席でのカード勝負も、さいころでの揉《も》め事も、ございません」

ヴィヴィアンは男の袖に手をかけた。「ミスター・オニール、ステュークスベリー卿は、サー・ルーファスの宝石がなくなったことにあなたやこのクラブが関係していると言っているわけではないのです。カードに負けて手放したとも考えられるでしょう？　ですから、もしその晩に彼と勝負した人がわかれば……わたしたちは宝石の行方を突きとめようと思っているのです。サー・ルーファスはその日、宝石をべつの勝負で手に入れたばかりでした。その相手がわたしの仲のよい友人で、彼女にとってはとても思い入れのあるものだったんです。できれば彼女は、そのブローチを買い戻したいと思っています」

オリヴァーがうなずいた。「しばらくフェローをしているので、クラブのなかの人に訊いてみてもらえるだろうか――サー・ルーファスがここで極上のダイヤモンドのブローチを持っているところを、見かけたことがないかどうか——もちろん、慎重に」

少々手間はかかったが、ささくれだっていたオニールの心をふたりしてなだめ、客たちからひかえめに話を聞いてもらうことになった。

「どう思う？」オニールが行ってしまうと、ヴィヴィアンは小声でオリヴァーに尋ねた。「彼はほんとうのことを言っているかしら？」

オリヴァーは頭を低くして答えた。「怪しいな。賭博場というのは、ほとんどが見かけほどきれいなものではない」これほど近くにいると、ヴィヴィアンの香水が鼻孔に届く。この前の夜に唇を這わせた彼女の肌の香りが、否応《いやおう》なしに思いだされた。彼は体を起こして歯を食いしばり、体の熱を散らそうとした。「だが、われわれはなにも彼を非難したわけじゃないし、彼も顧客が恥をかかされる可能性よりは伯爵に恩を売るほうを選ばざるを得ないだろう。われわれに協力してくれるさ」

クラブの所有者に約束したとおり、オリヴァーは少し勝負に参加するべく、フェローのテーブルのひとつについた。ヴィヴィアンは一緒にどうかと言われたが遠慮した。

「わたしはここであなたを応援するわ」彼の肩のあたりから声をかける。

オリヴァーは冷ややかな表情を返した。「では、さいころのときよりは強運をもらえるよう期待しているよ」

ヴィヴィアンの向かい側にいた中年の男性が、ヴィヴィアンにふざけた視線を送って言った。「わたしにはいつでも幸運を送ってくれていいですよ、お嬢さん」

貴族のレディにはもっと敬意を払うように、と言いそうになって、オリヴァーは口を固く閉ざした。そのようなことを言っては、せっかくのヴィヴィアンの変装が無意味になる。しかしその代わり、警告するような冷ややかなまなざしで男をにらみつけ、即座に黙らせた。

オニールがふたりのところに戻ってくるまでにしばらくかかったが、幸いオリヴァーにはさいころよりカードのほうが向いていたようで、少なくともときどき勝てるので待つのも苦にならなかった。しかしなにがあっても認める気はないが、待つのが苦にならないほんとうの理由は、ヴィヴィアンがすぐそばに立っていて、彼のカードを見ては助言を耳打ちするからだった。もちろん、彼女が耳打ちするたび、たちまち頭のなかの思考はすべて飛び、勝負にもだいたい負けてしまう――それなのに悔しがる気にもなれないのだ。

ようやくオニールが戻ってきた。男をもうひとり引き連れている。「伯爵さま、ジャクソンです」オニールは落ち着いた声でオリヴァーに言い、うしろに従えた若い男を紹介した。「この者は数週間前もここで働いておりました、サー・ルーファスが最後にいらした夜です。ですが残念ながら、その夜の彼について特別変わったことはなにも覚えていないというのです」

「申し訳ございません、伯爵さま」ジャクソンも頭をさげた。「あの夜もいつもと同じだったように思います。サー・ルーファスに変わったところはなく。ブローチのことはなにも覚えておりません」

「支払いや担保に使おうとはしなかったのか？」オリヴァーは尋ねた。

「はい、伯爵さま。あの夜は現金をお持ちでした。その週はついていたとおっしゃって」

「それほどついていたとは思えないが」

「さようでございます」

「いや、ありがとう」オリヴァーはジャクソンにうなずき、硬貨を渡してねぎらった。ヴィヴィアンに向きなおると、向かいの男が目を輝かせていた。

「サー・ルーファスだって？」男が訊いた。「ダンウッディのことかな？」

「ええ、そうです。お知り合いですか？」ヴィヴィアンが顔を向け、促すようにほほえんだ。

「もちろんです。そのブローチのことも知っていますよ。少なくとも、同じものだと思うのだが」

「ほんとうですか？　彼が持っていたのをごらんになったの？」ヴィヴィアンの笑みが大きくなる。

「ええ。いつだったか、彼がブローチをちらちらさせているのを見てね。まあ、ちがうものかもしれないが。きれいな宝石だった。ハート形で、中央にダイヤモンドがはまっているように見えたね。赤ん坊の拳ぐらいありそうだった」

オリヴァーがヴィヴィアンを見やると、彼女はうなずいた。「それですわ」

「彼はそれを賭けたのですか？」オリヴァーが男性に尋ねた。

「いや、その夜は持ち合わせがだいぶあったようだな。覚えているよ。ずいぶん勝ったと話していて、その宝石を出しては見せびらかしていた」男性はうんざりしたように頭を振った。「酔っ払うと、まったく良識というものがなくなるのかね？」鋭い視線をオリヴァーに投げる。「どうしてあのブローチにそれほど興味を？」

「友人のものなのです」オリヴァーはよどみなく答えた。「サー・ルーファスに賭けで負けて、取られてしまいまして。それがどうなったのか彼は覚えていないというので、買い戻せなくなったんですよ」

男性は鼻息を荒くした。「なるほどね。たしかにあの夜、彼は大金をすっていた。しかしブローチを賭けたところは見ていないぞ。思うんだが……宝石を見せびらかしていた様子では、ポケットからかすめ取られていたとしても無理はない」

「ここでそのようなことが！」クラブの所有者は憤慨して声を荒らげた。「わたくしどもはどこに恥じることもない商売をしております。ここで起こっていることには、すべて目を光らせているのです。お客さまからものをかすめ取るなど、だれもいたしません！」

「だれもあなたやクラブを責めたりはしないでしょう」オリヴァーはなぐさめるように言った。もし召使いがオニールの言うように目を光らせているのであれば、サー・ルーファスが見せびらかしていたというブローチを、ジャクソンはかならず目にしているはずだ。「だが、だれかが見ていて彼のあとをつけたのかもしれない。酔っ払った男のポケットからものをかすめ取るなど造作もないだろう」

ヴィヴィアンの前にいる男がまた鼻で笑った。「まったく、サー・ルーファスのあの状態では、頭を殴られて宝石を盗まれなかったのが運がよかったというものだ」ひと呼吸置き、首をかしげる。「もちろん、そんなことをされても覚えてもいられなかっただろうが。悪口は言いたくないが、あの男が酔っ払うと……」

オリヴァーは、ヴィヴィアンががっかりして彼の腕に寄りかかってきたように思った。数分後、外で待たせてあった馬車に乗りこんで賭博場をあとにしたとき、やはりそうだったのだとわかった。

「ふう！」ヴィヴィアンは座席に深くもたれ、意気消沈した顔をオリヴァーに向けた。「かわいそうに、キティはがっかりするでしょうね。なんとしてもブローチを見つけてあげたかったけれど、さっきの男性の言うとおり、サー・ルーファスはきっと宝石をすられてしまったのよ」

オリヴァーもうなずいた。「そうだな。あるいは帰宅途中で落としてしまったか」

「もしくは銃でも突きつけられて奪われたか。彼が覚えていないだけで」ヴィヴィアンはあきれたようにつけ加えた。ため息をついてうしろに頭をもたせかける。しばらく黙ったあと、口をひらいた。「また宝石を奪われた人が出たわけね」

「えっ？」オリヴァーは彼女を見た。「まあ、たしかにそうだな。レディ・ホランドのネックレスを奪ったのと同じ泥棒が、サー・ルーファスを狙ったと思っているのか？」

「ほかにも被害者がいると言っていたでしょう。ミスター・ブルックマンもそう言っていたわ」

オリヴァーはうなずいた。「わたしの聞いたところでは、少なくともふたりいる。デンモア卿と……」ゆっくりと背筋を伸ばす。「デンモア卿は、ある晩、賭博クラブを出たところで襲われたらしい」

「賭博に関係している人が犯人なのかしら？　たとえばクラブで働いている人間とか。さっきのジャクソンも、サー・ルーファスが宝石を見せびらかしていたというわりには、なにも見ていないということだったし」

「そうだな、ジャクソンとか、ミスター・オニールとか」

ヴィヴィアンもうなずいた。「彼は、自分のクラブでは問題などなにも起こっていないと、やたら必死に主張していたわね。うしろ暗いところがある証拠かしら？」

オリヴァーは肩をすくめた。「あるいは、事業をやっている人間にしてみれば、けちがつくのがいやなのかもしれない。潔白な人間でもそういう反応はおかしくはない」

「そうね」ヴィヴィアンは黙って考えこんだ。

オリヴァーの目が細くなった。「ヴィヴィアン……なにを考えている？」

ヴィヴィアンがちらりと見る。「あら、どういう意味かしら？　どうしてわたしがなにか特別なことを考えていると思うの？」

「また例の顔をしているからだ。いたずらを考えているときの顔を」

ヴィヴィアンは軽やかな声をあげて笑った。「そんな……ああ、着いたわ」

彼女が窓から外を見る。オリヴァーもその視線を追うと、〈カーライル邸〉の前まで来ていた。馬車が止まり、オリヴァーは先におりてヴィヴィアンに手を貸した。そして馬車を返し、邸内にヴィヴィアンをエスコートしようと向きを変えた。

「馬車を返してよかったの？」彼女の瞳が輝いて笑っている。「ねえ、オリヴァー、あなたはここに残るつもりだと思われるわよ？」

彼はぎょっとしてヴィヴィアンを見た。「なんだって？　ちがう！　なんてことを、ヴィヴィアン。わたしはそんなつもりは……そんな……」

ヴィヴィアンは笑顔で彼を見あげて近づいた。彼女の香水が鼻孔をくすぐる。オリヴァーは彼女の唇から目が離せなかった。ふっくらとみずみずしい唇が、真っ黒な仮面の下でなまめかしく誘っている。

「どんなつもり？」その唇がつぶやく。「わたしと夜と過ごすということ？」

「そうだ。いや、そうではなくて」

彼女は低くかすれた笑い声を漏らした。オリヴァーの全身を震わせるような声だった。

「ひと晩じゅういる必要はないわ。そうでしょう?」ヴィヴィアンは背を向け、軽やかに玄関の階段を上がった。

オリヴァーはついていった。

14

ヴィヴィアンはなかに入り、ドアを開けた従僕にうなずいた。「ありがとう、トーマス。今夜はもうやすんでいいわ」

従僕はおじぎをして歩み去った。わずかなりともオリヴァーを見て好奇心をあらわすということもなかった。オリヴァーは顔をゆがめて帽子を取り、玄関のテーブルに投げた。

「彼をさがらせる必要はなかっただろう。わたしはすぐに帰るのだから」

「あら、案内がなければ帰れないの？」ヴィヴィアンは尋ねた。「なにか飲み物でもどうかしら？」仮面とマントをはずし、小さいほうの客間に案内する。

オリヴァーはついていきながらこぼした。「帰るくらい、もちろんひとりでできる。だが、なにか後ろめたく見えるじゃないか。あの召使いから噂になるぞ」

「まさか。彼は父の代から長年働いてくれているのよ。あなたが赤面するようなことだって見聞きしているはず。心得ていなければ、いまごろはここにいないでしょう」

「きみの魂胆はわかっているんだ。こんなふうに……その……わたしと逢《あ》い引きしているようなところを見せて」

「逢い引きですって？　それは前もって約束してあることをいうのでしょう？　あなたはここに寄るつもりではなかったわよね？　ただのなりゆきだったと思うけれど」ヴィヴィアンはふと考えこんだ。「それとも、わたしとふたりきりになるために、今夜のことをあらかじめすべて決めておいたの？　オリヴァー、正直言って、驚いたわ」

「ばかなことを言うものじゃない。なにか目的があって今夜のことを決めたわけではない。すべてきみが言いだしたことじゃないか」

ヴィヴィアンはくすくす笑ってソファに座り、隣の座面をたたいた。「あなたってほんとうにからかい甲斐があるわ。どうぞ、かけて。変に迫ったりしないと約束するから」

あてつけるかのように、オリヴァーは向かいの椅子に腰をおろした。「こんなことでごまかせると思うな」ヴィヴィアンがわからないというように眉を上げたので、彼はつづけて言った。「馬車のなかで話した、きみがなにを考えているのかという問題だ。きみとは長いつき合いだからな。よろしくないことを考えているにちがいない」

「ねえ、オリヴァー、あなたがよろしくないと言うようなものなら、百くらい頭のなかにあるかもよ」

「ヴィヴィアン……」うなるような声で言う。

「はいはい、わかったわ。考えというほどのことでもないのよ。ただ、ミスター・オニールのことを考えていただけ。もしかしてレディ・ホランドのネックレスが奪われる前に、ホランド卿があのクラブで賭け事をしていなかったかしら、って。デンモア卿が襲われたときに出てきたクラブも、あのクラブだったのではないのかしら」

オリヴァーは小さなうめき声を漏らした。「やはりな。きみの例の表情を見たとたん、ぴんと来たよ。きみがこの件に深入りする理由などない。きみにはまったく関係のない話だ」

「そうかもしれないけれど、興味深い謎だわ。そう思わない?」

「ああ。だが、きみの場合は、頭のなかでおもしろがっているだけではすまないだろう? 気がつけば、事件を解決しようと首を突っこんでなにかやらかしているんじゃないか」

「解決のためにできることなんて、なにも考えつかないわ。なにかある?」

「いいや。だが、わたしにはきみほどいたずら心がないのでね」そう言うと、オリヴァーは勢いよく立ちあがって興奮ぎみに行ったり来たりしはじめた。「もうこの件は忘れてほしい、ヴィヴィアン。次はなにをしでかすかと思って、どうにかなってしまいそうだ。ただでさえ、カメリアが〈オールマックス〉の舞踏会でプリンセス・エステルハージに銃の撃ち方やらなにやらを教えますなどと言いださないか、心配でならないんだ。それに加えて、きみが宝石泥棒をつかまえたいなどと言いだしたら……」

「みんなの役に立つことだと思わない?」

「まったく、きみはなんでも茶化さないと気がすまないのか?」オリヴァーは足を止め、憤りにまかせて彼女をにらんだ。「無謀なことばかりしていたら、そのうちけがをするぞ」

ヴィヴィアンも立って彼のそばに行った。「そうなったら、気になる?」

「なにを言っているんだ。気になるに決まっているだろう。わたしが気にもかけないと本気で思っているのか?」

ヴィヴィアンは美しすぎる。あんな仮面ひとつで彼女の美しさがほんとうに隠せていたのだろうかと、オリヴァーは思った。光をたたえたグリーンの瞳はやさしげだし、肌もこのうえなくなめらかで、つい手を伸ばして頰を撫でてしまいそうになる。

「わたしに魅力を感じてくれてはいるのね。ほかの殿方も、そうみたいだけれど」ヴィヴィアンは小さく肩をすくめた。「でも、酔っているときに誘われて屈するのは、好きというのとはまたべつでしょう?」

オリヴァーは震える息を吸いこんだ。「あれは、誘っていたのか?」

「もちろんよ。あなたにはもうずいぶん誘いをかけてきたつもりよ。気づいていなかったの?」戸惑っている彼をものともせず、ヴィヴィアンは手を上げて彼の頰にふれた。

「きみのことはいつだってよくわからない。きみの冗談はわかりづらくて」

「いまはふざけてもいないし、からかってもいないわ。あなたと一緒にいたいの」

オリヴァーは低いうめきを漏らした。彼女の手を握り、自分の口もとに持っていき、手のひらに口づける。「ヴィヴィアン、わたしがきみと一緒にいたくないと思っているとでも?

いったい何度きみのことを考えたか。このところは、ほかのことが考えられなくなっている。こんなにもほしいのに……」もう半歩近づき、頭を彼女の頭につけた。「どんなにきみがほしくても、わたしたちがうまくいかないことくらいわかるだろう」

「わたしは求婚してほしいと言っているのではないわ、いとしの伯爵さま。心を通わせてほしいとさえ言っていないの。わたしは、そういうことは不向きな女ですもの」ヴィヴィアンは彼の胸に両手を置き、上着の下へとすべらせた。

彼女のあたたかな手が胸から脇へとすべっていく感触に、オリヴァーは息をのんだ。「わたしに道義心を捨てろと言っているのか？　きみの名を穢《けが》しておいて、良心が痛まないような男じゃないぞ、わたしは」

「わたしの名がどうなろうと、穢れるのはわたしの名前だけ。あなたに迷惑はかけないわ」ヴィヴィアンは首をかしげて彼を見た。「自分の責任は自分で取るつもりよ。目の前に投げだされたものを手にしても、あなたにはなんの落ち度もないわ」かすかな笑みを浮かべてつま先立ちになる。唇と唇が、いまにもつきそうになった。「わたしは、愛のためにもお金のためにも家のためにも、結婚するつもりはないの。それに、あなた以外にほしいと思った男性もいないわ」

「ヴィヴィアン……ああ、ヴィヴィアン、ヴィヴィアン」まるで呪文のように彼女の名を呼びながら、オリヴァーは彼女の唇に、頬に、のどに口づけた。「こんなこと、どうかしている」

ヴィヴィアンは少女のようにふふっと笑って彼からいったん離れると、髪を隠すために巻いていたしゃれたターバンを引っ張った。ピンがはずれ、オレンジがかった赤い髪が肩に落ちる。ヴィヴィアンは頭を振り、髪に手を差し入れて残っているピンをはずした。まぶしい、とオリヴァーは思った。放埓で、自由で、美しくて……きっとどんな男にも、真に彼女を手に入れることはできないだろう。彼女が言ったとおり、彼女はだれのものにもならない。それがどんなに歯がゆくても、彼女の魅力には抗えないのだ。

ヴィヴィアンがほほえんでオリヴァーに手を差しだす。彼も迷いを捨てて、その手を取った。

彼女はオリヴァーをいざなうように階段を上がり、自室へと向かった。

今夜のふたりは急がなかった。熱に浮かされたように先を急ぐよりも、ゆったりと甘い口づけと愛撫を楽しむことを選んだ。もちろん、オリヴァーの股間が切羽詰まってうずいているのは前と変わりないのだが、ありったけの自制心を発揮してこらえ、快楽を掻きたてて引き延ばすことに心を砕いた。この数日、想像のなかでしていたように、ゆっくりとヴィヴィアンを脱がせ、留め具をはずして一枚一枚、衣服を剝いでいった。苦しくなるほどの時間をかけて、サテンのような白い肌があらわになっていく。それからオリヴァーも体を起こし、彼女の手の下で身を震わせながら、同じように脱がされた。羽根のように軽くふれてくる彼女の指先は、拷問のようでもあり、すばらしくもあった。わずかに爪がこすれ、彼女の指がズボンのウエストに入ってきた。湿ったあたたかい唇の感触が、引き締まった胸の中央に押しつけられる。

オリヴァーは低くうめき、ヴィヴィアンを抱きあげて向きを変え、もろともベッドに倒れこんだが、そのときでさえ急がずにゆっくり進めた。彼女のやわらかなくぼみや曲線を余すところなく堪能し、彼女の手や唇が貪欲に彼をまさぐる快感に浸った。耐えきれずにようやく彼女のなかにすべりこんだあとは、深く、大きく動き、互いに解放を求めて激情を募らせていった。そしてとうとう、小さな叫び声とともに欲望の波が弾けて、ふたりはともに身を震わせて限界を超え、容赦のない快楽の深みへと落ちていった。


激情の名残でまだほてってぐったりとした体を横たえ、ふたりはとりとめもなく話をしていた。ヴィヴィアンはオリヴァーに寄り添い、肩に頭を乗せていた。オリヴァーは彼女の燃えたつような髪を無意識にいじっている。

「きみの髪は夕日のようだ」彼がつぶやく。

ヴィヴィアンはくすくす笑った。「またそんなことを言って。ニンジン頭って呼ばれたことは覚えているわよ」

「それは若気の至りで口がすべったんだ」

「まだ昨年の夏の話よ。実際に言われたのは、〝わが邸をうろつくニンジン頭の跳ねっ返り〟

だったかしら」

オリヴァーも、くくっと笑った。「言ったかもしれないな。だが、きみに聞かせるつもりはまったくなかった」

「そうね、あなたはいつも礼儀正しいものね」

「きみが相手だとそうもいかないが」オリヴァーが言い返す。「昔のいたずらにはほとほとまいったよ。あんなことをされるなんて、いったい自分がなにをしたというのかわからなかった。シーツのなかにカエルを入れられたり、砂糖壺《つぼ》に塩が入っていたり、ひげそり用の石けんにライラックの香りがしたり」

ヴィヴィアンは笑った。「あなたがなにもしなくたって、やっていたわ。あなたはただそこにいて、とんでもなくハンサムで、悲しいくらいわたしに気づいてくれなくて……だからやったのよ。たしか十四の夏、ちょうどオックスフォードから帰ってきたあなたに、子どもだって言われたのよね。だから、わたしが生きていて、日々成長しているんだってことを気づかせてあげなくてはならなかったの」

「気づいたとも、まったく！」オリヴァーは大笑いし、つややかな彼女の髪に顔をうずめた。「きみの首を絞めあげたいとも思ったけれどね」

「でも、わたしのことを忘れられなくなったのもたしかでしょう？」ヴィヴィアンはあおむけになって彼にほほえみかけた。

オリヴァーはひじで支えて体を起こし、彼女を見おろして、頬とあごを人さし指でなぞった。「いまだって忘れられないよ」にこりと笑う。「もっとすてきな理由で」身をかがめて彼女の額にやさしくキスし、それから頬、あごと移って、最後には唇に深く長いキスをした。

「ずっとずっと、すてきだわ」ヴィヴィアンが賛成の言葉をつぶやく。

そのとき急に彼女がびくりとして頭の向きを変え、耳をそばだてた。オリヴァーも動きを止めて彼女を見る。

「なにかしら？　なにか聞こえた？」ヴィヴィアンが小声で言った。「なんだか……人の声みたい。外で」

玄関扉をたたく音だ。大きな真鍮《しんちゅう》製の輪でできたノッカーを激しく板に打ちつける音が、まるで銃声かと思うほど邸じゅうに響く。そしてすぐに、男性の声がつづいた。

「グレゴリーだわ！」ヴィヴィアンは、がばっと起きあがった。

「なんだって？」オリヴァーもぎょっとして跳ね起きる。

「まあ、どうしましょう！　いったいここでなにをしているのかしら？　兄はマーチェスターにいるはずなのに！」

ヴィヴィアンはベッドから飛び起き、駆け足でナイトガウンを取りに行って身に着けた。そのうしろではオリヴァーが、低く悪態をついて服を集めている音が聞こえる。階下で召使いのひとりが走って玄関を開けに行く足音がした。ヴィヴィアンは部屋のドアまで行き、さらにガウンをはおってベルトを結ぶと、わずかにドアを開けた。

「だんなさま！」下から声が聞こえる。「お許しください。気づきませんで……」

「いや、いいんだ、トーマス。みなを起こしてしまって、ぼくのほうこそすまない。自分の鍵を持ってきていたと思ったんだが」

ヴィヴィアンはそっとドアを閉めて振り返った。オリヴァーは服を着ていたが、襟巻きは丸めて上着のポケットに突っこみ、ベストのボタンもはめていない。ヴィヴィアンは片手を上げて彼を止めた。

「なにをするつもり？」語気も荒くささやいた。

「おりていってセイヤーに会うんだよ」オリヴァーの片方の眉が上がった。「ここにこっそり隠れていると思ったのか？」

「どうかしてしまったの？」ヴィヴィアンは腰に両手を当てた。「ばかげているにもほどがあるわ。グレゴリーにどうしろと言うの？　あなたを怒鳴りつけろとでも？　そんなことをしてなんになるの？　ふたりとも、とんでもない醜態をさらすだけじゃないの。そして、わたしはみなに噂されるの？」

けわしかったオリヴァーの表情がしぶしぶながらいくらかやわらぐ。彼は声をひそめて言った。「どうすればいい？　窓から出ていこうか？」

「ばかをおっしゃい。まっさかさまに落ちるわ。わたしが下に行って、兄の注意を引きつけるから、その隙にあなたは玄関から出て」

「それこそばかじゃないのか」

ヴィヴィアンは人さし指を上げて彼を黙らせ、またドアを開けた。ふたたび玄関のひらく音がすると、彼女は廊下にすべりでた。忍び歩きで階段まで行って下を覗く。すぐに急ぎ足で戻ってきた。

「だいじょうぶ。トーマスが兄の荷物を運んでいて、兄はまだ下にいるわ。トーマスにはもうやすむよう言っているのが聞こえたから、トーマスが兄の部屋から出てきて召使い用の階段を上がっていくのが聞こえたら、あなたは階段をおりて玄関から出てちょうだい。わたしは兄をまっすぐ書斎に連れていって、そこで足止めするから」それでいいかしら、と尋ねるようにヴィヴィアンがオリヴァーを見ると、彼はうなずいた。

「きみはこの状況を楽しんでいるだろう?」いささか苦々しげにオリヴァーが言う。

ヴィヴィアンはつい顔をほころばせた。「少しね」首をかしげてトーマスの重い足音が階段を上がるのを聞く。オリヴァーを振り向いてつま先立ちになると、すばやくキスをした。それからドアを出て、うしろ手できっちりと閉めた。

ちょうどトーマスがグレゴリーの部屋に入っていくところだった。彼女は廊下の鏡の前で止まって自分の姿を確かめた。いつもとちがっているのは、顔からにじみでている幸せそうな輝きくらいのものだが、兄にはたぶん気づかれないだろう。もし気づかれても、その理由にまでは思い至らないはずだ。

ヴィヴィアンは軽やかに階段を駆けおりていった。「グレゴリー兄さま！」

グレゴリーがきびすを返し、哀しげに笑った。「ヴィヴィ、すまないな。もう召使いがやすんでしまったとは思わなくて……いや、じつのところ、そんなことは考えもしなかったんだが。おまえを起こすつもりではなかったんだ」そこで顔をくもらせる。「だが考えてみると、おまえにしてはやすむのが少し早かったんじゃないか？　まだ一時もまわっていないぞ」

ヴィヴィアンはくすりと笑って兄を抱きしめた。「ときどきは一時前にやすむこともあるのよ。今夜はパーティに行かなかったから」

「具合でも悪いのか？」

彼女はしかめ面をした。「わたしだって毎晩出かけるわけではないのよ」

そのときヴィヴィアンの視線が、玄関ホールのテーブルに載ったオリヴァーの帽子に留まった。彼女はさっと動いてテーブルの前に立ち、自分の体で帽子を隠した。

「今夜はとくにおもしろいこともなかったわ」話をつづける。「でも、そんなことはどうでもいいの。どうしてお兄さまがロンドンに戻ってきたのか知りたいわ。また会うとは思っていなかったから。さあ、書斎に行って、座ってゆっくりしましょう。どうしてここに戻ってきたのか聞かせてちょうだい」彼女は兄の腕を取って前に進み、ぐいぐいと引っ張っていった。

グレゴリーは妹のうしろにあったテーブルを見やることもなく、あっさりとついていき、廊下を進んで書斎に入った。酒の並ぶ戸棚まで行き、自分に一杯ついで、妹にもラタフィアワインを渡す。ヴィヴィアンは受けとり、座り心地のいいひじ掛け椅子のひとつに腰をおろした。

「さあ、話して。どうしてここにいるの？」ある考えがふいに浮かび、彼女はあわてた。「お父さまになにかあったとか？」

「いや！ そんなことはないんだ。すまない。そういうことは考えなくていい。父上の具合がよくなければ、向こうを離れたりはしないから。父上なら手足がだいたい動くようになったよ。歩くときに少し足を引きずってはいるが、話すのも問題ない。文字を読むのは少し苦労しているけど……もともとあまり本を読まない人だからな。いや、ぼくがこちらに来たのは……タウンゼントと話をしようと思ったからだ」学問仲間の名が口から出た。

ヴィヴィアンの眉がつりあがった。「こちらにいたときに会ったばかりでしょう」

「ああ。でも地所でずっとやっている実験が……」言葉がとぎれる。妹を見たグレゴリーはため息をついた。「つまらなくて」

「つまらない？」ヴィヴィアンはびっくりして兄を見つめた。「本と実験と馬があるのに、つまらないの？」

「ぼくだって、たまには退屈するさ」どこか言いわけがましく言い、グレゴリーは髪をかきあげた。「父上と召使いしかいないんだ。おまえがいないと、話し相手もいない」

「つまり、わたしと一緒にいるためにロンドンに戻ってきたの？」たしかに兄とはかなり仲がいいが、自分と話したいがためにロンドンまで戻ってくるとは思ってもいなかった。

「いや、ほら、いろいろ催しもあるだろう。人もいるし。ぼくだってまったく人づき合いをしないというわけじゃない」グレゴリーは妹をちらっと見やってすぐ目をそらした。

「ええ、そうよね」いぶかしく思う気持ちはますます強まったが、ヴィヴィアンは声にはまったく出さなかった。「それなら、また舞踏会にでもエスコートしてもらおうかしら」

「いいとも。いつなりと」グレゴリーがほほえむ。「なんなら観劇でもいい。いや、そうだな、そのうちリッチモンドパークに乗馬に出かける催しをひらいてもいいんじゃないかな」

ヴィヴィアンは驚いた顔をしないようにするのに苦労した。「そうね、お兄さまがそうおっしゃるのなら。どなたを招待しましょうか？」

「どうだろうな。ああ、ステュークスベリーなどいいかもしれない。いいやつだし」

一瞬、ヴィヴィアンは固まった。ひょっとして兄がオリヴァーとのことを、どういうわけか知っているのではないかと……。けれど、そんなことはばかげている。彼女とオリヴァーのことはだれも知らない。知るわけがない。

ふと心配になったが、次のグレゴリーの言葉でほっとした。「従妹どのを連れてきてもらったらどうだろう。ミス・バスクームと彼女の妹さんを」

「カメリアね！」ヴィヴィアンは満面の笑みを浮かべて身を乗りだした。「グレゴリー兄さま！　お兄さまはほんとうにカメリア・バスクームのことが気になっているんでしょう」

　グレゴリーの頬骨のあたりにさっと赤みが差したのが、まさしく答えだった。

「やっぱり！　カメリアに会いたくて、リッチモンドパークへのお出かけを計画してほしいのね」

「ちがう！　あ、いや……彼女は乗馬がうまいと聞いたから、きっと楽しんでもらえるだろうと……ああ、ヴィヴィ、ぼくときたら、ばかみたいだな？」

「そんなことがあるものですか」ヴィヴィアンは兄の手に手を重ねた。「ばかなことなどなにもないわ。ちょっとびっくりしただけ……先日のパーティのあと、お兄さまは彼女に興味がないようなことをおっしゃっていたから。でもカメリアはすばらしい娘《こ》よ」

「きれいだよな？」グレゴリーが笑った。好きな話題を口にするときのように、瞳が輝いている。「カー家のパーティで会う前に、彼女が公園で馬に乗っているところを見たんだ。生まれながらに乗馬を知っているかのような乗りっぷりだった。それに彼女の顔といったら！」飛びあがるようにして立ち、ポケットに両手を突っこんで右へ左へとうろうろしだす。

「話をするのが楽しかったよ。彼女とは、自分をばかみたいに思わずに話すことができた。これまでに会った大半の令嬢とちがって、彼女は自分の考えを持っているんだ。領地に戻れば、なにもかもがもとどおりだと思っていたんだが、なにも楽しく思えない。つまらなくてしかたないんだ。驚くかもしれないが、想像してみてくれ。読書もしたくないし、手紙も書きたくないし、実験の状況を確認したくもないんだ。いつもミス・バスクームのことを考えて、彼女はなにをしているのだろうと思ってしまう。彼女がパーティや観劇に行って、ほかの男たちと話しているところを想像すると、血が煮えたつような気がするんだ」

グレゴリーがヴィヴィアンに向けた顔には、驚愕の色が浮かんでいた。ヴィヴィアンは思わず笑った。「まあ。お兄さまは一度も嫉妬を感じたことがないの？」

「ないと思う。女性に話しかけるのがうまい男性を、うらやましく思ったことはあるが。でも、こんなのは初めてだ……女性がほかの男と踊っているからといって、そいつを痛めつけてやりたくなるのは。あまり気持ちのいいものじゃない。そもそも、彼女がだれかと踊っているところを実際に見たわけでもないのに、ただ想像しただけで」

「かわいそうなグレゴリー兄さま。ずいぶんつらい思いをなさっているのね」ヴィヴィアンは立ちあがって兄のもとへ行った。「でも、心配しないで。わたしがかならず力になるわ。明日イヴに手紙を出して、リッチモンドパークで催しをするから来てほしいと、みなを招待しましょう。全員を招待すれば、それほどあからさまではなくなるわ。そうね、いつにしましょうか。木曜日はいかが？」

「社交のことはすべておまえの判断にまかせるよ。でも、たぶん、ぼくがおまえと一緒に行くというのは、彼女に言わないほうがいいと思う。ぼくも行くと知ったら、彼女は断るかもしれない。このあいだ彼女と初めて会ったとき、ひどい失敗をしてしまったから」

ヴィヴィアンは意外そうに兄を見た。「どういうこと？　どうしてカメリアがお兄さまをいやがらなければならないの？」

グレゴリーは顔をしかめた。「それが、その、おかしな話に聞こえるかもしれないが、ぼくが侯爵だからだと思うんだ」

ヴィヴィアンは笑いだした。「あら、まあ。それはなんともカメリアらしいわ。だいじょうぶよ。これからもっとお兄さまと一緒にいれば、カメリアの侯爵嫌いはなくなるはずだから」どうやら兄は打ちひしがれているようで、ヴィヴィアンとしては祈るしかなかった。内気な兄ではあるが、その奥に隠れているすばらしい人柄を、カメリアが見抜いてくれることを……。

ふたりはリッチモンドパークへの遠出のことや、ピクニックができるほどあたたかいだろうかということを、もうしばらく話した。グレゴリーはあくびを嚙み殺したものの、すなおに疲れたと言った。

「おまえみたいに夜更かしに慣れるには、しばらくかかるな」グレゴリーは笑顔で妹に言った。

ふたりは書斎を出て階段のほうに向かった。玄関ホールまで来たとき、ヴィヴィアンはこっそりとホールのテーブルを見やり、オリヴァーの帽子がないことを認めてほっとした。まあ、オリヴァーのことだから、なにかを忘れていくなんてばかなことはしないと信じてはいたけれど。

階段を上がりきったところでふたりは別れ、ヴィヴィアンは自室に入ってうしろ手にドアを閉めた。鏡台のランプが部屋にほのかな明かりを投げかけ、乱れたベッドと、ベッドや椅子や床に散らばった彼女の衣服を浮かびあがらせている。彼女は奥に進んで服を拾い、もう少しきちんと椅子にかけた。主人が服をハンガーにかけるとは小間使いも思っていないだろうが、無造作に散らばっているのもおかしいと思うだろう。

ヴィヴィアンは手を伸ばして乱れたシーツにふれた。オリヴァーと一緒にここにいたのだと思うと、甘酸っぱい思いがちくりと胸を刺す。こそこそと帰らなければならないのではなく、好きなだけふたりで横になっていられたなら、どうだっただろう。どんなに甘い時間を過ごせたことか。

床の上でなにかが光り、彼女はしゃがんでそれを拾いあげた。オリヴァーの、金とオニキスの襟巻き留めだった。そっとそれを握りしめると、ヴィヴィアンは口もとをゆるめた。ランプを吹き消し、ベッドに上がって、横向きで丸くなる。手のなかに襟巻き留めを握ったまま、眠りに落ちた。

15

翌朝、朝食のあとでヴィヴィアンが真っ先にしたのは、イヴに手紙を書き、イヴとカメリアだけでなくタルボット家の紳士たちもまとめて、木曜日のリッチモンドパークへの遠乗りに誘うことだった。それから着替えて邸を出ようとしたが、階下におりていくと、兄がドーラ・パーキントンと彼女の母親に玄関通路の隅に追い詰められていた。どうやらふたりのレディは邸を訪問してきてグレゴリーに出くわしたらしい。兄にとっては災難、母娘にとっては僥倖だった。

「ヴィヴィアン！」階段をおりてくる妹の姿を認め、グレゴリーの瞳は輝いた。「ああ、来たか。その、レディ・パーキントンとミス・パーキントンがおまえを訪ねていらしたよ。それでは、ぼくは失礼して、ご婦人がたで楽しいおしゃべりをどうぞ」

「あら、まあ、セイヤー卿、お出かけにならなくてもよいではございませんか！」レディ・パーキントンが陽気に言って、片方の眉をつりあげた。

「そうよ、お兄さま」ヴィヴィアンもいたずらっぽい笑みを添えて口をそろえる。「ご一緒にいかが？」

グレゴリーの目が、ぎょっとしたように見ひらかれた。「あ、いや、それはありがたいが、ちょっと、ぼくは……」

「クラブに行かれるの？」ヴィヴィアンは助け船を出した。目をむいて焦っている兄に意地悪しつづけることはできなかった。

「ああ、そうなんだ」グレゴリーはほっとした。「クラブで友人に会わなければならなくてね」ひかえている従僕のほうを向く。「トーマス、ぼくの帽子は？」

「かしこまりました、だんなさま」

「さきほどセイヤー卿が、木曜日のことを話してくださいましたの」ドーラ・パーキントンがそう言ってヴィヴィアンにかわいらしく笑った。

「木曜日？」ヴィヴィアンはわずかに眉をつりあげた。

「はい、リッチモンドパークへの遠乗りのことですわ」そう説明したレディ・パーキントンの笑みは、襲いかかる獣を思わせた。「とても楽しそうですわね。あなたがたのような若いかたたちには、うってつけの催しでしょう。ほんとうにご親切に、お兄さまがわたくしたちを誘ってくださいましたの」

「ええ、兄はとてもやさしいので」ヴィヴィアンはいまにも崩れそうな笑みを顔に貼りつけていた。「トーマス、レディ・パーキントンとミス・パーキントンを図書室にご案内して」

そう言ってふたりの女性に顔を向ける。「ちょっと失礼しますわ、兄が出かける前に訊かなければならないことがありますの」

「ええ、もちろん。お兄さまのお考えを伺わなければなにも始まりませんものね」

「そうなんです」ヴィヴィアンがうなずく。「兄に聞けば、なんでもわたしの知りたいことを教えてもらえますの」

ふたりのレディが召使いのあとについて廊下を歩いていくのを見送ると、ヴィヴィアンは勢いよくグレゴリーを振り向いた。玄関扉の脇に立っていた彼は手で帽子をくるくるとまわし、やましそうな、困ったような顔をしている。

「あのご婦人たちを招待などしていないぞ」グレゴリーがささやく。「それどころか、レディ・パーキントンに遠乗りのことを話すつもりもなかったんだ。でも、木曜日に音楽の催しだかなんだかに行きましょうとしつこく誘われて、行けないと答えているうちに、いつのまにか遠乗りのことが口から出てしまって。招待した覚えはないんだ、ほんとうだよ。ましてや令嬢を誘ったりはしていない。それなのにレディ・パーキントンは誘われたかのような口ぶりで、なんておやさしいのでしょうなどと礼を言いはじめたんだ。そうなると、もうだめとは言えないじゃないか。なんと言っていいかわからないし。それで、彼女は招待されたとおまえに言ったんだよ。そんなことはぜんぜんないのに」そこで言葉を切ったグレゴリーは、情けない顔をしていた。「これでもう、計画を台なしにしてしまったんだろうな？　ぼくはお目付役でもつけたほうがいいのかもしれない」

ヴィヴィアンは思わずくすくすと笑ってしまった。「まだお目付役の必要はないと思うわ。レディ・パーキントンに太刀打ちできる殿方なんてほとんどいないもの。あのかたは思いどおりに話を持っていく手練手管に長《た》けているの。だって、彼女が義理の母になるとわかっていながら、あのかたの娘を奥方として迎えさせられた殿方が三人もいるのよ」彼女はため息をつき、兄の腕を軽くたたいた。「理想的な状況でなくなったのはたしかだけれど、できるだけのことをするわ。兄さまは早く出かけて、逃げてくださいな」

グレゴリーは憐《あわ》れを誘うような笑みを残して邸を出た。ヴィヴィアンはしばらく立って考えていたが、客間で待たせている母娘のところへ行った。呼び鈴でお茶の用意を言いつけると、笑みを浮かべて腰を落ち着け、なごやかにおしゃべりを始める。

「木曜日はご一緒されるそうで、ほんとうにうれしいですわ」ヴィヴィアンは言った。「ステュークスベリー卿と弟君のフィッツヒュー・タルボットと、ミセス・タルボットも行かれますし、もちろん、彼らの従妹であるミス・バスクームもいらっしゃいます。ミス・バスクームは馬が大好きでいらっしゃるの。とても活発なご令嬢ですのよ」最後の一文は慎重に、非難するような響きがこもらないよう注意して口にした。

「ええ、そう伺っておりますわ」ドーラ・パーキントンは顔がゆるむのをこらえきれないようだ。

「あなたはとてもかわいらしくて女らしいお嬢さんよね」ヴィヴィアンはあたたかそうな声を出してドーラに笑いかけた。「殿方というのは、たいていやさしくておとなしい女性のほうがお好きですわよね。そう思われませんこと、レディ・パーキントン？」

「おっしゃるとおりでございます。それこそ、いつもわたくしが娘に言い聞かせていることですの。殿方はかわいらしくて従順な女性を好みますわ」

「ええ。紳士は静かな家庭がお好きよね」ヴィヴィアンはつづけた。「たとえば、兄も読書や思索や、友人に手紙を書くことが好きですわ。動きまわるよりも思索にふけるほうなのです」

「ええ、もの静かなかたですわね」レディ・パーキントンが確信を持った様子でうなずいた。「それは拝見していてもわかりますわ。騒々しくて、危ないことを好むかたではまったくございませんわね」

「そうなのです。ほかの殿方のようにボクシングの試合も見ませんし」ヴィヴィアンはほんとうのことを言った。「競馬もしませんし」これだって嘘ではない。グレゴリーは、馬は好きだが賭け事はしない。

「学者肌でいらっしゃるのね……セイヤー卿は」レディ・パーキントンがまとめた。

ヴィヴィアンはうなずいた。「ええ。リッチモンドパークの遠乗りを退屈に思わなければいいのですが」

「わたくしたちが話し相手になって差しあげられると思いますわ。そうよね、ドーラ？」

「ほかにも若い殿方が大勢いらっしゃいますのよ、兄だけでなく」ヴィヴィアンは言った。「あなたのようなかわいらしいかたがいらしては、殿方はみな落ち着きがなくなるでしょうね。乗馬の腕前をあなたに披露しようと躍起になったり、なんとかあなたの隣になろうと騒ぎたてたり」

「まあ、そのようなことはご遠慮しますわ」ドーラは目を瞠って無邪気な顔をして見せた。「わたくしは乗馬よりおしゃべりのほうが好きですもの。わたくしもおとなしいほうですの」

「そうでしょうね」ヴィヴィアンはにこりと笑った。「そうね、それなら四輪馬車《バルーシュ》も出しましょうか。バルーシュに乗ったあなたはすてきな絵になりそう。そう思われませんこと？」ヴィヴィアンはドーラの母親を向いて同意を求めた。「座って会話をしていたいというかたにはバルーシュがぴったりですわ。乗馬がお好きな元気なかたは、馬で先を走っていただいて」

「それはようございますわね」レディ・パーキントンも賛成した。

「それに、ドレスを着ていたほうが乗馬服よりもずっとすてきですわ、そうでしょう？」ヴィヴィアンはやりすぎにならないことを祈りながら言った。

どうやら取り越し苦労だったらしい。ドーラは笑顔で言った。「ええ、そうですわね、乗馬服では男のかたのように見えますものね？」

「そうですとも」ヴィヴィアンも笑った。「あなたのように愛らしいご令嬢がお召しになるものではありませんわ」

さらにもう一杯お茶を飲み、十五分ほど味気ないおしゃべりをしてようやく、パーキントン母娘は帰ることになった。ヴィヴィアンは優雅な物腰でふたりを玄関まで見送ったが、礼儀からというよりは、どうあってもふたりを送りだしてやろうという決意からだった。そうしてようやく玄関に背を向けると、彼女はほうっと肩の力を抜いて、顔から笑みを消した。頑として笑みを絶やさなかったせいで、一時間は頬が痛みそうだった。

ヴィヴィアンは二階の居間に行き、本棚のついた小さな机の前に腰をおろした。しばし考えをめぐらせる。家族とごく親しい友人だけの小さな集まりにするつもりだったが、ドーラの出現ですべてが変わってしまった。こうなると、あと数人は若い紳士が必要だ。まずオリヴァーの従弟であるレディ・ユーフロニアの息子ゴードンがいいだろう。彼は救いようのない愚かな青年だが、まさしく甘ったるい美辞麗句をまくしたてながらドーラに言い寄っていきそうだ。それから、そう、クランストン子爵。彼の称号はパーキントン母娘にとって魅力的だろうし、彼のたっぷりとした胴まわりを考えると、バルーシュに乗ることはまちがいないように思える。さらにヴィヴィアンはわずか数分で、三人の青年を選びだした。いつも彼女のあとをついてまわって、どうしようもないほどあなたに恋いこがれています、などとのたまっている面々だ。さらにその青年のうちのひとりの妹と、べつの令嬢を加えた。どちらの令嬢もドーラほどの器量はないが、彼女たちを入れたほうがより自然な催しに見える。ヴィヴィアンはそれから全員に招待状を手早くしたため、召使いのひとりに言いつけて届けさせた。

それでようやく、予定よりは遅くなったものの、邸を出ることができた。馬車をまわさせ、レディ・メインウェアリングの住まいへと向かう。キティは客間にいた。しゃれた室内帽をかぶり、肩にはショールを巻き、細長いテーブルで紙になにかを走り書きしていた。執事がヴィヴィアンの来訪を告げると、キティは驚いて顔を上げ、すぐに笑みを浮かべた。

「ヴィヴィアン！　なんてすてきなのかしら。あなたに手紙を書いていたら、ご本人の登場だなんて。こういうのって……なんと言うのだったかしら？」

「〝偶発〟？」ヴィヴィアンは言いながら、友人のところまで行って頰にキスをした。

「それだとやたらと大げさに聞こえるわね。でも、そんなことはどうでもいいわ。あなたと話をしたいと思っていたら、あらわれてくれたんですもの」

「わたしもお話をしたいと思っていましたの。残念ながら悪い知らせですけれど。ブローチを取り戻すことはできませんでしたわ。サー・ルーファスが――」

「わたしが手紙を書いていたのは、まさにそのことなのよ！」キティがうれしそうに言った。

「もう探してもらう必要はないことを伝えようと思って」

「そうなの？」

「そうなのよ。戻ってきたの！」

ヴィヴィアンは目を瞠《みは》った。「なんですって？」

「もう戻ってきたの。ほら、ね？」キティはショールの片側をうしろに引き、ドレスにつけた見覚えのあるハート形のダイヤモンドを見せた。

「でも、どうやって……どこで……？」

キティは明るい笑い声を響かせた。「まあ！　あなたが言葉に詰まるなんて！　すごいことよね？　わたしの愛《いと》しいウェズリーが見つけてくれたのよ」

「ウェズリー？」ヴィヴィアンは困惑顔になった。「どういうことかしら、見つけてくれたというのは？　このお邸のなかにありましたの？　サー・ルーファスに賭けで取られたものとは、やはりちがっていたのでしょうか？」

「いいえ、もちろん賭けに負けて取られたものよ。自分の宝石をまちがえたことは一度もないわ。ウエズリーには宝石を取られた話はしていなかったのだけれど」キティは内緒話をするかのように声をひそめた。「彼は、わたしが賭け事をするのを快く思っていないから。負けがこんでにっちもさっちもいかなくなるのではないかと心配しているのよ」

「でしょうね」

「わたしがなにか心配事を抱えていることを見破られて、結局、うまく言わされてしまったの。彼って、そういうことにとても気のまわる人でね。話をしたら、すごく腹を立てたのよ……わたしにではなく、サー・ルーファスに。サー・ルーファスはわたしにつけこんだんだと言って。とてもやさしいでしょう？　まあ、ほんとうはそういうことでもないのだけれどね。だって、たいていサー・ルーファスはわたしより負けているんだから。あまり賭け事が強いほうではないのよ。でも、そんなことはどうでもいいの。大事なことは、あなたの手をわずらわせるのではなく自分に話してくれたらよかったのにと、ウェズリーから言われたことなの。彼が言うには、サー・ルーファスはもうブローチを持っていなかったから、わたしに売ろうとしなかったんですって。それはそうよね。たしかに、買い戻すことを断られたときには、なんてひどい人なのだろうと思ったわ」

「それでミスター・キルボーザンは、ブローチがどうなっていたとお思いなのかしら？」

「質に入れられたにちがいないと言っていたわ。たぶんそうなんでしょう。サー・ルーファスはいつもお金に困っていたから。さっきも言ったように、賭け事が強いほうではなくてね。だからウェズリーは、質屋や宝石商をまわってみればいいと言ったの。もちろん、そういうことはあなたにもわたしにもできないことだけれど、わたしの代わりに彼が行ってきてくれたのよ。そして昨夜、ブローチを持って帰ってきてくれたの！　質屋で見つけて、買い戻してくれたそうなのよ……適正な価格の半値でよ。つまり、かなりお金の節約になったというわけ」

「そうですわね」友人の考え方に、ヴィヴィアンは思わず笑ってしまった。それでも、キティの話はどこか気にかかった。「こんなに早く見つけられるなんて、幸運でしたわね」

「そうなのよ」キティがにこりとする。ヴィヴィアンの背後に視線が行き、笑みがさらに明るくなった。「ウェズリー！　ほら、どなたがいらしてくださったと思う？　あなたがブローチを見つけてくれたことを、いまヴィヴィアンに話していたところなのよ」

ウェズリー・キルボーザンは部屋に入ってきてヴィヴィアンにおじぎをし、丁重に挨拶した。ヴィヴィアンはよくよく彼を観察しながら答えた。「ええ、そうなんです。見つかってほんとうにびっくりしていますわ」

キルボーザンは肩をすくめた。「いえ、それほど驚くようなことでもございません。以前わたしも懐が寂しくなったことがありまして、サー・ルーファスが持っていきそうな場所に心当たりがあったのです。何軒かまわってみなければなりませんでしたが……」そこで彼はキティを向いたが、鋭い印象のあるハンサムな顔はやわらいでいた。「とくにたいへんだとも思いませんでした、レディ・キティのためにしたことですから」

いつものことながら、キティに愛を誓っているらしいこの男性の思いは、いったいどこまで本物なのだろうとヴィヴィアンは思った。キティを好きになるのは簡単だし、キティは年齢の割にまだまだ魅力的な女性だ。それでも、無一文の詩人が年上の裕福な女性を好きになるというのは、都合がよすぎる気がした。キティのブローチを彼が〝見つけた〟のと同じように。

「サー・ルーファスは、べつの勝負でブローチを取られたと話していましたけれど」ヴィヴィアンは言った。

「そうですか？」眉をつりあげたキルボーザンは、愛想のよい顔つきをしていたが、なにを考えているかは読めなかった。「宝石を質に入れたことを認めたくなかったのではありませんか。あるいは、彼から宝石を取りあげた相手が質に入れたのかもしれません」

「あるいは、宝石を盗んだ人物か」

「盗んだ！」キティが声を張りあげた。

「ええ。サー・ルーファスのポケットからだれかが失敬したのではと考えるようになりましたの。彼の状態を考えると、簡単に盗めそうですから」

「酔っ払っているということね？」キティはため息交じりに言った。「そうなの、あのかたはしょっちゅう酔っていて。勝負に弱いのもそれが原因のひとつよ」

「そうですね。今回もそうだったのかもしれません。泥棒がブローチを質に入れたということもおおいに考えられます」キルボーザンも同意する。

「もうどうでもいいことよ」キティが上機嫌で言った。「宝石は戻ってきたのだから。大事なのはそのことよ。ねえ、ヴィヴィアン、お茶でも飲んでいらっしゃる？」

「ありがとうございます。でも、ほかにも用事がありまして」ヴィヴィアンが立ちあがると、キティも立った。

「玄関までお送りするわ」キティはヴィヴィアンの腕に手をかけた。ゆっくりとした足取りで玄関ホールまで進み、キルボーザンからも離れると、キティはヴィヴィアンに身を寄せて小声で言った。「それで、このあいだ話をしたべつの件はどうなっているの?」

ヴィヴィアンはわけがわからずキティを見たが、キティのきらきらした瞳と訳知り顔を目にして、オリヴァーへの気持ちを打ち明けたことを思いだした。

「ああ!」ヴィヴィアンはわずかに頬を染めた。「あの話」

「そう、その話よ」キティは含み笑いをした。「ステュークスベリー伯爵との、ちょっとしたお話。まだ……彼とはなにかありそうなの?」

ヴィヴィアンは秘密めいた笑みを浮かべた。「ええ」

「もうあったのね?」

笑みをさらに大きくしてヴィヴィアンは認めた。「そうかも」

「ああ」キティは満足げな吐息を漏らした。「わたしがあなたにお勧めする相手ではないけれど」そこで言葉を切り、ヴィヴィアンの両手を握って真剣なまなざしで彼女の目を見つめた。「でも、あなたは幸せなのね?」

ヴィヴィアンもまた同じように真剣なまなざしを返した。「ええ」その声には驚いたような響きがあった。「幸せですわ」

キティはしっかりとうなずいた。「それなら、応援するわ」

ふたりは向きを変えて玄関ドアへと歩いていった。

召使いがドアを開けて一歩さがる。玄関前の階段にキティも出て、ヴィヴィアンの両頰に軽くキスをした。ヴィヴィアンは背を向けかけたがそこで足を止め、またキティを振り返った。キティの顔を探るようにじっと見て、問いかける。「キティ……お父さまとのことを、後悔なさったことはあるの？」

「後悔？」キティはほほえんで首を振った。「いいえ。後悔することはたくさんあるけれど、愛のためにしたことで後悔することはひとつもないわ」

馬車に乗りこみながらヴィヴィアンが真っ先に考えたのは、キティのブローチが出てきたことをオリヴァーに話したいということだった。けれど、それはできないと思い至って、あきらかにがっかりしたのが自分でもわかった。自分から紳士を訪ねていくというのは、してはならないことだ。もちろん、カメリアやイヴに会う名目で〈ステュークスベリー邸〉に行き、オリヴァーが在宅していて話に加わってくれるのを期待することもできる。しかし、ほかに人がいるところで話すようなことではないし、それに、もし彼に会いたいからそんな口実をつくってやってきたのだとオリヴァーに思われたら……。いくらオリヴァーが相手でも、ヴィヴィアンにも自尊心がある。とっさに、ヴィヴィアンは〈ブルックマン・アンド・サン〉へ向かうよう、御者に指示を出していた。

彼女が来店する予定ではなかったが、ブルックマンはいつものごとく恭《うやうや》しく、店の奥から出てきて挨拶をした。「これはレディ、光栄でございます。とりわけごらんになりたいものはございますか？　すぐにお出しいたしますが」奥の執務室のほうを手で示しながら、さりげなく従業員のひとりに合図をして、先ほどまで自分が相手をしていた客につくよう指示した。

「ごめんなさい。あなたとお話をしに来ただけなの。でも……」ヴィヴィアンはにこりと笑った。「わたしの気に入りそうなものがあれば、拝見したいわ」

結局、興味のある品はいくつかあった。なかでも乳白色の玉に青とピンクが波模様のように入ったオパールのネックレスに、ヴィヴィアンは目を引かれた。実際に身に着けてみて、彼の机に置いてある小さな鏡を見ながら右を向いたり左を向いたりして自分の姿を眺めた。

「これはあなたのデザインなのかしら、ミスター・ブルックマン？」ヴィヴィアンはちらりと彼を見やった。

「いつもお目がたしかでございますね、レディ。そうなのです、わたくしがおつくりいたしました。ですが、カボションカットのルビーのネックレスもございますよ。フランスの宝石商より買い付けたものです。フランス革命から逃れなければならなかったフランス貴族のものだと申しておりましたが」わずかに肩をすくめてみせる。「こういった品は、悲劇の王妃のものでないとすれば、逃げたか処刑されたかしたフランス貴族の品だったとされるのが常でございます。しかし事実がどうであれ、歴史ある品であることはまちがいなく、宝石《いし》も最高級のものでございます。ですが、あなたさまには少し重たすぎると申しますか……大仰かもしれません」

ネックレスを見たヴィヴィアンは、たしかにふだんの自分の装いやいまの流行に照らし合わせると華美すぎると思った。しかしオパールのネックレスのほうは、見たとたんに自分はこういう品を求めていたと思えるようなものだった。

「ところで」ブルックマンはネックレスを包むよう従業員に申しつけ、机に戻ってきた。「ほかにどのようなご用向きがございますでしょうか。お話があるとおっしゃいましたが」

「そうなのよ。前回ここにおじゃましましたときにお話しした件だけど、なにか新しいことはわかったかしら」彼がきょとんとしているのでヴィヴィアンはつづけた。「先ごろ盗まれた宝石のことよ」

「ああ、さようでした。思いだしました。申し訳ございませんが、あまりお力にはなれないかと。宝石を売りに来たかたに注意するようにしておりましたが、正直申しあげて、おふたりのみで、どちらのかたもよく存じあげておりまして、宝石もまちがいなくそのお客さまのものでございました」

「では、そのおふたりのほかに、宝石を売りに来たかたはいらっしゃらないのね？」

「はい、たいへん申し訳ございません」彼は恐縮していた。「知り合いの宝石商にも訊いてみたのですが、疑わしい宝石を買った者はおりませんでした。きっと泥棒のほとんどが、わたくしは名のある仲買人か、困窮を極めたお客さまからしか宝石を買わないことを知っているのでしょう。怪しい者が持ちこんだ品は引き取りませんので。知り合いの同業者も、みな同じようなものだと思います」

「では、泥棒は質屋に行ったとお考えかしら？」

「おそらく。あるいは、あまりうるさくない店でしょう。哀しいことですが、品物がどこから入ってきたものか頓着しない宝石商もおりますので」

「そのような店をご存じ？」

ブルックマンは少々驚いた顔をしていたが、一瞬ためらったのちに紙片を取りだし、鉛筆でいくつかの名前を走り書きした。「これがすべてではございませんが。少し思うところのある店や質屋というだけのことでして……どういう意味かはおわかりかと思いますが」

「ええ、わかるわ」ヴィヴィアンは差しだされた紙片を受けとった。

「ですが、レディ……」どこか心配そうに彼は言った。「レディが行かれるような場所ではございません。ましてや、おひとりでは」

「心配しないで。ひとりでは行かないから」

木曜日は明るく晴れわたり、いささか涼しいが、それでも遠乗りにはぴったりの日和だった。のちほど召使いがミートパイやロールパンといった軽食を用意して追いかけ、乗馬をしっかり楽しんでおなかがすいたところに馳《は》せ参じる手はずとなっている。取り急ぎ、いまのところ〈カーライル邸〉の前には瀟洒なバルーシュが停まっていた。品のよい馬が数頭、足を踏み鳴らしたりいななたりして、いざ出発しようと気を吐いている。ヴィヴィアンのあとから邸を出たグレゴリーは、どうしたんだというように妹を見た。

「どうしてここにバルーシュが？」

ヴィヴィアンは瞳を輝かせた。「すぐにわかるわ」

彼は肩をすくめ、愛馬を撫でてやった。「ぼくに乗れと言うのでなければ、べつにいいが」

「それはないわ」ヴィヴィアンは、ふふふと笑った。

そのとき、タルボット家の面々がすでに馬にまたがって到着した。さらに少し遅れてほかの客もやってきて、しばらくは挨拶を交わす時間となった。カメリアはヴィヴィアンが予想していたとおり、活気にあふれて颯爽《さっそう》としていた。軍服ふうのダークブルーの乗馬服に一分の隙もなく身を包み、きっちり結いあげたブロンドの髪に小粋な帽子を乗せている。思わず顔に目が行くが、彼女の顔は意気揚々と楽しげに輝いていた。グレゴリーの顔に浮かんだ表情から、兄もまた同じ感想を抱いたのだとヴィヴィアンにはわかった。

残りの招待客もまもなく着いた。ドーラと彼女の母親は、ヴィヴィアンの予想どおり最後にやってきた。大勢にまぎれて到着するよりも、遅れて着いたほうが印象に残るからだ。そしてまさしくドーラの思惑どおり、パーキントン母娘の到着は若い紳士たちのあいだにどよめきを起こした……ドーラがもっとも印象づけたいはずの、ただひとりを除いては。若い紳士たちが先を争ってパーキントン母娘を馬車からおろし、数フィート先の歩道にエスコートするあいだ、グレゴリーだけは少し離れていた。

しかしドーラはくじけることなく、ヴィヴィアンとグレゴリーのところへ挨拶にやってきた。「レディ・ヴィヴィアン、そしてセイヤー卿」しとやかに、少しひざを折る。「ご招待くださいまして、お礼の申しあげようもございません」

カメリアをちらりと盗み見たヴィヴィアンは、彼女の口もとがへの字に曲がっているのを見て取り、顔がゆるむのをこらえながらドーラに歓迎の言葉を返した。グレゴリーはヴィヴィアンの隣でドーラのドレスを穴が空きそうなほど見つめていた。ふわふわとした薄布で仕立てられたドレスは、ドーラの繊細なかわいらしさを引き立てている。少なくとも若い紳士のひとり――おそらくステュークスベリーの従弟のゴードン――はきっと感激し、あなたは天使のようだとドーラに言うことだろう。

しかしグレゴリーはそうはいかない。彼は唐突にこう言った。「そのような服装では、馬に乗れませんね」

「えっ、ええ」ドーラはにこりと笑って、澄んだブルーの瞳を彼に向けた。「乗れなくてもかまいませんわ。バルーシュがあるとレディ・ヴィヴィアンがおっしゃいましたし、お話をするにはそのほうがずっとよろしいですから。そうですわよね、セイヤー卿？」

「えっ……あ、ああ、そうだと思います」グレゴリーはあわてて真摯な笑みを浮かべた。「バルーシュまで手をお貸しいたしましょう」

ドーラはほほえんで慎み深く目を伏せ、グレゴリーに手を差しだした。彼はドーラを馬車に乗せ、にこにこしている彼女の母親にも手を貸すと、おじぎをして馬車を離れた。そこへゴードンがそそくさとやってきてバルーシュに乗りこみ、でっぷり太ったクランストン子爵もあとにつづいた。ドーラは、あ然として口をぽかんと開けている。

うまいこと馬車から視線をそらしていたヴィヴィアンは、グレゴリーの手を借りて馬に乗ろうと待っていた。身をかがめて妹の足を手で支えたグレゴリーは、ぼそりと言った。「ありがとう」

「いいのよ」ヴィヴィアンは牝馬の背にすらりとまたがった。手綱に手を伸ばして言い添える。「それじゃあ、がんばってね」

グレゴリーがにっこりし、ひらりと鞍《くら》にまたがると、一行は出発した。

16

ロンドンのにぎやかな街なかではほとんど会話もなく進んだが、いったん街を出ると、一行は少人数のかたまりに分かれはじめた。ヴィヴィアンは兄がカメリアの横につけるのを見ていたが、そこへオーヴァーブルック家の兄妹が加わっていった。兄のパーシーがカメリアの左に、そして妹のフェリシティがグレゴリーの右につく。兄妹の巧妙さにはヴィヴィアンも舌を巻いた。とくにフェリシティが鐙《あぶみ》に少し問題が起きたようなそぶりをして、速度を落としたときには。そうなるとグレゴリーは礼儀正しく彼女の隣で止まらざるを得ず、身をかがめて彼女の足に鐙をしっかりとかけてやっていた。フェリシティは満面の笑みで礼を言ったが、速度は落としたままだ。グレゴリーが彼女を残して先に行けるはずもなかった。フェリシティを兄から引き受けようとヴィヴィアンが馬を走らせかけたとき、オリヴァーがヴィヴィアンのそばにやってきた。思わず笑顔になったヴィヴィアンの体を、期待感がぞくりと駆けぬけていく。

「うちのまぬけなゴードンを招くとは、いったいどういう風の吹きまわしだ?」そう尋ねるオリヴァーの声には、辛らつな言葉とは裏腹に愉快そうな響きがあった。

「ミス・パーキントンのお相手にぴったりだと思ったのよ」

「その絶妙な計らいには気がついていたが。バルーシュはきみが考えたのか？　それとも彼女が？」

「幌を上げたバルーシュなら、彼女の繊細なかわいらしさが引き立つでしょうねとは言ってみたけれど。でも、あれに乗ると決めたのは彼女よ」

「そうだろうとも。そもそも、彼女がどうして招かれているのか不思議だ」オリヴァーは探るような目でちらりと彼女を見た。

「わたしが招いたのではないわ。ほんとうよ。レディ・パーキントンが無理やり入りこんできたの。そういうことにはすばらしい手腕を持っているのよ」

「それなら、外務省に雇ってもらえばどうだろうか」

「あの手腕を発揮するのは、令嬢の結婚が危うくなったときに限られるでしょうね」ヴィヴィアンがそう言うと、オリヴァーはくくっと笑った。

しばらく黙って馬を進める。ヴィヴィアンは都会のにおいと煙に汚れていない空気を吸いこんだ。気温は少し低くひんやりしていてまだ春のうららかさとはいかないが、乗馬にはちょうどよい。そよ風に撫でられた頬がほんのり染まり、顔のまわりでやわらかな髪がそよぐ。文句のつけようのないひとときを、ヴィヴィアンは堪能した。このにおい、この空気、そしてオリヴァーがそばにいる。足りないのは鳥のさえずりくらい。そう思った瞬間、近くの木で鳥が鳴きはじめ、ヴィヴィアンは忍び笑いを漏らさずにはいられなかった。

オリヴァーに目を向けると、彼がこちらを見ていた。少しだけほころんだ顔で。ヴィヴィアンは心臓がどくんと打ったような気がして、あわてて顔をそむけた。突然、気持ちがあふれそうになってこわいくらいだった。

「昨日、レディ・メインウェアリングに会いに行ったの」とりあえず頭に浮かんだことを口にした。

「そうなのか？　彼女の宝石を見つけられなかったことを伝えに？」

「ええ。でもおかしなことに、すでに彼女の手もとに戻っていたのよ」

「なんだって？」オリヴァーが眉をつりあげ、馬をさらに寄せた。「どうやって？」

ヴィヴィアンは、ウェズリー・キルボーザンがかかわったという話をした。オリヴァーは眉間にかすかにしわを寄せて聞いていた。

「なんとも都合のいい話だ」ヴィヴィアンの話が終わると彼は言った。

「ええ、そうでしょう？」ヴィヴィアンもうなずく。彼女はしっかりと向きなおって真剣な顔でオリヴァーを見た。「われらが泥棒は、彼かもしれないと思う？」

「われらが泥棒？　キルボーザンとも泥棒とも、そんなつながりを持つのはごめんこうむるね。だが、その可能性はあると思う。レディ・メインウェアリングの近くにいれば、賭け事の好きな金持ちに会うことも多いだろう。もちろん、夫人の援助があるというのに盗みをはたらく理由はわからないが」

「自分の自由になるお金を持ちたかったのではないかしら。だれかからのお手当に頼らなければならないというのは、つらいものよ。わたしは父のように気前のよい人からいただいていたけれど、それでも二十一になったときに自分の財産を持たせてもらえたのはうれしかったわ」

「だが、キルボーザンがそういう方法で金銭的に自立しようとしたのだとすれば、どうしてレディ・メインウェアリングからじかに宝石を盗らなかったのだろう？　わざわざ彼女が賭けでなくしたものを盗るなんて？　いや、ほかの人間から盗むのがそもそもおかしい。彼女に気づかれずに彼女の邸から盗めるものはいくらでもあるはずだ」

「そのとおりね。キティはあまり気のつくほうではないから……。とはいえ、きっと宝石はべつだわ。金のお皿ならなくなっても気がつかないでしょうけれど……いいえ、執事が気づいて彼女に言うわね。メインウェアリング卿にまで報告が行くかもしれないわ」

「そうなると微妙だな」オリヴァーは考えこんだ。「召使いを除くと、キルボーザンはそういったものがなくなった場合にいちばん疑われやすい立場にある。だからレディ・メインウェアリングを通して知り合った人間から盗むことにしたのかもしれないが、疑われないように彼女の邸以外の場所で盗みをはたらいたと考えられる。だが、それならどうして、彼女のものだった宝石を盗むことにしたんだ？　とくに、彼女にとって大きな意味のある大切な品を」

「大切な品ということは知らなかったのかもしれないわ。過去におつき合いのあった男性のことを、いまの恋人には話さないでしょう。あなたは話す？」

「わたしが？　ひどいな、その言い草は。まるで愛人が列を成しているかのように聞こえるぞ」

ヴィヴィアンは眉を上げた。「いくらあなたが折り目正しいとはいっても、やはり男の人ですもの」

「それはそうだ。しかし気の多い男ではない……と思っているんだが。選択を誤ることはないし、信条が揺らぐこともないつもりだ」彼のまなざしが熱い。

ヴィヴィアンは目をそらし、内心どきりとしたのをごまかした。「キティはそれほどしっかりしてはいないかもしれないけれど、礼節を欠くような人でもないわ。父から贈られた品だということはおそらく話していないと思うの。あの宝石がキティのものだとさえ認識していないということもありうるわ。彼は彼女が賭け事をするのをよく思っていないそうだから、つい最近までサー・ルーファスにブローチを取られたことも話していなかったらしいのよ」

「宝石泥棒にしては少し口やかましいとは思わないか？」

ヴィヴィアンは顔をしかめた。「重要なのは、彼女がサー・ルーファス相手に宝石をなくしたことを、キルボーザンが知らなかったということよ。サー・ルーファスが見せびらかしていても、彼女の宝石などよく知らなくて、彼女のものだとは気づかなかったのかもしれないわ」

「もしキルボーザンが気づいていたとしても、盗った相手がレディ・メインウェアリングではなくサー・ルーファスだったのだから、気が楽だったろう。彼女がきみに助けを求めるとも思わなかっただろうし、きみがこの件をこれほどしつこく調べるとも思わなかったはずだ。きみが出てきてしまったから、ブローチを返してきみを排除しようとしたのかもしれない」

「それじゃあ、彼が泥棒だと思うの？」

オリヴァーはかぶりを振った。「わからない。その可能性はあると思うが。逆に、彼の話がほんとうだということも考えられる。彼や彼の言うことを判断する術《すべ》がないからね」ちらりと彼女を見る。「もしかしたら、きみは彼が気に入らないだけじゃないのか」

「たしかに嫌いよ」ためらいもなくヴィヴィアンは答えた。「でも、だからといって彼を疑っていいというわけではないけれど」

「そうだな」

「ミスター・ブルックマンが言うには、泥棒は宝石を質に入れたかもしれないんですって」

「えっ？　だれだって？」

「行きつけの宝石商よ。話したでしょう」

「ああ。今回の盗難について、また彼にいろいろ訊いていたということか？」

「そうよ」ヴィヴィアンはうなずいた。「キティと話をしたあと彼の店に行って、泥棒についてなにかわかったことはないか尋ねたの」

「それで、なにかあったのか？」

「いいえ。彼が言うには、彼のところや信用の高いほかの店に売りに来ることはなさそうですって。質屋のようなところに行くだろうと言っていたわ。たしかにそうでしょうね」ヴィヴィアンはため息をついた。「そうなると、情報を得るのがとてもむずかしくなるわ」

オリヴァーは彼女に劣らぬほど大きくため息をついた。「それでも、きみは調べるのをやめないんだろうな？」

「次に打つ手を思いついたらね」

「なにか思いつくに決まっている……どういう手かは考えるだにおそろしいが」

「あなたはそんなに簡単にこの件を放っておけるの？　謎を解明して、泥棒を捕まえたくはないの？」

「もちろん、捕まえられたらいいとは思う。だが、自分で駆けずりまわって犯人捜しをしたほうがいいのかどうか。だから、治安判事裁判所《ボウストリート・ランナーズ》の逮捕係に依頼して調べてもらうことにした」

ヴィヴィアンは驚いて彼を見た。「そうなの？」

オリヴァーがうなずく。「きみがやめないことはわかっていたから、また賭博場に引っ張りだされないうちに解決できたらいいと思ってね」

ヴィヴィアンは声をあげて笑った。「オニールのクラブはそれほどひどいところではなかったでしょう?」

「まあね。しかし、次も同じようなところだとは限らない」

「オリヴァー、あなたってほんとうに、頼りになる人ね」どうしてかはわからないが、彼が逮捕係に依頼してくれたことがヴィヴィアンはうれしかった。それはなにか、ふたりには言葉にできない――おそらくすることのない――ことを物語っているように思えた。彼女は、にこりと笑ってみせた。「さてと、かわいそうな兄が相手に気を遣って身動きがとれなくなっているから、救出に行かないと」

ヴィヴィアンは、フェリシティ・オーヴァーブルックと並んでとぼとぼと馬を進めているグレゴリーのほうにあごをしゃくった。彼はときおりもの言いたげに、前に進むカメリアやほかの人々をちらちらと見ている。ヴィヴィアンの視線の先をたどったオリヴァーはそれに気づいてくくっと笑い、ふたりでグレゴリーたちのほうへ馬を向けた。

妹とステュークスベリーが来てくれて、グレゴリーはほっとした。さあ、カメリアとこれから会話を、と思ったときにオーヴァーブルック兄妹にじゃまされたのがやりきれなかった。

しかも、どうしてだかフェリシティと一緒にカメリアたちから離れ、彼女の鐙《あぶみ》を直してやっているうちに遅れてしまった。そのあとは一行に追いつくどころか、フェリシティがどんどん馬の歩みを遅くして、いまやカメリアははるか先を行っている。このままでは今日の遠出は、フェリシティ・オーヴァーブルックがいま読んでいるおそろしく退屈な本についての中身のないおしゃべりを聞いて、終わってしまうだろう。

グレゴリーが若い令嬢といると、たいていいつもこんなふうになった。ヴィヴィアンには、とんでもなくばか正直だからそんなことになるのだと言われるが、ばか正直というよりは、失礼にならないようにそういう状況から抜けだすことができないせいなのだ。まあ、令嬢にうまくしてやられているのはわかっているのだけれども……傲慢なほど礼を欠いた行動を取っている貴族の男を数多く見てきたから、自分はどうしてもそういう駆け引きができない。

しかしヴィヴィアンは、どんな状況であっても、だれかを如才なく救い出すことができる。オリヴァーを引き連れて兄のところにやってきた彼女は、グレゴリーとフェリシティのあいだにするりと馬を入れ、ルドルフ・アッカーマン著の服飾絵図の最新号に載っているローウエストのドレスの話に令嬢を引きこんだ。グレゴリーはほっとした様子で会釈し、三人に向けて丁重に挨拶すると、フェリシティがなにか言う前にその場をあとにした。

ほどなくして、カメリアに追いついた。いま乗っている去勢馬は、マーチェスターの厩舎にいる鹿毛の牡馬《ぼば》に比べれば速さでは劣るが、じゅうぶんな脚力があり、グレゴリーと同じようにフェリシティののろい速度にじれていた。しかし追いついたとはいえ、カメリアに話しかけるのはむずかしかった。パーシー・オーヴァーブルックとチャールズ・ウィットンがカメリアの両側に陣取り、あきらかにその場所を譲ってくれそうにはなかったからだ。

だからそのまま彼らは進み、公園の近くまでやってきたが、そこでいい考えがひらめき、グレゴリーは入口まで競争しようと提案した。ウィットンはさほど乗馬がうまくはないし、オーヴァーブルックも速さを競うというより顕示欲を満足させるような乗り方をする。だから公園に着くころにはグレゴリーとカメリアが抜きんでて前を走り、しかもほぼ互角の速さを競う状況となっていた。一瞬、グレゴリーは手綱を引いてカメリアに勝ちを譲ろうかとも思ったが、おそらくアメリカから来たこの令嬢には彼のしたことを気づかれるだけでなく、不興をも買うだろう。だから彼はさらに馬を駆り、カメリアの馬よりも前へ飛びだした。

門を抜けたところでグレゴリーは少し力を抜いたものの、ふたりとも止まることはなかった。そのままふたりして疾走しつづけ、うしろの一行を引き離していった。とうとうほかの人間が見えなくなったところでグレゴリーは速度を落とし、カメリアも一瞬遅れて手綱をゆるめ、彼と並んだ。

「ああ、すばらしかったわ！」カメリアがグレゴリーのほうを向く。「こんなふうに走りたいと、ずっと思っていたの！」

喜びに顔を輝かせるカメリアは美しく、そんな彼女を見るだけでグレゴリーの心臓は大きく跳ねた。彼女には打算がない。わざとらしい遠慮もない。これまでに会った女性たちとは全然ちがう。

グレゴリーはにこりと笑った。「ああ、ぼくもだ」

カメリアは口をひらいたがそこで止まった。屈託なく顔に浮かんだ喜びが薄れ、警戒するような表情に変わる。彼のことなど嫌いだということを思いだしたのだろうと、グレゴリーは内心ため息をついた。

「あの」カメリアが言った。「戻ったほうがいいんでしょうね」

うしろの一行と合流などしたくもなかったが、グレゴリーはうなずいた。ふたりは馬の向きを変え、並足で戻りはじめた。グレゴリーがちらりとカメリアを見やると、彼女はこちらを向いていたが、目が合ったとたん顔をそむけた。手綱を握るグレゴリーの手に力がこもった。

「ミス・バスクーム……どうか許してほしい。会ったとき、すぐに自分の身分を明かすべきだった。ぼくは——ぼくが悪かったことはわかっているが、マーチェスターの跡取りだということを知らない相手と話すのがとても楽しかったんだ。あれこれと評価されることなく、ただおしゃべりするのが」

「評価される？」カメリアはびっくりした顔で彼を見た。「あなたが？　でも、あなたは公爵の息子なんでしょう。最高位ではないの？」

グレゴリーは短く笑った。「たしかに、そうだが。でも、だからこそ評価されるんだよ。公爵の息子としてしかるべきふるまいをしているか？　世間でこうあるべきとされたとおりに行動しているか？　なにかまちがったことをすれば、一族の者や、称号や、父や祖父、そのほかの人間にも悪影響が及ぶ。引っこみ思案だったりもの静かだったりすれば、もったいぶって偉そうだと言われるし、親しげにすれば、身分にふさわしい威厳がないと言われる。身分というものがわかっていないだとか、ふるまいがなっていないだとか、そんな気安い口を利いて敬愛すべき亡くなった祖母が聞いたらぞっとするだろうだとか。侯爵というだけで、一挙手一投足を見られるんだ」

カメリアはあ然とした顔で彼を見ていたが、すぐにくすくすと笑いはじめた。「でも、それはわたしが受けている扱いとまったく同じだわ。なにか失敗をするのを待ちかまえられ、噂の種にされて。でもそれは、わたしが外から来たよそ者だからだと……アメリカ人で、自分の行動がどう見られるかわかっていないからだと思っていたわ。わたしがここの人間ではないからだと……」

グレゴリーは笑みを返した。「いや、たんに社交界の連中が噂好きだということだと思うよ」

「そして、人をけなすことも、ね」カメリアはしみじみと言った。「思いもしなかった……未来の公爵さまという身分をしばし忘れていられることで、やすらぎを感じられるだなんて」

「ああ」グレゴリーに安堵感がどっと押しよせた。「きみの言うとおりなんだ。マーチェスターの跡取りではなく、ぼく自身でいられるような気持ちになれるのが……その、とてもすてきだった。だから自分の身分をきみに話すことができなくて……」少しひねたような笑みを浮かべる。「とくに、きみが貴族をどのように思っているかを聞いたあとでは」

「あっ」カメリアの頰に赤みが差した。「ごめんなさい。うっかり舌がすべってしまうことがあるって、姉妹にも言われるの。あなたに腹を立てたのは、あなたが侯爵さまだったからよ。あなたがほんとうのことを言ってくださらなかったから。からかわれていたのだと思ったの。貴族ではないふりをして、わたしをだまそうとしていたのだと」

「ぼくがどうしてそんなことを？」困惑してグレゴリーは尋ねた。

カメリアは肩をすくめた。「わからないわ。でも、ここの人たちの行動の理由がわからないことはしょっちゅうあるから。あなたもきっと、なぜだかわたしをからかおうとしているのだと思って、胸が痛かったの。だって……」いったん口を閉じたが、そっとつづけた。「あなたには好感を持っていたから」そう言って彼を見る。「あなたとおしゃべりをして楽しかったのが、ばかみたいに思えて」

「ぼくも楽しかった」グレゴリーも彼女を見た。「ぼくはきみをからかったりなどしない。約束する。ヴィヴィアンに訊いてみてくれればいい。ぼくはもっとずっと真剣な気持ちでいるということを、妹が話してくれるはずだ」

カメリアは小さく口もとをほころばせた。「そんな必要はないわ。あなたを信じます」

「よかった。それなら、そのうちにまた……楽しくおしゃべりをしないか？」

「ええ、喜んで」ふたりは笑みを交わし、ゆっくりと一行のところへ戻った。


ヴィヴィアンは目の上に手をかざし、兄とカメリアが戻ってくるのを見ていた。ふたりが言葉を交わしている。それを見てヴィヴィアンはほっとした。そしてドーラに目をやった。バルーシュからおりた彼女は、文字どおり若い紳士に囲まれ、全員からちやほやされている。しかしヴィヴィアンの見るところ、ドーラの視線は自分を崇める青年たちを素通りしてグレゴリーに向かっていた。

「使用人の馬車が到着して昼食を用意するまでには、まだ時間がある」オリヴァーがヴィヴィアンのすぐうしろから言った。「待っているあいだに散歩でもどうかな？」

ヴィヴィアンは笑顔で応えた。「ここでミス・パーキントンが青年をたぶらかしているのを見ているよりは、ずっと楽しそうだわ。でも……彼らには付き添いが必要でしょう？」

「フィッツとイヴにまかせればいい」オリヴァーはためらうことなく、弟と義妹をオオカミの群れに放りこむことにした。「なんといってもふたりはもう夫婦なのだし、独身男とオールドミスよりは、はるかに付き添いにふさわしいだろう」

「オールドミスですって！」ヴィヴィアンは怒ったふりをして眉をつりあげた。「すてきな言い草ね!」

「おや、レディ、独身であることをいつも吹聴してまわっているのはきみじゃないか」きらきらと瞳を輝かせてオリヴァーは言った。

「わたしが自分で言うのは、全然ちがうわ。そんなひどいことを言われてまで、あなたと散歩に行く筋合いはないけれど……残念ながら、このままここにいたら、わたしは浮いてしまいそうね」

ヴィヴィアンはオリヴァーの腕に手を添え、一行から離れた。

「かわいそうなグレゴリーをミス・パーキントンの魔の手にゆだねて放りだしていくなんて、薄情な妹よね」ヴィヴィアンは正直に言った。

「たしかに。だが、ミス・ウィリス - ホートンの忍び笑いをこれ以上聞かなくてもいいようにわたしを救いだしてくれたのだから、そう気に病むこともないさ」

ヴィヴィアンは声をあげて笑った。「つまり、あなたの正気を保ってあげたということね」

「そのとおり」

ふたりは優美なカバノキの木立のなかのうねる小径《こみち》をそぞろ歩いた。みなの目が届かないわけではないが、ふたりの会話はだれにも聞こえないし、表情を見られることもない。ほかに人がいても、ふたりきりのようなものだ。そう思うと、体の奥深くからざわりと欲望がこみあげてきた。ヴィヴィアンは横目でそっとオリヴァーをうかがった。その視線を感じたのか、オリヴァーも彼女のほうを向いて見おろす。どこか表情が変わり、口もとがやわらぎ、目の光が強く鋭くなった。

「いったいどちらが、よりつらいのかな」オリヴァーが言った。「この二日間のように、きみに会えなくて、四六時中きみのことを考えている状況か。それとも、こうしてきみに会って一緒にいるのに、ふれることができない状況か」

「いま、ふれているじゃないの」ヴィヴィアンは彼の腕に添えた手を見て言った。

彼女の視線をたどったオリヴァーが顔をしかめた。「わたしが考えているのは、こういうふれ方ではない」低くうなるような声を漏らす。「ああ！　こういうのは耐えられない……きみの部屋からこそこそ帰って、召使いたちやきみの兄上に見つからないよう身を隠して、きみのベッドにすぐさま出入りして」

「そうね。そういうのはあなたらしくないものね」ヴィヴィアンは首をかしげて考えた。「でも、わたしはうれしいわ。だって、おかげでぜったいに自分の家を買わなければという気になったんですもの。代理人から、よさそうな物件がいくつか見つかったと連絡を受けたの」

オリヴァーは厳しい目を向けた。「きみがひとり住まいをすることについてわたしがどう思っているか、知っているだろう」

「ええ、でも、そのほうが楽になるわ」

オリヴァーは、見るからにひどい板ばさみ状態に陥ったような表情を浮かべた。「きみの評判のほうが大切だ」

「今朝、邸を出る前に代理人から手紙をもらったの。物件のひとつを見に行きませんか、って。明日の午後に行くつもりよ。あなたもいらっしゃる?」

「そんなことにかかわるとは、どうかしているとしか……」

「ふうん。そうなの」ヴィヴィアンはひと呼吸ついてから言った。「やはり男性の意見を取り入れたほうがいいかと思ったのだけれど」

オリヴァーは鼻で笑った。「きみを知らない人間なら、そうすすめるだろうが」

「あなたがいてくれるから、わたしもきちんとした人間になりつつあるのかもしれないわ」

オリヴァーは足を止めて彼女を見た。「なにもわたしの手を借りる必要などないだろう」

「そうね」ヴィヴィアンは彼のグレーの瞳をじっと見つめた。いまや葛藤で荒れ狂っている瞳を。「わたしには新しい帽子だって必要ないけれど、だからといって帽子がほしいと思う気持ちはなくならないわ」

「わたしがかならず行くことにすると確信しているんだな。手紙で時間を知らせてくれたまえ」

オリヴァーはしばらく彼女を見おろしていた。身をかがめてキスしてくれたら、とヴィヴィアンは思った。もちろん、そんなことをしたら大騒ぎになるだろうが、それでもかまわない。

彼の唇がほんとうに感じられるような気がした。この前の夜のように、甘やかだけれど激しい唇が。先ほど、彼もあの夜のことをずっと考えていたと……彼女を求めていたと言われて、全身に震えが走った。昨夜は彼女も、ベッドのなかで彼がほしくてたまらなかった。

「きみはいつでもこうして自分の思いどおりにするんだな」オリヴァーはぎらついた目をしてつぶやいた。

ヴィヴィアンは笑顔で彼を見あげた。「たいていはね」

ふたりが一行のところへ戻ったときには召使いが到着しており、主人たちが座れるように敷物を広げ、馬車で運んできた昼食用のグラスや皿を並べていた。

召使いが食事を用意しているあいだ、ドーラがなんとかグレゴリーの近くに寄っていったことにヴィヴィアンは気づいた。敷物に腰をおろそうとみなが集まりだすと、ドーラはよろけてグレゴリーの腕にしがみついた。驚いて彼女を見たグレゴリーが、もう片方の手で彼女を支える。ドーラは愛らしい大きな瞳で上目遣いに彼を見あげてかわいらしく礼を言い、敷物のところへ行くまで彼の腕を放さなかった。カメリアがイヴの隣に腰をおろすと、グレゴリーもそちらに一歩足を踏みだしたが、ドーラがさらにしがみつき、少し頭がくらくらするので座らなければとのたまった。ほかの青年がふたり手を貸そうと飛んできたが、ドーラはグレゴリーの腕をがっちりと握って放さなかった。

ヴィヴィアンが興味深く兄の行動を見ていると、グレゴリーは敷物の上にドーラを丁重に座らせた。それまでのところドーラは完全にグレゴリーを出しぬいていたので、これは介入して兄を助けださなければ、とヴィヴィアンも思ったのだが。

「水をいただいてきましょう」グレゴリーの声が聞こえ、またもやドーラが美しくも儚《はかな》げに感謝するような顔をしてみせた。

グレゴリーは小間使いのひとりから水の入ったグラスをひっつかみ、ドーラに渡して丁寧に会釈するとその場を辞した。それを見て、ヴィヴィアンは驚きながらもうれしくなった。カメリアのほうに歩いていって仲間入りをする兄に、ドーラが口をぽかんと開けているのがおかしくてならない。

「あらあら」ヴィヴィアンはつぶやきながら、ドーラと彼女の取り巻きたちから少し離れた場所に腰をおろした。「要するに、あんなにがんばるくらい気になっているということなのね」

「なんだって?」オリヴァーが興味津々で彼女を見た。「だれの話だ？　なにを言っているんだ?」

「ミス・パーキントンがこの数分間、兄に容赦ない猛攻を仕掛けていたのだけれど、兄はそれをかわしてカメリアの隣に座ってしまったの」

「それはそうだろうな」オリヴァーが顔をしかめる。「ミス・パーキントンの隣になぞ座ったら、彼女の面倒を見るのに忙しくて食事をする暇もないだろう」

ヴィヴィアンは、うふふと笑った。「そのとおりね。でもふだんの兄なら、ミス・パーキントンのような令嬢にはしてやられているはずなのよ。それがなんと、初めてその手に乗らないくらい、気になっているようなの」

「気になっている？」オリヴァーが言うと、ヴィヴィアンは兄が隣に座っているカメリアのほうをあごでしゃくった。

「カメリアのことが？」オリヴァーの眉がつりあがった。「セイヤーはカメリアが気になっているというのか？」

ヴィヴィアンは思わず笑ってしまった。「そうよ。ずいぶんかけ離れた者同士だとは思うけれどね」

「それはまたひかえめな表現だな」オリヴァーはカメリアとグレゴリーをしばらく眺めていた。「彼女が射撃の名手だということも、彼は知っているのか？」

ヴィヴィアンは肩をすくめた。「銃に対してとくに否定的な考えは持っていないと思うわ。それに、兄は乗馬が大好きだし」

「そうだな。だがそのほかの方面では、あのふたりはまるで不釣り合いだと思うが」

ヴィヴィアンはまた肩をすくめた。「あなたとわたしは不釣り合いだと言う人だっているでしょうね」

オリヴァーがちらりと彼女を見やる。「ヴィヴィアン、わたし自身、きみとわたしは不釣り合いだと思っているんだが」

ヴィヴィアンは声をあげて笑い、彼に身を寄せて小さな声でささやいた。「そうでもないところもあるわ、伯爵さま」

オリヴァーの頬骨あたりが、朱を掃いたようにかすかに染まった。たしなめる顔に、熱っぽい表情が混じる。「気をつけるんだ。わたしのたががはずれたらどうするつもりだ？」

「それは見てみたいわ」ヴィヴィアンの瞳が躍る。

しかし彼のまなざしにヴィヴィアンは息をのみ、今度ばかりは彼女のほうが顔をそらした。そして彼女はドーラに視線を移した。ドーラの片側には紳士がふたり、もう片側にはひとりいて、それぞれに相手を出し抜こうと競っていたが、ドーラの視線はカメリアの隣に座っているグレゴリーのほうをさまようばかりだ。ヴィヴィアンはカメリアとグレゴリーの様子を見ながらドーラの顔をよくよく観察していたが、カメリアが無意識のうちに強力な敵をつくったことはまちがいなかった。

それから午後が終わるまで、ドーラはあの手この手でグレゴリーの気を引こうとしていた。そんな彼女を見ていたヴィヴィアンは、たしかにドーラの手腕はみごとだと認めざるを得なかった。まずはグレゴリーの関心を引くために、ちやほやする青年たちと笑い合い、甘い言葉をかけ合ってやきもちを焼かせようとしていた。しかしドーラのしていることにグレゴリーが気がつきもしていないのがわかると、次は、とても寒いと言って、かわいらしくぶるぶる震えてみせた。四人の若者がすっかり心配して自分たちの上着をどうぞと差しだし、小間使いのひとりは馬車までひざ掛けを取りに行った。

しかし、どんなことをしても効果はないようだった。どうやら唯一の解決策は、春の風が当たりにくい場所に座るということ——つまり、グレゴリーの左隣に座ることだ。大きな目を見ひらいてどうにも困っているふうを装うドーラを前に、ミス・ウィリス゠ホートンはしぶしぶながらお尻をずらして場所をつくった。グレゴリーも快く従い、カメリアのほうに詰めてドーラが座れるようにした。

ミス・ウィリス゠ホートンとクランストン卿と会話を始めたドーラは、ほどなくグレゴリーを会話に引き入れようとしだした。彼がなにを答えてもドーラは注目し、ときには大げさに感心してみせた。彼の豊富な知識、話術、過去や未来に対する洞察力、そしてあらゆることについての意見をほめたたえた。

ドーラがやわらかな声で〝まあ、セイヤー卿、あなたさまはなんて頭がよろしいのでしょう〟と感激するのが四度目にもなると、カメリアは笑いをこらえられなくなった。

ドーラがびっくりしてカメリアを見る。「まあ、ミス・バスクーム、侯爵さまがまれに見る博学なおかただとお思いになりませんの？　これほどどんな話題についてもお話のできるかたには、お目にかかったことがございませんわ」

「頭がよいことはわかります」カメリアも同意した。「でも彼は、ご自分のお庭の植物について訊かれたことに答えているだけですわ」

「うちの植物のことなら、どんなことでも話してあげられるよ」グレゴリーが満面の笑みでカメリアに言った。

「ご遠慮申しあげます」カメリアがおののいた顔で返し、ふたりは声をあげて笑った。

ドーラは困惑顔でカメリアとグレゴリーを見比べた。もしドーラがもう少し心根のやさしい令嬢だったら、ヴィヴィアンも気の毒に思ったことだろう。さすがのドーラも、いままで失敗したことのなかった手法がグレゴリー相手にはことごとく効果がないことくらい、もうわかっているのではないだろうか。まったく、ヴィヴィアンは言えるものなら言ってやりたかった。ドーラのやることなすこと――グレゴリーを崇めてカメリアを会話からはずそうとしたり、なにかにつけ彼の男らしい手助けを求めようとしたりすることが、よけいにグレゴリーを遠ざけることにしかなっていないのだと。彼は話題の中心にされたり、わざとらしくほめられたりすると困ってしまうのだ。それに、彼のいちばんの関心事はカメリアと話をすることなのだから、しょっちゅうドーラに口をはさまれて話の腰を折られると、いらだってしまうだけだ。

昼食が終わって邸に戻るころになると、ドーラもどうやらあきらめたようだった。クランストン卿とパーシー・オーヴァーブルックにおとなしくエスコートされてバルーシュに戻りながら、ふたりの紳士に戯れの言葉を浴びせていた。ヴィヴィアンはその様子を眺めながら、ドーラはほんとうにグレゴリーをつかまえることをあきらめたのか、それとももう一度彼にやきもちを焼かせる作戦に出たのか、測りかねていた。

「クランストンとオーヴァーブルックが彼女をエスコートしてくれて助かったよ」グレゴリーが妹の隣に来てこっそり告げた。「ミス・パーキントンと同じ馬車で街まで戻るくらいなら、馬車に身投げする」

ヴィヴィアンは笑いをこらえながら兄のほうを向いた。「彼女が魅力的だと思った殿方もいらっしゃるみたいよ」

「そうなのか?」グレゴリーはドーラをしばらく眺めていたが、肩をすくめた。「まあ、かわいらしいとは言えるかな。でも……その……あんなにひとりではなにもできず、自分の意見もなくて、よく一日をやりすごせるものだと思うよ」

ヴィヴィアンは笑い声をあげた。「ああ、グレゴリー兄さま、お兄さまがお兄さまであってほんとうによかったわ。もしお兄さまがドーラ・パーキントンのような令嬢を花嫁として連れてきたら、耐えられないところだった」

グレゴリーの顔をよぎったまぎれもない恐怖の表情が、さらに妹を楽しませた。「おいおい、ヴィヴィ、なんてことを考えるんだ!」

馬丁がふたりの馬を引いてきたので、兄妹は馬にまたがった。その先でオリヴァーが馬を脇に寄せて振り向き、待っている。しかもカメリアまでが振り返って馬を止めているのを見て、ヴィヴィアンは好奇心がむくむくと湧いてきた。ひとりでに口もとがほころんでしまう。おそらく兄にとって、いいように物事が進みそうだ。彼女は舌打ちをして馬を駆り、カメリアとオリヴァーに合流した。まったく、文句のつけようのないほどすばらしい一日だった。

ロンドンに着いた一行は、〈カーライル邸〉に戻る途中で〈ステュークスベリー邸〉の前を通り、タルボット家の面々はそこで辞去することになった。彼らが別れの挨拶をしているあいだ、ヴィヴィアンがカメリアを見やると、邸の横手から裏庭へつづく細い小道を彼女がじっと見ていることに気づいた。なんだろうと思ってその視線をたどってみたところ、小道の端に小柄でやせた男が立ってこちらを見ているのがわかった。黒っぽい冴えない服を着て壁にもたれている彼は、邸の影に溶けこんでいるように見えた。

カメリアに視線を戻すと、彼女はすでに馬をおりていて、馬丁のひとりに手綱を渡していた。そこでヴィヴィアンは、挨拶をしに来たオリヴァーに気を取られた。馬上から身をかがめ、手袋をはめた手を差し伸べると、彼はその手の上に一礼した。

「明日の午後は一緒にいらっしゃる?」尋ねたヴィヴィアンの胸が、ちくりと痛んだ。明日までオリヴァーに会えないのがつらいのだと自覚する。自分の家があればそんなことはない。いつでも彼に会える。そういう環境さえととのえば、彼と別れるのがこれほどつらくはないだろう。そう、だから、いまこんなに寂しくてがっかりした気持ちになっているのは、ばからしいことなのだ。

「ああ、行くよ」力強くオリヴァーは言い、ほほえむと瞳まで輝いて、彼女をどきりとさせた。

ヴィヴィアンは体を起こし、オリヴァーがイヴやフィッツと一緒に邸に入っていくのを見送った。ふと視線を移すと、カメリアがさっきの小柄で砂色の髪をした男性のところに歩いていくのが見えた。カメリアは彼とふたこと、みこと言葉を交わしている。カメリアがかぶりを振り、男がなにか取り繕っているように見えた。男はカメリアの手に紙切れを押しつけた。

ヴィヴィアンは眉間にしわを寄せて目をそらした。その視線をバルーシュに向けたとき、カメリアと奇妙な男を見ていたのが自分だけではないことがわかった。ドーラ・パーキントンが満足そうな笑みをかすかに浮かべ、やはりカメリアを見ていた。

17

翌日の午後一時、オリヴァーは〈カーライル邸〉に早々と到着した。ヴィヴィアンの予想どおりだった。紳士が時間きっかりにやってきてくれるというのはいいものだ。じつのところ、オリヴァーにはいいところがたくさん見つかりつつあった。彼を目にするたび、めまいがしそうなほどどきどきするということは、もちろん言うまでもなく。オリヴァーほど堅実で、頼りになって、生まれたときから知っているような男性を相手に、見るたび心が乱れて体がうずいてくるなんて、おかしいと思うのだけれど。

すでにヴィヴィアンは用意をすませて十五分ほど待っていた。それもまたおかしなことだし、彼に明かすつもりもないのだが、階下の玄関先にオリヴァーの声が聞こえると彼女は跳ねるように立ちあがり、ボンネット帽と手袋をつかんだ。ドアの前で数秒、わざわざ止まって気持ちを落ち着けてから、挨拶をしに階下へおりていった。玄関ホールの鏡をちらりと見て、髪に乱れがないか、とびきりの自分に見えるかを確認する。まとっているのは昨年の外出用ドレスだ。昨年のものを着ることなどめったにないのだが、深みのある抑えた色味の金色と、軍服ふうのすっきりとしたラインが、とくに体をきれいに見せてくれる。近ごろの彼女は、最新流行のドレスを身に着けることよりも、どれだけ似合って美しく見せてくれるかに気を配るようになっていた。

階段の上がり口でオリヴァーが立って待っている。ヴィヴィアンが階段に足を進めると、彼の目が賞賛の色を帯びてわずかながら見ひらかれるのがわかった。彼女は笑みを浮かべ、手袋をはめながらおりていった。

「客間で座って待っていないなんて、よほど信頼してくださっているのね。わたしが時間を守るほうだなんて、だれも言ってくれていないのに」

オリヴァーはにこりと笑みを返し、前に進んでヴィヴィアンが最後の二段をおりるのに手を貸した。「だが、これから行こうとしているのは、きみが行きたかった場所だ。そういう場合には、すべてが変わってくるものではないのかな？」

すべてを変えるのは彼に会いたい気持ちだということなど、口に出しても意味はないように思えた。ヴィヴィアンは手を伸ばしてオリヴァーの頬にふれたくてたまらなかったが、玄関でふたりのためにドアを開けようと従僕がひかえている状況で、そんなことはとてもできない。だから彼女は鏡に向かって帽子をかぶり、ことさら時間をかけてリボンを結び、気持ちを落ち着けようとした。それから、手袋をはめた手を彼の腕にかけた。彼の頬を撫でるのに比べたら寂しいものだったが、それでも心臓の鼓動は少し速くなった。

外に出ると、オリヴァーはヴィヴィアンの手を取って馬車に乗せた。そのとき彼の手は、必要以上に長く彼女の手を握ったままだった――先ほど階段で、彼女に手を貸したときと同じように。彼女が彼にふれたいと思っていたように、彼も彼女にふれたいのだ。いまにも噴きだしそうなほど欲望がたぎり、こんなちょっとした儀礼的なふれ合いにも煽られて、相手を味わい尽くしたい渇望が呼び覚まされる。欲望が、また大きくふくれあがる。

ヴィヴィアンは馬車に腰を落ち着け、オリヴァーは彼女の向かいに座った。彼の目の表情だけで、ヴィヴィアンは息が止まりそうになった。もしも彼の隣に座ったら、いったいどうなるだろう。抱きしめて、キスしてくれるだろうか。彼がボンネット帽をずらし、わたしの髪に手を食いこませて、唇が深く、激しく重なって……。

オリヴァーが咳払いをして窓の外に視線を移し、座ったまま身じろぎした。「その……今朝、逮捕係から報告をもらったんだが」

「ほんとうに？」いまヴィヴィアンは逮捕係にも宝石泥棒にも興味はなかったが、なんとか意識を戻そうとした。「なにかわかったのかしら？」

「ああ。逮捕係に依頼したとき、あちらも最近の盗難事件についてはいろいろと調べていたようだ。どうやら、窃盗団のしわざらしい。ここ数日の調べで、ロンドンでは複数の泥棒が盗みをはたらいているという確証をつかんだそうだ」

「それでは、複数の人間を追っているの？」

「そうだ。だが、やつらを仕切っている人間がいるらしいこともわかった……泥棒たちに指示を出し、情報を提供し、標的を定めている人間が。あいにく、中心人物の正体にはまったく手がかりがない。そんな状況で末端の雑魚《ざこ》だけを捕まえても、意味はない。手先となる人間をすげ替えて、同じことをつづけるだけだ」

「それで、どう対応をするつもりなの？」

「どうやら、ある特定の酒場から、盗みの指示が出されているようなんだ」

「賭博クラブではなくて？」

「ああ。わたしたちが行ったクラブよりも、もっと柄の悪い酒場のようだ。もちろん、だからといって、賭博場で仕事をしている泥棒がいないとも言えないが。それどころか、あのミスター・オニールが元締めという可能性だってある。賭博事業と盗みとを分けて考えているかもしれない」

「その酒場の名前は？」

「〈踊る熊亭〉だ。逮捕係も行ってみたそうだが、有力な情報は得られなかったらしい。どうやら泥棒たちに顔が知れていて、気づかれてしまうようだな」

「そう」ヴィヴィアンの瞳が輝いた。

「だめだ」すかさずオリヴァーは言った。

「わたしはまだなにも言ってないわ」ヴィヴィアンが文句を言う。

「聞かなくてもわかる。その目を見れば、なにかとんでもない、まったくよろしくないことを言いだすのだろうということくらい。たとえば、その酒場に自分で行ってみるだとか」

「まあ、オリヴァー、なんてすてきな考えかしら」

彼は顔をゆがめた。「勘弁してくれ。わたしが言いだしっぺみたいに言うな」

「まあ、考えなかったとは言わないわ。あなただって考えたんですものね。きっと、わたしたちの考えが似ているってことよ」ヴィヴィアンが小さく笑う。「そんなぎょっとした顔をしなくてもいいじゃないの」

「ヴィヴィアン、頼むから今回くらいまじめに考えてくれ。酒場になど行けるわけがない。無理だ。だれにも勧められない場所だ、ましてや貴婦人になぞ。逮捕係のミスター・ファーネスの言うとおりだとすると、文字どおり泥棒の巣窟だ。そして、ほかにも同様によろしくない輩《やから》が山ほどいるはずだ」

「貴婦人として行くのではないわ。変装するもの。男性に」

「ばかなことを言うんじゃない。きみが男性に見えるわけがないだろう」

ヴィヴィアンは思案した。「それなら、夜の女性のような格好にしようかしら」

「なんだって!」オリヴァーは目が飛びでたような滑稽な顔になり、ヴィヴィアンが思わず吹きだす。「ヴィヴィアン! なんということを! 正気とは思えない! 頭がどうかしてしまったのか?」

「ごめんなさい」ヴィヴィアンは彼の腕を軽くたたいた。「オリヴァー、からかって悪かったわ。そういう女性のような格好はしませんとも」小さくため息をつく。「でも正直言って、すごく楽しそうだけれど」

「楽しくなどない」オリヴァーは断固として言った。

「そういう格好をするのが、ということよ」からかうような目で彼を見やる。「わたしがそういう格好をしたら、あなたも楽しくない？」

「ああ、まったく」しかし、ふいに彼の瞳に燃えあがった熱っぽい輝きは、返答とは矛盾したものだった。

ヴィヴィアンは身を寄せ、煽るような笑みを浮かべた。「ほんとう？　嘘ではないのかしら。もしも今日のわたしの格好が……そうね……真っ赤なタフタのドレスだったら？　歩くとすてきな衣擦れの音がして、襟はこのあたりまで開いていて」爪の先でゆっくりと、ドレスの胸のあたりをなぞり、オリヴァーの視線がその動きを追うのを見つめる。「そんなだったら、どうしたかしら？」

目をぎらつかせながらもオリヴァーはこう言っただけだった。「まっすぐ二階へ戻して、着替えさせる」

「そう？」ヴィヴィアンの笑い声は低くかすれていた。「きっと、あなたも一緒についてくるんでしょうね」

「かもしれない」オリヴァーの口もとが淫靡にほころぶ。「まちがいなく着替えるように」

「そうね」彼の表情で、ヴィヴィアンの下腹部の奥に熱いうずきが生まれた。内側がやわらかくなるのが自分でもわかる。午後の日射しを浴びた蠟のようにとろけていく。せつなくなって、彼に体をひらきたくてたまらない。「あなたに確かめてもらいたいわ」

「ヴィヴィアン……いま始めても、きちんと終わらせられない」

「そうかしら？　でも、楽しくはない？　話すだけでも？」

「話すより、するほうがはるかに楽しい」

ヴィヴィアンは笑みを深めてさらに身を寄せた。「いま？　ここで？」

オリヴァーの瞳に炎が燃えあがった。座席の端を握りしめ、食い入るように彼女を見つめた。まわりがあまりに静かなため、彼のかすれた息遣いまで聞こえる。ふと、静かなのは馬車が止まったからだと、ふたりは思い至った。

「着いたわ」ヴィヴィアンが弱々しい声で言い、窓の外を見た。代理人が玄関前の階段を駆けおりて馬車へと向かってくる。彼女の向かいでオリヴァーが悪態を嚙み殺した。

「レディ！」代理人のバーンズが馬車のドアを開け、おじぎをした。「光栄でございます。ご自身で物件を確かめにいらしてくださいまして、たいへん恐縮です」

「あなたに持ってきていただくわけにはまいりませんでしょう？」ヴィヴィアンは男に手を差しだし、馬車をおりた。

オリヴァーもつづき、ヴィヴィアンから代理人を紹介されると事務的に会釈した。バーンズは一礼し、伯爵さまにお目にかかれて光栄ですと挨拶した。代理人の顔を好奇心がよぎったのはヴィヴィアンにもわかったが、彼はすぐに素知らぬ顔をしてごまかした。そう、代理人は、ヴィヴィアンが他人の助言を求めるのがいかに珍しいことかを知っているのだ。どうして急にステュークスベリー伯爵の意見を聞くことにしたのか、あれこれ思いをめぐらせているのだろう。

もちろん、助言など必要なかった。ただ……そう、オリヴァーが一緒にいれば、もっと楽しいというだけ。それに家のことは、彼とは切っても切れないものだと思えてならない。最初に家を買うことを彼に打ち明けたときは、たんなる冗談のつもりだった。けれどもいまは、彼のために家がほしいと思っている。自由に好きなだけ彼と一緒にいられるように。

ヴィヴィアンは三階建ての白い石造りの小さな家をじっと見た。〈カーライル邸〉よりずっと小さく、壮麗でもないけれど、立地はすばらしいし、すっきりとした瀟洒なたたずまいも気に入った。なにより、これくらいの家ならば、ほとんど召使いがいなくてもかまわない。もの静かで世話好きな従姉妹をひとり付き添い婦人にすれば、それで暮らしていける。父も、兄も、彼女を子どものころから知っている召使いもいない。

バーンズは家のなかを案内したが、ヴィヴィアンの要望がなければ、地下室と台所と召使いが使うことになっている部屋は説明しなかっただろう。オリヴァーはほとんど黙ったままヴィヴィアンのあとについてまわった。ときおりヴィヴィアンは彼を振り返ったが、その表情からはなにも読み取れなかった。家を見ることや代理人の説明に、なかなか集中できない。うしろにいるオリヴァーや、体じゅうに甘く響くうずきに意識がいってしまう。二階の寝室を見てまわったときには、妙に濃密な空気が流れているように思えた。家具や調度品はないのに、すぐにベッドを想像した。寝室に入るたび、どうしてもベッドが先に思い浮かんでしまう。

広い主寝室では、ここが自分の寝室になると思うと、そこにオリヴァーの姿も想像せずにはいられず、部屋を見渡すこともできなかった。ここでオリヴァーにキスされ、ふれられ、夜じゅうずっと肌を合わせる……。そう思うと全身に震えが走り、オリヴァーに気づかれなかったかと、とっさに振り返った。グレーの瞳が彼女を見ていて、彼も同じことを考えていたのではないかと思わずにはいられなかった。

ヴィヴィアンはミスター・バーンズに向きなおり、もうこれで結構ですというようにうなずいてほほえんだ。「ありがとうございました、ミスター・バーンズ。のちほど感想をお伝えしますわ。でもとりあえず、家のなかをもう一度ひとりで歩いてみたいのです。感じたことを確認するために」

「もちろんでございます、レディ」彼女の言葉に驚いていたとしても代理人はうまく隠し、黙って一礼した。オリヴァーのほうに視線をちらりと向けることすらなかった。「では、階下でお待ちしております」

「いえ、どうぞおかまいなく。鍵をおあずかりして、のちほどお返しに上がらせますわ」

「さようでございますか」バーンズは彼女に鍵を渡し、おじぎをして、挨拶の言葉をつぶやいた。

ヴィヴィアンはゆったりとした足取りで窓辺に行き、通りに並ぶ家々を眺めた。バーンズの足音が階段をおりていき、玄関ドアの閉まる音がつづいた。さらに彼が通りを足早に歩いていくのを、しばらく見守る。そのあとオリヴァーを振り返ったヴィヴィアンは、ボンネット帽のリボンをほどいて脱ぎ、窓辺につくりつけられた腰かけに置いた。

「それで」オリヴァーのほうにゆっくりと戻りながら尋ねる。「ここのご感想はいかがかしら？」

「住み心地のよさそうな家だ」オリヴァーも前に進み、彼女から数フィートのところで止まった。「きみにはもう少し立派な家のほうがいいと思うが」

「わたしにはもっと豪奢な家が必要だと思うの？」

「そのほうがきみにはふさわしい」彼は距離を詰めた。「宝石と同じようにね」手を伸ばし、彼女の耳からさがっている金と琥珀《こはく》色のイヤリングにそっとふれる。そのまま手をおろし、ドレスのふんわりとふくらんだパフスリーブをかすめた。「そしてドレスも」

ヴィヴィアンの脈が速くなった。腕にふれる彼の手の感触と、重みと、あたたかさを、強烈に意識する。「この家は実用的だわ」

「そのことだけでも、きみには似つかわしくないと言えるのではないかな」オリヴァーの口もとがほころんだ。彼女の腕にかかった手が、そっと腕全体にまわった。

「わたしの目的にはかなっているわ」ヴィヴィアンはもっとオリヴァーに近づき、彼の上着の襟をつかんで彼を見あげた。

オリヴァーが息をのむ。「ここでこんなことをしていてはいけない。バーンズを帰したりしてはいけなかった」

「帰ってほしかったんですもの」

「彼が噂を広めたらどうする？　わたしたちがここでふたりきりになったことを知られているんだぞ」

「わたしのことを噂にするほど軽率な人ではないわ。そんなことをしたら、わたしの財産の管理をまかされなくなるもの」

「わたしも彼と一緒に外に出るべきだった。家を見るのはきみひとりにまかせて」

ヴィヴィアンは頬にえくぼをつくって、蠱惑的な笑みを見せた。「でも、あなたが外に出てしまったら、こういうことができないわ」

つま先立ちになってキスをした。オリヴァーは一瞬、その場で固まった。彼女の行動と、自分のなかを駆けぬけたなまなましい欲望とに驚くあまり、指一本動かせなくなる。しかし次の瞬間、彼女を抱きしめ、熱く激しく唇を奪ってむさぼっていた。ヴィヴィアンも彼にしがみつき、波のような激情にさらわれた。酔ってしまいそうなキス。夢中になって、やめられない。その先までもっとほしくて、彼女は体を押しつけた。いますぐほしい。

代理人や御者に、ここでふたりきりだということを知られていたってかまわない。バーンズがなにか尋ねに戻ってこようが、御者が主人の様子を見てこようと思いつこうが、どうでもいい。玄関には鍵もかかっていない。だから、まるで運命に身をまかせるようなものだ。けれどヴィヴィアンは気にもならなかった。いま考えられるのはオリヴァーのことと、自分の体に熱くたぎってけしかけてくる欲望のことだけ。

「だめだ。こんなことはおかしい」オリヴァーはつぶやきながら、彼女ののどに唇を這わせていった。

ヴィヴィアンのドレスの前に並ぶ大きな真鍮のボタンを、オリヴァーはもどかしげな手つきではずした。そしてドレスのなかに手を差し入れ、シュミーズの下にまでもぐらせて、胸を包みこむ。唇が真っ白な胸もとをたどり、先端へと向かう。ヴィヴィアンは息をのみ、両手で彼の頭を抱えた。彼の口が硬くとがった頂を覆うと、指が髪にからみついた。

ヴィヴィアンの頭がのけぞり、息が短く激しく乱れた。オリヴァーが唇と歯と舌を使って乳首をもてあそび、強烈な快感をもたらす。オリヴァーの腕が片方、しっかりと彼女の背にまわって支え、もう片方の手はスカートをつかんでたくしあげ、脚をむきだしにした。ついに彼の指が絹の長靴下にたどり着く。オリヴァーは震える息を吐いて頭を上げ、いま一度、自分のものだと言わんばかりに彼女の唇を奪った。

彼の指先が上へ上へと長靴下をたどり、靴下留めまで行き着いた。さらに指はその上の素肌にまで進んだが、そこで突如、動きを止めた。頭を上げて彼女を見おろした彼の顔には、激しい欲望にまじって驚きが浮かんでいた。

「きみは、下になにも……」かすれた声が、これ以上は言葉を紡げないとでも言うようにとぎれた。

ヴィヴィアンはうなずいた。瞳がいたずらっぽく誘うように輝いている。「そのほうが面倒がないと思って」

「じゃあ、最初からこういうつもりで？」オリヴァーの目が見ひらかれた。

ゆっくりと彼女の唇がほころんだ。「備えあれば憂いなしだと思ったの」

オリヴァーの顔がさっと赤らみ、指先が急に熱くなった。視線を彼女の顔に据えたまま、手を彼女の脚にゆっくりと慎重にすべらせていく。腰にたどり着いて尻を抱え、むきだしの肌を撫でる。さらに下におりた手が、脚のあいだに入って両脚を押し広げた。そしてまた尻に戻り、たいらな腹部を撫で、ゆっくりとじらすような動きを加えながら下へ向かう。

ヴィヴィアンの息はかすれ、全身に火がついたようになっていた。脚のあいだが潤み、そこに甘いうずきが花ひらいているのがわかる。そこに彼の指がふれ、体がぶるりと震えた。

指はなめらかなひだを押しひらき、奥へ進んでくすぐり、深いところまでせつなさを送りこむ。

オリヴァーは欲望に光る瞳でヴィヴィアンを見つめながら、やさしくも執拗に指を動かし、彼女のなかに快感を掻きたてていった。自分が手を動かすたび、彼女の欲望が高まっていくのがわかる。快感が募っていくのを目の当たりにしながら、さらに高みへ、張り詰めた頂へと彼女を押しあげていくと、ついに彼女がわななないて頂を越えた。あまりに激しい快楽に身もだえし、崖っぷちからすべり落ちていく。

オリヴァーは身をかがめて唇を重ね、彼女の快楽と欲望を分かちあうようにのみこんだ。ヴィヴィアンは彼の首にしがみつき、背をのけぞらせてひとつになろうとする。彼は彼女の尻をぐっとつかんで持ちあげた。ヴィヴィアンは彼の腰に脚をからめ、なかで彼を感じたい、いっぱいにしてほしい、自分のなかで溺れてほしいと腰を押しつけた。

オリヴァーも彼女を放したくなかった。唇さえも離したくないと、やみくもに前に動き、ふたりは壁にぶつかった。彼はヴィヴィアンを壁に押しつけたまま、ひざ丈ズボンの前を開けて身じろぎした。硬く突きだしたものが、ヴィヴィアンのもっとも敏感なところに当たる。彼女が動いて彼を迎えると、オリヴァーはそのまま奥深くへ押し入った。満足げな細い吐息が彼女の口から漏れ、壁につけた背をしならせて、何度も何度も深いところへ出入りするオリヴァーの律動に合わせて動く。もう一度、自分のなかに嵐が起こるのをヴィヴィアンは感じた。いまこの瞬間のすべてに、耐えられないほど煽られる。彼女の首に顔をうずめて低くうめくオリヴァーの声。熱く立ちのぼる彼のにおい。敏感な肌にふれる彼の唇。がむしゃらな性急さ。手にふれる彼の上着に、自分たちはまだ服も着たままなのだということを思い知らされる。

オリヴァーが彼女の奥深くを貫き、快楽の爆発に身を震わせる。ヴィヴィアンものどに詰まったような叫びをあげ、深みへと投げだされた。

ふたりは長いあいだそのままでいた。精根尽き果て、呆然として、動くことも話すこともできずに。オリヴァーがやさしく彼女の首筋にキスをして、そっと彼女の名をささやく。そうして、ようやく彼は動き、彼女をすべらせるようにして床におろしたが、それでもまだしばらくは彼女を抱きかかえるようにして立っていた。それから向きを変えて衣服を直し、彼女にも身繕いする時間を与えた。ヴィヴィアンは体がだるくて動けないかと思ったが、それでもスカートを揺すって直し、胴着のボタンをはめた。

オリヴァーが彼女を振り返った。彼はまだ快楽の抜けきらない熱っぽくゆるんだ表情をしていたが、まなざしには冷静さが戻っていた。かぶりを振る。「なんてことだ、きみのその姿……」目をそらして歯を嚙み締める。「こんな危険を冒すなんて、どうかしてしまったんじゃないのか。いつだれが入ってくるかもわからなかったのに」

「危険を冒したのはわたしだけではないわ。こんなことをしたのは初めてよ。だから、もしわたしがどうかしてしまったというのなら、そうさせたのはあなたよ」色香の漂う笑みを浮かべ、その場を離れようとする。

オリヴァーは彼女の腕をつかんで振り返らせた。彼女に両腕をまわし、きつく抱きしめる。

ヴィヴィアンはびっくりして小さな笑いを漏らした。「オリヴァー！　もうわたしがほしくなったなんて言うんじゃないでしょうね」

「きみのことはいつだってほしいさ」オリヴァーがかすれた声で答える。「くそっ、どうかしているのはわたしだ。きみのことを考えずにはいられない。頭から離れないんだ、きみの笑顔や、笑い声や、横目でわたしを見るしぐさが……。あんなふうに見られると、自分が愚か者なのか、それとも王さまなのか、わからなくなる」

ヴィヴィアンはまた、くすくす笑った。彼の言葉に体が熱くなり、抱きついて彼の胸に頬を寄せる。「たぶん、あなたはその両方だわ」

「うれしいことを言ってくれるじゃないか」オリヴァーは笑い、彼女の髪に頬をすりつけた。

「ほかの女性なら、わたしを愚か者などとはぜったいに言わないだろう。きみのその言葉がうれしいとは、いったいわたしはどうしたんだろうな」

「ああ……だからこそ、あなたは愚か者ではないのよ」

「きみの評判が心配だ」真顔でオリヴァーはつづけた。「きみがそういうことを気にしないのはわかっているが、心配せずにはいられないんだ。やめなければいけないことはわかっている。何度も自分にそう言い聞かせているんだが……。こんなことをつづけていたら、いつかだれかに疑われる。だが……やめることができないんだ」

「やめる必要などないわ」ヴィヴィアンは背中をそらして笑顔で彼を見あげた。「なるようにしかならないものよ。オリヴァー、今回だけでもいいから、気楽に考えてこのひとときを楽しみましょうよ。先のことを考えたり、どうにかしようと悩んだり、うまくまとめようとしたりしないで。とにかく……楽しんで」

オリヴァーは頭をさげて彼女の頭のてっぺんにキスをし、また頰を髪にすりよせた。「わかった。きみがそう言うなら。努力しよう」

やはりわたしはどうかしてしまったのか。三十分後、オリヴァーは邸に向かって歩きながら考えていた。なんでもないことに顔がゆるみそうになったり、見知らぬ他人ににこやかに会釈したくてたまらなくなったりする。自分のなかでたゆたうやさしい気持ちや、このうえなく満たされた気持ちを、止めることができない。いや、そういう気持ちを消したいと思うことすらできないのだ。しかしなんにせよ、いい気分でいるのは悪いことではないし、男が激しい性の営みを終えて満足しているのはとりたてて珍しいことでもない。

問題なのは、このひと月ほど彼を悩ませている、自分でも信じられない部分だった。それはまさしく、相手がヴィヴィアン・カーライルだということ。彼女のことを思っただけで顔がゆるみ、股間が欲望でうずく。いったい自分はなにをしているのだろう？　そしてこれから、どうするのだろう？

取るべき道はわかっている。紳士ならば当然の、高潔な道。彼女との関係を断つのだ。実際に害が及ぶ前に、ただちに関係を終わらせること。いまならだれにも知られていない。噂など、まだ火種さえもない。だれにもわからないし、ヴィヴィアンの評判に傷がつくこともない。

関係に終止符を打つのは自分次第だということはわかっている。ヴィヴィアンはそこまで理性で動かないし、淡泊な性質でもない。激情と衝動で動く女性だ。自分の思ったようにふるまい、世間の目など気にしない。自分の身を守るのに必要な手段を講じることもしないだろう。だから彼が、感情で動くのではなく、理性で考えて動く役目をになわなければならない。自分のしたいことをするのではなく、なすべきことをするのだ。それはいつものことだし、昔から慣れている。ロイスをスコットランドの仮住まいの邸に送り、ハンフリー・カーライル卿の後妻との確執から遠ざけたのも彼だった。フィッツがオックスフォードに在学中や、街で浮かれ騒いでいたときに起こした、あらゆる揉め事を片づけたのも。さらにアメリカ人の従妹たちがロンドンに来たときも、彼はためらうことなく姉妹を受け入れ、イングランドのレディに育ててあげることにした。

責任を負う立場になるのはかまわない。ずっと昔、祖父が一族の将来をオリヴァーの無能な父親ではなく彼の手にゆだねることを決めたとき、オリヴァー自身もその役目を受け入れた。先代の伯爵はそのために孫を教育し、手を貸し、オリヴァーも家長となることになんの不満も疑問もなかった。あえて訊かれたら、その役目を楽しんでいるとすら言うだろう。将来を見通すのは好きだ。問題解決も好きだ。物事を正すのも。ヴィヴィアンのこと以外は。

生まれて初めて、オリヴァーはなすべきことがわかっていながら、どうしてもそれをできずにいた。彼女をあきらめられない。それが彼女のためであっても。彼女にもう会えないと思っただけで胸が締めつけられ、のどがふさがれるように感じて、息もできないような気がするのだ。

もうひとつ、選択肢はある。ヴィヴィアンと結婚することだ。

だが、そんなことは考えられない。その考えが頭に浮かんでくるたび、すぐさま払いのけていた。ヴィヴィアンと結婚などできない。ヴィヴィアンだって彼の求婚を受け入れることはけっしてないだろう。そう考えると気が滅入るが、彼とヴィヴィアンではこれ以上ないくらいひどい組み合わせだという事実は変えられない。ふたりは火と水、昼と夜。彼は理性的で責任感が強い——そうだ、退屈な人間だということは認めよう——いっぽう彼女は……まばゆいほどの美しさを放ち、衝動的で、感情的で、気まぐれだ。もの静かで先のことを常に考え、最悪の事態を想定せずにいられない性格のオリヴァーに、彼女はいらいらさせられるだろう。これまでもいつもそうだった。もし昼も夜も一緒に生活するとなれば、どんなにひいはまだいい。彼女のすることが無謀で、やれやれと頭を振りながらも、まだ笑っていられるうちは。今日と同じように、衝動的なふるまいが彼にとっても刺激的で、深く満たされるというのなら。しかし、いずれはそれも変わってしまうだろう。彼女と日々かかわるようになれば、彼女の変わったところに目をつぶれなくなるだろう。魅力的というよりは腹立たしく思うようになるだろう。彼女に揺り起こされたこの強烈な欲望が静まれば、おそらく彼女のことがかんに障るようになる。惹かれ合っているうちはそれなりにつづくだろうが、それが終われば、夫婦というものは互いに関心事が似ているとか、気が合ってうまくやっていけるとかが重要だ。

父と継母のぶつかり合いが、いい例だった。互いに嫉妬心に駆られ、かっとしてけんかになっていたことが、いったい何度あっただろう。もちろん、そのあとは同じくらい感情的な仲直りが繰り広げられたが。あのふたりは嵐のような夫婦だった。そして愛し合っていた。

オリヴァーは嵐のようでもなんでもない。それにヴィヴィアンを愛しているわけでもない。愛しているはずがない。彼女にはただ刺激を受けているだけだ。彼女が刺激的だからどきどきして、欲望を感じているだけ。そんなものでは結婚するには足りない。それでいいと自分に思いこませるほど浅はかでもない。いまの状況を、ヴィヴィアンと結婚することで打開するつもりはなかった。ということは、別れるしか選択肢はないのだ。

オリヴァーは立ち止まった。考え事にふけっていて、自分があっという間にかなりの距離を歩いてきたことにも気づいていなかった。もうあと数フィートで邸というところまで戻ってきていた。彼は顔を上げ、立派な灰色の石でつくられた〈ステュークスベリー邸〉を見た。なかに入ったら帳簿でもつけようか。カメリアやフィッツやイヴと夕食を摂《と》ってもいい。そのあとは図書室に行って読書をしよう。あるいはクラブへ行こうか。玄関ホールのテーブルには山のような招待状が置かれているのだから、ひとつくらいは興味を持てるパーティがあるかもしれない。ヴィヴィアンとはまったく無関係なところで。

だが、そのどれひとつとして実際にはやらないことを、オリヴァーはわかっていた。彼はまたヴィヴィアンに会いに行ってしまうだろう。たぶん、彼女のとんでもない計画に巻きこまれてしまうのだろう。後悔するのは目に見えている。しかし、どんなにばかげているかもしれなくても、彼にはヴィヴィアンをあきらめることはできなかった。いまは、まだ。

18

　ヴィヴィアンが客間で座っていると、執事がステュークスベリー卿の来訪を告げた。彼女はなんとなく手にしていた刺繡の木枠を置き、挨拶に立った。

「ステュークスベリー」彼は肩の部分に何段もケープがついた黒っぽい馬車用の外套をまとっていて、とてもすてきだとヴィヴィアンは思った。

「レディ・ヴィヴィアン」オリヴァーが彼女の手を取り、恭しくおじぎをした。その瞳が艶っぽく光っているのは、その日の午後にふたりがしたことを忘れてはいないという証拠だった。

「どうぞ。かけてくださいな。どうして今夜はここにいらしたのかしら？」ヴィヴィアンが丁重にソファを手で示す。

「きみを訪ねるのに理由がいるのかな？」オリヴァーは腰をおろしながら返した。

「いいえ、そんな。ただ、ふだんのあなたはなにをするにも理由があると思っていらっしゃるから」間を置いたが、彼が黙っているのでつづける。「今夜はどんなご予定なの？」

オリヴァーは肩をすくめた。「これといっては。クラブに行ってもいいかと」あくまでもさりげなく言い添える。「きみは、今夜はどこのパーティに行くのかな？」

「どこも予定していないわ」ヴィヴィアンはじっと彼を見据えた。

「どこも？」オリヴァーが目を細める。「では、なにをしようと思っているんだい？」

ヴィヴィアンはくすくす笑った。「あなたの依頼した逮捕係から聞いた酒場に行こうかしら、あなたと同じように」

彼の顔がゆがんだ。「なんということだ！　やっぱりか！」

「当然よ。あなたもそのためにここへ来たんでしょう？」

オリヴァーは顔をしかめた。「ばかなことを言うんじゃない」

「それなら、〈踊る熊亭〉には行かないの？」

「いや、行くよ」彼が憤然と認めた。「だが、きみはだめだ」ヴィヴィアンが笑いかけたので、あわててつけ加える。「それに、きみがどう思っているかは知らないが、わたしがここへ来たのはきみを連れていくためではない。行かせないために来たんだ」

「オリヴァー、あのね……本気で言っているの？　あなた自身、ほんとうにそう思っているの？」

彼の顔がいっそうゆがんだが、すぐにふっと力が抜け、小さなうめき声を漏らした。「わからない。だれよりも自分に、そう思いこませようとしているのかもしれない」うしろにもたれ、両手で顔をこすった。「きみは行くべきではない。行かせてはならないんだ」

「ばかばかしいわ」わたしの行動を指図する権利などあなたにはない、とは言わないほうがいいのだろうとヴィヴィアンは思った。「着ていくものはもう用意してあるのよ」

「ちゃらちゃらした服装はだめだ」またオリヴァーが背筋を伸ばす。

「もちろんそういうのではないわ。あれは冗談よ。少年に変装するつもりなの」

「きみが少年に見えるわけがない」

「少し待っていて。お見せするわ」

まもなく戻ってきたヴィヴィアンは、粗末な靴、襟のないシャツ、労働者階級の少年が穿くようなひざ丈ズボンという格好だった。オリヴァーは立ちあがり、だぶだぶのシャツからもわかる胸のふくらみや、ひざ丈ズボンから伸びた形のよいふくらはぎを見て取った。

「いくら大きなシャツを着ても、女性だということは隠せない」厳しく指摘する。

「だから上着を着るのよ」ヴィヴィアンは持っていた長めの上着をはおり、ボタンを留めてまろやかな体の線を覆った。そして上着のポケットからやわらかい帽子を取りだして頭に載せ、髪の毛が隠れるように深くかぶった。「ほらね。どう?」

ポケットに両手を突っこみ、脚を少し広げて立ち、生意気そうな表情をつくって、オリヴァーと向き合った。

「きみが少年に見えると困る。わたしはきみにキスすることしか考えられないのだから」

ヴィヴィアンは声をあげて笑った。「ご自由にどうぞ。わたしはかまわないわ」

オリヴァーは彼女の両肩をつかんで引きよせ、存分に口づけた。「ヴィヴィアン……」つぶやいて額と額を合わせる。「うまくいくはずがないだろう。少年に化けるには、きみは美しすぎる」

「まだこれで終わりじゃないわ」ヴィヴィアンはべつのポケットから小さな袋をふたつ取りだした。そのひとつには小さな丸いものがいくつか入っていた。

「それはいったいなんだ？」オリヴァーが覗きこむ。

「含み綿よ。年配の女性が使っているのを見たことはないかしら？　頬がふっくらして、若く見えるの」

ヴィヴィアンはそれらを丁寧に頬とあごの内側に入れ、美しい顔の輪郭をふくらませた。それからもうひとつの袋を開け、そこに入っていた炭で額と頬に汚れをつけた。オリヴァーを振り返り、構えてみせる。

「今度は、妙なふくらみのある、汚れた美女になった」

「まったく、あなたって人は」ヴィヴィアンはからかうように彼の腕をたたいた。「酒場はそれほど明るくないと思うわ。だれもそこまで見えないでしょう。あなたもなにか服が必要かしら？　あなたが着られるような大きめの服もあるのよ」

オリヴァーは黙ってかぶりを振ると、上着のボタンをはずして前をひらき、下に着ている質素な服をヴィヴィアンに見せた。

「用意してきていたのね。わたしを連れていくつもりだったんじゃないの？」

「わたし抜きで行こうとしていたのなら、の話だ」ひとつ間を置いてから尋ねた。「わたしがこうして来なかったら、ひとりで行っていたのか？」

ヴィヴィアンはにこりとした。「あなたは来るってわかっていたわ。もし来なかったら、わたしのほうから迎えに行っていたわ」

「カメリアにも話を持ちかけるのではないかと心配していたんだが」

「それは考えたわ。でも、万が一人に知られたら、彼女の評判に傷がつくでしょう。それに、あなたのほうが体が大きくて威圧感があるもの」

「それはどうも」オリヴァーはドアのところに行き、先に彼女を通そうと礼儀正しく一歩さがった。

「カメリアは今夜なにをしているの？」ヴィヴィアンは彼の横を通りながら訊いた。「イヴと一緒にパーティかしら？」

オリヴァーは頭を振った。「いや。疲れたから、邸にいることにしたようだ。だからありがたいことに、もうやすんでいて、彼女の心配はしなくてもいいんだ」

カメリアは部屋のドアを少しだけ開けて外を覗いた。廊下に人気《ひとけ》はなく、邸内は静かだった。イヴとフィッツは一時間前に夜会に出かけたから、なんとか数時間は戻ってこないでいてくれるだろう。召使いはみな、ようやく自分たちの部屋にさがった。

一度なかに戻ったカメリアは、白いドレスの上にマントをはおった。ほんのりと暖かい夜だったが、フードつきの黒いマントをはおったほうが闇にまぎれやすいだろう。洒落た新しいドレスは軽くて色合いも明るく、水色の組紐で縁取りまでついていて目立つ。カメリアは鏡台から銃を取ってマントの大きなポケットに入れると、右脚のふくらはぎにベルトで巻いた小ぶりの鞘《さや》がちゃんとあるか、そこに収めたナイフがすぐに取りだせるかどうか、身をかがめて確かめた。さらに鏡台から小さな袋を出し、べつのポケットに突っこんだ。最後にもう一度、部屋を振り返る。上掛けの下に枕を入れ、上掛けの上端からはナイトガウンを詰めた寝帽を少しだけ覗かせて、人間の体のように見せかけていた……いや、少なくとも、暗い部屋では本物らしく見えてほしい。

カメリアはろうそくを吹き消して部屋を闇に落とすと、ドアを開けてそっと廊下に足を出した。どきどきしながら忍び足で階段まで行き、手すり越しに下の玄関ホールを見た。召使いが玄関ドア脇のベンチに腰かけ、うとうとしながら邸の住人たちが帰ってくるのを待っている。少し遠まわりになるけれど、裏階段を使わなければならないようだ。

カメリアは、みなを裏切っているという罪悪感を振り払いながら、音をたてないように廊下を進んだ。大切に思っている人たちに嘘をつくのはつらかった。夕食のときに、疲れたから早めにやすみたいと言ったときには心が重く、後ろめたさでいっぱいだった。今日ばかりは、イヴとフィッツが出かけた夜会に自分も行きたいと思っていたから、つらさも倍になった。セイヤー卿が顔を見せるかもしれないと思っていたのだ。もちろん、ほかの令嬢が抱いているような興味があるわけではない。自分と、将来は公爵になるような男性とのあいだに、ロマンスめいたものが生まれるなんて、そんなことは思っていない。でも彼はやさしくて話しやすいし、話はおもしろいし、これまでに会った男性たちとはちがう。それに正直に言うと、彼はなかなか見た目も悪くないと思っていた。ところどころに赤毛の入った焦げ茶色の髪はすてきだし、いつも少し乱れているように見えるのがなんだかチャーミングだ。彼のグリーンの瞳はやさしそうで、笑うと目尻にしわができる。すらりとした体つきも、見ていて感じがいい。

しかし、そんなことにかまっている場合ではなかった。どんなに後ろめたくても、どんなにセイヤー卿に会いたくても、もっと差し迫った問題があった。昨日リッチモンドパークから戻ってきたとき、邸のそばでコズモが身をひそめて待ち伏せしていた。だれかに見られないうちに追い払おうとそばに行ったら、紙切れを押しつけられた。

「会いに来てくれ、カメリア」哀れっぽい声でコズモは言った。「頼む、このとおりだ。おまえを傷つけるようなことをしたくねえのは、わかってるだろう？　だが、あいつになにがしかのものを渡さなくちゃならねえんだ。でないと殺される。助けてくれ」

コズモ・グラスのことなどちっとも好きではなかった。初めて会った瞬間から、継父のことなど大嫌いだったし、それ以来ずっと、彼のどんなところを見てもその気持ちが変わることはなかった。だが、昨日のコズモの顔には本物の恐怖が浮かんでいて、知らんふりをすることはできなかったのだ。それに、恐怖を感じたときのコズモがどういうふうになるのか、よく知っていた。彼はきっと、だれかれかまわずカメリアは継子《ままこ》ではなく自分の子だとふれまわり、自棄《やけ》になってわめくだけわめき散らすだろう。そうなるとオリヴァーやリリーも含めて、みなを醜聞に巻きこむことになる。そんなことはさせられない。

だからカメリアはコズモに頼まれたとおり、今夜彼に会い、彼女についてでっちあげた話を吹聴させないよう、できることはなんでもしようと思ったのだ。今日の午後、小間使いのひとりにいくつか慎重に質問をして、ロンドンの街の地図をじっくりと調べた。コズモが紙に書いてよこした住所はかならず見つかるはずだ。しかしカメリアがいくらこわいもの知らずだとはいえ、日が落ちてからではなく、午後の時間に会うことにしてくれたらよかったのにと思う。なにはともあれ、そのほうが邸を出るのが簡単だっただろうから。

カメリアは召使い用の階段でいったん止まり、上や下から物音が聞こえないか確かめた。なにも聞こえないことを確認すると、板がきしみませんようにと祈りつつ階段をおりはじめた。

厨房《ちゅうぼう》まで音をたてずにおりられた彼女は、厨房にだれもいないのを見て、ほっと息をついた。そして裏の勝手口に向かおうとして、凍りついた。向きを変えた彼女の目に、伯爵の犬パイレーツがうれしそうな顔で駆けてくる姿が映った。裏階段の下にある小さな空間は、パイレーツが怪しげな宝物を隠す場所となっていた。犬は短い尾を激しく振り、跳ねるように近づいてくる。開いた口から舌を垂らしている顔は、まるでおそろしげに笑っているかのように見えた。実際、笑っているのかもしれないとカメリアは思った。パイレーツときたら、厄介事のにおいを嗅ぎつける力でもあるのではないだろうか。

「だめよ、パイレーツ！」カメリアは声をひそめて鋭く言い、階段の下の空間に向けて手を振った。「戻りなさい。あなたは来ちゃだめ」

犬は言うことを聞かず、とことことカメリアのところまでやってきて後ろ脚で立ち、彼女のひざに前脚をついた。尻尾をあいかわらず夢中で振り、にやけた笑いを浮かべている。カメリアは手で追い払おうとしたが、そうするとパイレーツは、上半身を伏せてお尻を上げたような体勢で前後に跳びはね、ちょっとしたダンスを踊りだした。薄暗いなかで彼の目が光る。この動きはカメリアもたびたび目にしたことがあるので、次になにが来るのかわかっていた。盛大に吠えはじめるのだ。彼女はあわてて裏口のドアを開け、外にすべりでた。しかしパイレーツもまた彼女とドアの柱との隙間をウナギのようにすりぬけて、裏庭に飛びだした。

「だめよ！　パイレーツ！」カメリアは声をひそめながらも必死で言った。

犬はあたりのにおいを嗅ぎ、自分の気に入りの場所を確かめるべく走っていった。カメリアはつかのま呆然と立ちつくし、どうしようかと途方に暮れた。パイレーツを追いかけてなかに連れ戻そうとすれば、それなりに物音がして召使いのひとりくらい起こしてしまうだろう。かといって、このまま庭に放りだしていけば、そのうちパイレーツは退屈して、なかに入れてもらおうと吠えるかもしれず、そうなると確実に召使いは起きてしまう。それでも、まだそちらのほうがいいように思えた。だれかが起きてパイレーツをなかに入れなければならなくなっても、その場合、犬は最初から外に締めだされていたと思うだろう。カメリアの部屋まで行って、彼女がいるかどうか確かめるようなことはするまい。

彼女はそっと裏門まで行って門を開け、静かに外へ出た。そのとき、さっき姿を見たときにはゆうに三十フィートは離れていたのに、いきなりパイレーツが彼女の前へ飛びだした。犬はそこで止まり、ぐるりと勢いよくまわって尾を振った。

「パイレーツ！」大きな声を出すのは憚《はばか》られ、カメリアは強い調子ながらも声をひそめて言った。手で追いたてるようにして犬を戻そうとしたがうまくいかず、今度はつかまえようとした。さっと逃げられ、あとを追いかける。パイレーツは小道の端で止まり、期待をこめた目でカメリアを見たが、抱きあげようとかがんだとたん、走って逃げた。ふたりはそんなふうにして一区画ほど邸から離れてしまい、カメリアは足を止めてため息をついた。

「わかったわ、この小さな暴れん坊さん」フードをかぶって頭を隠し、そのまま進むことにした。道行きに仲間がいるのも悪くない。たとえそれが犬であっても。「でも、抱っこはしてあげませんからね」

そうして歩いていると、うしろから足音が聞こえることに気づいた。パイレーツはカメリアよりも前方であちこちにおいを嗅いだり、暗がりに飛びかかったりして、足音には気づいていないようだ。カメリアはポケットに手をすべりこませ、銃をつかんだ。これほど早く災難が降りかかってくるとは思っていなかった。足音はどんどん近づいてくる。

カメリアはきびすを返し、銃を振りあげてうしろの男に狙いをつけた。「止まりなさい。どうしてわたしをつけてくるの？」

人影はその場に凍りついたが、おだやかな声が返ってきた。「いや、ミス・バスクーム、ぼくだよ」半歩、前に出て暗がりからあらわれた彼は、礼儀正しく帽子を持ちあげた。

「セイヤー卿！」カメリアはほっとして力を抜き、銃をおろした。「ここでいったいなにをしてらっしゃるの？　びっくりしたじゃありませんか！」

「すまない。ほんとうに、きみを驚かせるつもりはなかったんだ。声をかけようと思ったんだが、その、大声で名前を呼ばれるのはいやなんじゃないかと思って」

「まあ！　ありがとうございます。そうしていただけてよかったです」カメリアは銃をポケットにしまったが、なんとなく不審そうな目で彼を見た。「どうしてあなたがこんなところに？　なぜわたしをつけていたの？」

「それは……」グレゴリーが言いよどみ、あたりに目を走らせる。「ちょっと、その、通りかかって」

カメリアは片方の眉をつりあげた。「あまり嘘がお上手ではないのね。あそこでちょうど通りかかったとおっしゃるの？　わたしを見張っていたのかしら？」

「ちがう！」薄暗いなかでも、彼の頬が赤く染まるのがわかった。「それほどおかしなことでもないだろう？　互いの住まいはそんなに離れていない。この通りはよく歩くんだ」やはり疑わしそうな目で見られているので、グレゴリーはつづけた。「そうしたら、きみがこっそり出てくるのが見えて――」

「こっそりなんてしてないわ」カメリアは反論した。

「そうか、そうだね。とにかくきみが見えて、犬と歩いていたから……」グレゴリーは近づいた。「連れができてもいいかなと思ったんだ」

カメリアはもどかしくて歯を噛みしめた。正直に言えば、だれかが一緒にいてくれるのはうれしい。それがグレゴリーなら、なおさらだ。けれど、自分がしていることを彼に知られたくはなかった。「いいえ、わたしはひとりのほうがいいの。ちょっと散歩に出ただけだから、それほど遠くには行かないし」

グレゴリーの口の端がゆがみ、あきらかに困ったような顔をした。そんな彼がなんだかかわいらしいとカメリアは思ってしまった。ばからしいことだとわかっていながらも、そんな気持ちを止められない。彼の称号めあてに追いかけまわしている令嬢たちは、こういうひかえめでやさしい彼がとてもすてきだということにちゃんと気づいているのだろうか。

「そう言われても、それはできないんだ」グレゴリーが言った。「うっとうしい男だと思われるだろうが、人間として、男として、きみをここにひとりで置いていくわけにはいかない。きみが行き先を言いたくないのはわかったんだが、もし……もし男性と会うのなら、そいつは紳士ではないと言わせてほしい。きちんとした男なら、こんな会い方をさせたりはしないはずだ」

「男性に会いに行くのではないわ！」カメリアの息が荒くなった。「いえ、その、相手は男性ではあるけれど、あなたが考えているようなことではないの。それに、彼はたしかに紳士ではないわ。それははっきりしています」

「それなのに、会わなければならないのかい？」グレゴリーが慎重に尋ねる。

カメリアはため息をついた。「ええ、どうしても会わなければならないの。こんなふうに夜遅く、ひとりで街をうろつくなんて、よくないことだとわかってはいるのよ」

「ああ、そうだ。だが、問題はそこじゃない。重要なのは、ロンドンは夜の女性のひとり歩きは危険だということだ。きみの犬も、あまり役には立たないと思うし」グレゴリーはパイレーツに疑わしげなまなざしを向けた。パイレーツは愛嬌を振りまき、期待をこめて尾を振っている。

カメリアはくすりと笑った。「あなたはパイレーツが本気になったところをごらんになったことがないから」そこで真顔になって言う。「それに、ほら、わたしには銃があるし」身をかがめ、足首のすぐ上あたりにベルトでつけた鞘と、そこに挿したナイフが見える程度にスカートを持ちあげた。「これもあるわ」

「ほう」グレゴリーも身をかがめた。「うまいことできている」そう言って体を起こす。「これなら、ぼくがきみと歩いていても、きみが守ってくれそうだね」

カメリアは思わず笑ってしまった。向きを変えて歩きだすと、グレゴリーも隣に並んだ。

「わたしのやっていることは、レディとしてとんでもないことだと言うところではないのかしら？」

「ぼくが？　でも、ぼくはべつにそんなことは言いたくない」

「あなたはとても変わっていらっしゃるわ、セイヤー卿」

「よくそう言われるよ。もしよかったら、グレゴリーと呼んでくれたまえ……いや、銃で脅された身としては、洗礼名でいいのではないかと」

「わかったわ。グレゴリーね。それでは、わたしはカメリアで」

「カメリア。きれいな名前だ。美しい花の名。ご存じのとおり、ぼくは園芸が大好きでね」

「わたしがこれから会うのは、継父なの」その事実がすんなりと口をついて出てきたことにカメリアは驚いた。けれど、彼には心から打ち明けたいと思っているのが自分でもわかった。

もちろん、彼ほど身分の高い貴族にそんな話をしたら、彼と縁を結ぶささいな可能性すらもつぶしてしまうかもしれない。けれど、それがなんだというの？　彼のような人が、わたしと友人以上のなにかになろうと望むことなんてあり得ない……もちろん、彼と結婚したいわけではないし。

「継父だって！　きみのお継父上《ちちうえ》が夜に会いたいとおっしゃったのかい？　きみひとりで来いと？」

「わたしがどうなろうと気にかけるような人ではないわ。彼は、自分がどうなるかということのほうが気になるの」そう話したのをきっかけに、すべてがカメリアの口からこぼれでた。コズモという男がどんな人間なのかということ。母が自分たちを守るために、彼と結婚するというおそろしい過ちを犯したこと。彼がイングランドに来てから、すでにどういう悪事をはたらいたかということ。そして、少し前にカメリアを訪ねてきて、脅しをかけてきたこと。

「なんてことだ！」彼女の話を聞き終わったグレゴリーは声をあげた。「なんというひどい男なんだ！　そんなふうにきみを利用しようとして。そんなことは許さない。とんでもない。どうにかしなければ」

「わたしに考えがあるの」カメリアは重々しく言った。

「彼を銃で撃つのかい？」グレゴリーの口調は落ち着いていた。

カメリアは思わず、くすっと笑ってしまった。「とがめたりしないのね」

「彼はそれだけのことをしていると思うよ。だが、世間を騒がせることにはなるだろうね」

「継父を撃とうとは思っていないわ。どんなにそうしたくても。銃を持ってきたのは、護身のためよ。コズモにはありったけのお金を渡して、それを持ってロンドンを出ていくよう頼むつもりなの。だれかに脅されているようなことを言っていたから、逃げられるお金を渡せば、喜んで出ていってくれると思うんだけれど」

カメリアはマントのべつのポケットから小さな袋を取りだした。口を開け、中身をグレゴリーに見せる。硬貨とお札、それに金のイヤリングとカメオのネックレスも入っていた。

「伯爵さまからは毎月かなりのお小遣いをいただいているけれど、そんなに使っていないから。残念ながら宝石はあまり持っていないの」彼を見あげる。「あなたにとってはたいした額ではないでしょうけれど、コズモなら満足してくれるかもしれないわ。ステュークスベリー伯爵の宝石ではないけど……そのほうがずっと使いやすいだろうし」

「そうだね」グレゴリーは自分のポケットを探り、いくらか紙幣を出した。「すまないが、現金はあまり持っていないんだ」紙幣のほとんどを袋に入れる。「言われた場所が遠かったら馬車を拾わなければならないから、少しだけ取っておくよ。そうだ」彼は指を鳴らし、襟巻きからピンを抜いた。深い赤の宝石が、金の台の端についている。彼はそれも袋に入れた。

「グレゴリー！」カメリアは驚いて彼をまじまじと見た。「だめよ！　こんなことはさせられないわ」

「いや、いいんだ」彼は恥ずかしそうに言った。「こんなことはなんでもない。ほんのささいなことだ。いや、じつのところ、金は結構あるんだ。本くらいしか買わないし。父とヴィヴィアンにあきれられているくらいなんだよ。受けとってもらえると、うれしいんだが」

カメリアはくすりと笑った。「あなたには欠点などないんじゃないかと思えてきたわ」

「そう思うかい？」グレゴリーが満面の笑みを返す。「いままで、だれにもそんなことを言われたことはないがなあ」

「それは、みんながちゃんと見ていなかったからだわ」

ふたりは楽しくおしゃべりしながらそのまま歩いた。偶然とはいえ、驚くほど楽しい夜になってきた。コズモに渡された住所をグレゴリーに見せると、彼は眉を上げ、やはり馬車に乗ったほうがいいと断言した。次に通りかかった馬車をつかまえると、御者は承知してくれたものの、あまり気が進まないようで、ドアの前まで行くのは勘弁してほしいとはっきり言われた。

「レディの行かれるところではありません」御者がグレゴリーに言い、フードをかぶったカメリアのほうにうなずいた。「紳士も行かれないほうがよろしいですが」そこで視線がパイレーツに留まると口をつぐみ、やれやれと頭を振った。

馬車は目的の場所から数区画ほど手前で止まってふたりと一匹をおろし、彼らはまた歩いて進んだ。通りはせまく、街灯もところどころにしかついていない。両側に並ぶ建物はどこも暗く、細い窓がわずかばかりあるだけで、通りに迫ってくるような雰囲気を醸していた。馬車のなかでうたた寝をしていたパイレーツは、いまや歩くのも億劫《おっくう》なようで、グレゴリーが抱えてやった。ふたりは無言で歩いた。会話をしたくなるような雰囲気ではなかったのだ。

前方の建物のひとつから男がひとり出てきて、彼らのほうに歩いてきた。帽子を目深にかぶり、通りを渡ったかと思うと彼らとすれちがい、そのまま歩いていった。カメリアはマントのポケットに手を入れたまま、ずっと銃床を握りしめていた。最初は目的の場所のドアを通りすぎてしまったが、何軒か行ったところで気づいた。まわれ右をして番地を確かめたものの、表示はない。数を数えつつ戻り、ここだろうと思うところまで来て、グレゴリーがドアを開けた。

「あの」彼は小声でカメリアに言った。「今回ばかりはレディ・ファーストの礼儀作法を破って、先に入らせてもらうよ」

カメリアはグレゴリー越しになかを覗いた。暗くて細い廊下が奥に向かって伸び、左にはやはり暗い階段があった。生ごみのような酸っぱいにおいや、もっといやなにおいがたちこめている。湿っぽく暗い場所に足を踏み入れることに、カメリアは少し怖じ気づいたが、きっぱりと首を振った。

「わたしは銃も持っているから」グレゴリーに言い、銃を取りだす。

「もう一挺《ちょう》、持ってはいないだろうね？」

カメリアはかぶりを振ったが、かがんでナイフを鞘から抜き、彼に渡した。それからふたりは、暗黙の了解であるかのように顔を見合わせ、並んで階段を上がりはじめた。グレゴリーがパイレーツをおろすと、犬は先に跳ねながら上がっていった。上がって廊下を少し行ったところのドアのひとつが少しひらいており、明かりが漏れていた。パイレーツがそのドアの前で止まり、頭を伸ばすが、体は動こうとしない。と、尾を引くような低いうなり声をたてはじめた。首まわりの短い毛も逆立っている。

グレゴリーはナイフの柄を握る手に力をこめ、つま先立ちで犬のうしろまで近づいた。カメリアもあとにつづく。グレゴリーは手を伸ばし、おそるおそるドアを押した。なかの部屋はせまく、家具といえるようなものはほとんどなかった。小さな三段のたんすはひっくり返っておかしな角度でベッドに倒れかかり、その上にあったと思われるものは床に散らばっていた。椅子も背もたれを床につける形で倒れている。床に転がったろうそくが、たまって広がった蠟のなかで小さな音をたてていた。

しかしそれらのどれも、ふたりの目には映っていなかった。カメリアとグレゴリーが見ていたのは、床に倒れたまま動くことのない、やせた男の体だった。横顔は血まみれだ。

「コズモ！」

19

カメリアの胃がよじれた。血を見たことも、けが人を見たこともある。故郷の酒場では客がけんかを始め、血を流すことなどしょっちゅうだった。けれども床に倒れたまままったく動かず、頭が血だらけになっている継父の様子には、これまで見たどの光景よりも悪い予感がした。

彼女はおなかに手を当て、吐き気を抑えようとした。「し……死んでいるの?」

グレゴリーが部屋に入り、壊れたものや散らばったものを注意深くよけて近づいた。下にろうそくが転がっていて、床が焦げているのがわかった。火のついていないほうの端をつまんでろうそくを拾いあげる。それを掲げてコズモのそばにしゃがみ、骨張った首に手を当てて脈をみた。「ああ、どうやらそのようだ」

パイレーツがグレゴリーのあとから部屋に入り、手当たり次第ににおいを嗅ぎまわった。

グレゴリーは犬を抱きあげ、そのまましばらく遺体を見おろしていた。カメリアもそばに行った。少し吐き気がして、まるで自分の体がどこかべつのところにあるかのような、なんとも奇妙な感じがしていたが、落ち着いて行動しようと努めた。

「たぶん、あれで命を落としたんでしょうね」遺体から二フィートあたりのところに転がっている、血がべったりとついた太くて丸い燭台を、カメリアは指さした。

グレゴリーはうなずいて彼女のほうを向いた。「ここでぼくたちにできることは、なにもない。ここを出て、治安判事に連絡しよう。犯人を知りたければ、逮捕係に調査を頼んでもいい」

「ええ、知りたいわ。継父に愛情はなかったけれど、こんなふうに死んでいい人間などいないもの」カメリアはドアまで引き返し、グレゴリーもあとにつづいた。彼はパイレーツをカメリアに渡し、ろうそくを消して床に置くと、背後でドアを閉めた。

ふたりは薄暗いなかで慎重に階段をおりはじめた。まわりの暗がりが重くのしかかってくるようで、ぞっとする。通りに出たときには、重しが取れたかのような心地がした。

「あの……さっきすれちがった男……あの男が犯人かもしれないわ！」カメリアは、遺体を見つけたときから頭のなかで暴れている考えを口にした。

グレゴリーはうなずいた。「どの家から出てきたかはわからないが」

彼は通りの左右に目をやった。来たときもこの道は危なそうに見えたが、いまはもっとその印象が強まっていた。家々は玄関も暗く、通りに迫ってくるような威圧感がある。彼はカメリアの腕をつかんで足を速め、つねにまわりに気を配って進んだ。

十字路に出て通りを渡りはじめたとき、横に伸びる道を男がふたり歩いてくるのが見えた。カメリアに抱かれていたパイレーツが暴れだす。カメリアは驚き、空いているほうの手で犬の首根っこをつかもうとしたが、犬はその前にすばやく飛びおりてしまった。

「パイレーツ！　だめよ！」

犬はまったく意に介することもなく、こちらに歩いてくる男たちのほうに駆けていった。

ヴィヴィアンはため息をついてまわりを見た。暗くて、騒がしくて、煙と体臭のいやなにおいが充満している。今夜のふたりの冒険は、これまでのところ肩すかしに終わっていた。ここに入って一時間ほど経つが、まったく収穫はない。こんなところで少しでも収穫はあるのだろうかと、ヴィヴィアンはわからなくなっていた。薄暗い部屋は男たちでごった返し、どの客もすでに飲みはじめてだいぶ経っている。大声でしゃべり、歌ったり、言い争ったりして、さらに声が大きくなる。そういう言い争いの末、先ほどは男ふたりが殴り合いにまで発展した。しかし炉床に突っこみ、巨大な暖炉の端で腕を火傷《やけど》したので、あっというまに終わったのだが。

ヴィヴィアンとオリヴァーはおとなしく座り、ひどい味のジンを飲むふりをしていた。オリヴァーのほうは、なんとか大半を飲みくだすことができたが、ヴィヴィアンのほうはこっそり床の上にこぼしていた。板張りの床に大きな割れ目があって、ちょうどそこに落ちていってくれるのだ。給仕女のほかには、ふたりに話しかけるような人間はいなかったが、近くにいる客はみな悪人に見えて、宝石泥棒らしい男を特定することもできなかった。とうとうオリヴァーは酒場の主人のところに行った。硬貨を何枚か渡すと、主人が隅のテーブルに向かってあごをしゃくった。そのテーブルに行ったオリヴァーは、三人の男に加わった。その様子を興味津々で眺めながら、ヴィヴィアンは自分も行けばよかったと思った。けれども彼の行動が正しかったことはわかっている。こんな変装など簡単に見破られてしまうだろうから、薄暗いこのあたりにいたほうが安全だ。

様子を見ていると、オリヴァーが立ちあがって戻ってきた。彼女の隣のスツールに腰をおろして低い声で言う。「主人に訊いたら、あの男がこのあたりのことはなんでも知っていると言うのでね。もちろん、なにも話そうとはしなかったが、ちょっと金を渡したら結局は口をひらいたよ。彼が言うには、カウンターに座っている細身の男……」

ヴィヴィアンがちらりと目をやる。「金髪の?」

「そうだ。このごろ金まわりがいいらしい。金遣いも荒いとか。泥棒としての腕はいまひとつだが、体が大きくて見た目がこわいから、手下を大勢集めて、かなりの金を貢がせているらしい」

「彼が元締めだと?」

オリヴァーは肩をすくめた。「その可能性はあるね」

「それで、どうするの？」

オリヴァーは愉快そうなまなざしを向けた。「きみになにか考えがあるんじゃないのかな」

ヴィヴィアンはにこりとした。「ええ。彼は簡単に話をしてくれそうにないから、無理やり話させるか、お金で釣るか、でしょうけれど、どちらも外でやったほうがいいわね。だから、彼が店を出るのを待ってあとをつけましょう」

オリヴァーはうなずいた。「わたしもまったく同じ考えだ」つかのま彼女をしげしげと見ていたが、身を寄せて言った。「まったく不安になったりしないのか？　危険かもしれないのに」

ヴィヴィアンは笑顔で彼を見あげた。「あなたと一緒なら安全だってわかっているもの」

彼は驚いたあと、うれしそうな顔をしたが、すぐに真顔になった。「きみの身の安全は全力で守るつもりだが、ヴィヴィアン……」

「あっ、ほら」目の端で動きをとらえたヴィヴィアンは、背筋をのばした。「彼が帰るわ」

ふたりが目をつけた男はスツールをおり、人込みを縫って進んでいく。オリヴァーも立ちあがって目立たぬようにあとを追い、ヴィヴィアンもついていった。男が出入口に着くころには、あと二、三歩というところまで接近し、人通りの少ない外の通りに出るとすばやく距離を詰めた。

「失礼！」オリヴァーの声は大きくはなかったが、鋭く威厳に満ちていた。

男が振り返った。彼はオリヴァーより二インチは背が高く、十四ポンドは体重が重そうだった。男の視線がふたりを品定めするように泳ぐ。あきらかに、たいして害のある相手でもないと踏んだのだろう、肩をすくめてそのまま行こうとした。

「二、三、尋ねたいことがある」すかさずオリヴァーが言うと、権威を思わせる断固とした口調に男はなにかを感じたようだ。

「ああ？　答えたくねえことのような気がするな」男は不審そうにふたりを見たが、とりあえずその場にとどまった。

「治安判事は、おまえの要望なぞ気にかけないだろうな」

「治安判事？　そんなもんには会わねえぞ」男が冷笑する。

「そうか？　それなら、わたしに話すしかない」

男はにやりと笑い、大きな拳をオリヴァーめがけて振った。当たっていたら大打撃だっただろうが、オリヴァーはひょいとかがんで拳をかわし、すぐに体を起こして猛烈な一撃を男の鼻に見舞った。骨が砕けるようないやな音がしたあと、男の鼻から血が噴きだした。男は激高してまた腕を振ったが、オリヴァーは軽々と横によけて、相手の脇腹にすばやく二発打ちこんだ。そういうやりとりがしばらくつづいた。大きな男が拳を振りまわしてオリヴァーを抱えこもうとするが、オリヴァーはつねに足の動きを止めずうまくかわし、拳をよけては男の胴と顔にパンチを入れた。

怒りと血糊《ちのり》で視界がきかなくなった男は、とうとうオリヴァーに体当たりしようとした。しかしオリヴァーは横に跳びのき、男の前にさっと足を出して向こうずねをひっかけた。男がよろけて地面に倒れこむ。オリヴァーはすかさず男の背中にしっかりと片ひざをついて乗りあげた。片腕をつかんで背中にひねりあげたので、男は動けない。オリヴァーを振り払おうとすれば、とてつもなく痛い思いをすることになった。

「そろそろわたしの質問に答えたくなったんじゃないか」

「わかった、わかった！　わかったから、放せよ！」

オリヴァーは少し力をゆるめた。「ここ数週間ほど、宝石を盗んでいたな」

「おれじゃない！　ほんとうだ！　やってたのはほかのやつらだ。おれはただそれを受けとってただけで」

「受けとった？　おまえにくれていたということか？」

「いや、まさか。金は払う」

「それで、おまえはそれをどうするんだ？」

男が肩をすくめると、オリヴァーはさらに男の腕をひねりあげた。男が悲鳴をあげる。

「わかった！　わかった！　ある人のところに持っていけば、金をくれるんだ」

「質に入れるということか？　売り払うと？」

「いや、あ、そうだ。売るってことだな」

「だれに？」

「勘弁してくれ！　それは言えない」男はオリヴァーのほうに顔を向けたが、その目には恐怖が渦巻いていた。「殺される、ぜったいに」

「そいつが元締めか？　盗みを手引きしている人物なのか？」

男は半狂乱でうなずいた。「そう。そうだ。すべてそいつが指示してる。ほかのやつらのことは知らねえが」

「ほかのやつらとは？」

「そいつが盗みをやらせてるやつらだ。おれだけじゃねえんだ。おれは大勢のうちのひとりにすぎねえ」

「ほかにも仲介者がいるということなのか？」男がきょとんとしているのでオリヴァーは言いなおした。「おまえのような人間が、もっといるのか？　実際に盗みをはたらくやつらを束ねているようなやつが」

「そうだ！」男はうなずいた。「そうなんだ。そういうのがいる。家に忍びこむやつ、ドルリー・レーンあたりで仕事するやつ、金持ちの行きつけの賭博場を狙うやつ、いろいろだがな」

オリヴァーは驚き、しばらく間が空いた。「それは、何人くらいいる？」

そのとき酒場のドアが勢いよくひらき、男がふたり転がりでてきたかと思うとさらに大勢の同類がつづき、全員が殴る蹴るの大暴れを始めた。そのひとりがヴィヴィアンにぶつかる。よろけた彼女を支えようとオリヴァーは飛びだした。しかし間に合わずに彼女は倒れ、暴れている男たちのひとりがオリヴァーのほうにふらついた。オリヴァーは目にも止まらぬアッパーカットでその男をのし、またべつの男を押しのけた。ヴィヴィアンのところに行って彼女を引き起こし、乱闘から遠ざけたころには、先ほど話を聞いていた男の姿は消えていた。オリヴァーが悪態をついて振り返ると、くだんの男が通りを走っていくのが見えた。すでに区画の半分ほどは遠ざかり、どんどん小さくなっていく。オリヴァーはヴィヴィアンを見た。「だいじょうぶか？」

「ええ。少しみっともないところを見せてしまったけれど……でも、そんなことは気にしないわ」またべつの男がうしろ向きでオリヴァーのほうによろけてきたので、ヴィヴィアンはオリヴァーの腕をつかんで脇によけさせた。

オリヴァーは彼女の手を取り、酒場から遠ざけるように引っ張った。「そろそろ帰ろう」足早にその区画を離れて角を曲がり、目立たぬよう脇道に停めておいたオリヴァーの馬車へと向かう。そのとき、次の十字路あたりにひと組の男女が姿をあらわしたのが見えた。女性のほうは小さな犬を抱いている。その犬が急に動いて暴れだし、女性の腕から飛びおりてまっすぐオリヴァーのほうへ走ってきた。

「なんてことだ！　パイレーツじゃないか！」驚いたオリヴァーに向かって犬が跳びかかる

と、彼はとっさに抱きとめた。

「カメリアだわ!」ヴィヴィアンがあ然とした声で叫んだ。「それに、兄も!」

犬のあとから走ってきたカメリアとグレゴリーは急停止してふたりに目を瞠った。

「オリヴァー従兄さま?」とカメリア。

「なんてことだ」グレゴリーは観念したようにため息をついた。「ステュークスベリー、きみが怒るのはもっともなことなんだが……」そこで言葉がとぎれ、オリヴァーの連れを見た。

「ヴィヴィアン?」大声を張りあげ、眉もつりあげる。

つかのま、四人はただ黙って互いを見つめていた。しかし突如、怒濤の質問と説明が飛び交う事態に陥った。そのなかで、ある言葉がひときわ大きく聞こえた。

「死体だと!」オリヴァーはおうむ返しに言ってカメリアを見て、さらに確認するようにグレゴリーを見た。「いま、死体を見つけたと言ったか?」

ヴィヴィアンが激しく息を吸いこんだ。

「ええ! そう言いました!」カメリアが説明した。「コズモを見つけたの。でも彼は死んでいたわ!」体をひねってうしろを手で示す。

「きみの継父が?」オリヴァーは目を丸くした。「いったいなにがあった? どうして……いや、いい。そこへ案内してくれ」

彼らはグレゴリーとカメリアがやってきたほうへ引き返すことにした。まずオリヴァーは馬車に立ちよって、静かに待っていた御者からランタンを受けとった。現場へ向かいながら、カメリアがその夜の出来事をぽつりぽつりと話し、ときおりグレゴリーがそこに補足する。オリヴァーはいかめしい顔で黙って聞いていた。

四人と一匹は、せまくて荒れた建物に着き、階段を上がっていった。今度はランタンがあるのでじゅうぶんに明かりが届いてなかの様子も見てとれたが、光景そのものに変わりはなかった。それに、においはやはりひどいものだった。ヴィヴィアンは鼻と口を手で覆い、深く息を吸わないようにした。部屋に着くと、グレゴリーがドアを開けてなかに入り、オリヴァーがつづいた。パイレーツもオリヴァーの腕から軽やかに飛びおり、探索を再開した。

ヴィヴィアンはカメリアと一緒にドアのそばに残ったが、その距離からでも床に倒れた男が事切れていることははっきりとわかった。胃がひっくり返り、吐き気を覚えて顔をそむける。

「なんということだ！」オリヴァーの声が聞こえ、そのあとグレゴリーが低い声で、これが凶器らしいとつづけた。

「逮捕係に知らせよう」オリヴァーが言った。「そして彼と一緒にここに戻ってくる。だが、まずはレディたちを邸に帰さなくては」こわばった顔をカメリアに向けた。「きみたちのいるべきところへね、従妹どの」

「来なければならなかったんです」カメリアは反論した。「なにかをせずにはいられなかったの。それを言うなら、ヴィヴィアンだって同じでしょう。あなたこそ彼女をここまで連れてきて、しかもこんな男の子の格好で」ヴィヴィアンの服装をうらやましそうに見る。

「わたしはレディ・ヴィヴィアンの後見人ではないからな、ありがたいことに。それに、きみの場合、事はそう簡単ではないぞ、カメリア。ひとりでこんなところに来て、命を危険にさらすなんて」

「グレゴリーが一緒でした」

「それは偶然だろう。先ほど聞いた話のとおりならば」オリヴァーはグレゴリーに向きなおった。「感謝する、セイヤー。彼女を見守ってくれて」

「なんですって？　こんなに不公平な話は聞いたことがないわ！」カメリアが声を荒らげた。

「わたしにはお叱りで、彼にはお礼だなんて！」

「こんなことをしようと考えたのはきみであって、彼はただきみを守ろうとついてきてくれただけだ。大きなちがいがある」オリヴァーは部屋を振り返り、犬に向かって指をぱちんと鳴らした。「おいで、パイレーツ」

犬はおとなしく彼のもとへと戻ってきた。オリヴァーはヴィヴィアンの前に行って彼女の腕を取り、階段のほうへ連れていった。「だいじょうぶか？」声をひそめて尋ねる。

ヴィヴィアンはうなずいた。「ごめんなさい。もっと冷静でいなければならないのに。ただ……死体を見たことがなくて。あ、いえ、棺《ひつぎ》に入った遺体は見たことがあるけれど。それにあの血！　ずいぶんと恨まれていたんでしょうね」

「恨みを持つ人間は大勢いたんじゃないだろうか。あの男は、わたしも好きになれなかった。だが、憎しみや強い感情がなくても人を殺せる人間もいるからな」

「それは、なお悪いわね」ヴィヴィアンが震え、オリヴァーは彼女に腕をまわした。

「馬車にひざ掛けが載せてある。すぐにあたたかくなるよ」

ヴィヴィアンは笑顔で彼を見あげた。「ありがとう」さらに声を小さくしてささやく。「でも、腕は離してくれたほうがいいかも。少し変に思われるわ」

オリヴァーはびくりとしてやましそうな顔になり、腕をおろした。「すまない」グレゴリーをちらりと振り返る。「きみの兄上にどう説明したらいいだろうか」

「説明なんてしなくていいわ」ヴィヴィアンはきっぱりと言った。「兄にあれこれ説明する義務もないもの。兄だってそう言うはずよ。兄ってとても先進的な考え方の持ち主なの。それに、あれほど動じない人もほかにいないわ」ひと呼吸してつづける。「あまりカメリアを叱らないであげてね。わたしに負けないくらい動揺していると思うから」

「かもしれないな。これで、少なくとも危険に飛びこんでいかないようになればいいんだが」

「そうね。わたしにとっては、まちがいなく歯止めになるわ」

オリヴァーがちらりと見た。「ほんとうに？　この件から手を引いて、調査は逮捕係にまかせるというのか？」

「ええ、そうよ」ヴィヴィアンはうなずいた。「わたしにも分別はあるわ、オリヴァー。賭博場に行ったり変装して酒場に入ったりして、宝石泥棒の正体を探るのは、それはそれで楽しかったし刺激的だった。でも、死人が出たとなると、まったく話は変わってくるわ。それにあなたの言うとおり、逮捕係のほうがわたしたちよりもこういう調査はお手のものでしょうし」

オリヴァーはほっとした。「おおいに安心したよ」振り返り、うしろを歩いている従妹とグレゴリーを見る。「きみはどうだ、カメリア？　自分で調査するのはあきらめて、逮捕係にまかせてくれるか？」

カメリアもうなずいた。「調査するもなにも、どうすればいいのかもわからないもの。コズモがだれをおそれていたのか、まったくわからないし。彼を殺したのが、その人物なのかどうかさえも」

「ひとつ、わからないんだが」グレゴリーが考えこんで言った。「そもそも、どうして逮捕係に依頼したんだい？」

「そうよ」カメリアが少し元気を盛り返した。「それに、どうしてあなたたちがふたりで今夜ここにいたの？　そんな格好で？」

「一連の宝石泥棒について調べていたんだよ」オリヴァーはできるだけ簡潔に、今夜ここに出てくることになった経緯を説明した。

「でも、コズモもわたしから宝石を手に入れたがっていたのよ」カメリアの声が興奮ぎみにうわずった。「彼はタルボット家の宝石を盗みたがっていたの」

「それを聞いたときはわたしも驚いたが」オリヴァーがうなずいた。

馬車まで戻り、一同は無言で乗りこんだ。全員が席につくや、グレゴリーが話を再開した。

「ふたつの出来事には関連があると思うかい？　殺人と宝石泥棒に？」

「あるように思えるが。わかったことから考えると、いま悪さをしている本職の泥棒たちにはあきらかにつながりがあって、おもに宝石を狙っている。ちがいは宝石の盗み方だけのようだ。ある者は家に押し入り、ある者は街で襲って直接奪っていく。コズモはどうやら、カメリアの親戚から宝石を手に入れるとだれかに約束していたようだ。つまり、コズモは今回盗みをはたらいている泥棒たちとかかわりがあったと思われる」

「彼を殺したのは元締めだと思う？」カメリアが訊いた。「コズモは大勢の人に敵意を抱かれるような人間だけれど、彼から宝石を手に入れようとしていた人物をあきらかにおそれていたわ」

「そう考えるのがもっとも無難だろうな」グレゴリーが口をひらいた。「だがきみの話からすると、ステュークスベリー、犯罪の組織網ができているようじゃないか。いちばん下っ端で実際に盗みをはたらく人間がいて、その盗品をもっと上の人間に渡す。今夜きみが話を聞いていたような男に」

「そうなの」ヴィヴィアンがうなずく。「コズモという人は、そういう仲介役の人間か、いちばん上の元締めをおそれていたのではないかしら。そのどちらかが彼を殺したとも考えられるわ」

「どちらにせよ、逮捕係がそいつを見つけられたら、犯罪網にほころびをつくりだせる。そいつから、ほかのやつらの名前も聞きだせるだろう。それで自分の命が助かると思えば、ほかのやつらを売るだろうな」

一行が宝石泥棒の件を話し合っているうちに、馬車は〈カーライル邸〉の前に停まった。グレゴリーやヴィヴィアンと一緒にオリヴァーとカメリアも馬車をおりてなかに入る。オリヴァーは逮捕係に〈ステュークスベリー邸〉に来てもらう依頼の手紙を書いた。そのあとはカメリアを邸まで送ったら、逮捕係を連れてコズモの遺体のところに戻る予定だった。それにはグレゴリーも同行することにしたので、ヴィヴィアンは三人におやすみを言った。

カメリアに挨拶するとき、ヴィヴィアンはひとつ間を置いてから言った。「カメリア、どうして継父から脅されていることをオリヴァーに言わなかったの？　どうしてわたしにも話してくれなかったの？」傷ついた声音を完全に隠すことはできなかった。「なにか力になってあげられたのに。そんなふうには思ってくれなかったの？」

「そんな、ちがうわ！」カメリアは困って声をあげた。「そういうことではないの。力になってくださることはわかっていたわ。あなたは最高のお友だちだもの。ただ……」カメリアがかぶりを振る。「わからない。たぶん恥ずかしかったんだと思うの、あの男が継父だということだけでも。だれにも知られたくなかった。あなたや伯爵には、コズモがからむどんなことにもかかわってほしくなかったの。それに……」少しだけ顔色をうかがうような目をオリヴァーに向け、気の進まない様子でつづけた。「あなたがコズモの言うことを信じるかもしれないって心配だったの、オリヴァー従兄さま。いえ、少なくとも、コズモの話がほんとうじゃないかと思われるのではないかって」

「カメリア！」オリヴァーはショックを受けていた。「どうしてそんなふうに思うんだ？わたしは、きみもきみの姉妹も従妹として受け入れると、はっきり伝えたと思うんだが」

「ええ、たしかに……でも、男の人が自分の娘でもない人間を娘だと言うなんて、あり得ないようなことでしょう。世間の人はやはり大騒ぎするでしょうから」

「世間が騒いだって、わたしは耳を貸さない」

「ええ、わかっているわ。でも、ほかにもいろいろあって……さすがのあなたも疑いを持つかもしれないと思ったの。ほかの人たちは疑うわ。噂も広まる。あなたを醜聞に巻きこみたくなかったのよ」

「どんな醜聞も、すぐに収まる」オリヴァーは断言した。「きみは従妹だとわたしが言えば、それに物申す者などいない」

カメリアはオリヴァーを正面から見据えた。「でも、あなたはほんとうにそう思っているの？　わたしの出生証明書はないし、ほかにもいろいろ疑わしい点があるのに？」

カメリアを見つめ返すオリヴァーの瞳は揺らがなかった。「ああ。思っているよ。出生の記録が焼けることなどよくあるし、タルボット家には黒髪でない者もいる。もしわたしの祖父を知っていたら、きみだって、自分の性格にはとてもタルボットらしい面があると思ったことだろう」

「わたしはあなたのおじいさまに似ているの？」カメリアが目を見ひらく。

「一部ね。祖父はとても頑固で、自信にあふれた人だった」オリヴァーは、ふっと笑った。

「いずれにせよ、わたしはきみをよく知っている。そして、きみの姉妹も。その姉妹がみんな、きみのことをじつのきょうだいだと言っている。きみたちのだれひとりとして、そんな嘘をつかないということはわかっているよ」

涙がカメリアの目にあふれた。「ああ」彼女は涙を流すまいとまばたきし、オリヴァーに向かって小さく笑った。「そう。それならいいの」

ヴィヴィアンも笑顔でカメリアからオリヴァーへと視線を移した。これこそが、オリヴァーが紳士たる所以《ゆえん》なんだわ、とヴィヴィアンは思った。彼が紳士なのは、世に聞こえた由緒正しい称号があるからでもなければ、一〇六六年まで先祖をさかのぼることができるからでもない。厳格なまでに誤りのないふるまいをするからでも、社交界の慣例に通じているからでもない。彼が真の意味で紳士、貴族である所以は、いままさに彼女が目の当たりにしたとおりなのだ——オリヴァーがもともと持っている、善悪の感覚。どんな状況においても最善の道を取る、揺らぐことのない能力。そしてなにより、彼のやさしさ。親を失った四人の姉妹を受け入れるという、懐の深さ。彼はステュークスベリー伯爵として最低限の庇護を与えるだけでなく、姉妹が何不自由なく暮らせて幸せになれるよう心を砕き、一族に心から受け入れられるようにしているのだ。

ヴィヴィアンは自分も涙がこみあげて少しのどが詰まるのを感じた。オリヴァーはほんとうに最高の人だ。いま突然、こうして目の前の彼を見ていて、彼女は悟った。これはたんなるひとときの、熱に浮かされた気の迷いではないと。オリヴァーは、彼女が男性に求めるすべてのものを持っている。そして危険なことに、彼女は彼を愛してしまいそうになっている。いや、もうすでに、愛していた。

20

ヴィヴィアンは愛想笑いを顔に貼りつけ、レディ・プリムの話に耳を傾けながら、今夜は劇場に来る予定など入れておかなければよかったと、少なくとも十回は思っていた。コズモ・グラスの遺体を見つけた夜から、あまり眠れていなかった。最初の夜は、グレゴリーが邸に戻ってくる音が聞こえるまで寝つけなかった。昨夜はグレゴリーと一緒に、ミセス・カヴァノーの死ぬほど退屈な音楽の催しに出かけたのだが、馬車からおりたときにどこかから見られているような、とてつもなく妙な気配を感じた。あたりを見まわしても人影はなかったけれど、背筋がぞくっとして、夜はなにか物音がするたびに目が覚めてよく眠れなかった。

だから今夜もイヴに断りの手紙を書き、家にいて早めにやすもうかと本気で考えた。けれどヴィヴィアンは、この前の夜の出来事でそれほどまいっているのかと、オリヴァーに思われてはいけないと自分に言い聞かせた。とはいえほんとうは、イヴやフィッツと劇場に行くのはきっとオリヴァーが彼らと一緒に来ているから——そう、彼に会いたいからだということは、心の奥底ではわかっていた。

なんて愚かなのだろうと思う。毎日のようにオリヴァーの顔を見ずにはいられないなんて。これまで彼女はひとりでも平気な、強い心を持った人間だった。それなのにいまは、オリヴァーがいないときはいつも寂しくて、彼はどこでどうしているのだろうと考えてしまう。たしかにコズモの遺体を見たことには動揺したが、もしあの日オリヴァーが一緒にベッドにいてくれたなら、きっとぐっすり眠れていただろう。

そして今夜も、彼の姿を見たとたん、一瞬にして疲れなど吹き飛んだ。そんな自分の心の動きを楽しいと思う反面、それほど感情がオリヴァーに左右されるのかと、おそろしくもなった。これまでは、自分の幸せがどんな男性にも左右されることはなかった。オリヴァーとのことが終わったときにはどうなるのだろうと、思わずにいられない。

そんな日はかならず来る。そのことについてヴィヴィアンは甘い幻想を抱いてはいなかった。ふたりに未来はない。オリヴァーの気持ちは、きっと彼女の気持ちとはちがうから、でも、たしかに彼を愛しかけているかもしれない……いえ、おそらくもう愛してしまっている。た。たしかに彼を愛しかけているかもしれない……いえ、おそらくもう愛してしまっている。求婚されることはない。彼女のほうだって、もし結婚できるとしてもしないだろう。どんなに心を奪われようと、彼女も愚かではない。自分は結婚に向いていないのだ。それに自分とオリヴァーでは、相性が悪いどころの話ではない。

そんなふうに考えると、オリヴァーに会えてうれしいはずなのに心が沈んだ。さらに悪いことに、レディ・パーキントンと腹立たしいドーラも劇場に来ていた。彼らを見つけたレディ・

パーキントンはうまい具合にイヴと目を合わせ、手を振った。イヴは小さくうめいて丁重に、しかしあまりにこやかとは言えない笑みを返した。

「ああ、もう、彼女につかまるなんて」イヴがつぶやいた。同じ列の端でグレゴリーの隣に座っているカメリアを、ちらりと見やる。「気づくのが遅すぎたわ。これでは幕間《まくあい》にあのかたがお話ししに来るのはまちがいないわね」

「あなたのせいじゃないわ」ヴィヴィアンはイヴを元気づけた。「姿を見られた時点で、もう話しかけられる運命だったのよ。レディ・パーキントンは先方から声がかかるのを待っているようなかたではないもの」

最初の幕間で、彼らはレディ・パーキントン母娘の相手をしなければならず、母娘が飽くことなくグレゴリーに話しかけさせようとするのに耐えた。幸い、すでに無事に結婚市場から抜けでたフィッツがドーラの相手を引き受け、お得意の当たり障りのない軽妙な話術に引きこんだので、カメリアと並んで壁際に座っていたグレゴリーは、母娘に最初と最後の挨拶をするだけですんだ。

母娘が行ってしまうと、ヴィヴィアンは最悪の時間は終わったとほっとしたのだが、今度は二度目の幕間で、レディ・プリムが前夜のミセス・カヴァノーの音楽の催しについて蒸し返した。一度だけでも退屈だったというのに、それをもう一度おさらいするとは、退屈極まりない。

しかしレディ・プリムと連れ立っていたレディ・スティルカークが話に入って話題を変えたので、ヴィヴィアンはほっと息をついた。「それはそうと、いま最高に話題になっているお話がまだですわよ」レディ・スティルカークが友人に言い、桟敷席に視線をめぐらせて全員の目が自分に向いていることを確認した。「ミス・ベリンダ・カヴァノーが昨夜、求婚をお受けになったの……とても有望な殿方から」そこでひと息入れ、勝ち誇ったような顔を一同に向けた。

「あの令嬢とご自分の運命を結び合わせるとは、ほんとうに勇気あるおかただ。昨夜のあの催しを耐えたあとでねえ」不運にも同じ催しに出席していたフィッツが、皮肉っぽく言った。

ヴィヴィアンは笑いをこらえたが、レディ・プリムの次の言葉でいっきに楽しい気分は消し飛んだ。「ああ、そうですわ、レディ・スティルカーク、近ごろはあちらこちらでお熱い空気が漂っておりますわね」彼女は身をかがめ、扇でオリヴァーの肩を軽くたたいていたずらっぽく言った。「ここしばらく、レディ・ヴィヴィアンと仲がよろしくていらっしゃいますわね、伯爵さま。近いうちにマーチェスターからおめでたい発表が聞けるのではないかと噂になっておりましてよ」

ヴィヴィアンは衝撃を受けて彼女を見つめた。口のなかに舌が貼りついてしまったような気がする。イヴが気遣うようにヴィヴィアンを見やった。そんななか、オリヴァーだけが反応を返す余裕を見せた。

彼は眉をつりあげ、わざと取り澄ました表情を浮かべてのんびりと言った。「そうなのですか、奥さま？　そのことについては、公爵閣下にじきじきにお尋ねになったほうがよろしいかと」

ヴィヴィアンもようやく声が出せるようになって小さく笑った。「親愛なるレディ・プリム、残念ですけれど大きな思いちがいをなさっているわ。わたしはお友だちのミセス・タルボットと一緒に、ステュークスベリー伯爵の従妹さまが初めての社交シーズンに出られるお手伝いをしていますの」笑顔でイヴを見る。「新婚のご夫人おひとりに、令嬢の社交デビューをまかせるのは荷が重すぎますでしょう？　お気の毒に、ステュークスベリー伯爵もわたしたちに付き合わされておりますの。つくづく退屈なものだとお思いになっていらっしゃるはずですわ」

「なにを言う、レディ・ヴィヴィアン。美しいレディふたりのお供がつまらない男なぞいませんよ？」オリヴァーが応えた。礼儀上、とりあえず否定しなければならないだけだとわかるような、いかにもつまらなそうな声を出す。

レディ・プリムの顔にためらいが浮かぶのを、ヴィヴィアンは見てとった。もしかして噂の情報源がまちがっていたのではと、急に疑いが芽生えてきたようだ。そこですかさずフィッツがレディ・プリムのドレスをほめちぎり、彼女の意識はそれた。ヴィヴィアンはオリヴァーの顔を見ることができなかった。きっと不愉快な顔をしているだろう。それにこんなことがあったのでは、ふたりはもっと慎重にならなければならないと思っているはずだ。もし世間がふたりになにか疑いを持ちはじめたのなら、会う回数や時間を減らしたほうがいい。もちろん、いまはもう事件のことは逮捕係に一任したのだから、ふたりが会う理由も減った。いちばん理にかなっているはずの行動が、いちばん気が進まないというのはどうしたことだろうとヴィヴィアンは思った。

数分後、レディふたりは立ち去り、また芝居が始まった。しばし世間の目がなくなって、ヴィヴィアンはほっとして座席に体をあずけた。観劇のあと、兄とカメリアがゆっくりしていたのでヴィヴィアンはそれを待たなければならなかったが、ほどなくしてみなと別れの挨拶を交わし、ヴィヴィアンとグレゴリーは馬車に乗って帰路についた。最初、ふたりは会話もなく座っていたが、ふと彼女が目を上げると、兄がじっとこちらを見ていた。

兄が口をひらく。「レディ・プリムの――」

ヴィヴィアンは不満そうに鼻を鳴らして兄をさえぎった。「レディ・プリムの言うことなどくだらないわ」

「たしかにそうだが」グレゴリーはとりあえず同意した。「しかし、やはり最近、ステュークスベリーと会うことが多いと思うんだが」

「あら、お兄さまと彼はお友だちでしょう？」

「彼が会いたいのはぼくではないと思うよ。おまえと彼は、一緒に過ごす時間が多いようだし」

ヴィヴィアンは肩をすくめた。「お兄さまとカメリア・バスクームだって、過ごす時間が長いと思うわ」

「そうなんだ。ただ……ぼくは、カメリアを愛していると思う」

兄の答えにヴィヴィアンは飛びあがった。「ええっ？　ほんとうに？　グレゴリー兄さま……本気なの？　彼女とは知り合ってまだ間もないのに」

「わかっている。だが初めて彼女に会ったとき、ぼくはまだ彼女がだれなのかも知らなかったが……なんと言ったらいいのか……ぼくの心にまっすぐ飛びこんできて、心臓をつかまれたような気がしたんだよ。ぼくがロマンティックな男でないことは、おまえも知っているだろう。詩などはてんでだめで、科学が好きときている。それでも若い女性には大勢会ってきたが、カメリアのように思う相手はいなかった。彼女はだれともちがうんだ。あけっぴろげだし、一緒にいると元気になるし。ぼくはいつも彼女のことを考えている」

ヴィヴィアンはなんと言っていいかわからず、ただ兄を見つめていた。カメリアのことはとても好きだ。兄の妻として、彼女以上に迎えたいと思うような女性はいない。しかし当のカメリアがグレゴリーの気持ちに応えられるかどうかはまったくわからなかった。カメリアが兄と一緒にいるところはまだ数回しか見ていない。兄に好感を持っているらしいのはわかる。兄とは会話も弾んでいる。でも、気になる男性に対して令嬢が振りまくような、媚びのようなものがカメリアには見られない。といっても、カメリアにそういう面があるかどうかも、ヴィヴィアンは知らないのだが。

ヴィヴィアンの頭に渦巻いているいろいろな思いをグレゴリーは感じたのだろう。「心配はいらないよ、ヴィヴィ。あまり望みがないことはわかっているんだ。彼女がぼくを好きになってくれるとは思っていない。ぼくはハンサムではないし、刺激的な男でもない。ぼくらが似合いだとは、だれも思わないだろう。でも、自分の気持ちは変えられないんだ」

「お兄さまはとてもハンサムだわ。そう思わない女性なんて、とんでもないおばかさんよ！」

グレゴリーはくすりと笑った。「兄思いの妹だな。だけど、自分のことはよくわかっているつもりだ。本の虫で、野暮ったくて、若い女性に好かれるような男じゃない。それに皮肉なのは、いつもなら蜂蜜が虫を吸いよせるがごとく女性を惹きつける爵位に、カメリアはまったく興味がないということなんだ」

「だからこそ、お兄さまは彼女に惹かれたのかもしれないわ。ねえ、彼女がお兄さまをどんなふうに思っていようと、それはお兄さま自身を見てのことであって、爵位や領地や財産は関係ないわ。それに、お兄さまたちがお似合いじゃないなんて、だれにそんなことが言えるかしら？　ふたりとも乗馬が好きでしょう？　田舎の生活も好きだし。そしてパーティや、よそのお宅の訪問や、社交上のあれこれが好きでないのも一緒だわ」

「だが、そんなことは結婚する理由にはならないだろう？」

「それすらもない夫婦だってたくさんいるわ。考えてもみて、ドーラ・パーキントンがかわいらしくて初々しいからという理由で好きになった男性は、あとになってそれがすべて計算ずくだったとわかるはずよ」

グレゴリーの頰がゆるんだ。「そんなおそろしい話で不安を煽る必要はないよ。カメリアがぼくを知ってくれたら、もっと強い感情を持ってくれやしないかと、そんなふうに期待するのも楽しいと思っているんだ。でも、それは自分をごまかしているだけかもしれないな。ぼくらはずいぶんとちがう人間だ。彼女はあんなにも生き生きとして、情熱的な人だ。自分の望むものに正面から、矢のようにまっすぐに突き進む。だがぼくはのんびりと考え事ばかりして、いつも質問ばかりで計画倒れ。つまらない男だ」

「つまらなくなんかないわ」ヴィヴィアンは身を乗りだして兄の両手を握った。「そんなことを言うのはやめて。ここのところ、わたしは自分のことにばかりかまけすぎていたわ。お兄さまとカメリアのことにちゃんと目を向けられていなかった。彼女と話をして、お兄さまのことをどう思っているか、様子を見てみるわね」

「彼女に押しつけがましいことはしないでくれよ、ヴィヴィアン」兄はぎょっとしていた。

「グレゴリー兄さま、だいじょうぶ、まかせて。さりげなくするから」そう言うと彼女は座席にもたれて口をつぐんだ。

自分とオリヴァーの関係を思わずにはいられなかった。彼女とオリヴァーもずいぶんとちがう。兄の言うとおり、まったく似ていない者同士は幸せになれないのだろうか？　共通点がなければ？　彼女とオリヴァーの関係は、カメリアとグレゴリーの関係とはまったく逆のようだった。兄とカメリアは気の合う友人同士だが、男女が惹かれ合うような感情はないと兄は心配している。兄とカメリアとオリヴァーの場合は強く惹かれ合っているけれど、反発し合ってばかりだ。そこには熱があるだけで、その下に確固たる土台はない。そんな関係は長くつづかない。気の迷いにしかすぎない。でもただの気の迷いなら、どうして彼に会うのを減らさなければならないと思っただけで、こんなにつらいのだろう？

邸に帰り着くと、ヴィヴィアンはまっすぐ自室に上がった。疲れて早く眠りたかった。正直言って、考えるのをやめたかった。小間使いに手伝ってもらってドレスを脱いでナイトガウンに着替え、髪をおろしてとかしてもらった。いつものように、髪をほどくとほっとする。小間使いがブラシでリズミカルにとかしてもらうのも気持ちがよく、体から力が抜けていった。小間使いが部屋から静かに出ていくと、ヴィヴィアンはベッドに上がってやわらかなマットレスに体を横たえた。その夜はようやく、ぐっすりと眠りにつくことができた。

唐突に眠りから引きずりだされて、はっと目が覚め、一瞬どこにいるのかわからなかった。あたりは真っ暗で、カーテンの周囲にだけわずかな光が感じられた。なにかが首のまわりにあって息ができない。身をよじると、首のまわりにあるものがさらに締まった。完全に目が覚めた彼女は、自分がいまベッドにいて、しかもだれかがベッドの背中側に腰かけていることに気づいた。その人物は彼女を持ちあげ、腕で首を絞めているのだ。

「どこにある？」かすれたささやき声が彼女の耳に吹きこまれた。「あれをどうした？」

ヴィヴィアンはかぶりを振った。彼の腕がさらにのどに食いこむ。かと思えば、耳の下あたりになにか鋭いものがちくりと当たった。ナイフを突きつけられたのだ。それと同時に少し腕がゆるみ、ともかく息はできるようになった。

「騒いだら、切る」低く厳しい声がつづいた。「さあ、言え、あれをどうした？」

「なにを言っているのかわからないわ！」恐怖のあまり涙が目に湧いてきて、彼女はまばたきでこらえた。

「取っていっただろう。知っているぞ。あそこでおまえを見たんだ。おまえが持っているはずだ。早く渡せ。さもないと、いまここでのどを掻き切るぞ」

ヴィヴィアンは落ち着こうとした。この男はなにを言っているのだろう？　どこでわたしを見たの？　考えなければならない。相手の裏をかかなければ。「わたしののどを掻き切れば、永遠に手に入らなくなるわよ」

「だが、だれかに知られることもなくなる」

彼女を殺せば問題がなくなると思わせてはならない。ヴィヴィアンはあざけるような笑い声を出した。「まったくおばかさんね。あなたがなにかをなくしたのだとすれば、それを持っていったのはわたしではないわ」相手にしゃべらせつづけ、彼女を脅す以外のことに意識を向けさせなければならない。「わたしはなにも取っていないもの。あなたがなにを探しているのか、さっぱりわからないわ」身を固くして返事を待つ。

「ステュークスベリーか！」はっとした声が聞こえたかと思うと、賊の体から力が抜け、首からナイフが離れた。ヴィヴィアンは一瞬だけ待ってから、力のかぎり体を引いてぶつけ、ありったけの声で兄の名を叫んだ。

頭が男のあごに激しくぶつかり、男の歯ががちんと当たった音と、痛みに驚いた叫びが聞こえた。男の手がゆるんだすきに、ヴィヴィアンは逆方向に飛びだしてベッドをおり、悲鳴をあげながらドアに走った。部屋は暗かったが配置ならよくわかっている。さっと右方向に向きを変え、洗面器の横にある水差しをつかむ。取っ手をつかむと同時にぐるりとまわった。ベッドをおりて追いかけてきた男に水差しをまっすぐに投げつけると、胸にまともにぶつかって男は水浸しになった。

男がよろけた拍子に、ヴィヴィアンはまたドアに向かった。廊下から、ドアの開く音と足音が聞こえる。男もそれを聞きつけたようで、彼女を追うよりも窓に向かって駆けだした。ヴィヴィアンがドアを開け、グレゴリーが駆けこんできたのと同時に、男はすばやく窓から抜けだしていた。

「ヴィヴィアン！」部屋を見まわしたグレゴリーは、ちょうど窓から出ていく男を目にした。

窓に駆けよって身を乗りだし、下を見る。「くそっ！　どこへ行った？」

「お兄さまの部屋とわたしの部屋のあいだにあるれんがの柱を伝っておりたんだと思うわ。柱の表面には飾りや飛びだした部分があるから、慣れた人間ならそこをたどって上り下りできそうだもの」ヴィヴィアンはろうそくに火を灯《とも》したが、その手は震えていた。

グレゴリーがきびすを返してドアに向かったが、ヴィヴィアンは兄の腕をつかんだ。「待って。いいの。もうつかまらないわ」

グレゴリーは逡巡《しゅんじゅん》し、意固地になったときの父みたいな顔をしていたが、ふっと力を抜いた。「そうだな。しかし、あれはだれだったんだ？　ここでいったいなにを？　なにかされたのか？」

薄暗いなかで妹をじっと見る。

ヴィヴィアンはかぶりを振った。「こわい思いをさせられた以外は、なにも。けがもないわ。だれだったのか、ぜんぜんわからない。でも、わたしがなにかを持っていると思ったみたいよ」

「なにを？」

ヴィヴィアンは肩をすくめた。「わからないわ。言おうとしなかったもの。とにかく、着替えてオリヴァーのところへ行かなくてはならないわ」

兄はびっくりして妹を見つめた。「ステュークスベリーのところへ？　いまから？　夜中だぞ」

「そんなことは関係ないの。賊に手を離させるために、賊の捜しているものを持っているのはわたしではなく、ほかの人間だというようなことを言ったのよ。そうしたら男は〝ステュークスベリーか!〟と言ったの。つまり、わたしが持っていないのならオリヴァーが持っていると思ったんだわ。次はオリヴァーのところへ行くはずよ。きっといますぐに。だからオリヴァーに知らせなくては」

グレゴリーはほかにもたくさん訊きたいことがあるような顔をしていたが、頭がよくて現状を見据える力もある彼が疑問を声にすることはなかった。代わりにうなずき、部屋を出た。

十五分後、兄妹は着替えて外套もはおって外出できる状態で階下にいた。グレゴリーは気をまわして先に召使いを呼び、厩舎まで行かせていた。馬車の用意ができるまで、五分もよけいに待たなければならないのをヴィヴィアンはいやがったが、グレゴリーも譲らなかった。

「おまえはたったいま暴漢に襲われたんだぞ。そいつはまだ外でうろうろしているのだから、またいつ襲われるかわからない。確実に外と遮断できる馬車に乗るのでなければ外出はだめだ。いくら〈ステュークスベリー邸〉が近くても」

ヴィヴィアンは待ちたくなかったが、もっともなことを言う兄には逆らえなかった。馬車が来るなり彼女は乗りこみ、数分後にオリヴァーの邸に着くと踏み台が出されるのも待たずにドアを開けて飛びおりた。玄関前の階段を足早に上がり、真鍮製のノッカーを激しく打ちつける。グレゴリーも来ると、ふたたび打ちつけた。

ようやくドアを開けた召使いは、寝ぼけまなこでお仕着せのボタンをはめながら言った。「侯爵さま？　レディ？」困惑した頭でふたりの姿に目を丸くする。

ヴィヴィアンは召使いを押しやって入った。「ステュークスベリー卿にお会いしなければならないの。命にかかわる重大問題よ」

「大至急、取り次ぎを」グレゴリーは妹について入りながら召使いに言った。「早くしないと妹がうるさいぞ。いや、自分で部屋まで行ってドアをたたくかもしれない」

その言葉で召使いは即座に動いたが、彼が階段を半ば上がったところでオリヴァーが姿をあらわした。起き抜けで髪は乱れ、シャツはひざ丈ズボンにだらりとかぶさっていたが、目は鋭く、すでに眠気は消えていた。

「ヴィヴィアン！」オリヴァーは階段を駆けおりた。「どうした？　だいじょうぶか？」彼女の前まで来ると両手を取り、そのときになってようやくグレゴリーを見た。「セイヤー。いったいなにがあった？」

「それはよくわからないんだが」グレゴリーは妹に向きなおった。

「あなたを危険にさらしてしまったの。ごめんなさい、オリヴァー。そんなつもりではなかったのに。彼の気をそらすだけのつもりが、そのせいであなたが持っていると思われるなんて」

「だれの気をそらすというんだ？　なにを持っているって？」オリヴァーは眉をひそめ、ヴィヴィアンの手を握る手に力をこめた。

「いったい何事なの？」カメリアの声が階段の上から聞こえ、玄関ホールにいた三人の目が、ろうそくを手にあらわれた彼女にそそがれた。長い金髪を三つ編みにして肩に垂らし、ガウンの合わせを空いた手で押さえている。たったいまベッドから引っ張りだされたかのように、まなざしは眠たげで重い。

ヴィヴィアンは隣で兄が鋭く息をのむのを感じて、少しおかしくなった。もしまだ彼女に心を奪われていなかったとしても、いまのこれで落ちていたにちがいない。

カメリアはガウンを足もとでひらめかせ、下に着た薄手の白いコットンのナイトガウンを覗かせながら、階段を駆けおりた。カメリアが隣に立ったのは従兄のオリヴァーではなく、友人の自分でもなく、グレゴリーだった。その事実を目の当たりにして、ヴィヴィアンはまたあとでよくよく調べてみなくては、と心に留めた。もしかしたら、兄が思うほど望みのない状況ではないのかもしれない。

そのときフィッツが、隣にイヴを伴って階段に姿をあらわした。垂らしたイヴの髪はまるで金糸銀糸のように肩にかかり、手はしっかりと夫の手に握られていた。

「レディ・ヴィヴィアン。セイヤー」フィッツはいつもの笑顔で迎えた。「お立ちよりいただけて、うれしいよ」

「しっ、黙って、フィッツ」イヴが心配そうに額にしわを寄せて、やさしくたしなめた。

「ヴィヴィアン、いったいどうしたの?」

「これからレディ・ヴィヴィアンが話してくださるよ」オリヴァーはヴィヴィアンのひじを取った。「みな、客間に移って話を聞こう」そこで召使いに向く。「ジェイムズ、お茶の用意を」

一同は、かつていっとき流行《はや》った中国ふうの装飾を施された客間に場所を移した。チーク材の竜がマントルピースの木の柱に巻きつき、ダマスク織りの赤い模様入りソファや、椅子の端でも牙をむきだしにしている。

「イヴ、いまごろはもうあなたが竜を退治したと思っていたのに」ヴィヴィアンは椅子に腰をおろしながら言った。

友はくすくす笑った。「だめよ、ここはステュークスベリー伯爵のお邸なのよ。わたしたちはこれから引っ越すのだもの」

「さっき、きみは危険がどうのと言っていたが? ヴィヴィアン?」オリヴァーがおだやかな声で促した。「そんなつもりはなかったのに、わたしが持っていると思われたとか?」

「今夜、ヴィヴィアンが襲われたんだ」グレゴリーが言った。

オリヴァーの動きが止まって背筋がこわばり、口もとは真一文字に引き結ばれた。まわりではいっせいに言葉が飛び交い、だれが、どうして、どこで、と騒然となった。

「眠っていたときに」ヴィヴィアンが話を始めた。「目が覚めると、男がわたしの首に腕をまわして絞めあげていたの」

「なんだって!」思わずフィッツが声を張りあげ、オリヴァーの顔がさらにいかめしくなった。

「けがをさせられたのか?」オリヴァーが尋ねた。

ヴィヴィアンは首を振った。「いえ、べつに。とんでもなくこわい思いはさせられたけれど。のどにナイフを当てられて、あれをどうしたと訊かれたの」

「あれとはなんだ?」グレゴリーが訊く。「話がよくわからない」

「わたしもよ。なにを言っているのかわからないと男に言ったのだけれど、わたしがなにかを持っているはずだから渡せと言われて。おしゃべりさせていれば、なにかの拍子に彼の手がゆるんで逃げる機会ができるんじゃないかと思ったから、おばかさんだと言ってやったわ」

オリヴァーはぴくりと反応した。「ヴィヴィアン……男はきみののどにナイフを突きつけていたのだろう?」

「ええ、まあね、でも彼の言っていることはさっぱりわからないと答えて、なにかものをなくしたのならほかの人が持っていったのよと言ったら、男は〝ステュークスベリーか!〟と言ったの。彼から力が抜けてナイフもおろされたから、彼を殴ることができたのよ」

「ははっ!」フィッツが弾けた笑い声をたてた。「顔面パンチを食らわせてやったのかい? すごいな、ヴィヴィアン」

「いえ、ちがうわ。手では殴れなかったの。あごに頭をぶつけてやったのよ。でもだいぶ効いたみたいよ。上下の歯がぶつかる音がしたから」ヴィヴィアンは思いだして小さく笑った。「そしてグレゴリーの名を叫んだの。兄が駆けつけたら、男は窓から出ていってしまったわ」「間に合わなくて、つかまえられなかった」グレゴリーが悔しそうに言った。「悪党の人相さえもきちんと見られなかったんだ」

「それはわたしも同じよ」オリヴァーに訊かれる前にヴィヴィアンは答えた。「彼はわたしのうしろにいたし、部屋は暗かったから」

「だが、だれが……」オリヴァーは眉根を寄せた。「男がすぐにわたしの名前に思い当たったとすると、そいつの言うものが盗られたとき、きみとわたしは一緒にいたにちがいない」

ヴィヴィアンはうなずいた。「酒場にいた男ではないかしら。わたしたちが外まで追っていった男よ。あなたが殴ったでしょう。何度か」

「ああ、だが、わたしは彼からなにも盗っていない。自尊心はなくしたかもしれないが」フィッツが口をひらいた。「もしかしたら、殴り合いをしているあいだに……それがなにかはわからないが……なくなっただけじゃないだろうか。だが、そいつは兄さんが盗ったと思った」

「そうね、でも男と伯爵さまが殴り合いをしていたのなら、最初から伯爵さまを疑うのではないかしら。どうしてヴィヴィアンのところに来たの？」イヴがもっともなことを指摘した。

「もしかしたら殺人犯かもしれない」グレゴリーが静かに言った。みなの目が彼に集まり、部屋が静まり返る。

オリヴァーはうなずいた。「人を殺すようなやつなら、手口が冷酷なのもうなずける。他人の邸に押し入って脅しをかけることも辞さないだろう。だが、そいつはいったいヴィヴィアンがなにを持っていると思ったんだ？　凶器か？　それならあの部屋に残してきたから、いまは逮捕係が持っている。それに、いまさら犯人がどうしてあれを気にするんだ？　なんの変哲もない鉄の燭台から、コズモ・グラスを殺した犯人を割りだすこともできないだろうに」

「それに、どうしてヴィヴィアンがかかわっているとわかったんだろう？」グレゴリーが言う。

「もしコズモのところに行くときにすれちがった男だったら、彼はわたしたちを見ているわ」カメリアが言った。「わたしたちに素性がばれると思ったのではないかしら」椅子にどさりともたれる。「でもあのとき、ヴィヴィアンはわたしたちと一緒にいなかったものね。狙われるのならグレゴリーかわたしだわ」

「それに、ぼくらは彼からなにも盗っていない」とグレゴリー。

「それを言うなら、わたしたちもだ」オリヴァーがみなの顔を見まわす。「そうだろう？」かかわりのある三人ともが、うなずいた。

「しかしあきらかに、彼はわたしたちがなにかを盗ったと思っている。そして、それはとても重要なものなんだ。殺人犯にせよ、酒場の男にせよ、まったくほかのだれかにせよ……」オリヴァーは間を置いてヴィヴィアンを見た。「ひょっとすると、賭博場にいた人間かもしれない。賭博師とか――」

「賭博場?」フィッツが声をあげた。「酒場? ほんとうに兄さんの話なのか? それとも、だれかが兄さんの代わりに行ったとか?」

オリヴァーは弟をにらみ、きっぱりと言い渡した。「賊がだれにしろ、なにを盗ったと思われているにしろ、なにがなんでも取り戻すつもりにちがいない」

「そうね。ごめんなさい、オリヴァー」ヴィヴィアンは申し訳なさそうな目線を送った。「わたしにはそれしか言えないわ」

彼は首を振った。「そんなことは心配するな。きみが賊の手から逃れられたのだから、もうそれだけでいい。それに、なにもかもうまくいく。やつはなくしたものをここへ取りに来るとわかっているのだからな」

「罠を仕掛けるつもりだな?」フィッツが言った。

「そのとおり。今夜はもう来ないだろう。明日が濃厚だ。召使いには全員、目を光らせるように言っておく。もし侵入してきたら、いついかなるときであっても……」オリヴァーは酷薄な笑みを浮かべた。「わたしが迎え撃つ」

21

召使い用の食堂に集められた執事、四人の従僕、ふたりの馬丁に、オリヴァーは最後の確認をするかのようにぐるりと視線をめぐらせた。執事のフーパーはマスケット銃を手にしていたが、ほかはこの邸でも体が大きく力も強い男たちだった。フーパーの銃の腕前がたいしたことがないのは自他共に認めるところだが、侵入者の体のなかでも大きな場所——つまり胴体——をマスケット銃で狙えば、至近距離ならかならず当たるとフィッツが請け合っていた。彼らはみな、つねに冷静で動じないフーパーでさえも、今夜のことを考えていきりたっているようだった。強盗をとらえるというのは、ふだんの掃除やら早めの就寝やらよりもずっと魅惑的な出来事らしい。

「では、おまえたち、くれぐれも警戒を怠らないように」オリヴァーが言った。「午前一時には帰宅したいと思っている。そのあとはミスター・タルボットとわたしが交代するつもりだ」ドアを開けたところにもたれたフィッツを見やる。そして顔を戻し、ふたりの馬丁を見た。「ジャーヴィス。ベイツ。庭にひそんでぜったいに見つかるな。こちらが待ちかまえているということを気取らせてはならない」

「はい、だんなさま」ジャーヴィスがうなずいた。

「では、頼んだぞ」オリヴァーはきびきびとうなずき、部屋をあとにした。

うしろから追いついて横に並んだフィッツに、オリヴァーは視線を送った。「今夜のパーティには出たくないんだが」

「でも、そうしないとレディ・ヴィヴィアンと踊れないよ」フィッツがにやりと笑った。

「いずれにせよ、いつもどおりに見せかけることが重要だ。犯人がこの邸を見張っているかもしれないんだから。兄さんが狙われていることを、こちらが勘づいているとわからせちゃいけない。知られたら、今夜はなにもしてこないだろう」

「わたしたちが出かけているあいだに来たらどうする？」

フィッツは肩をすくめた。「まあ、そのときは邸の者がつかまえてくれるさ。そのあとはフーパーが、兄さんが帰ってくるまで逃がさないようにしておいてくれる。ちゃんと殴ってやれるって」

「どうしてわたしが殴りたがっていると思うんだ？」

フィッツは鼻を鳴らした。「ぼくを甘く見ないでくれ。兄さんのことはよくわかっているんだ。昨夜、目がぎらついているのを見たよ。やつを殴りつけたくてたまらないはずだ」

オリヴァーの口もとが、ふっとゆるんだ。「たしかに、やつに礼儀というものを教えてやるのはやぶさかではない」

「レディ・ヴィヴィアンに手をかけたんだ、血まみれにしてやりたいだろう」

「もちろんだ。紳士ならばだれでもそう思うはずだ」

「だれでも同じことはしないと思うけど。ヴィヴィアンのあとを追いかけるようになってから、兄さんは変わったよ」

「なんだと？」オリヴァーは目をむいて弟を見た。「ばかを言うな。わたしはだれも追いかけてなどいない」

「そうかい。急に舞踏会や夜会やオペラが好きになったんだな」

「オペラは昔から好きだったぞ」

「へえ」フィッツの淡いブルーの瞳が躍る。「では、そのほかのものは？」

「まあ、レディ・ヴィヴィアンと過ごす時間が楽しくなっているのはたしかだ」

「それでは、彼女はもうはねっ返りではないというのかい？」

「そんなことは言った覚えがない」オリヴァーはにやりと笑った。「彼女はいまでもお騒がせ娘だ。だが、最高級のダイヤモンドでもある。人生、たまには少しばかりの冒険も楽しいと思うようになったのかな、わたしも。やはり変わったのかもしれない。しかし、これからどうなるかもわからないが」

「ほう！」フィッツの眉がつりあがる。「これはまた、自分の耳が信じられないな」

オリヴァーが苦虫を噛みつぶしたような顔をした。「からかうのもいい加減にしろ、フィッツ。もう行くぞ、レディたちを待たせてはいけない」オリヴァーは大またで玄関前の廊下を進み、あとから弟が思案顔でつづいた。

くだんのレディたちはカメリアの部屋にいた。カメリアは鏡に映った自分の背中を見ようと、首を伸ばしている。「このリボンはこれでいいの？　曲がっていない？」

イヴは口もとをほころばせて前に出ると、そのリボンを結びなおした。「さあ。これで完璧よ。あなたも完璧。パーティではセイヤー卿とお会いすることになっているのかしら？」

「いいえ。もしかしたら……あ、会うかもしれないけれど。それならどうだというの？」カメリアは振り返り、いささか強がっているような顔を向けた。

「いいえ、べつに」イヴはにこりとし、両の手のひらを上に向けて、なんでもないというしぐさをした。「侯爵さまのためにいちばんすてきな自分になりたいと思うのは、なにも悪いことではないわ」

「彼のためにおしゃれしているわけじゃないわ」カメリアは顔をしかめた。「それに、彼をそんなふうに呼ばないで」

「でも、彼の称号よ」

「わかっているわ。でも、わたしは嫌いなの」

「彼の称号が？　まあ、でもいずれ変わるのだからよかったわね。彼は公爵さまになるんだもの」

カメリアはいやそうな声を漏らした。「もっと悪いわ」ため息をつく。「ええ、わかっているの、そんなことを思っているのはわたしだけだってことは。でも、彼はとてもそんなふうに見えなくて……」

「どんなふうに？」

「貴族にはということよ。いずれは公爵さまになるなんてとても思えない。あのオリヴァー従兄さまでさえ……いえ、彼だって、よく知ればいい人だとわかるけれど、でもオリヴァー従兄さまの場合はどんなときでも貴族としか思えないわ。ああいう表情や話し方だから……だれもが自分に従って当たり前だという雰囲気があるでしょう。そして実際に、だれもが従っているわ」カメリアは間を置いてから、率直につけ加えた。「フィッツ従兄さまやヴィヴィアンはべつだけれど、あのふたりはほかの人とはちがうから」

「セイヤー卿もね」

「そうなの」カメリアのグレーの瞳が輝きだした。「グレゴリーは話しやすいわ。まるでふつうの人みたい……あなたや、わたしの姉妹や、フィッツ従兄さまのように。彼はたいていの人よりずっと頭がいいのに、自分のほうが優れているなんて思っていないの。話もおもしろくて、一族の人や、行きつけのクラブや、着ている服の話なんかしないわ。それに……わたしのことを変なものを見るような目で見ないし、あれを言ってはいけない、これをしてはいけないとも言わないの。公園で馬を疾走させたわたしを見て、ヴァルキューレだと思ったなんて言うのよ。この前の夜も、わたしが銃やナイフを持っているのを見たのに驚かなかったわ……。もう一挺持っていないだろうか、なんて言って。それに彼は、ドーラ・パーキントンのことを少しも好きではないの」

イヴは声をあげて笑った。「それはまちがいなく、趣味がいい証拠だわ」

「わたしもそう思うわ」

「それに彼はなかなかのハンサムね」

「そうなの」自分の正しさを確信したかのように、カメリアは満足げにほほえんだ。「令嬢たちが彼の話をするのをいつも耳にするのだけれど、彼の称号や領地のことや、どれほど財産があるか、どんなに望ましい結婚相手かということばかりよ。彼がハンサムだという話はめったに聞かないの。でも、あんなにすてきなグリーンの瞳はないと思うし、こちらが話しているときは、どんな話でも興味があるかのように、ずっと見ていてくれるの。髪はふさふさで、マホガニーみたいに赤が交じっているのよ」

「学者肌のかたなのに、体格もいいわわね」

カメリアは笑顔になった。「よく馬に乗るからよ。マーチェスターにいる彼の牝馬に乗せてあげたいと言ってくれたわ。ときどきヴィヴィアンを訪ねてくれればいいって。きっとすてきでしょうね、そう思わない?」

「ええ、思うわ」イヴはもう一度カメリアに目をやって、慎重に尋ねた。「カメリア、あなたはセイヤー卿に好意を抱いているように思うのだけれど」

カメリアの全身がこわばった。「どういう意味かしら?」

イヴはほほえんだ。「わかっているでしょう……彼が男性として……いえ、結婚相手として気になるということよ」

「ちがうわ」カメリアは小さく儚げな笑みを浮かべて顔をそらすと、ベッドまで行って手袋とマントを手にした。「そんなのばかげている。わたしは……彼は……」

「どちらがどちらを気にしているのかは、わからないけれど」

「やめて。ばかばかしいわ」カメリアは青いマントを腕にかけてイヴのほうを向き、おどけた顔をしてみせた。「わたしが公爵夫人だなんて、想像できる?」

「セイヤー卿の奥方さまなら想像できるわ」

カメリアはかぶりを振った。「彼がわたしを気にかけてくれているのでは、と思うこともときどきあるわ。もしかしたら、求婚されるのかと思うことさえ。でもそれは、わたしが経験不足で世間知らずだからよ。好かれているかもしれないなんて、勘違いをしているんだわ。だって、彼はなにもしようとしないもの……あの、ほら、言い寄るようなことを」

「彼は紳士ですもの」

「でも、男性でもあるわ」カメリアは探るようにイヴを見た。「あなたのときだって、まさかフィッツ従兄さまがなにもしなかったなんて……」

イヴはくすくす笑って頬を染めた。「そうね。そんな見え透いた嘘は言わないわ。でも、殿方がみなフィッツのように自信を持っているわけではないし、あれほど人なつこいわけでもないから。セイヤー卿はセイヤー卿であって、フィッツでもほかのだれでもないのよ。あなたもいましがた、彼がほかの人とはちがうとほめたばかりじゃないの」

「そうね。でも、たとえもし彼がわたしを好きで、一緒にいたいと思ってくれていても、無理だということもわかっているの。だめなのよ。わたしだってイングランドや社交界のことを勉強したから、それくらいのことはわかるわ。貴族は愛情で結婚を決めたりしないのよね。公爵になるようなかただったら、とくに。彼らにはあらゆる種類の責務があって、それなりの家柄のそれなりの相手と結婚しなければならないんだわ」

「タルボット家はこの国でも最高の家柄よ」イヴが反論した。「あなたの従兄は伯爵なのよ」

カメリアの眉がぴくりと動いた。「家柄の問題ではなくて、本人の問題よ。醜聞などぜったいに起こさない女性、おかしなことはけっして口走らない女性でなければならないわ」

「かわいそうなセイヤー卿。あなたは彼に退屈な人生を送らせようというのね」

「たしかにそれは彼もいやだと思うわ。でも、彼は自分のなすべきことをする人よ。そのためにしかるべき教育を受けてきたんですもの。だからわたしのことも、ちょっと見たり、笑いかけたり、気になる表情を見せたりするにとどめているのだと思うわ。家のためにならないような結婚はしないの、できないのよ」

「わたしはセイヤー卿のお父さまを、ほぼ生まれたときから知っているけれど」イヴが話す。「伝統に縛られるようなかたではないわ。セイヤー卿の意に沿わない結婚をさせるとは思えない。セイヤー卿も、おだやかだけれど、ご自分の思うように生きてこられたかたよ。あなたの言ったとおり、公爵さまとは思えないようなかたなの。だから、ふつうの公爵が選ぶような奥方は迎えないのではなくて?」

カメリアの瞳を一瞬だけ希望がよぎったが、彼女は頭を振って少しせつなげに言った。

「いいえ、無理よ。さあ、オリヴァー従兄さまとフィッツ従兄さまのところへ行きましょう。きっと痺《しび》れを切らしているわ」

そう言ってカメリアはドアをさっと出ていき、イヴもあとにつづくしかなかった。

ヴィヴィアンはもう一度部屋を見まわし、オリヴァーたちが到着した気配はないかと目立たぬようにうかがった。昨夜の招かれざる客のことと、今夜起こるであろうことを考えて、今日はずっと落ち着かなかった。あの男はオリヴァーたちが出かけているあいだに、〈ステュークスベリー邸〉に侵入しようとするだろうか?　それとも彼女の邸に忍びこんだときのように、夜中を選ぶだろうか?　後者であっても、オリヴァーはきっと準備万端、待ちかまえているのだろう。おそらくフィッツと、カメリアも。自分もそのときオリヴァーと一緒にいたいと、ヴィヴィアンは思った。侵入者が彼の罠にかかったとき、その顔を見てやりたい。

ヴィヴィアンはそんなことを考えてひとり笑い、集まった大勢の客の端をゆったりと歩いた。廊下に出るドアまでもう少しというところで、召使いが近づいてきておじぎをし、折りたたんで封をされた紙を差しだした。

「レディ、こちらをお預かりしてまいりました」

オリヴァーだわ！　ヴィヴィアンは飛びつくようにして手紙を取り、封を破ってひらいた。見慣れたレディ・キティ・メインウェアリングの文字を目にして、オリヴァーからではないとわかるとほんの一瞬がっかりした。しかしすぐに、キティがパーティの最中に手紙をよこすなんておかしいと思い至り、壁付きの燭台のひとつに近寄って、くねくねとした文字に目を走らせた。

親愛なるヴィヴィアン

せっかくの夜におじゃましてごめんなさい。でも、とんでもなくひどいことがわかってしまったの。どうしても、あなたにお話をしなければならないわ。外の馬車で待っています。ほんとうに大事なお話なの。いったいどうすればいいのかわかりません。

かしこ　K

ウェズリー・キルボーザンのことね！　手紙を読んだとたん、ヴィヴィアンの不信感が大きくふくらんだ。キティはなにか〝ひどいこと〟を知った。あのキティのことだから、身近なこと以外で、それほど驚いて動揺することはないだろう。だから〝ひどいこと〟というのは、キティ本人か、だれか彼女に近い人にかかわること。しかもパーティに出ている最中のヴィヴィアンを呼ぶのだから、緊急でこのうえなく心を乱されることだ。ここ数時間ヴィヴィアンもまさしく同じことを気にかけていたので、それがなんなのかはすぐにわかった。ウェズリー・キルボーザンが宝石泥棒にかかわっていたのだろう。

彼がキティのブローチをいとも簡単に取り戻したときから、ヴィヴィアンはそれを疑っていた。きっとキティも、彼を疑わざるを得ないようなことを見たか、聞いたかしたにちがいない。か細く震えているような手紙の文字を見て、ヴィヴィアンはキティが不安で哀しんでいるのだろうと思わずにいられなかった。キルボーザンが泥棒だということ以外にも、なにかあったのだろうか？　まさか、コズモ・グラスを殺したのも彼だった、ということでは？

ヴィヴィアンは手紙を握りしめ、ドアに急いだ。召使いを探してマントを持ってこさせることすらしなかった。薄いドレスだけで外に出るのは寒すぎたが、マントを用意させる時間も惜しい。彼女は昨夜、うしろから襲われた男になんとなく覚えのある気配を感じた。あまりにもぼんやりとして、どこがどうとは言えないのだが。声音だろうか？　それともかすかな香り？　まるで、ただの気のせいだったかとさえ思えてくるほどだけれど。

でも、彼女ののどにナイフを突きつけたのがウェズリー・キルボーザンだったとしたら？　知ってはいても、顔をはっきり見なければ特定できないくらいの人物だ。彼が犯人なら、大切な友人キティがとんでもない危険にさらされていることになる。とにかくキティに会って話を聞かなくては。ヴィヴィアンはそれしか考えられなかった。彼女には〈カーライル邸〉に戻るよう説得しよう。あそこなら、自分とグレゴリーで彼女を守ることができる。

「ヴィヴィアン！」

玄関からの通路を見ると、イヴとカメリアがいた。ふたりはちょうど着いたばかりのようで、マントを脱いでいるところだった。フィッツとオリヴァーがふたりの右手の少し離れたところにいて、すでにサー・ケリー・ハルボローと話しこんでいる。ヴィヴィアンはすばやくカメリアのところに行って手を取り、少し脇に連れていった。

「あなたのマントを借りられないかしら？」カメリアがちょうどマントの紐をほどいて脱いでいるところへ、ヴィヴィアンは小声で尋ねた。

「もちろん、かまわないけれど」カメリアが眉を上げて不思議そうにしたが、肩からマントをはずしてヴィヴィアンに渡した。「どうして？　どこへいらっしゃるの？」

「外よ。レディ・キティとお話しするために。外の馬車で待ってくださっているの。あとで説明するわ」ヴィヴィアンはドレスの上にマントをはおって紐を結び、身を寄せて言った。

「グレゴリー兄さまがずっとあなたを捜していたわよ。舞踏室に入ってすぐのところ、植木鉢のそばに、すっかり退屈して立っているわ」

ヴィヴィアンはにっこり笑ってその場をあとにした。玄関扉を出て通りを見ると、キティの豪奢で古めかしい馬車が区画の端に停まっているのが見えた。玄関前の階段をおりかけたとき、反対に上がってきていたミセス・デントウォーターが大げさに挨拶をして親しげにヴィヴィアンと腕を組み、ぺちゃくちゃとまくしたてた。結局、彼女から解放されるのに数分かかり、翌週の木曜に彼女の邸で夕食を取る約束をするはめになった。彼女と別れたヴィヴィアンはマントのフードをできるだけ深くかぶり、顔が見えないようにした。広い歩道を歩きだしたとき、レディ・パーキントンと娘のドーラがこちらにやってくるのが見えて、フードをかぶってよかったと思った。ヴィヴィアンはうつむいて完全に顔を隠し、歩道の端に寄ってためらわず足早に進んだ。すれちがうときになにか息をのむような声が聞こえたように思ったが、自分の足を見つめたまま視線を動かさず前に進んだ。

通りすぎてから顔を上げると、キティの馬車のドアがひらいて自分を待っているのが見え、ヴィヴィアンは足を速めた。すばやく馬車に乗りこんでドアを閉め、キティに向きなおった。なんと、そこにはキティではなく、男が座って彼女を見つめていた。

「ミスター・ブルックマン！」ヴィヴィアンはうろたえて宝石商に目を瞠った。

声が上がって鞭打《むちう》つ音が聞こえたかと思うと、突如、馬車が動きだし、ヴィヴィアンは彼の隣の座席に投げだされた。

ドーラ・パーキントンは首をめぐらせ、いますれちがったばかりの女性を見た。カメリア・バスクームにまちがいない。あの色鮮やかなブルーのマントをカメリアが着ていたところは、何度か見たことがある。水色の組紐飾りがフードと縁についているマントなど、あれくらいしか見たことがなかった。あれを着たカメリアを最初に見たとき、ドーラは羨望に胸を突かれた。金髪のカメリアよりも自分のほうがずっと似合うはずだ。あのマントの色なら自分の黒髪と白い肌のほうがずっと映え、瞳の青ももっと引きたつ。それに、自分ならもっとフードを上手にまとい、美しい顔をさらに美しく見せられるのに。あんなに深くかぶったら、顔も見えなくなる。

でもおそらく、それこそカメリア・バスクームのしようとしていたことなのだろう。ドーラはカメリアがまっすぐに馬車のほうへ歩いていき、乗りこむのを見た。喜びにあえぐように鋭く息をのむ。たちまち馬車が出て、ガラガラと大きな音をたてて夜の闇に消えていったときには、なおいっそう歓喜に打ち震えた。

「ドーラ!」

振り返ると母が待っていて、ぐずぐずしている娘に眉をひそめていた。ドーラは小走りで母のもとに駆けよった。先ほどのことを少し話すと、あきらかに母の様子も変わった。

しばらくのち、母娘は玄関前の階段を意気込んで上がった。広い玄関ホールには先に着いた客が何人かいて、上着を召使いに渡したり、これからレディ・カンバートンに挨拶したりしようとしていた。

そのうしろに母娘でつくと、少し声を大きくしてドーラが言った。「でも、お母さま、先ほどのかたはぜったいにミス・バスクームでしたわ」

母親は舌打ちしてから返事をした。「んまあ、そのようなことはありませんとも。ミス・バスクームがひとりで馬車に乗って行ってしまわれるなんて」

周囲の物音がわずかながらに小さくなり、まわりの人々が自分の話をもっとよく聞こうと耳をそばだてたことを、ドーラは感じとった。そんなことはおかまいなしとでもいうように、ドーラは息を切らしてまくしたてた。「でも、お母さま、それがね……彼女はひとりではなかったのよ。馬車のなかでは男性が待っていたの」

そのとたん、あたりは水を打ったように静まり返った。レディ・パーキントンが、さも周囲から見つめられていることにいま気づいたとでもいうように、まわりを見た。

「まあ！」レディ・パーキントンがうろたえたように手を頰に当てる。「まあ、どうしましょう。ドーラ！　あなたったら、なんということを！　そんなことはあり得ませんとも。ミス・バスクームのはずがないでしょう」

「えっ」ドーラはまわりを見て目を丸くし、それからうつむいて恥ずかしがるように両手を頰に当て、〝赤面した〟頰を押さえるふりをした。「お母さま、わたしはこんなつもりでは……」声が揺れ、乙女らしく染まった頰をさらけだすかのように両手をおろした。「ひょっとしたら……」顔を明るくし、声を強める。「彼女ではなかったかもしれませんわ。あのようにフードに組紐飾りがついた青いマントをお持ちのご令嬢が、ほかにもいらっしゃるのでしょう」

レディ・パーキントンの顔をさらなる驚愕の表情がよぎった。「まあ、そのような……いえ、そうね、そうだわね、そうにちがいないわ」明るい笑顔を貼りつける。「ミス・バスクームのようなマントをお持ちのお客さまがいらっしゃるにちがいないわね。あなたったら、そのようなまちがいをするなんておばかさんね」

「ええ、ほんとうに」ドーラはこれで納得がいったというように、うれしそうな顔をした。しかしその実、またうつむかなければならなかった。周囲が興奮ぎみにざわめきだすのを聞き、勝ち誇った目になってしまうのを隠すために。

カメリアの名が口々にささやかれているのを聞きながら、ドーラは外套をあずけ、主催者夫妻に挨拶する列に並んだ。その列から抜けて先へ進むという段になっても、なかなか前へは進めなかった。しょっちゅう呼びとめられ、カメリア・バスクームが男性と馬車に乗って行ってしまったのはほんとうなのかと尋ねられたからだ。

「まあ、いいえ」ドーラは目を大きく見ひらいて否定した。「わたしの見まちがいですわ。

なにしろそのかたはフードを深くかぶっていらして、顔も見えなかったのですから。母の言うとおりだと思います。彼女のものと同じようなマントをお召しになったかたがいらしているのでしょう。ミス・バスクームだとお思いにならないでくださいませ。わたしの言ったことで彼女が噂になっては、心苦しくて……。あれはカメリア・バスクームではなかったと思っておりますわ」

「なにがカメリア・バスクームではなかったのかしら?」数フィート離れたところから、そっけない声がした。

顔を上げたドーラは、あっけにとられてぽかんと口を開けた。そこにはカメリア本人がいた。そしてその隣には、セイヤー卿が。ドーラは開いた口をそのまま閉じた。言葉が出てこない。

カメリアはあたりに視線をやり、眉をひそめた。「いったいなんの話をしていらしたの、ミス・パーキントン? お聞かせ願いたいわ」

ドーラの左にいただれかが、あわてて言った。「べつになんでもありませんわ。ミス・パーキントンはただ、少し前にあなたのマントと同じようなものを着たかたを見たとおっしゃっただけで」

「ああ」カメリアの眉がもとに戻った。「それはきっとレディ・ヴィヴィアンですわ。マントをお貸ししましたから」そのとたん周囲の人々の顔が石のようにこわばるのを見て、言葉を切った。「どうしましたの？　なにか問題でも？」

何人かがおそるおそるといった様子でグレゴリーを見たが、大半の人はあらぬ方向に視線を泳がせていた。そしてあちらこちらでひそひそと話す声が聞こえだす。カメリアは目を光らせ、一歩前に出てドーラの腕をつかんだ。「なんの話をしていたの？　言いなさい！　いったいどんなでたらめを言いふらしたの？」

「でたらめじゃないわ！」ドーラは傷ついたように言い返した。「ほんとうに見ましたもの！」

「妹のなにを見たというんだ？」グレゴリーも近づいた。あたりを見まわすドーラの顔は必死の形相そのものだった。

「あの……たいしたことではないと思います、セイヤー卿」ドーラは目を見ひらいて涙を出そうとしていた。「マントのことは見まちがいだと思いますわ」

「いいから見たことを話したまえ」グレゴリーは歯を食いしばり、彼女にのしかからんばかりになって言った。「ぼくの妹になにがあった？」

「知りません！」ドーラは涙声になっていた。もはや無理やり涙を出そうとする必要もない。涙は滂沱《ぼうだ》のごとく流れていた。「男性と馬車に乗って行ってしまわれたのです！」

「男性と！」カメリアが声を張りあげた。「やはりでたらめね。セイヤー卿、だいじょうぶですわ」グレゴリーを落ち着かせるように腕に手を置く。「男性ではありません。彼女のご友人ですわ。キティとかいう。キティと外で話をしてくるから、マントを貸してほしいと頼まれましたの」

「レディ・メインウェアリングと？」グレゴリーがほっとして笑顔になった。「ああ、そうなのか」そしてドーラに軽蔑のまなざしを投げる。「次はよく考えてからお話しされることですね、ミス・パーキントン。根も葉もない嘘を広めようとする前に」

「嘘ではありません！」たしなみも忘れるほど憤慨し、ドーラは大声をあげた。「あれは男性でした。馬車の横を通りすぎるときに見たのです。なかに女性はいませんでした、男性しか！」

グレゴリーは急に青ざめ、一歩うしろにさがった。カメリアを見やると、同じようにうろたえて見返している。「グレゴリー、まさか、もしかして……」

「謀《はか》られたというのか？　きっとそうだ！」

「オリヴァーに知らせなくては！」カメリアはべつの部屋に駆けだした。

ヴィヴィアンは座席で体を起こし、ブルックマンに向きなおった。「こんなところであなたがなにをしているの？　キティはどこ？」

「レディ・メインウェアリングでしたら、いつものところにいらっしゃると思いますよ。パーティか、クラブかどこかで賭け事に興じているでしょう。キルボーザンが馬車をまわすのも簡単でしたよ。彼女にはまったく気づかれなかった。それに彼は、少し前から彼女の筆跡をまねることができるようになったのでね」

ヴィヴィアンの頭は全力でまわり、パズルのピースがぴたりとはまるように謎が解けた。「あなたとキルボーザンが宝石を盗んでいるのね！　ふたりして泥棒の集団を動かして」「キルボーザン！」ブルックマンは彼の存在をせせら笑うかのように手首を振った。「彼はただの使い走りにすぎませんよ。仕切っているのはわたしです」

ヴィヴィアンはうなずいた。「それで納得がいくわ。あなたなら、宝石商や質屋に値をさげて売りさばく必要はないものね。土台から宝石をはずし、自分で売る作品につけ替えればいい。必要ならカットしなおして。金や銀なら、溶かしてつくり替えることもできるわね」「浪費しなければ窮乏することもない、というでしょう？」ブルックマンの唇にうっすらと笑みが浮かんだ。「つくり替えた宝石をもとの持ち主に売ることだってできましたよ。いや、なんとも皮肉な話じゃありませんか」そんなことを言う彼に対して、嫌悪感がヴィヴィアンの顔にいくらか出てしまっていたのだろう、彼は口もとから笑みを消し、きつい口調で言い放った。「わたしの宝石を買い求めることができるあなたは幸せなのですよ、レディ」

「盗品をわたしに売りつけていたの？　〝スコッツ・グリーン〟も盗品なの？」

「あの石の歴史を考えれば、何度か盗まれてはいるでしょうが、わたしがかかわったことはありません。前にお話ししたように、通常の宝石商の経路で手に入ったのですよ。それに、あなたにお売りしたものはどれも盗品ではありません……小粒のダイヤモンドだとか、そういうものはべつですが。あなたは知識がありすぎるし、影響力も大きいですからね。盗品などお売りできないし、あなたから盗むわけにもいきません。あなたにはわたしを贔屓にしていただき、社交界での信頼づくりにひと役買っていただくつもりでした。わたしがお売りしたもののなかに盗品など見つけられては、わたしの居場所などなくなっていたでしょう」

「あなたの居場所なんて、もはやないと思うけれど」ヴィヴィアンは言い返した。

彼は、これまでヴィヴィアンを相手に話していたときとはまるでちがう、抜け目のなさそうな表情でため息をついた。まったくちがう人間を見ているかのようだった。なんとなく見た目までちがって見えてくる。そう思ったとたん、ヴィヴィアンはどこが変わったのか気がついた。いまのブルックマンは、ふだん仕事で着ているような簡素で動きやすい上下を身につけているのではなかった。上着、ひざ丈ズボン、シャツ、さらには襟巻きさえも、最高級の生地と仕立てのものだ。髪形もしゃれている。懐中時計の鎖からはさらに金の小鎖が垂れ、カフスと襟巻きの飾り留めにはエメラルドが輝いていた。流行に敏感で余裕のある紳士といった身なりだ。彼の店で見せていたような、媚びることこそないがなんでもお力になりますといった空気はまったく消えている。かなり身分の高い青年紳士といっても通るだろう。

「そうです、あなたとのご縁がなくなるのはいやなのですよ」ブルックマンはヴィヴィアンの言葉を受けて言った。「あなたには見つからないようにと、最大限の力を尽くしました。

あなたが宝石泥棒の件から手を引いてくださることを願って、あのブローチをキルボーザンに戻させもした」

「あなたが手放していなかったのは、驚きだわ」

彼は肩をすくめた。「あの品は、現在のままの姿で、とてつもない価値がありますからね。中央のダイヤモンドをカットしなおしたくはなかったのです。そんなことをする意味もなかった。しかし、売りさばくには目立ちすぎる品です。たとえ台を替えたとしてもね。だから、なかなか決められなかったんですよ」

「どうしてあなたがこんなことをしたのか、わからないわ」ヴィヴィアンは嫌悪のなかにも困惑の交じった顔で彼を見た。「あなたは才能ある芸術家だわ。すでに成功も収めている。これからも、それを積み重ねていくだけだったでしょうに」

「宝石のデザインは楽しいですよ。だが、それだけではろくな金にならない。わたしが望むような暮らしは送れない。ぺこぺこ頭をさげて、へつらって、自分より趣味も悪く才能もない人間たちを引きたてるだけ。わたしの美しい作品が年老いた醜い女の首にかけられ……愚かな男が女と手を切るときのために指輪をこしらえ……。いまいましい宝石店の主人としか見られないわたしは、そういう格好しかできない。あなたのおっしゃるとおり、わたしは芸術家です。すぐに思い知りましたよ……相応の敬意をもって扱われ、自分の好きなようにデザインするためには、店で得られるよりもはるかに多くの金が必要だと。最初は、ちょっと宝石を買いつけなくてもよいわけですから、ネックレスやイヤリングでふだんよりも大きな儲けが出る。しかし、どんどん宝石が手に入ると、自分だけでは使いきれなくなってきた。だから転売を始めたのです。それ以降、いくらでも大金が手に入るようになりました。

ヴィヴィアンはかぶりを振った。「理解できないわ。わたしをさらった意味がわからない。今夜、あなたから姿を見せるまで、あなたがかかわっていたなんてまったく思っていなかったのに」

「ええ、馬車に乗りこんできたときのあなたを見て、それはわかりました。あなたはほんとうに持っていないのだと」重いため息をつく。「つまり、あれを持っていったのはステュークスベリーだということだ。あるいは、あなたたちと一緒にいたふたりのうちのどちらか……あれの重要性をわかってはいないのだろうが、遅かれ早かれ、あなたか伯爵かだれか、重要性のわかる人間に見せることになる。そうなったら終わりだ。だが、いまはあなたがいる。ステュークスベリーはあなたと引き替えに渡すはずだ」

「いったいあなたはなにを探しているの？　どうしてそれがそんなに重要なの？　オリヴァーもわたしも、もうあなたがだれなのか、あなたがなにをしたかわかっているのよ。あなたはつかまるわ！」ヴィヴィアンは口を閉ざし、鋭く息を吸いこんだ。「あなたが……わたしたちを全員、殺すつもりでもなければ」

「それも考えましたよ」彼はおそろしいほど平然と言ってのけた。「だが、それはあまりにも面倒で危険だと思いました。コズモ・グラスのように金で動く小物を始末するならともかく、伯爵と公爵令嬢を手にかけるとなるとまったく話が変わってくる。伯爵の従妹とあなたの兄上もどうにかしなければいけないとなれば、侯爵まで亡き者にすることになる。だめだ、それではわたしも自分の存在を消さなくてはならない……名を変え、顔かたちを変え、数年は大陸に身を隠すはめになるかもしれない。まあ、それくらいの金はあるのですがね。ステュークスベリーがおとなしく渡してさえくれれば、コズモ・グラスの死とわたしを結びつけるものはなくなる。人殺しの罪に問われることだけが問題なんですよ」

「でも、ステュークスベリーは持っていないわ!」

「あなたたち四人のだれかが持っているはずだ。そう思っているのはわたしだけかもしれないが。あきらかに、どういう意味があるかはわかっていないようだ。しかしあなたたちが帰ったあと、わたしはコズモ・グラスのいた部屋を調べたんだ。あそこにはなかった。あなたたちのだれかが持っていったんだ」

「だれも持っていっていないわ!」ヴィヴィアンはじれったくて叫んだ。「どうして信じてくれないの？　コズモ・グラスのいた部屋では、だれもなにも見つけてはいないのに」

ブルックマンの目が細められ、顔つきが冷たく変わった。「だれかが持っていることを祈っておいたほうがいい。もし持っていなければ、わたしは事件と結びつけられるかもしれません。そうなると、あなたたち全員を殺して逃げるしかなくなる」

ヴィヴィアンは全身が冷たくなるのを感じながら、彼の顔を見つめることしかできなかった。

また彼の表情が変わり、馬車に乗ってからずっと浮かべていたような、のんきで冷笑的な顔つきに戻った。「ああ、着きましたよ」

ヴィヴィアンが窓を見ているあいだに、馬車は速度を落として停まった。ブルックマンの店の前だった。

「さあ、とにかくなかへ入りましょう」彼は楽しげにつづけた。「それからステュークスベリーに手紙を書いて、あなたの引き渡しについて知らせますよ。なに、そんなに時間はかかりません。それほど不快な思いもなさらないでしょう」

ヴィヴィアンはドアの取っ手に飛びつき、声をかぎりに叫んだ。しかしブルックマンの動きは速く、彼女が思っていたより力も強かった。片方の腕でウエストを抱えて自分のほうに引き戻し、もう片方の手で口を押さえて悲鳴を止める。ヴィヴィアンはあきらめずに抵抗し、足をばたつかせたり彼の手に嚙みついたりしようとしたが、とにかく彼はがっちりと彼女を押さえた。そのとき馬車のドアが開き、ウェズリー・キルボーザンがあらわれた。

「ちくしょう、静かにさせろ！」キルボーザンは怒鳴りながら馬車に乗りこみ、うしろ手でドアを閉めた。そして革でくるまれた短い棒のようなものを引っ張りだした。その手が、ヴィヴィアンのこめかみにすばやく振りおろされた。
がつんと頭に痛みが走り、すべてが闇に包まれた。

22

オリヴァーはカメリアの顔を見たとたん悟った。ヴィヴィアンになにかあったのだ。胃のあたりが冷たく固まるような心地がして、わずか二歩でカメリアとの距離を詰めた。

「どうした？　ヴィヴィアンはどこだ？」

カメリアは驚いたような顔をしたが、これだけ言った。「わかりません。外に行ってキティと話をしてくるとわたしには言っていましたけど、ドーラ・パーキントンの話では、彼女は男性の待つ馬車に乗りこんで、そのまま行ってしまったと言うんです」

「そんなばかな！　昨夜あんなことがあったばかりで、彼女がひとりでだれかと会うなどあるわけがない」

「レディ・キティから手紙を受けとったそうです。手に持っていました」

「話をおもしろおかしくしようと、ミス・パーキントンがねつ造していないかどうか確かめなければならない。それと、ヴィヴィアンが外でレディ・キティの馬車に乗っていないかも見てみなくては」

「ぼくはレディ・キティを捜すよ」フィッツが言った。彼とイヴはオリヴァーのうしろに来ており、会話の内容はだいたい把握したようだった。「おそらくレディ・キティになにか困ったことがあって、ヴィヴィアンが助けに行くことにしたんじゃないだろうか」

オリヴァーはうなずいた。「ミス・パーキントンと話をしたらすぐに邸に戻る。邸で落ち合おう」

オリヴァーから詰問されると、ドーラ・パーキントンはまたすぐに泣きだし、カメリアのマントを着た女性が乗りこんだ馬車にはたしかに男性がいた、男性しかいなかった、と断言した。オリヴァーはカメリア、グレゴリー、イヴとともに、その区画にずらりと並んだ馬車を確かめていった。どこにもヴィヴィアンはいなかった。ヴィヴィアンが戻ってきたときのためにカーライル家の馬車をカンバートン家の邸の前に残し、みなステュークスベリー家の馬車に乗って邸まで戻り、オリヴァーの書斎に集まった。

だれひとり腰をおろさなかった。座っても、すぐに立たずにいられない。グレゴリーも立ったまま、やつれた顔で、なにを見るともなしに暖炉を見つめていた。カメリアはそんな彼のそばに行き、そっと手にふれた。グレゴリーがわずかな笑みを返す。ふたりして、部屋の端から端へうろうろしているオリヴァーを振り返った。彼の顔はこわばり、冬の海のように暗く冷たい目をしている。

「昨夜の男にちがいない。そうとも！　ほかにだれが彼女をかどわかすというんだ？」

「でも、手紙が友人からのものでないということは、ヴィヴィアンにはわからなかったのでしょうか？」イヴが言う。

「ヴィヴィアンはレディ・キティの筆跡をそれほどよく知っていたのか？」オリヴァーがグレゴリーに訊いた。「きみなら、彼女の筆跡はわかるのか？」

グレゴリーは肩をすくめた。「いや、ぼくはわからない。しかしヴィヴィアンのほうがレディ・キティと親しいんだ。彼女が父と別れて以降、何年も手紙をやりとりしているから」

「ということは、筆跡をまねて書かれたのだろうな」オリヴァーが言う。「あるいは、レディ・キティが取り乱しているから、別の人物が代筆したとでも言われたんだろう」

「そんな手紙を受けとったら、妹はかならず行くと思う」グレゴリーはカメリアに向いた。

「手紙はレディ・キティが書いたものだと、はっきり言っていたかい？」

「覚えていないわ！」カメリアの顔は不安にゆがんでいた。「一生懸命考えているのだけれど、彼女が実際になんと言ったか思いだせないの。マントを貸して、それを彼女がはおるあいだに少し話をしただけで。外の馬車にいるキティと話をしに行くと聞いたのはまちがいないけれど。でも、手紙をもらったと言っていたか、それとも彼女が手に紙を持っていたからそう思っただけなのかは、もうわからないわ」

「いいんだよ」グレゴリーがなだめるようにカメリアの手を握りしめた。「妹の言うことをきみが特別気にする理由もなかったんだ。きみはなにも知らなかったんだから」

「でも、ヴィヴィアンをひとりで外に行かせたりしてはいけなかったのに！」カメリアの目に涙があふれた。「罠かもしれないなんて、思いもしなかった。もっと注意しているべきだったのに。もっと警戒して」

「それはわれわれも同じだ」オリヴァーの声は後悔で重く沈んでいた。「わたしがもっと早く気づいていれば……」

「過ぎたことを悔やんでいてはいけませんわ」イヴがきっぱりと言った。「そんなことをしてもなにもなりません。だれが彼女を連れ去ったのか、どうしてなのか、それを見つけださなければ」

「そしてなにより、いま彼女がどこにいるかを」オリヴァーがつけ加えた。「きみの言うとおりだ。手紙が偽物だとすれば、そういうものをいちばん書きそうな犯人は、レディ・キティが邸に住まわせているというあの詩人ではないだろうか」

「キルボーザンだ」グレゴリーが重々しく言った。「彼がレディ・キティを利用していることはまちがいない。彼女から湯水のように与えられている金だけでなく、為替手形のひとつやふたつは懐に入れていそうだ。しかし、彼が人を殺したり、ヴィヴィアンをかどわかしたりするというのは、少し想像しにくいんだが」

オリヴァーの表情が暗くなる。「ほかにはまったく心当たりがない」

「べつの方向から考えてみよう」グレゴリーが言った。「この誘拐犯は、われわれが持っていると思われているものを、どうしてそこまで気にするんだろう。こんなふうに、人前に姿をさらすような危険を冒してまで？　ヴィヴィアンには顔を見られるわけだろう。正体を知られて、つかまるかもしれないというのに」

「それは彼女が解放されればの話だ」オリヴァーが言い、部屋にいるだれもがおののいた表情で彼を見た。「だから、われわれの手で彼女を取り戻さなければならない。この男がまともな取引をするか、情けの心を持っているかどうかはあてにできない。昨夜、彼女を襲ったのと同じ男だったら、なぜ彼女をかどわかしたのかが問題だ。どうしてこの邸には来なかったのか？　どうしてわたしを襲ってこないのか？」

「あなたに圧力をかけて白状させたいのでしょう」イヴが言った。「もしかしたら、ここには罠が張られていることすら見抜いていたのかもしれませんわ。ヴィヴィアンからあなたに、警戒するよう話があったと考えたのでしょう。この邸では警備を固め、忍びこんでくるのを待ちかまえていると思ったのでしょうね」

「だが、ヴィヴィアンを連れていけば、なんでも望みのものをわたしに出させられるというわけか」オリヴァーは話をまとめた。「きみの言うとおりだ。わたしはすぐにでも言われたものを差しだすとも……ただし、それがなんなのかがわかれば、だが」

「彼の正体を暴くものなのだろうな」グレゴリーが言った。「もし見つかれば、彼がコズモ・グラスの部屋にいたという証拠になってしまうもの」

オリヴァーはうなずいた。「たとえば刻印のある懐中時計とか、ひとつしかない指輪とか」

「ええ」

「話の筋は通る。グラスの部屋で、なにかそういうものを見たか？」

グレゴリーとカメリアはしばらく黙って考えていたが、ふたりとも首を振った。

「ほかの人が盗っていったのかもしれません」カメリアが言った。「わたしたち四人全員がそれを盗っていないのに、なくなっているとしたら、だれかほかの人が持っていったとしか考えられないわ。グレゴリーとわたしが部屋を出たあと、だれかが忍びこんで持っていったのよ」

「あり得るな。だれかが……」オリヴァーが浮かない顔で言いかけ、そして固まった。「なんということだ」かすれた声で言う。「いたぞ。ものを持っていくのが好きなやつが」

ぱっと身をひるがえし、オリヴァーは部屋を飛びだした。ほかの者たちが困惑顔であとにつづく。そのとき、カメリアが両手を打ち鳴らして歓声をあげた。「パイレーツだわ！」

駆けつけると、裏階段の下にある空間ですでにオリヴァーが四つんばいになっていた。その格好で犬用の毛布をめくって下を覗き、すべてをひっくり返す勢いで隅々まで探している。パイレーツは好奇心満々の様子で尻尾を振り、それを眺めていた。思いたってほかの部屋かららろうそくを持ってきたイヴが、身をかがめて小さな暗い空間を照らす。

古ぼけたブーツから飛びでた金属がきらりと光るのが目に留まり、オリヴァーは飛びついた。「これは」体を起こし、それに見入る。

「なんなんですか？」カメリアが訊く。

「宝石職人の拡大鏡だ」オリヴァーはけわしい顔つきで、犬の隠れ家から出てきた。「しかも、これの持ち主にはおおいに心当たりがある」

イヴの持つろうそくに近づけてひっくり返すと、持ち手にはまった銀の輪がきらめいた。その輪になにか彫りこまれている。

「GDB」読みあげたオリヴァーの唇に、ぞっとするような笑みが浮かんだ。「ブルックマンの拡大鏡だ」

「ブルックマン？」グレゴリーが目を瞠る。「ヴィヴィアンの宝石商か？」

オリヴァーはいかめしい顔でうなずいた。「まちがいない。ネックレスを彼女に見せるとき、宝石商がこれを渡しているのをわたしもその場で見ていたから。これはほかのものとはちがう。この銀の輪のところにイニシャルが彫ってあるんだ。ほら」拡大鏡をグレゴリーのほうに差しだす。「グラスのところへ行くときにこれを持っていたのだろうが、もみ合いになってポケットから落ちたんだ。これが見つかったら、言い逃れできないことはわかっていたのだろう。だから、これほど必死で取り返そうとしていたんだよ」

「でも、どうして？」カメリアが言った。「ヴィヴィアンが拡大鏡を持っていたのなら、すでに正体はばれてしまっていたでしょうに、それをわざわざ取り返そうとするなんて？」

オリヴァーは肩をすくめた。「悪事をはたらく人間がいつも理にかなった行動をするとは限らない」

「まだ彼女がよく拡大鏡を見ていなくて、気づいていない可能性もあると思ったのかもしれないな」グレゴリーが言った。「それに拡大鏡がなくなっていれば、証拠はないわけだからね。ヴィヴィアンやきみの証言があったとしても、実物がないのでは裁判では弱い」

「だが、もうそれも関係ないな」オリヴァーは拡大鏡の持ち手を握りしめ、歯を嚙みしめた。目は冷たく光っている。「ヴィヴィアンの居場所はわかった」

オリヴァーは拡大鏡を上着のポケットに押しこむと、大またで玄関に向かった。ほかの者たちもついていくが、パイレーツも一緒なので通路の大理石にこつこつと爪の当たる音が楽しげに聞こえる。もう少しで玄関というところで、ドアがひらいてフィッツが入ってきた。厳しい顔つきで頭を振る。

「レディ・キティの住まいに行ってきたが、留守で……馬車もなかった。使用人の話では、馬車で〈バンティング〉に行ったそうだが、ぼくがクラブまで行ってみたときには馬車もそこにあった。御者に話を聞いたら、彼女を〈バンティング〉まで運んで、それからずっと外で待っていたと言い張るんだ。だが、あきらかに怪しいところがあった。馬は興奮していて、ずっとそこに立っていたとは思えなかった。そこで問いつめたら、ほどなくして認めたよ。レディ・キティをおろしたあと、キルボーザンに金貨を渡されて、馬車を貸せと言われたと。

やつが馬車でどこに行ったかはわからないそうだ。キルボーザンが御者用の上着も馬車も持っていったから、酒場で時間をつぶしていたらしい。嘘ではないと思う。あいにく、キルボーザンには会えなかった。どこにいるか、まったくわからない」

「つまり、キルボーザンも加担しているということか」グレゴリーが言った。

「キルボーザンも?」フィッツが尋ねる。

「馬車のなかで説明する」オリヴァーがドアに向かった。

「拳銃を取ってくる」とフィッツ。「役に立つかもしれない」

「そうね」カメリアも向きを変え、彼と一緒に階段へ行こうとした。「わたしも自分のを取ってくるわ」

「待て。だめだ、カメリア。きみたちレディはここにいるんだ」

イヴとカメリアは、ふたりとも、そんな命令はぜったいに聞けませんと言いたげな顔で振り向いた。

「そんな……いくら伯爵さまだからって」カメリアが口にした〝伯爵〟という言葉が、まるで侮蔑のように響く。「フィッツを除けば、銃の腕前はわたしがいちばんなんですよ」

「わたしたちはふたりとも、危険に迫られてもくじけないことを証明してきたと思いますが」イヴが言った。「数の面でも人数をそろえることは大事ですわ。その犯人も、これだけの人数の前でヴィヴィアンに危害を加えて逃げおおせるとは考えないでしょう」

「言い合いで時間を無駄にしないでくれ」フィッツが兄に言葉を投げかけて階段を駆けあがる。

オリヴァーはため息をついた。「わかった。武器を持ったほうが安心だろう。だが急いでくれよ」

フィッツもカメリアもほんの数分で戻ってきた。カメリアはコズモが殺された晩に着ていた黒っぽいマントをはおっていた。あのときと同じようにポケットは銃の重みでたわんでいる。邸の前に停まった馬車へと急ぎ、それぞれ乗りこむ。パイレーツも走って外に出てきて、だれよりも先に馬車に飛び乗った。

オリヴァーはいまいましそうに犬を見たが、こう言っただけだった。「おまえにも行ってもらうか。なにしろ、こんなことになったのもおまえのせいなんだからな」

全員が乗りこむとだいぶ窮屈だったが、それでもなんとか収まった。人気《ひとけ》のない通りを飛ぶように走り、オリヴァーの指示どおり、宝石商の店から半区画ほど離れたところで停まった。そこから全員が足早に、しかし音をたてずに徒歩で進んだ。

「セイヤー、姿を見せるのはきみひとりだけがいいだろう」店に近づきながらオリヴァーが声をひそめて言った。グレゴリーはうなずいて玄関ドアの前に立ち、フィッツとオリヴァーはドアの両脇を固めて姿が見えないところまでさがった。イヴとカメリアも彼らのうしろにつく。

グレゴリーは息を吸い、ドアを大きくたたいた。

ゆっくりとヴィヴィアンの意識が戻ってきた。ひどい頭痛がする。周囲にはまったく見覚えがない。しかしやがて、見知らぬ部屋のベッドに横になっているのだとわかった。しかも猿ぐつわをかまされ、手足を縛られて、ベッドの支柱の一本に短い縄で手首をつながれていた。

恐怖に襲われ、ヴィヴィアンはもがいた。縄がぎりぎりと手首に食いこんで痛かったが、それでもなんとか体を起こして座ることができた。部屋を見まわす。小さいが趣味のいい家具をしつらえた部屋だ。しかし、まったく見覚えはなかった。

記憶が怒濤のごとくよみがえってきた。キティからの手紙、馬車とブルックマン、キルボーザン。ブルックマンに彼の店まで連れていかれ、あの憎たらしいキルボーザンに頭を殴られるまでのことは、きちんと覚えている。この部屋はおそらく、宝石店の上にある居住空間のどこかだろう。自分の店の上で暮らしている店主は大勢いる。

ヴィヴィアンはしばらくじっとして、頭がはっきりしてくるのを待った。ブルックマンは彼女を使ってオリヴァーをここへおびきよせるつもりだ。そして、もしオリヴァーが彼の望むものを持っていなかったら、ふたりとも殺すつもりだろう。ここを出てオリヴァーに知らせなくては。そう思うと、やおら縄がくくりつけられているベッドの支柱ににじりよった。

結び目さえほどければ、手首は縛られたままでも足首の縄はほどけるだろうし、猿ぐつわもはずせるだろう。しかしあいにく縄はきつく結ばれていて、しかも手が縛られているので指が冷たくなり感覚もなくなってきていた。縄と数分間、格闘してみた結果、そのやり方ではほどけないだろうと認めざるを得なかった。支柱に頭をもたせかけ、必死で考える。

髪飾り！　今夜は髪飾りをピンで留めつけてある。黒い輪と黒い羽根でつくられた小粋な髪飾りだ。赤毛に映えてなかなかすてきだと思ったけれど、いま重要なのは、オニキスが端についた帽子用の留めピンを使って留めつけたということだった。その留めピンはそれほど鋭く危険なものではないけれど、少なくとも長さが三インチはあって、端のオニキスを持てば握ることができる。いざとなったら身を守る役に立つだろうし、縄の結び目をゆるめるのにも使えるかもしれない。

髪飾りに手を伸ばすには少し身をよじらなければならなかったが、なんとかピンを抜くことができた。縄の結び目にピンを差しこみ、手をねじる。両手を上げてもどかしい思いをしながらゆっくりねじっていると、さらに指の感覚がなくなっていった。それでも少しずつ、ゆるみが出てきた。あと数分がんばれば、結び目に人さし指を差しこめるくらいになりそうだ。

突然、下のどこかから大きくドアをたたく音が聞こえた。はっとしてヴィヴィアンは顔を上げ、その拍子に力の入りにくくなった指からピンが落ちた。腹立たしいことに、縛られた手がちょうど届かないあたりの、上掛けの上に。それでも下から聞こえたノックの音がうれしくて、気にもならなかった。きっとオリヴァーがどうにかして、ブルックマンが彼女をさらったことを突きとめたのだ！

もちろん、ほかの人かもしれないけれど、こんなに夜遅い時間にそれはないように思えた。それに、たとえ見知らぬ人であっても、助けてもらえるかもしれない……なにか音で伝えることができれば。ヴィヴィアンは大声を出そうとしたが、猿ぐつわをかまされているせいで声がくぐもってしまう。そこで両足を床から上げ、何度も何度も力のかぎり打ちつけた。それから向きを変え、次は壁を蹴りはじめた。

下で、もう一度ノックの音がする。今度はもっとしつこい感じで。「ブルックマン！」いまのはグレゴリーの声？　ヴィヴィアンは心臓がのどまで跳ねあがったかと思った。ベッドにくくりつけられた縄を呪いながら、思いきり壁を蹴る。廊下で話す男の声が聞こえ、そのあと小さくなっていく足音がつづく。一瞬のち、部屋のドアが勢いよくひらいて、ウェズリー・キルボーザンがあわてて入ってきた。

「やめろ！」鋭い口調でささやきながらうしろ手でドアを閉め、彼女のほうにやってきた。ヴィヴィアンは無視して足を壁にぶつけつづけた。すると彼がポケットからナイフをさっと取りだし、彼女は刺されると思って凍りついた。しかし予想に反して、彼はベッドの柱にくくりつけた縄を切った。安堵がどっとヴィヴィアンに押しよせる。彼女はすかさず向きを変えて落ちたピンを拾い、体をひねってキルボーザンの胸を力のかぎり突き刺そうとした。彼はとっさにかわして身をよじったため、ピンは彼の二の腕に深く刺さった。彼は悲鳴をあげた。

「このあま！」拳を引いて彼女のあごを殴りつける。

この晩、ヴィヴィアンはふたたび意識を失った。


「どちらさまですか？」ドアの向こうから男の声がした。

「ミスター・ブルックマン？」グレゴリーははやる心を抑え、なんとか声を低く冷静に保った。「ドアを開けてもらえないだろうか。話がしたい」

「もう遅い時間でございます。また明日いらしてください」

「いや！　頼むから開けてほしい。セイヤー卿だ、レディ・ヴィヴィアン・カーライルの兄の」ぐっと息をのみ、できるだけ必死で不安そうな声を出した。「ヴィヴィアンになにかあったらしい。いなくなってしまったんだ……それでもしや、ヴィヴィアンがあなたに話をしていた泥棒のしわざではないかと」

「なんということでしょう！　しかし、わたしがお力になれることはないかと」

「とにかく話だけでも聞かせてくれないか。ヴィヴィアンがあなたとそういった話をしたことは知っている。そんなことに首を突っこむなと言ったのだが、妹はとんでもない頑固者でね。あなたが妹に話したことを教えてもらえれば、なにかわかるかもしれない。頼む！」グレゴリーはひとつ間を置いて待ったが、すぐにもう少し強い口調でつづけた。「ドアを開けたまえ！　話をするまでは帰らないぞ。たとえひと晩じゅうここでドアをたたかなければならないとしても」

グレゴリーの横ではオリヴァーが、もっとも近い窓に目をやった。もしこのままドアが開かなければ、窓を蹴破って侵入するまでだ。しかしそのとき、わずかにドアがひらき、ブルックマンの顔が隙間から覗いた。

「おひとりですか？」

グレゴリーはドアに体当たりし、ブルックマンがうしろによろけた。その隙になかに飛びこみ、すぐにオリヴァーとフィッツがつづいた。カメリアとイヴも彼らのうしろから体をねじこみ、その足もとを犬がついていく。

「おい！　なんだ！　いったいどういうつもりだ？」ブルックマンは怒鳴り、むっとした顔で上着を下に引っぱった。

「彼女はどこだ？」オリヴァーが凄《すご》み、宝石商の襟をつかんで揺さぶった。「いったい彼女をどこへやった？」

「なんのお話だかわかりません！」ブルックマンが声を荒らげる。

「よくもぬけぬけと！」オリヴァーはブルックマンの顔に拳をめりこませ、さらに腹に一発入れた。「これで話したくなったか？」

宝石商は体を折り曲げ、床にひざをついた。パイレーツが歯をむきだしにしてうなっている。店の奥のドアが勢いよくひらき、ウェズリー・キルボーザンが拳銃を手に飛びこんできた。フィッツが振り向いて発砲し、キルボーザンの手から拳銃が飛ぶ。彼は悲鳴をあげて自分の手をつかんだ。悪鬼の形相でフィッツに向かおうとする。

「止まりなさい！」カメリアが叫んだ。拳銃の撃鉄を起こす音がかちっと鋭く響く。

キルボーザンは固まり、さっとカメリアに顔を向けた。値踏みするかのように目を細める。

「女性だからといって、どうせ撃たないだろうとは思うな」フィッツが軽い口調で言った。

「それに、拳銃はまだ二挺ある」

キルボーザンがきびすを返すと、フィッツは二挺めの銃を構えていた。

「そこのスツールに座れ」つづけてフィッツが言い、カウンターの前のスツールに銃を振った。

キルボーザンは冷笑を浮かべて従い、背の高いスツールに腰かけて腕を組み、フィッツをにらんだ。「彼女はここにはいない。ここでいくらブルックマンを殴ろうと、彼女の居場所は言わないだろうよ。知らないのだから、言いようがない」

オリヴァーは周囲でくり広げられている茶番には見向きもせず、宝石商を立たせた。「彼女はどこだ？」

「なんのお話か、わかりません」ブルックマンがあえいだ。「わたしがレディ・ヴィヴィアンになにかするはずがないでしょう。いちばんの上得意さまですよ」

「拡大鏡のことはもうわかっている」オリヴァーはポケットに手を入れてそれを取りだし、彼に見えるように掲げた。「とぼけても無駄だ。ヴィヴィアンに危害を加えれば、おまえの立場は悪くなるだけだ」

ブルックマンは拡大鏡につかみかかったが、オリヴァーは手をぐっと引いて遠ざけた。ブルックマンが抜け目なくうかがうような目で見る。「物々交換でもなさるおつもりで?」

オリヴァーはまた相手を殴りつけそうになったが、歯を嚙みしめて自制心をはたらかせた。

「店を調べさせてもらう」

彼はブルックマンの腕をつかんで向きを変えさせ、店の奥につづくドアへと押しやった。フィッツがうしろについてキルボーザンに銃を突きつけ、オリヴァーとグレゴリーとカメリアがブルックマンのあとから店の奥へ入っていく。パイレーツもとことことついていった。オリヴァーがしっかりとブルックマンの腕をつかんでいるあいだに、カメリアとグレゴリーが事務所と作業場を調べる。だがなにも見つからず、さらに彼らはぞろぞろと二階へ上がった。ひと部屋ひと部屋まんべんなく見ていき、最後は寝室だった。

「ほらね?」ブルックマンがどこか哀れな声で言った。「彼女はここにはいませんよ。さあ、わたしのものを返していただければ――」

「ヴィヴィアンの居場所をいますぐに言わなければ、おまえの棺にこれを入れてやる！」オリヴァーが両手で拳を握って怒鳴った。

「オリヴァー！」ベッドの近くに行っていたグレゴリーが身をかがめてなにかを拾った。

「これを見てくれ」繊維のようなものを差しだす。「これは縄の切れ端じゃないか？」

「おい、おまえたち！　こんな茶番はもうたくさんだ！」ブルックマンが騒ぎだしたが、背後から聞こえた鋭い吠え声に飛びあがった。

「パイレーツ、だめよ！」とっさにカメリアが言う。

しかしオリヴァーはきびすを返して犬を見た。パイレーツはベッドの反対側の壁に向かって、さかんに短い尻尾を振っていた。またひと声ふた声吠えると、壁に近づいてその前で座り、片方の前脚で壁を引っ掻くようにする。

「ここか」オリヴァーはブルックマンを放り投げんばかりにしてグレゴリーに押しつけ、大またで犬のところへ行った。

ほかの三人が見守るなか、オリヴァーは拳で壁を何カ所かたたいたり、指先で軽くなでたりした。「ここにひびができている。この壁は空洞じゃないだろうか」さっとブルックマンに向きなおる。「この向こうに隠し部屋があるのだろう？　開けろ」

「おっしゃることがわかりません」

オリヴァーはカメリアに向いた。「今日もナイフを持っていたりはしないか？」

カメリアはポケットに手を入れ、鞘に入ったナイフを無言で差しだした。受けとったオリヴァーは、小ぶりだが鋭そうな刃物を鞘から取りだした。ブルックマンのところまでずかずかと行くと、グレゴリーの腕から彼をもぎとるように引っ張り、激しく壁にたたきつけて腕をうしろにひねりあげる。

「さあ」オリヴァーの声には感情も慈悲も感じられなかった。彼はナイフを上げ、ブルックマンの目の下に切っ先を突きつけた。「隠し扉をひらく取っ手を教えろ。さもなければ細切れにしてやる。少しずつ。手始めは目だ」

ブルックマンが激しく震えだす。そのせいでナイフの切っ先が少し肌を刺し、頬に血が流れていった。「い、衣装だんすのうしろ。腰くらいの高さだ。くぼみがある。そこに指を入れて引けばいい」

オリヴァーは彼を放し、パイレーツがじっと見ている壁に戻った。すると犬はうしろ脚で立ち、白い壁をかりかり引っ掻きだした。オリヴァーは衣装だんすのうしろに手を入れてくぼみを探し、そして引っ張った。取っ手が飛びだし、壁の一部がひらく。せまい空間に、手足を縛られたヴィヴィアンが横倒しに転がっていた。あきらかに人為的に切ったと思われる縄の切れ端がもう一本、彼女のそばに帽子留めのピンと一緒に落ちている。

「ヴィヴィアン！」ぐったりと倒れている体のそばにオリヴァーは片ひざをつき、彼女を抱き起こした。「目を開けろ。いとしい人《マイ・ラブ》、だい――」

目を閉じたままの彼女が頭を動かし、小さく息をついた。先ほどまでは見えなかった、赤くすれたところが目に入る。そこはすでに腫れはじめていた。こめかみあたりにも、赤く盛りあがっている部分があった。

オリヴァーは人でも殺しそうな凶悪な目で振り返った。「彼女を殴ったな！」

「ちがう！　ちがう！」ブルックマンはあわてふためき、グレゴリーに腕をつかまれたままできるだけ身をよじって遠ざかろうとした。「わたしじゃない！　キルボーザンだ！」

「オリヴァー？」ヴィヴィアンのつぶやきが聞こえた。

彼がさっと振り返る。ヴィヴィアンの目が震えながらひらいた。

「オリヴァー！」もう一度口にした彼女が、かすかにほほえんだ。「来てくれたのね」

「もちろんだとも。放っておくとでも思ったのか？」

「少しだけ心配したわ」

オリヴァーの口から震えた笑いが漏れた。「もうだいじょうぶ。もう安心だ」

身をかがめて彼女の額に唇を押しあてた。「家に帰ろう、いとしい人《ラブ》」

23

ヴィヴィアンは鏡台の上の鏡に向かって身を乗りだし、頭をひねってあざがいちばんよく見えるようにした。立派なあざねえ、と思う。青みがかった紫色のあざが頬骨にそって広がり、目の下にはくっきりと濃い紫色の筋が走っている。こめかみあたりのあざとくっつきそうになっているので、とんでもなく大きなあざがあるようだった。あざのある側は、ほぼあごのあたりまで腫れあがり、少し顔がゆがんで見える。

まるで殴り合いでもしたみたいだとヴィヴィアンは思った。いや、あれはほんとうに殴り合いと言えるものだったのかもしれない。おそるおそるあざをつついてみると、痛みが走った。けれども昨日の朝ほどの激痛ではなく、ちゃんとよくなってきているようだ。

こんなあざができているのでは、今夜のウェンドーヴァー海軍司令長官夫妻の舞踏会にはぜったいに行けそうにない。社交界の中心人物である美女のひとりが、ボクシングの試合に出たかのような有様で大きな催しに出てくるとは、だれも思っていないだろう。昨日と今日、オリヴァーがお見舞いに来てくれたときに部屋から出ていかなかったのも、このあざのせいだった。愛する人にこんな自分を見せることは、とてもできなかった。

けれども、それがオリヴァーに会わないほんとうの理由でないことは、自分でもわかっていた。自分がこんなふうに心を乱しているほんとうの原因は……彼を愛しているからだ。もう何日も、そのことに向き合うのを避けていた。気持ちがあふれそうになるたび、その真実から目をそむけてきた。でもこのあいだの夜、あのおそろしい小さな空間からオリヴァーが助けだしてくれて、彼女を抱きしめてもうだいじょうぶだと言ってくれたとき、かたくなになっていた心は自然にとけてしまった。自分の存在すべてが愛で満たされた気がした。

あの感覚はすてきだった。それは否定しようもない。馬車で帰るあいだも彼の腕のなかにいられて幸せだった。彼の胸にすりよって、たくましさとあたたかさに包まれ、耳の下から彼の声が響いて、たしかな心臓の鼓動が聞こえて……。ほんとうは、もうどこかに連れていかれる必要などなかった。彼女はすでに、自分のいるべき場所《ホーム》にいたのだから。

それでも翌朝、目が覚めたとき、自分がどれほどひどい状況にあるのかにヴィヴィアンは気づいた。あざの痛みなどよりもはるかにつらいこと——自分と同じ思いを返してはくれない人、これからもけっして返してはくれない人を、彼女は愛してしまっていたのだ。たしかに彼女を見つけたとき、オリヴァーは〝いとしい人《ラブ》〟という言葉を使ったし、彼女を求めているということを一度ならずも見せてくれた。でも、気が高ぶっているとき不用意に口にされた言葉など、本心をあらわしているとは言いがたい。勢いにまかせた激情は、愛とはちがう。

ヴィヴィアンは、オリヴァーが愛するような種類の女ではない。軽はずみで、衝動的で、負けん気が強くて、他人からどう思われていようとかまわないし、世の常識に反する考えや行動に惹かれてしまう。要するに、オリヴァーとは正反対の人間なのだ。それでも彼女はオリヴァーを愛してしまったけれど、彼のほうは分別があって現実的な人だから、彼女と同じあやまちを犯しはしないだろう。

オリヴァーは、ものの見方や趣味が同じで、同じくらい頭のよい人を望んでいる。以前、そう言っていた。彼が望むのは、おだやかで落ち着いた女性——気配りができて、ひかえめで、道徳観念のしっかりした女性だ。まちがっても、彼がはねっ返りだと思うような人間ではだめだ。しかも男性と秘密の関係を持つという、道徳観念のなさをも見せてしまった。その相手がオリヴァー自身であるとか、いままでは彼以外の男性とそのようなことをするなど考えられないとか、そんなことは関係ない。彼女の経験からすると、男性というものはそういうふうには考えない。ステュークスベリー伯爵のように厳格な男性なら、なおのこと。

哀しいことに、これからどうすればいいのか、オリヴァーになんと言えばいいのか、ヴィヴィアンにはわからなかった。自分の思いに気づいてしまったいま、どんな顔をして彼に会えばいいのだろう。会えばきっと、自分の気持ちを隠せない。自分だけが相手を愛している状態で、どうやって関係をつづけられるというのか。彼女は愚かにも、自分は愛情のやりとりや結婚には興味がないと思いこんでいた。面倒な感情のもつれなどない関係に徹するほうがいいのだと。

そんな思いこみを、いまはすべてなかったことにしたかった。だれにも知られないときにだけ、彼に会うのではいやだ。公の場ではただの友人としてふるまい、甘い関係などなにもないふりをするのもいやだ。いつも一緒にいたい。朝食のテーブルでは顔を見たいし、夜はベッドで隣にいてほしい。笑って、おしゃべりして、毎日を分かちあいたい。そう、つまり、彼女はオリヴァーと結婚したいのだ。

でも、それは不可能だ。考えられない。そんなことはわかっている。それでも、すべてが変わってしまったというのに、このままいまの関係をつづけていくことなどできなかった。けれど彼と縁を切って別れ、関係を終わらせて二度と会わないということも考えられない。頭に浮かんでくるどんな道も、つらいことになるだけだった。だからヴィヴィアンは考えることをやめ、ベッドに入って、気分がすぐれないからステュークスベリー卿には会えないと小間使いに言ったのだった。

すると情けないことに、とてつもなく寂しくなって、枕を涙でしとどに濡らした。それもまた、とんでもなくばかげた話だと思う。

それに、顔にあざができているからといって人前に出るのを避けているのも意気地がない証拠だとわかっている。でも、そのとおりなのだ。昨日、彼女は思い知った。オリヴァーとイヴとカメリア以外、訪ねてくれる人はだれもいなかった。カンバートン家のパーティを欠席したことはドーラ・パーキントンが隈なく広めてくれたというのに、だれも訪ねてこないなんて、いままでならあり得ないことだった。ゴシップ好きの知り合いの婦人が、事の真相を探りに何人かは訪ねてくるだろうと思っていたのに。

だれも来なかったということは、つまり、とうとう彼女は社交界の面々が看過できないほどのことをしてしまったということなのだろう。今日、イヴとカメリアがまた訪ねてきてくれたとき、少々骨は折れたが、なんとか状況を聞きだした。自分の向こう見ずな行動が、とんでもない醜聞になっていることを。男性と連れだってふたりきりでパーティを抜けだしたばかりか、相手の住まいでずいぶんと長い時間を過ごしたのだ。最悪なのは、相手が身分ある紳士ですらなく、商売をしているような男だったということだ。

「みな、ハゲタカよ！」カメリアが怒りで頬を真っ赤にして声を荒らげた。「あなたはさらわれたんだって言ったのに！　あなたが自分からそうしたわけではないって。でもレディ・ペンハーストときたら、それならなお悪いなどとおっしゃるの。あなたが日ごろから危なっかしい行動を取っていなければ、そんな状況にはならなかったはずだなんて」

「それは彼女の言うとおりだと思うわ」ヴィヴィアンは肩をすくめ、小さく笑った。「どうしようもないわね。それが世間というものだもの」

そう言いながらも、内心ではそれほど心おだやかではいられなかった。ヴィヴィアンは長年しきたりというものを軽んじてきたが、それでほんとうに困った状況に追いやられたことはなかった。だからいつのまにか、なにをしても自分はおとがめなしですむというような気持ちになっていたのだ。オリヴァーの忠告もいい加減に聞き流し、彼のほうが口うるさくて堅いだけなのだと思っていた。けれども彼の言うとおりだった。いくら公爵の娘であっても、彼女はついに社交界で許される境界線を越えてしまったのだ。

今夜、ウェンドーヴァー家の舞踏会に出ていたらどうなっていたのだろう。もちろん、陰口をたたかれただろう——たっぷりと。いつかはレディ・ヴィヴィアンが当然の報いを受ければいいと願いつづけてきた面々から、ひそひそと噂され、ちらちらと視線を送られ、あからさまにほくそ笑む顔を向けられたことだろう。辛らつな言葉を直接投げつけられることさえ、あったかもしれない。

目が覚めたような気持ちだった。もし数日前に、こんな事態になるとだれかに注意されたとしたら、きっと彼女は笑い飛ばし、そんなことはどうでもいいわと返したことだろう。けれど、どうでもよくなどなかった。社交界から締めだされれば、つらいだろう。キティと同じ道をたどるようなことになれば、きっと苦しいはずだ。ヴィヴィアンはにぎやかなパーティや晩餐会や社交訪問が好きだ。ダンスも、美しいドレスや宝石で着飾るのも、大好きだ。いまの生活が気に入っている。これを失うのだと思うと、ぞっとした。

もっと言動に気をつけるべきだったのかもしれない。もっと……。

そこではっとして、ヴィヴィアンは鏡に映った自分を見た。いったいなにを考えているの？　たしかにもっと慎重に行動したほうがよかったのかもしれない。宝石泥棒のことだけでなく、自分の心がかかわる問題についても。それでも、自分がしたことをほんとうに悔やんでいるだろうか？　宝石泥棒を見つけようなどとはしないほうがよかったの？　オリヴァーを好きにならなかったほうがよかった？

いいえ、そんなことはない。これまでに経験したことがないほどつらくても、どれほどの安寧《あんねい》と引き替えにすることになろうとも、オリヴァーとのあいだに起こったことをなかったことにはしたくなかった。キティの力になることを拒んだほうがよかったとも思わない。もう少し気をつけたほうがよかったとは思うけれど、泥棒集団と人殺しの存在をあきらかにすることができたのだ。そのほうが、うしろ指を指されるのを避けるよりもずっと大事なことではないだろうか。

そうよ。ヴィヴィアンは自問した。いったいわたしは、どうしてこんなところに隠れているのかしら。なにか言いたいことがある人たちがいるのなら、面と向かって受けとめてやればいい。このまま手をこまねいて、いとしい人をあきらめるようなことはぜったいにしたくない。

ヴィヴィアンは胸を張り、鏡に映ったなんとも痛々しい顔を眺めた。これまでなにかに立ち向かったとき、尻尾を巻いて逃げだしたことなどない。いまになって、そんなことをするつもりもなかった。すっくと立ちあがると、呼び鈴の紐まで歩いていって小間使いを呼んだ。

数分で小間使いが駆けつけたとき、ヴィヴィアンはすでにガウンを脱ぎ捨て、髪をとかしていた。「ドレスを出してちょうだい、サリー。パーティに行くわ」

カメリアはグレゴリーの腕に収まってくるくるとフロアをまわっていた。踊る相手がグレゴリーなら、ダンスも楽しかった。パーティそのものも、彼が一緒だとずっと楽しい。しかし笑顔で彼を見あげたカメリアは、こんな気持ちになっている自分が少し後ろめたくなった。「ここに来られなくて、ヴィヴィアンもお気の毒に」カメリアは言った。「具合はよくなってきているのかしら？」

「だと思うよ。あざの見た目はひどくなっていたけれど、痛みはそれほどでもないと言っていたからね。今夜、一緒に来ると言わなかったのが少し意外だったくらいだ。舞踏会を欠席するなんてめったにないことだから」

「まわりからの風当たりがあまりにも強いからかもしれないわ」カメリアは暗い顔で部屋に視線をめぐらせた。「先ほどレディ・カークパトリックがヴィヴィアンのことを口にしたとき、もう少しで〝黙ってください〟なんて言いそうになってしまったわ。イヴに腕をつねられたから、なにも言わなかったけれど」カメリアはにんまり笑ってつづけた。「でもイヴったら、レディ・カークパトリックの昔のことについて、それはもう辛らつなことを言ったのよ。わたしにはなんのことやら、はっきりとはわからなかったけれど、でもレディ・カークパトリックはたしかに静かになったわ」

グレゴリーは、くくっと笑った。「すばらしい」

「ほんとうにいやなものだわ。みんな、ヴィヴィアンにひどすぎるのではないかしら」

「きみは友だち思いなんだね」笑顔でグレゴリーがカメリアを見おろした。「でも、だいじょうぶ。ヴィヴィアンがいったん自分を取り戻したら、まわりのことは自分でなんとでもするよ。いままで妹がだれかに負けたことなどないんだから。見ておいで。すぐに、みんなはまた妹の言いなりになる」

やがて音楽が終わり、ふたりはダンスフロアから出た。グレゴリーがカメリアをドアのほうへといざなう。「きみに話したいことがあるんだ」

カメリアは意外そうに彼を見やった。「そうなの？」

「ふたりきりで」廊下に出るとグレゴリーはあたりに目を配り、カメリアを連れて廊下を進んだ。図書室を目にして笑顔になる。「ああ、理想的な場所があった」

「理想的な場所って、なにに？」カメリアは彼のあとから図書室に入りながら尋ねた。

「ぼくらが最初に会ったのは、カー家の図書室だったね」

「覚えているわ」カメリアがにっこりした。「あなたが次の公爵さまではないようなふりをしたところね」

「それはちがう」彼は反論したが、カメリアが笑顔なのを見て力が抜けた。「そうだな。たしかにぼくは次の公爵だ。ということで、おわかりのとおり、次の公爵夫人となる人が必要なんだ」

カメリアは眉根を寄せ、彼の手から手を引いた。「どういうこと？　なんのお話？　つまり……あなたはふさわしいお相手を見つけなければならないということ？」

「もう見つけたよ」グレゴリーは手を伸ばしてまた彼女の手を取った。「こんな話をするなんて気が早すぎるとわかってはいるんだ。気が進まないのなら、はっきりした答えはくれなくてもかまわない。ぼくはただ、望みがあるかどうか知りたいだけなんだ。いつかきみがそういう気になってくれる可能性が……つまり、ぼくの求婚を考えてみてくれる可能性があるのかどうか」カメリアの目が丸くなり、彼の頬に赤みが差した。「急ぎすぎているのはわかっている。でも……きみに少しでも好かれているのかどうかわからなくて。少なくとも、そういう意味で」

「そういう意味って？」カメリアはじっと彼を見つめた。「グレゴリー、どういうことなの？」

「ぼくと結婚してほしいということだよ」そう言うと、彼は緊張の面持ちでカメリアを見つめて待った。

「グレゴリー！　あなた、本気なの？　でも……でも……よく考えてちょうだい。わたしは公爵夫人にはふさわしくないわ」

「ぼくは、公爵夫人にはぴったりだ」

「でも……公爵夫人に求められるようなことは、なにひとつできないわ。言ってはいけないことや、してはいけないことを、きっとしてしまう。わかるでしょう?」

「ぼくだって、公爵に求められるようなことをなにひとつやらないよ」グレゴリーは指摘した。「それに、きみが晩餐会でよくない前例をつくろうと、公爵夫人なら無視するはずの人間に声をかけようと、ぼくはまったくかまわない。そういうことはいっさい気にしないよ。大事なのは、ぼくが気になるのは、きみにどう思われているかということだけだ。なぜなら、ぼくはこわいほどきみを愛しているから。きみのいない人生など考えたくないんだ。だから、もしまだ気持ちがよくわからないのなら、どうかいますぐにノーとは言わないでほしい。もし、少しでもぼくを好きになる可能性があると思えるなら、ぼくは待つから。この話はまたべつの機会にしてもいいんだ。だから……」

カメリアは笑い声をあげてグレゴリーの首に抱きついた。「ああ、グレゴリー、そんなに考えるゆとりをくれなくてもいいのよ。わたしは時間をかけて考えるような性格ではないの。自分の気持ちならわかっているわ。イエスよ、あなたと結婚するわ。あなたを愛しています」

「ほんとうに?」うれしくて信じられないといった顔でグレゴリーは彼女を見た。「ぼくは初めてきみを見た瞬間から好きになっていたと思うんだ」

「わたしもよ……とは言えないけれど。でも、一緒にコズモに会いに行ってくださったあの夜に、あなたを好きになったと思うの。わたしがなにをしようとしているか話したとき、あなたはわたしが軽率だとか、まちがったことをしようとしているだとか、ほかの人からいつも言われるようなことをなにも言わず、やめさせようともしなかったわ。あなたはただ、だいじょうぶだと言ってくれた。そして送ってくださった。ありのままのわたしを見て……それでもなお、わたしを好きになってくれた男性は、あなたが初めてだと思うわ」

「ありのままのきみを見て、それで好きにならないなんて、考えられない。きみを愛さないだなんて」グレゴリーは彼女の腰をゆるやかに抱いた。

「ほら。あなたって、やっぱりやさしい」カメリアはほほえみ、つま先立ちになって彼にキスをした。

「あっ！」驚きの声がした。彼女ははたと足を止め、カメリアとグレゴリーのふたりを見て目を瞠った。すぐに両手を頬に当て、小さな嗚咽《おえつ》を漏らす。

カメリアとグレゴリーは顔を見合わせた。

ドーラが顔から両手をおろした。怒っていたらしい顔が、哀しげな表情に変わっている。

「わたしの人生はもうおしまいだわ！」

「どうしてあなたの人生がおしまいになるのかしら」カメリアは冷たく言った。「あなたはレディ・ヴィヴィアンの評判を貶《おとし》めようとしたくせに」

「たったいまレディ・リンドレーから、噂好きのいやらしい小娘だなんて言われたの！」ドーラは一瞬、先ほどまでの怒りをほとばしらせたが、すぐにうつむいて両手を握りしめた。「レディ・ヴィヴィアンになにかしようなんて思っていませんでしたわ。どうか信じてくださいまし、セイヤー卿」

ドーラは顔を上げ、祈るように両手を握り合わせて、すがるようにグレゴリーを見た。大きなブルーの瞳は涙でいっぱいで、いまにもこぼれ落ちそうだ。

「ああ、信じるとも」あまりにも冷たいグレゴリーの声は、ほんとうに彼なのかとカメリアが疑うほどだった。「きみがほんとうに貶めようとしたのは、ミス・バスクームの評判なんだろう？　残念だったね、ミス・バスクームのマントを着ていたのがぼくの妹で……ぼくのフィアンセではなくて」

「えっ？」

愕然としたドーラの顔にカメリアは思わず吹きだしそうになり、唇をきつく閉じてこらえた。

「あ、あなたのフィアンセ？」くり返したドーラの言葉が、最後にはしぼんでいく。

「ええ。たったいま、ミス・バスクームに結婚を申し込んだところなんだ。そしてうれしいことに、受け入れてくれたよ」

「嘘よ。そんなばかな」ドーラは憤りと驚愕に顔をこわばらせてカメリアを見た。「あなたが！　信じないわ！　あなたがマーチェスター公爵夫人になるというの？」

「わたしはグレゴリーの妻になるの」カメリアはにこりと笑った。「ミス・パーキントン、そこがあなたとわたしとのちがいなのよ」

「では失礼するよ、ミス・パーキントン」グレゴリーはドーラに会釈して、カメリアに腕を差しだした。「みんなのところに戻ろうか、いとしい人《マイ・ラブ》」

「ええ、そうね」カメリアは輝くばかりの笑みを浮かべて彼を見あげた。

ふたりはドーラを振り返ることもなく、図書室を出ていった。

ヴィヴィアンが舞踏会にあらわれると、衝撃と興奮のどよめきが広がった。ヴィヴィアンは堂々と頭を上げてひと呼吸してから、部屋の奥へと足を進めた。まわりでひそひそとささやく声があがったが、気にしなかった。どこに向かえばいいのか、あてもない。イヴか、フィッツか、落ち着ける場所がすぐに見つかるといいけれど。それまでは、周囲で渦巻く噂など歯牙にもかけないといった気高いたたずまいを保たなければならなかった。

レディ・アーミンターはヴィヴィアンが近づくと正面から目を合わせたが、あからさまに顔をそむけた。一瞬ヴィヴィアンは臆したものの、無表情を崩さず歩きつづけた。そこへレディ・ウェンドーヴァーがおそるおそるといった感じで近づいてきた。

「レディ・ヴィヴィアン」レディ・ウェンドーヴァーが不安げにあたりを見まわす。「具合はいかが？　その、つまり……」その目がヴィヴィアンの顔のあざにちらりと留まってすぐにそらされた。「ここにいらして、ほんとうにだいじょうぶなのですか？　その、あんな難儀な目に遭われたあとですから、数日はベッドでおやすみになられていたほうがよろしいのでは？」

「わたしを追い払うおつもり？」ヴィヴィアンは愉快そうな声で訊いた。

「いいえ、まさかそんな。あなたにはいつでも……ただ……いえ、あまりにも急なことで……」

「彼女がおっしゃろうとしているのはね、ヴィヴィアン」オリヴァーのおばであるレディ・ユーフロニアの堅苦しい声が聞こえたかと思うと、本人が近づいてきて会話に加わった。「分別をはたらかせて邸にお戻りなさいということです。しばらく経てば事態も落ち着くでしょうが、いまはまだ家でおとなしくしていたほうがよろしいわ。レディ・ウェンドーヴァーのみならず、あなたを知っているかたがたすべてに、気まずい思いをさせているのですよ」

「あなたさまも、お困りですの？」ヴィヴィアンはきらりと目を光らせた。

「そうですとも」ユーフロニアは身をかがめ、声を落として語気も荒く言った。「あなたが騒ぎを起こすと、影響を受けるのはあなただけではないの。ご友人のミセス・タルボットとフィッツのことをお考えなさい。それに、あのバスクームの令嬢も。あなたのことがなくても、ただでさえあの娘は社交界で苦労しているというのに」

「ユーフロニアおば上！」ユーフロニアの言葉を切り裂かんばかりに、よく通る力強い男性の声が響いた。「あなたに社交シーズンの心配をしていただいて、ミス・バスクームは感謝するでしょうが、じつのところ、もうそれ以上はなにもおっしゃらないほうがよろしいかと思います」

ヴィヴィアンがユーフロニアから横に視線を移すと、オリヴァーが石のようにけわしい目をして、口もとを真一文字に結んで立っていた。彼女の心に喜びがいっきにこみあげてくる。

その隣でユーフロニアは鳩《はと》のように胸をふくらませて甥になにか言おうとしたが、オリヴァーはおばをにらみつけた。「おやめください。恥の上塗りをなさいませぬよう、おば上」

彼の視線は、おばからレディ・ウェンドーヴァーへ、そしてレディ・アーミンターへと移っていったが、彼女たちの合間に見えるすべての顔を相手に口をひらいた。「こちらにいるどなたにも申しあげるが、レディ・ヴィヴィアンは二日前の晩、法を犯した者をつかまえようとしてけがをされた」さらにつづける。「相手は人殺しだった。彼女にはなんの咎《とが》もなく、ただ友人を助け、あなたがたをさらなる被害から救おうとなさっただけだ。彼女はけがをし、命すら落とすかもしれなかった。それはひとえに彼女がやさしい心を持ち、善行をなさねばと考えておられたがゆえのこと。そこが、あなたがたと彼女のちがいだ」衝撃に息をのむ声が次々と聞こえたが、オリヴァーは無視した。「さて……レディ・ヴィヴィアンの人格についてなにか物申したいというかたがおられたら、わたしにお話し願おう。ここで、いますぐに」

オリヴァーはまた間を置き、一同を見渡した。部屋じゅうの視線という視線が彼に釘付《くぎづ》けになっていた。「なぜなら将来、レディ・ヴィヴィアンは、レディ・ステュークスベリーとなるからだ。わたしの妻に」驚愕の沈黙がつづくなか、彼はヴィヴィアンに手を差しだした。「いとしい人《マイ・ラブ》、次の曲を一緒にどうかな?」

ヴィヴィアンはあっけにとられてなにも言えないまま彼の手を取り、ダンスフロアへと連れだされるにまかせた。すでにワルツが始まっていたが、オリヴァーはくるくるとまわる男女を難なくかわしてヴィヴィアンを流れに乗せた。彼女の頭にはいくつもの質問が渦巻いていたが、ワルツを踊りながら——しかも部屋じゅうの目が向けられているとあっては、真剣な話のできる場でも時でもない。曲が終わると、オリヴァーはヴィヴィアンに腕を差しだして、彼女をフロアの外へといざなった。

「オリヴァー……」彼女が言いかけたが、彼はかぶりを振った。

「少し会場をまわる、いい頃合いだと思うが」オリヴァーが言う。「どうかな?」

「オリヴァー、話をしましょう」

「話ならする。少しあとでね」

その〝少し〟が数分に、さらに一時間にもなっていった。ふたりはゆっくりと部屋をまわったが、オリヴァーは見知った顔にはかならず会釈をし、わざわざ足を止めてそのうちの大勢と話をした——相手が話をしたそうであろうと、なかろうと。ステュークスベリー伯爵の機嫌を損ねようとする者はおらず、オリヴァーはどうやら折にふれてヴィヴィアンの父親や兄の名前を会話にまぎれこませているように思えた。しだいに会場全体の空気がほぐれていくのが、目に見えるようだった。オリヴァーの隣にいればいるほど、ヴィヴィアンは緊張がゆるんでいくのを感じた。彼のおかげで、思っていたよりもずっとすんなりと、品格を重んじる社交界に戻ることができたのだ。そんな計らいに、彼女のオリヴァーを愛する気持ちはいっそう強まった。

けれども、自分の評判を守るためにオリヴァーの将来を犠牲にすることはできない。

オリヴァーと話をすることができたのは、だいぶあとになってから――部屋をひとめぐりし終わり、足を止めてイヴやフィッツと話をしたときだった。イヴから抱擁を受け、ウエストに腕をまわされたまま四人で立ち話をつづけた。ほどなくカメリアとグレゴリーも加わった。カメリアはまばゆいばかりに輝き、グレゴリーもどことなく得意げで、満足げで、さらにはほっとしているように見えた。きっとふたりのあいだはうまく進んだのだろう。結婚の申し込みにまで至ったのだろうか。問いかけるように兄をちらりと見やると、兄は赤くなってにっこり笑った。つまり、きっと兄は求婚し、受け入れられたにちがいない。

もうそれだけで、ヴィヴィアンは大きな声で笑いだしたくなった。バスクーム姉妹ときたら、いったいどれだけ社交界を揺るがせるのだろう。無作法で、お騒がせな、アメリカからやってきた四姉妹が、初めての社交シーズンも終わらぬうちにすばらしい縁を結ぶとは。しかもカメリアが――四人のなかでいちばん手に負えないと思える娘が――社交界でも最高位の相手をつかまえたなんて！

そんなことを考えて数分ほどは楽しい気分でいられたものの、しばらくするとまたヴィヴィアンの心に不安が根をおろしはじめた。そのとき、兄と話をしていたオリヴァーが彼女のほうを向き、支えるかのように彼女のひじに手を添えた。

「疲れたか？」オリヴァーが身をかがめて尋ねる。

ヴィヴィアンはうなずいた。「少し。もう邸に帰ろうかと思うのだけれど。でも、オリヴァー……あなたと話をしないと」

「ああ、わかっている。邸まで送るよ」

ふたりでいとまごいの挨拶をすると、オリヴァーはヴィヴィアンを馬車までエスコートして隣に乗りこんだ。馬車のドアが閉まったとたん、彼女の肩を抱いて引きよせた。ヴィヴィアンはすなおにもたれて彼の肩に頭をあずけた。あまりに自然で、なんの違和感もない。そして心地いい。彼女の目に涙があふれた。

「ああ、オリヴァー……」

「しっ、いまはとにかくやすんで」彼は少し顔を向けて彼女の額にキスをした。「痛むのか？」

ヴィヴィアンはかぶりを振ろうとしたが、やめて言った。「少し。殴られるのには慣れていないみたい」

「やつをもっと殴ってやればよかった」オリヴァーがけわしい顔で言う。

「実際にわたしを殴ったのは彼ではないけれど」

「あいつのせいで殴られたんだ。しかし、もうひとりの男も殴ってやりたかった。でもフィッツに聞いたところによると、きみが少しはやってやったらしいな。男の上着に、帽子用の留めピンで刺されたらしき血がついていたそうだ」

ヴィヴィアンの口の端が得意げに上がった。「そうよ。もっとピンが長かったらよかったのにと思うわ」

「まったくだ。きみがこれからも変わるつもりがないなら、カメリアのように脚にベルトでナイフを装着しておいたほうがいいかもしれない」

ヴィヴィアンは声をあげて笑った。「もう泥棒集団をやっつける予定はないから、結構よ」

「今回も、予定などなにもなかったと思うんだが」

ふたりはヴィヴィアンの邸に着き、なかへ入った。小さいほうの客間のソファに腰を落ち着けると、オリヴァーは彼女の手を取って口もとに持っていき、手の甲に口づけて言った。

「さあ、ヴィヴィアン。それでは……話をしよう」

彼がじっと見つめて待っている。ふいにヴィヴィアンはなにも言えなくなった。泣きそうになってのどが詰まり、それをのみこんで少し時間を置かなければならなかった。

けれどもとうとう、彼から目をそらしながらヴィヴィアンは話しはじめた。「今日、あなたがわたしのためにしてくれたことは、とても紳士らしく立派でやさしいことだったわ。ほんとうにありがとう」

「べつに感謝などしなくていい」答えたオリヴァーの口調は、荒っぽいとすら言えるものだった。

「そうかもしれないけれど、やはりお礼を言わせて」ヴィヴィアンはそう言うと顔を上げ、目を合わせた。「自分がなにをしたか、わかっているの？　どうやって婚約を撤回するつもりなの？」

「そんなことをする予定はない」

「オリヴァー！」目の奥が熱くなるのを感じながらも、ヴィヴィアンは負けまいとこらえた。「わたしに社交界で気まずい思いをさせないために、あなたの人生を犠牲にすることはないわ」

「人生を犠牲になどしていない」オリヴァーは彼女の両手を握った。「発表する前にきみに相談しなくて悪かった。ほかに方法があれば、あんなふうに押しつけるような形は取らなかったんだが。しかしユーフロニアおば上がとんでもなくうるさいことを言いだしたものだから、黙って見ていられなかった」

自分のおばに対する言い様に、ヴィヴィアンは小さくくすりと笑った。「でもあなたはわたしと結婚などしたくないのでしょう。それはわかっているのよ」おどけた顔をしてみせる。

「一度ならずもそう言っていたじゃないの」

「わたしが以前なにを言ったにせよ、わたしはばかだった。ヴィヴィアン……」オリヴァーは立ちあがりながら彼女も立たせると、抱きしめて熱いまなざしで彼女を見おろした。「きみを愛している」

「まあ！」思わず小さな叫びが漏れてしまい、ヴィヴィアンは手で口を覆った。瞳にはどんどん涙があふれて、どうしようもない。

「泣くようなことか？」笑うような、困っているような、オリヴァーの声。「ヴィヴィアン、泣くほどいやなのか？　わたしと結婚するのが、それほど耐えられないと？」

「ちがうわ！　ああ、まさかそんな！」ヴィヴィアンはオリヴァーの頰に手を当てた。「あなたにいやなところなどなにもないわ。なにひとつ。でも、わたしは……あなたは……ああ、オリヴァー、わたしたちがうまくいくかしら？　こんなにちがうところだらけなのに。きっと一週間も経たないうちに、うんざりさせてしまうわ。前にあなたもそう言っていたでしょう？　わたしはよく考えずに行動するし、感情的だし――」

オリヴァーは自分の唇で彼女を黙らせた。長い長いキスのあと、彼は頭を上げて言った。

「きみは美しくて、やさしくて、寛大で……いままで生きてきて、きみと一緒にいるときがいちばん楽しい。たしかにわたしたちはまったくちがうが、だからといってうまくいかないということにはならない。いままでだって、なんとかやってきたじゃないか？」

「でもそれは、わけのわからない熱に浮かされていただけだわ！」

「きみのそばにいるかぎり、そのわけのわからない熱はずっと冷めそうにないんだが。それに、わたしたちはちがうからこそうまくいくと思う。わたしなら、きみがあまりにも無謀な行動に走るのを止められる。そしてきみのほうは、わたしがあまりにもおもしろみのない人間になるのを止められる」そこでひと息つき、真剣な顔でつづけた。「どんなちがいがあったってかまわない。とにかく、わたしの人生は、きみがいなければ意味のないものなんだ」

「ああ、オリヴァー！」またヴィヴィアンは泣きだした。

「ほら。ぜったいにできないだろうと思っていたことを、またやってしまった。きみをじょうろにしてしまったぞ」オリヴァーは彼女をそっと抱きよせ、彼女の頭や背中をやさしく撫でた。「ひとつだけ教えてくれ、ヴィヴィアン。大事なのはそれだけだ。きみはわたしを愛しているか？」

「ええ、もちろん！　世界じゅうのだれよりも、あなたを愛しているわ」

オリヴァーは少し体を引き、人さし指を彼女のあごにかけて顔を上げさせた。「わたしもきみを愛している。結局、大事なのはそれだけだ。美しくて、はちゃめちゃで、すばらしい、わたしのはねっ返りさん」

そう言って頭をさげ、オリヴァーはヴィヴィアンにキスを落とした。

訳者あとがき

お待たせいたしました、『英国レディの恋の作法』、『英国紳士のキスの魔法』につづく、〈ウィローメア〉シリーズ三部作の完結編『英国レディの恋のため息』をお届けします。

両親の死後、伯爵である祖父を頼ってアメリカから海を渡り、イングランドへやってきたバスクーム四姉妹。それぞれが個性豊かな姉妹は、しきたりにうるさく堅苦しいイングランド社交界で噂の種になりながらも、独立心旺盛で裏表がないという、英国紳士にとっては新鮮な魅力を発揮して、すてきな男性を射止めてきました。

第一作ではしっかり者の長女マリーが、ステュークスベリー伯爵家の現当主オリヴァーの義弟サー・ロイスと結ばれ、また、美貌の次女ローズもアメリカに残してきた恋人と再会して恋を成就させました。第二作ではオリヴァーの異母弟フィッツが、姉妹の付き添い婦人として雇われた未亡人イヴと結婚し、さらに、恋に恋する四女リリーが英国紳士ネヴィル・カーと真実の愛をはぐくみました。

完結編である本書は、そのリリーとネヴィルが婚約のお披露目会をひらく少し前あたりからお話が始まります。まだ一月なので、本格的な社交シーズンが始まるのは少し先ですが、人々が少しずつロンドンに集まりだしているころです。リリーは社交界デビューの前に結婚が決まってしまったわけですが、やはり正式に社交界に挨拶をしなければなりません。もちろん、三女のカメリアも一緒に、です。しかし、言わば〝問題児〟のふたりが失敗しないように気を配るのは、フィッツと結婚したばかりでなにかとあわただしいイヴひとりでは荷が重すぎます。というわけで、ステュークスベリー伯爵オリヴァーが姉妹の後見を頼んだのは、公爵家令嬢であり、幼なじみでもあるレディ・ヴィヴィアンでした。公爵というのは貴族のなかでも最高位であり、その令嬢ともなれば、大きな後ろ盾となるからです。

しかし……これまでの二作でもおわかりのとおり、ヴィヴィアンは高貴な身分でありながら、自由奔放で社交界のしきたりなど歯牙にもかけず、気ままで、情熱的で、華やかなファッションリーダー的女性です。燃えるような赤毛にグリーンの瞳の美女とくれば、さぞや目立つ存在でしょう。しかし彼女も二十八歳となり、祖母からはそろそろ結婚もあきらめられているほど。その美貌ゆえに崇拝者は後を絶たないのですが、これまでだれにも身を焦がすような熱い想いを感じたことはありませんでした。そう、オリヴァー以外には……。

これまたご存じのとおり、オリヴァーは皇太子から堅物伯爵《ストリクトベリー》と呼ばれるほどの、かっちりとして隙のない人です。責任感が強く、伯爵家の長としての責務をまっとうし、つねに正しく、じつに頼りになる現実的な男性。人前でうろたえたり、羽目をはずしたりすることなど、考えられないような……。ヴィヴィアンとは正反対です。それなのに、彼女はオリヴァーが昔から気になってしかたがありません。自分に目を向けてほしくて、子どもじみた（実際、オリヴァーが大学生のころヴィヴィアンはまだ少女でした）いたずらを仕掛けてばかりだったのです。愛情の裏返しで好きな子にいたずらしてしまう男の子みたいで、なんだかかわいらしいですね。しかしもちろん、オリヴァーが彼女を女性として見てくれることはありませんでした。彼はヴィヴィアンの秘めた気持ちにまったく気づいていなかったのです。けれども、それは彼女のほうも同じでした。オリヴァーだって男性です。ヴィヴィアンの奔放さを苦々しく思いながらも、その美しさにはもちろん気づいていて、彼女を目にすると落ち着かなくなるというのに、ヴィヴィアンもまったくそれに気づいていないのです。

しかし、運命はようやく動きはじめます。ずっと知らなかった相手の内面に、お互い、ほんの少しだけ気づきます。機が熟したのか、あるいは、バスクーム姉妹の影響なのか……。はたして、水と油のようなふたりが交じり合う可能性はあるのでしょうか？

第二作のあとがきでも書かせていただいたのですが、タルボット家の三兄弟のうち、訳者はオリヴァーがいちばん好みです。読者の皆さまも、オリヴァーが気になる！　好きだ！　というかたは大勢いらっしゃるのではないでしょうか？　とにかく真面目でお堅くて、伯爵家のために生きているような彼ですが、たまに人間らしいところを見せてくれるのがたまりません。バスクーム姉妹に拾われたはずのみすぼらしい犬パイレーツも、ちゃっかり彼の犬になってしまいましたよね。本作でもパイレーツは健在です！

さて、気になるといえば、オリヴァー以上にあの娘が気になっていた読者のかたがたもいらっしゃるでしょう。そう、カメリアです。射撃の名手で、男まさりで、都会よりも田舎が好きで、思ったことをなんでも率直に言ってしまうカメリアは、姉妹のなかでいちばん色恋と縁遠いように思えます。実際、彼女は社交シーズンに出るのも気が進まないし、社交界の決まりごとにもどうしても慣れることができないでいます。ほかの姉妹がそれぞれ相手を見つけたことで、カメリアにしては珍しく元気がありません。自分ひとりが取り残され、ウィローメアでオリヴァーに煙たがられながら、独身のまま年老いていくのだろうかと、気落ちしています。

しかし、そこはキャンディス・キャンプ。カメリアを放っておくはずはありません。しかもカメリアのお話があればこそ、この完結編はシリーズ中、最高の作品として輝いているのではないかと思います。オリヴァーとヴィヴィアン以上に、カメリアとそのお相手にご注目ください！

今回もロマンスと並行して、ある事件が起こります。ロンドンの街を騒がせる宝石泥棒です。物語の根幹にかかわるのでここではあまりふれませんが、キャンディス・キャンプらしく、名脇役たちが物語に深みを加え、盛り上げてくれています。

〈ウィローメア〉シリーズともこれでお別れだと思うと、とても名残惜しくて寂しいのですが、完結編をお届けすることができて、ほんとうにうれしく思っています。どうか楽しんでいただけますように。

二〇一三年　十一月

ザ・ミステリ・コレクション

英国《えいこく》レディの恋《こい》のため息《いき》

著者　キャンディス・キャンプ
訳者　山田香里《やまだかおり》

発行所　株式会社 二見書房
東京都千代田区三崎町2-18-11
電話　03(3515)2311［営業］
03(3515)2313［編集］
振替　00170-4-2639

印刷　株式会社 堀内印刷所
製本　株式会社 村上製本所

落丁・乱丁本はお取り替えいたします。
定価は、カバーに表示してあります。

ISBN978-4-576-13183-2
http://www.futami.co.jp/